Urs Schaub
Wintertauber Tod

PIPER

Zu diesem Buch

In einem abgelegenen Schweizer Dörfchen sind eines Morgens alle Türen mit Zeichen aus Katzenblut bemalt. Bis auf sieben. Kurz darauf wird eine grausam verstümmelte Leiche gefunden, und ein Zwillingspaar verschwindet spurlos. Sie alle waren Bewohner der sieben Häuser ohne Blutzeichen an der Tür. Simon Tanner, der seit seinem freiwilligen Abschied aus dem Polizeidienst in dem nebelverhangenen Dorf wohnt, begibt sich auf die Spur. Zusammen mit seinem Freund und ehemaligen Kollegen Kommissar Serge Michel entdeckt er, dass es sich bei dem Blut an den Türen um alttestamentarische Schutzzeichen handelt. Missgunst, Ränkespiele und lang unterdrückte blutige Geheimnisse tun sich hinter der idyllischen Dorfkulisse auf. Erst die Erwähnung einer selten gewordenen Apfelsorte bringt Tanner auf die Spur einer längst vergessenen Gewalttat.

Urs Schaub, geboren 1951, ist freier Theaterregisseur. Er war Schauspieldirektor in Darmstadt, es folgten Gastprofessuren an der HDK Berlin und am Mozarteum in Salzburg. Später leitete er das Schauspiel am Stadttheater Bern, seit 2003 das Theater- und Musikhaus Kaserne Basel. Dem Fernsehpublikum ist Schaub seit Ende 2006 vor allem als Kritiker im »Literaturclub« bekannt. »Wintertauber Tod« ist sein dritter Tanner-Kriminalroman nach »Tanner« und »Das Gesetz des Wassers«. Der Autor lebt in Basel und im Emmental.

Urs Schaub

Wintertauber Tod

Ein Tanner-Kriminalroman

Piper München Zürich

Mehr über unsere Autoren und Bücher:
www.piper.de

Von Urs Schaub liegen bei Piper vor:
Tanner
Das Gesetz des Wassers
Wintertauber Tod

Das Anagramm von Unica Zürn auf S. 307 ist zitiert nach: Unica Zürn, *Anagramme.* Gesamtausgabe Bd. 1. Berlin 1988: Brinkmann und Bose.

FSC
Mix
Produktgruppe aus vorbildlich bewirtschafteten Wäldern und anderen kontrollierten Herkünften
www.fsc.org Zert.-Nr. GFA-COC-001223
© 1996 Forest Stewardship Council

Ungekürzte Taschenbuchausgabe
Dezember 2009

erschienen im Verlagsprogramm Pendo
Umschlaggestaltung: semper smile, München
Umschlagabbildung: Hauptmann & Kompanie Werbeagentur, München – Zürich
Autorenfoto: Peter Fischli
Satz: Fotosatz Amann, Aichstetten
Papier: Munken Print von Arctic Paper Munkedals AB, Schweden
Druck und Bindung: CPI – Clausen & Bosse, Leck
Printed in Germany ISBN 978-3-492-25729-9

Wüsste man, wer diese Notizen macht.

aus
Monsieur Traum
Robert Pinget

JAHRE ZUVOR

Das Ganze begann mit einem Fehler.
Genau genommen gibt es in solchen Fällen natürlich keinen Anfang. Aber den Fehler gab es, und er war schlimm. Bemerkt hat ihn trotzdem keiner.
Am wenigsten der Mann, der ihn machte.
Wenn ein in der Regel zuverlässiger Beamter auf einem labyrinthisch weit verzweigten Rangierbahnhof die erste Weiche falsch stellt, was dann?
Der weitere Weg des heranrollenden Güterwagons wäre zwar falsch, aber dennoch klar vorgegeben. Mit unvorhersehbaren Folgen. Im besten Fall würde der Waggon an einem falschen Ort zu stehen kommen, im schlimmsten einen Unfall verursachen. Unabhängig davon, aus welchem Grund der Weichensteller den Fehler gemacht hat.
Aber man würde ihn bemerken. Den Fehler.
Vielleicht hat der Beamte am Stellwerk, wie seit Tagen, an diese elende Summe gedacht, die in seinem Sparbuch steht und die seine Zukünftige nach wie vor als zu bescheiden bezeichnet, um ihn zu heiraten. Vielleicht hat er sich deswegen verzweifelt über Möglichkeiten zur Vermehrung besagter Ersparnisse den Kopf zerbrochen. Und wer weiß, vielleicht hat ihn die sehnlichst erwünschte Geldsumme so sehr abgelenkt, dass er die Weiche, ohne es zu merken, falsch betätigte. Möglicherweise würden dadurch einige eilige Güter erst Tage danach wiedergefunden, dazu noch verdorben, und die Eisenbahngesellschaft würde eine Konventionalstrafe zahlen müssen, die das besagte elende Sümmchen des Weichenstellers um ein Vielfaches übersteigt. Wahrscheinlich würde er in der Folge seine Stelle verlieren, sich aus Verzweiflung dem Suff hingeben, denn das Einzige, was er in seinem Leben gelernt hat, ist Weichenstellen, und er würde fortan aus Verzweiflung … und so weiter.

Inmitten dieser Spekulationen bliebe eine Wahrheit unveränderlich: Der Güterwaggon stünde trotzdem am falschen Ort.

Manz wusste nichts von derart komplexen Gedankengängen. Er fühlte sich einfach verpflichtet, die Leiche zuzudecken. Schließlich war es bitterkalt, und zudem sah der offene Bauch nicht gerade appetitlich aus. Er wollte keine Spuren beseitigen, tat es aber gründlich.
Wie durch ein Wunder war es das erste Opfer einer Gewalttat, mit dem er es in seiner Zeit als Polizist zu tun hatte. Zu seinem Alltag hatte bisher die Kontrolle der Polizeistunde und der Hotelmeldezettel gehört. Immerhin gab es in dem kleinen Straßendorf eine Dorfkneipe mit angeschlossenem Hotel, das vorwiegend von durchreisenden Vertretern frequentiert wurde; ein Restaurant, das gut dreihundert Meter neben dem Bahnhof lag, mit diesem eigentlich gar nichts zu tun hatte und trotzdem *Bahnhofrestaurant* hieß; sowie ein französisches Gourmetrestaurant mit Gästezimmern. Hier pflegten ab und zu Tänzerinnen zu übernachten, die in einem Nachtlokal auftraten, das zu den wenigen Attraktionen des nahe gelegenen Bezirksstädtchens gehörte.
Vor wenigen Jahren brannten in einer Nacht vier verschiedene Häuser gleichzeitig. Trotz aller Nachforschungen und Untersuchungen der Polizei aus dem Hauptort gelang es nicht, den Täter zu überführen. Das war eigentlich Manz' schlimmster Fall, obwohl auch damals keine Menschen zu Schaden kamen.
Zu seinen weiteren Pflichten gehörte die Schlichtung unzähliger Nachbar- oder Familienstreitigkeiten (was sehr oft dasselbe bedeutete); die administrative Erfassung von Fahrraddiebstählen und einer Vielzahl weiterer kleiner Delikte, die vor allem eines mit sich brachten: einen unendlichen Fluss an Papieren und Formularen, der ihn mit dem Kommissariat in der Kantonshauptstadt wie mit einer Nabelschnur verband. Schließlich war er einer der letzten Dorfpolizisten im ganzen Land, eine Art Vorposten im Niemandsland zweier zusammentreffender Sprachregionen. Besser gesagt: ein Restposten in einem wirtschaftlich und politisch vergessenen Teil des Landes.

Ob dieser Landstrich deswegen so schön war? Der Dorfpolizist Manz hatte da so seine eigene Theorie. Davon wird viel später noch einmal die Rede sein. Wie auch immer: Nach seiner Pensionierung würde der Posten endgültig eingespart werden, ein Nachfolger war nicht vorgesehen. Das war längst beschlossene Sache. In seinen Augen wurde mit dieser Entscheidung das ganze Gebiet zur rechtsfreien Zone erklärt. Ganz zu schweigen von denen, die Hilfe benötigten!

Vor zwei Jahren hatte den Bahnhofsvorstand dasselbe Schicksal ereilt. Seither hielten am kleinen Bahnhof zwar nach wie vor im Stundentakt Züge, aber alles lief automatisiert ab und wirkte wie ferngesteuert, obwohl die Lokomotiven noch von leibhaftigen Menschen gesteuert wurden. Die Bahnhofsschalter waren mit Brettern vernagelt. Beim Billetkauf war jetzt Schluss mit dem beliebten Schwätzchen, das die Dorfbewohner mit Monsieur Veillon regelmäßig gepflegt hatten. Der Automat empfing per Tastendruck seine Befehle und spuckte leise scheppernd seine schäbigen Tickets aus. Die schönen Fahrkarten aus Karton, zum Teil zweifarbig, die man sammeln und zu ansehnlichen Häufchen hatte stapeln können, gab es längst nicht mehr. Brauchte jemand eine Auskunft, trat er an eine Infosäule, wo sich zu bestimmten Tageszeiten und meist nach langer Wartezeit schnarrend eine Stimme meldete. Der kleine Wartesaal war zum Depot eines Vertreters für Strumpfwaren verkommen.

In der Dienstwohnung des Bahnhofsvorstandes lebte jetzt eine kinderreiche Familie aus den ehemaligen Krisengebieten des Kosovo. Lange Zeit wusste man nämlich nicht, was man mit der leeren Wohnung anfangen sollte. Wer will schon in einem heruntergekommenen Bahnhof wohnen? Genauso ratlos war man gegenüber der Flüchtlingsfamilie, die durch eine administrative Panne der Kantonshauptstadt in dem Dorf gelandet war. Als man sie nicht mehr ab- oder zurückschieben konnte, brachte man sie aus lauter Verlegenheit im Gasthof *Zum Hirschen* unter. Dort, wo sonst vorwiegend Vertreter übernachteten. Ein paar Tage später erinnerte sich ein Schlauberger aus dem Gemeinderat, der wegen der laufenden Hotelkosten nicht mehr schlafen konnte, an die leere Bahnhofswohnung. Man ließ sich unter fadenscheiniger Be-

gründung von der Heilsarmee einige Möbel schenken – und auch noch gratis liefern – und zwei unangenehme Probleme waren auf einen Schlag gelöst. Die geniale Idee des schlauen Gemeinderates wurde mit reichlich Weißwein begossen.
Kurz darauf – als handelte es sich um einen Virus – schlossen die Schalter des kleinen Postamtes. Demnächst würde, wie gesagt, den Polizeiposten dasselbe Schicksal ereilen, und im nächsten Sommer würde die genossenschaftseigene Käserei für immer dicht machen.
Den Reigen der Schließungen hatte vor einem Jahr ausgerechnet die Kirche begonnen. Die Obrigkeit der Diözese degradierte ohne Voranmeldung die kleine Kirche zu einer Filiale der Nachbargemeinde und suchte für den frühzeitig pensionierten Seelsorger nur noch pro forma einen Nachfolger. Natürlich fand man keinen. Damit war die Sache abgeschlossen, und die Mitglieder der kleinen Kirchgemeinde rieben sich die Augen. Ein frisch eingesetzter Priester aus dem größeren Nachbarort hielt seine Sonntagspredigt fortan also zweimal. Die wenigen Leute, die regelmäßig zum Gottesdienst kamen – es waren vorwiegend ältere Frauen –, meinten die Wiederholung der Worte zu fühlen und verschlossen sich immer mehr dem jungen Priester gegenüber, der sich redlich Mühe gab, den zum zweiten Mal vorgetragenen Predigtworten den Tau der Frische zu verleihen.
Aufgebackenes Brot bleibt aufgebackenes Brot!
So hörte man die alten Frauen zwischen ihren Gebeten murmeln. Als der Priester einmal aus Versehen in seiner Predigt auch noch die Namen der beiden Ortschaften verwechselte, lachten die Anwesenden böse auf, bekreuzigten sich und warfen sich bitter lächelnd Blicke der Bestätigung zu.

Manz hatte nun mittlerweile den Tatort so aufgeräumt, wie er glaubte, es tun zu müssen. Schließlich war er ein Mensch, der schon immer Wert auf Ordnung gelegt hatte. In den offenen Hauseingang war nämlich der Schnee hineingeweht worden, der draußen fast einen Meter hoch lag. Nachgemessen hatte er natürlich nicht, aber der Schnee lag auf jeden Fall höher als in all den Jahren zuvor, in denen der Polizist hier seinen Dienst verrichtet

hatte. Bevor er den Leichnam zudeckte, fegte er also den Schnee gründlich nach draußen und sammelte einige Gegenstände auf, die ganz offensichtlich aus dem schmalen Vorratsschrank, der im Flur stand, herausgefallen waren. Wahrscheinlich hatten die Windböen die Schranktür aufgeweht, und so waren einzelne Gegenstände auf dem Leichnam zum Liegen gekommen. Es waren einige rote Bändel, diverse Schnüre, weiße Kerzenstummel und farbige Papierschnitzel, kurz, alles Dinge, die man durchaus in einem Schrank aufbewahrte, erklärte sich der Polizist den Sachverhalt. Geduldig sammelte er alles auf und verstaute es wieder fein säuberlich im Wandschrank. Einige herumliegende geschälte Äpfel, zum Teil blutverschmiert, legte er auf eine Handschaufel und entsorgte sie in den Abfalleimer, der hinter dem Haus stand. Über die Äpfel machte er sich keine weiteren Gedanken, die waren sicher auch aus dem Schrank gefallen, schließlich handelte es sich um einen dieser in alten Häusern üblichen Vorratsschränke, die für gewöhnlich im Flur standen. Die Bewohner dieser ärmlichen Häuser hatten oft gar keinen Kühlschrank oder nur einen ganz kleinen. So war man auf einen Vorratsschrank im unbeheizten Flur angewiesen.
Danach schloss er die Haustür hinter sich, holte einen Augenblick lang Atem und musterte die Umgebung. Das Nachbarhaus lag still und verschlossen da. Nichts rührte sich. Die Fenster schauten kalt und abweisend auf den Polizisten. So kam es ihm auf jeden Fall vor.
Er fragte sich in diesem Augenblick, ob die Mutter vom Müller Franz, dem Täter, der ja bereits in der hinter seiner Amtsstube liegenden Zelle saß, die er höchstens alle paar Monate als Ausnüchterungszelle brauchte und sonst zum praktischen Ablageort für jede Art von Akten umfunktionierte, ob sie also, die Schweigerin, wie man sie insgeheim im Dorf nannte, über die furchtbare Tat ihres einzigen Sohnes im Bilde war?

Als der untersetzte junge Mann, der bereits einen Bauchansatz hatte, vor zwei Stunden an der Tür des Polizeipostens geklopft hatte und dann still, fast scheu in die Amtsstube getreten war, um sofort und ohne Umschweife in ruhigen, ja geradezu gesetzten

Worten seine Tat zu gestehen, hatte der Polizist zweimal nachfragen müssen, weil er die Geschichte einfach nicht glauben konnte. Und das, obwohl beide Hände von Franz voller schwarz-braunem, eingetrockneten Blut waren. Auch um den Mund herum war er verschmiert. Wahrscheinlich hatte er sich mit den blutverschmierten Händen über den Mund gewischt. Franz beteuerte im gleichen Atemzug, dass seine Mutter nichts davon gewusst und mit der Sache überhaupt nichts zu tun habe. Am besten wäre es, hatte er vorgeschlagen, wenn sie gar nichts davon erführe. Das sei natürlich nicht möglich, erwiderte der Polizist, aber darüber könne man nachher noch reden. Er solle jetzt sowieso am besten einfach schweigen. Er würde ihn fürs Erste in die Zelle sperren, vorher müsse er aber noch etwas aufräumen. Ob Franz so gut sei, einen Moment Platz zu nehmen? Vorher könne er sich aber, wenn er wolle, die Hände und das Gesicht waschen. Franz wusch sich die Hände und das Gesicht, war dann so gut und setzte sich. In aller Seelenruhe hatte der Polizist dann die Zelle leergeräumt, anschließend den Franzli, wie ihn im Dorf jeder nannte, hineinbefördert und die Gittertür zweimal abgeschlossen. Er hatte noch kurz überlegt, ob er die Zelle feucht aufnehmen solle, aber das schien ihm dann doch übertrieben. Den Schlüssel steckte er sorgfältig in die Hosentasche seiner Uniformhose. Bevor er seine Vorgesetzten in der fernen Kantonshauptstadt benachrichtigte, musste er selber an den Ort des Geschehens gehen. Er wollte sicher sein, dass Franzli die Wahrheit gesagt hatte. Glauben konnte er es immer noch nicht. Das Opfer kannte er natürlich, und auch das Haus.

Also stapfte er durch den Schnee. Zuerst die Hauptstraße entlang, dann den Weg hinunter zum alten Zollhaus. Noch zehn Meter vom Haus entfernt, konnte er sich immer noch nicht vorstellen, dass Margot Fuchs tot sein sollte. Ein paar Schritte weiter blieb ihm nichts anderes übrig.
Sie lag im offenen Hausflur am Boden, der Schnee war rot von ihrem Blut. Ihr Leib war von unten bis oben aufgeschlitzt. Manz musste sich an den Türrahmen lehnen. Aufgeschlitzte Leiber hatte er in der Fremdenlegion gesehen. Aber damals herrschte Krieg.

Warum hatte der Franzli denn so eine Wut auf die Margot? Sie hat sich doch immer sehr lieb um ihn gekümmert. Manz schaute auf den übel zugerichteten Körper. Trotz ihres Zustandes konnte man immer noch sehen, dass Margot die schönste Frau weit und breit gewesen war. Wie oft hatte Manz nachts heimlich vor ihrem Haus gestanden und gehofft, er könne einen Blick auf sie erhaschen.

Einmal war ihm das Glück hold gewesen und er hatte sie nackt im Licht ihrer Küche stehen sehen. Sie trocknete sich gerade mit einem Tuch ausgiebig und gründlich die nassen Haare. Und da hatte er endlich gesehen, wovon die Männer im Dorf hinter vorgehaltener Hand sprachen: ihre wunderbar weißen Brüste, die so ungewöhnlich herausfordernd aufgerichtet standen, wo doch schon kleinere naturgemäß der Erdanziehung gehorchen mussten. Dies bisschen Sachwissen über die weibliche Anatomie hatte er sich beim verschämten Studium gewisser reich bebilderter Magazine angeeignet, die er sich per Nachnahme kommen ließ. Bei Margot handelte es sich in Manz' Augen aber um ein Wunder der Natur. Da war sein Schwanz auf der Stelle ungeheuer angeschwollen und er selber zur Salzsäule erstarrt. Er hatte zum Himmel gefleht, dass der Augenblick ewig dauern möge.

Aber ewig gibt es möglicherweise da oben, aber ganz sicher nicht auf Erden.

Als sie sich mit dem Handtuch energisch die Haare frottierte, wippte ihr Busen wunderbar träge hin und her und auf und ab. Da überkam es ihn mit Macht und er öffnete seine Hose. Sie bürstete ihr wildes Haar und betrachtete sich noch eine Weile stumm im Spiegel. In diesem Augenblick war sie die Bild gewordene wollüstige Fantasie eines großen Künstlers.

Er spritzte aufstöhnend in den Eukalyptusbusch und hatte im selben Moment eine Vision von Gottes Herrlichkeit.

In der Fremdenlegion war ER ihm nämlich abhanden gekommen. Aber jetzt hatte er, Manz, SEIN schönstes Kunstwerk gesehen und sich in seiner höchsten Lust mit ihr und IHM vereinigt. Leider dauerte es wie gesagt nur eine kurze Ewigkeit und keine ganze. Aber die reichte, um ein Leben lang davon zu träumen und sich alle nur erdenklichen Hoffnungen zu machen. Gut, er

war deutlich älter als sie, aber er hätte sie bis ans Ende ihres Lebens auf Händen getragen. Und wenn sie ihn geheiratet hätte, hätte sie ganz bestimmt nicht so ein schlimmes Ende genommen. Aber er war überzeugt, dass er ihr mit seinem Gehalt als Dorfpolizist sowieso zuwenig gewesen wäre. Wie oft hatte er vergebens über seinem abgegriffenen Sparheft gesessen und sehen müssen, dass der Betrag immer etwa gleich kümmerlich blieb, egal wie sparsam er lebte. So blieb er Junggeselle und sie sein ewiger Traum, ohne dass er je mehr als eine Handvoll scheuer Sätze mit ihr gewechselt hätte. Er tröstete sich damit, dass er eben mit seinem Beruf verheiratet war.
Manz seufzte, bekreuzigte sich und sprach ein kurzes Gebet für die tote Füchsin.
Danach dachte er nichts mehr, sondern konzentrierte sich aufs Aufräumen und Schneewischen. Erst ganz am Schluss konnte er sich nicht beherrschen und fasste sie an.
Ein einziges Mal ihren Körper berühren, so wie er sich das jahrelang erträumt hatte.
Er zog die Handschuhe aus und legte seine zitternden Hände auf ihre Brüste. Er zuckte aber gleich wieder erschrocken zurück, denn ihr Fleisch war so eiskalt, dass es ihn ängstigte und er nun am ganzen Körper schlotterte. Panisch machte er kehrt und rannte zurück auf seinen Polizeiposten.

Sieben Monate später wurde Franz Müller vom Gericht in der Kantonshauptstadt als voll zurechnungsfähig eingestuft und wegen Totschlags im Affekt (und weil er wegen einiger früherer Delikte vorbestraft war) zu zwölf Jahren Zuchthaus verurteilt. Franzlis Mutter saß schmal und klein im Gerichtssaal.
Manz, drei Reihen hinter ihr, nahm mit Befriedigung zur Kenntnis, wie schnell und zuverlässig die Gerechtigkeit in diesem Land arbeitete. Er war zwar bereits seit drei Monaten pensioniert, fühlte sich aber immer noch als ein Teil dieses Ganzen.

EINS

Tanner liebte seit kurzem Spaziergänge. Jeden Morgen, egal bei welchem Wetter, machte er sich auf den Weg. Wie das kam, konnte er sich selber nicht erklären. Die Lust dazu war eines Tages plötzlich da gewesen.
Er lächelte, während er sich die Schuhe anzog.
Früher hatte er Spaziergänge gehasst, sie als die langweiligste Sache auf der Welt empfunden. Direkt qualvoll.
Jetzt wählte er bereits zwischen sechs Standardspaziergängen, die sich sowohl in Länge, Topographie als auch im Erlebnispotential deutlich unterschieden. Heute hatte er sich für die kürzeste, dafür aber meistens bei weitem erlebnisreichste Variante entschieden, nämlich die durchs Dorf. Die nächst längeren Spaziergänge führten entweder um das Dorf herum oder am See entlang bis zum Ringmauerstädtchen, wo man deutsch sprach und die besten Gipfelis weit und breit erhielt. Oder in die entgegengesetzte Richtung bis zum Städtchen auf dem Hügel mit seiner eindeutig französischen Ausprägung, wo man die besten Croissants weit und breit bekam. Diese beiden Spaziergänge erforderten jedoch eine Rückfahrt mit der Eisenbahn, denn wer geht beim Spazieren schon gerne denselben Weg zurück. Der längste Spaziergang führte um den See herum, was allerdings einen ganzen Tag in Anspruch nahm. Eine weitere Variante führte hinaus aufs melancholische Land, weg von Dorf und See. Dazu hatte er heute aber keine Lust, denn in der Nacht war der erste Schnee gefallen. Wiesen und Dächer waren weiß. Und es war ungewöhnlich still, denn noch waren die Straßen nicht geräumt.
Er war gespannt, wie sich das kleine Dorf präsentieren würde, da es hier laut Aussage der Einheimischen äußerst selten schneite. Auf jeden Fall nicht, seit Tanner in dem altehrwürdigen Maison Blanche Wohnsitz genommen hatte. Die Leute sagten, dass es vor

Jahren einen Jahrhundertschneefall gegeben und auf den Straßen über ein Meter Schnee gelegen habe. Drei Tage sei das Dorf damals von der Außenwelt abgeschnitten gewesen. Neun Monate später seien dann übrigens überdurchschnittlich viele Kinder zur Welt gekommen. Diese Information hatte er von Solène erhalten, und sie lachte dabei ziemlich anzüglich. Seither soll hier kein Schnee mehr gelegen haben. Vielleicht mal ein bisschen Puderzucker. So nannten es die Leute, wenn ein bisschen Schneestaub die Landschaft bedeckte.

Das hier war kein Schneegebiet, es war eine Nebellandschaft.

Offiziell hätten eigentlich alle französisch sprechen müssen. Das Dorf lag exakt an der Sprachgrenze. Allerdings auf der falschen Seite.

Tanner schloss die schwere Haustür hinter sich und atmete die Schneefrische.

Gerade passierte sein Nachbar auf dem Schnee bedeckten Trottoir das offene Tor der Einfahrt. Er schleppte eine schwere Kiste und stieß über dem roten Wollschal, der seine Standeskleidung zierte, keuchend weiße Wolken in die Luft. Es handelte sich um keinen geringeren als den Chefkoch und Inhaber des französischen Nobelrestaurants, das in Sichtweite von Tanners Wohnsitz lag, ganz am Anfang des Dorfes. Sein Wohnhaus dagegen war in direkter Nachbarschaft, dicht neben Tanners Haus. Lediglich ein schmales Gartenband trennte die beiden Häuser voneinander.

Allo! Guten Morgen, Tanner! Gefallen Sie der Schnee? Ist mal eine Wechsel, oder?

Sein Deutsch war fließend, aber nicht immer ganz korrekt. Er war einer der wenigen im Dorf, die wirklich französisch sprachen. Sein Name war Claude Marnier. Die Bewunderer seiner Kochkunst nannten ihn Marnier le Grand. Die Anspielung auf den berühmten Liqueur war durchaus beabsichtigt.

Kommen Sie doch auf ein Glas Wein, wenn Sie eine Weile haben. Muss dringend eine Sache fragen, bitte.

Ja, ja. Ich komme zum Kaffee. Nach dem Spaziergang. Bis dann!

Tanner verließ das Grundstück durch die Schnee bedeckte Einfahrt, ging aber in die andere Richtung als Marnier. Heute

knirschte der Kies nicht unter seinen Füßen, denn der Schnee dämpfte alle Geräusche. Nur der Brunnen plätscherte unbeeindruckt seine ewige Melodie.
Dreihundert Meter weiter vorne, an der einzigen nennenswerten Kreuzung der Dorfstraße, wechselten in diesem Augenblick die Ampeln auf grün, und eine Reihe von Lastwagen und Personenwagen fuhr betont langsam und erstaunlich geräuscharm durch das Dorf. Tanner schüttelte den Kopf und steckte die Hände in die Taschen seines warmen Wollmantels.
Leider entsprach diese Situation ganz und gar nicht dem Alltag, hatte es die Gemeinde vor Jahrzehnten doch verpasst, sich anlässlich der nationalen Landesausstellung im Welschland vom Kanton eine Umfahrungsstraße schenken zu lassen. Man hatte damals Angst, dass kein einziger Gast mehr den Weg ins Dorf finden würde. Das heißt, die Gastronomen und Hotelbesitzer hatten Angst und das notwendige Gewicht im Gemeinderat. Also wurde das Geschenk und damit die entlastende Umfahrungsstraße abgelehnt.
Tanner ärgerte sich jedes Mal, wenn er an diese Dummheit dachte.
Seit nun vor ein paar Jahren die Autobahn gebaut worden war, hatte sich die Situation sogar noch verschärft, und das Dorf war heute doppelt gestraft. Viele der potentiellen Gäste rasten auf der Autobahn vorbei, ohne die Existenz des gastlichen Dorfes auch nur zu ahnen. Dafür donnerten die Lastwagen, die für die Güterversorgung des Bezirks zuständig waren, nach wie vor über die enge Dorfstraße. Unangenehm war das natürlich für alle. Für die Restaurants und das Hotel jedoch war es eine regelrechte Katastrophe. Früher hatten die vielen Welschlandreisenden hier gerne einen kürzeren oder längeren Zwischenhalt gemacht. Tatsächlich verband eine lange, gewachsene Tradition den Reiseverkehr mit dem Dorf. Zu Napoleons Zeiten war zum Beispiel das Haus, in dem Tanner wohnte, Herberge und Relaisstation für die Postkutschen aus und nach Paris gewesen. Solche Dinge prägten den Charakter eines Dorfes nachhaltig und waren nicht beliebig ersetzbar.
Der Hotelparkplatz hinterm *Hirschen* war praktisch leer. Hinge-

gen parkten auf dem weiter vorne gelegenen Kneipenparkplatz einige Autos, zwei Traktoren und ein Jeep.
Keine gute Saison für das Hotel, dachte Tanner. Für die notorischen Dorfsäufer war allerdings immer Hochsaison. Die Fahrzeuge kannte er bereits alle, denn die standen praktisch jeden Tag hier.
Er grüßte den Besitzer der Autowerkstatt, der mit einem überdimensionierten Reisigbesen den Platz vor der Werkstatt vom Schnee befreite. Den alten Ford hatte Tanner hier ohne weitere Bedenken zur Wartung und zur Reparatur gebracht. Von seinem neuen Wagen allerdings hätten die mit Sicherheit nichts verstanden. Also brachte er ihn lieber nicht hierher, was ihm natürlich etwas übel genommen wurde. Trotzdem grüßte der Werkstattbesitzer freundlich zurück. Gelästert wurde auch in diesem Winkel der Erde ausschließlich hinterm Rücken.
Tanner überquerte diagonal die Kreuzung und hielt auf den Eingang zum einzigen Laden des Dorfes zu. Aus Solidarität und Sympathie kaufte er dort so oft wie möglich ein. Schlimm, wenn dieser Laden auch noch dicht machen müsste. Zudem genoss er die kleinen Schwätzchen mit den attraktiven Zwillingsschwestern, die den Laden gemeinsam führten. Für die Dorfbewohner hatte das Geschäft ebenfalls einen doppelten Nutzen: Für sie stellten die Zwillinge und ihr Laden so etwas wie eine letzte dörfliche Informationsbörse dar. Am heutigen Morgen war viel los, und als Tanner eintrat, verstummten die Gespräche verdächtig schnell.
Tanner grinste.
Ach ja, stimmt. Ich bin ja ein Fremder.
Tanner machte sich da keine Illusionen und wusste, dass sich auch in hundert Jahren nichts an der Situation ändern würde. Um dazuzugehören hätten seine Vorfahren schon mindestens Fähnchen schwenkend Napoleon die Ehre erweisen müssen, als der mit seinem Achtspänner durch das Dorf donnerte und vor Schreck erstarrte Hühner überfuhr.
Er ließ sich also nichts anmerken und sprach laut und deutlich einen freundlichen Gruß in die Runde, den man entweder mit gar keiner Reaktion oder höchstens einem leichten Nicken beantwortete. Nur die beiden Schwestern machten das Spielchen nicht mit

und begrüßten ihn herzlich. Sie waren eben gute Geschäftsfrauen. Und auch sonst waren sie mit den meisten Dorfbewohnern nicht zu vergleichen.
Andererseits konnte er es den Leuten nicht verdenken. Zu viele Gerüchte waren über ihn im Umlauf, und er hatte noch keines widerlegt. Man wusste zwar, dass er vor einiger Zeit, nach einem polizeilichen Dienst in Marokko, in dieser Gegend gestrandet war. Man wusste, dass er danach maßgeblich an der Aufklärung der schrecklichen Kindsmorde in der nachbarschaftlichen Gemeinde beteiligt gewesen war und sich dabei in Elsie Marrer, eine junge attraktive Mutter eines dieser ermordeten Kinder, verliebt hatte. Elsie war hier im Dorfe wohlbekannt – und auch wohlgelitten. Sie wurde dann – so munkelte das Dorf über Elsies Schicksal – nicht ganz ohne Tanners Schuld vom Mörder in einem Eiskeller grausam gefangen gehalten und sei nach über einem Jahr im Koma schließlich im Krankenhaus verstorben. Elsies andere Kinder lebten seither bei Verwandten. Dass er diese Kinder nicht adoptiert hatte, wenn er sich schon einmal mitschuldig gemacht hatte, war ein weiterer Punkt, über den man sich den Mund zerriss. Dann gab es natürlich noch Spekulationen über das Vermögen, das er angeblich angehäuft hatte. Auf jeden Fall war es für alle Dorfbewohner offenkundig, dass er nicht zu arbeiten brauchte. Auch fuhr er eines der elegantesten Autos in der Gegend. Woher kam nur all dieses Geld? Tanners Vergangenheit präsentierte sich folglich mit einer Fülle interessanter Fragezeichen. Dass es ihm offensichtlich vollkommen egal war, was die Leute dachten, machten sie ihm zum größten Vorwurf. Denn für alle anderen war doch genau das am wichtigsten. Die einfach gestrickte Beweisführung endete damit, dass Tanner sichtlich anders war als die Dorfbewohner oder – was auf das Gleiche hinauslief – gar nicht dazugehören wollte. Damit hatten sie sich in ihren Augen auch das Recht erworben, ihn abweisend zu behandeln.
Tanner füllte wie immer einen großen Einkaufskorb mit allerlei Leckereien und brachte ihn zur Kasse. Später würde sich ein Schüler oder eine Schülerin vom gegenüberliegenden Schulhaus ein wenig Taschengeld dazuverdienen und die Einkäufe in sei-

nen Hausflur stellen. Solène, die um drei Minuten ältere Zwillingsschwester, saß an der Kasse.
Tanner, haben Sie eine Katze?
Nein, Solène. Ich habe keine Katze. Wieso? Haben Sie eine zu verschenken?
Also, erstens bin ich Solange. Solène steht dort hinten und räumt Regale ein. Dass Sie uns immer noch nicht unterscheiden können!
Sie schüttelte dramatisch ihren hübschen Kopf.
Daraus schließe ich, dass wir Ihnen immer noch so gar nichts bedeuten. Was machen wir bloß falsch?
Tanner war felsenfest davon überzeugt, sie richtig erkannt zu haben. Schließlich steckte in Solènes Schürze immer ein roter Kugelschreiber. Solange zog Bleistifte vor. Auch war ihr Gesicht deutlich schmaler, so dass die relativ hohen Backenknochen, die beide besaßen, bei Solange ausgeprägter wirkten. Außerdem gab es gut unterscheidbare körperliche Merkmale, auch wenn sich die beiden tatsächlich auf den ersten Blick wie ein Ei dem anderen glichen. Und selbst bei Eiern gibt es bekanntlich Unterscheidungskriterien. Doch die Zwei spielten für ihr Leben gerne dieses Verwechslungsspielchen und er – er machte gerne mit.
Oh, das tut mir leid, Solange. Ich muss euch einfach mal besser kennen lernen, dann werde ich euch auch nicht mehr verwechseln.
Tun Sie das, Monsieur, tun Sie das! Aber nicht immer nur darüber reden!
Schon allein diese Aussage bewies, dass es sich um Solène handelte. Nie und nimmer hätte Solange so frech geflirtet.
Die beiden Schwestern warfen sich durch die Regale hindurch einen Blick zu und lachten übermütig. Die Kundschaft blickte missbilligend, und Solène senkte ihre Stimme.
Ach ja, wegen der Katzen. Nein! Ich habe keine zu verschenken. Aber … im Dorf sind letzte Nacht offenbar alle Katzen verschwunden. Auf einen Schlag. Ist das nicht sonderbar?
Ach so. Jetzt verstehe ich.
Tanner blickte sie an und wartete, bis sie wieder zu lachen begann, aber sie meinte es ernst.

So, so, die Katzen sind also verschwunden? Vielleicht mögen sie einfach keinen Schnee und haben beschlossen auszuwandern. Sind wahrscheinlich alle unterwegs in den Süden. Im Gänsemarsch. Oder per Anhalter. Das sollten wir übrigens auch tun.
Tanner lachte. Solène tat so, als hätte sie nicht verstanden.
Was? Was sollten wir tun?
In den Süden fahren. Wir drei. Wir müssten nicht einmal Autostopp machen, sondern könnten mit meinem Auto fahren.
Machen Sie sich nur lustig, Monsieur. Wenn Sie eine Katze hätten und die einfach so verschwinden würde, wären Sie sicher auch traurig.
Entschuldigen Sie, Solène. Haben Sie denn ebenfalls Ihre Katze verloren?
Diesmal protestierte sie nicht gegen die Namenszuteilung.
Nein, nein. Ich will kein Haustier. Ich finde es immer traurig, diese Tiere in den Wohnungen und so. Zudem habe ich ja meine Schwester. Das ist Abwechslung genug.
Da haben Sie sicher Recht. Ich hoffe, die Katzen kommen wieder zum Vorschein.
Ja, das hoffen wir auch. Ich wünsche Ihnen einen schönen Spaziergang, Herr Tanner.
Danke und auf Wiedersehen, Solène.
Tanner verließ den Laden fröhlicher, als er ihn betreten hatte. So erging es ihm jeden Tag.
Das nenne ich erfolgreiche Kundenanbindung. So einen Laden muss man mir in der Stadt erst einmal zeigen. Es ist wie ein kleines Wunder. Aber wie sagt man so schön: Raum ist in der kleinsten Hütte.
Er lachte vergnügt und wiegte den Kopf.
Was machten zwei so attraktive Zwillingsschwestern in diesem Dorf? In diesem Laden? Ein Rätsel, über das Tanner mitunter gerne nachdachte, doch zu einer schlüssigen Antwort war er noch nicht gekommen. Er hatte zu seinem Vergnügen schon etliche Thesen durchdekliniert. Alle Arten von unglücklichen Liebesaffären, bis hin zur Vermutung, dass die beiden irgendwo ein Verbrechen begangen hatten und sich hier in dem kleinen, unscheinbaren Dorfladen eine Weile versteckt hielten. Auf alle bis-

herigen, geschickt eingefädelten Fragen hatte er nur ausweichende Antworten erhalten. Wie auch immer, die beiden gefielen ihm außerordentlich gut. Wieso wäre er sonst freiwillig jeden Tag einkaufen gegangen, manchmal sogar zweimal am Tag? Er konnte die beiden zwar mittlerweile gut unterscheiden, aber sich noch immer nicht entscheiden, welche der beiden ihm besser gefiel. Auf den ersten Blick war es sicher Solène. Ihre Attraktivität sprang einem gleichsam ins Gesicht. Man konnte sich ihr kaum entziehen. Solanges Geheimnis musste zuerst entdeckt werden. Dann aber …

Es war wie in der Musik. Manche Melodien gingen gleich ins Ohr, andere entfalteten sich erst nach mehrmaligem Hören.

Zufrieden mit diesem Vergleich überquerte er die Straße zum Schulhaus, wo im Parterre die Gemeindeverwaltung untergebracht war. Die Fenster des ganzen Gebäudes waren trotz des hellen Tageslichts erleuchtet. Erstaunlicherweise hörte man keinen Ton. Vielleicht hatten alle Schüler gemeinsam eine schriftliche Arbeit zu bestehen. Oder sie lauschten atemlos einer Geschichte des Lehrers.

Da hörte er jemanden vom Schulhaus her seinen Namen rufen. Im Parterre lehnte sich die Gemeindeschreiberin aus einem offenen Fenster.

Entschuldigung, Herr Tanner?

Guten Morgen, Frau Gruber. Was gibt's?

Haben Sie auch eine Katze? Und ist die vielleicht auch verschwunden?

Nein, nein. Ich habe keine Katze. Danke der Nachfrage. Sind denn wirklich so viele Katzen verschwunden?

Es gelten an die fünfundzwanzig Katzen als vermisst.

Haben Sie dafür eine Erklärung?

Nein. Das ist es ja. Man hat noch nie von einer Massenflucht von Katzen gehört. Aber es wird sich schon noch klären.

Das denke ich auch. Auf Wiedersehen.

Frau Gruber war ihm von Anfang an wohlgesonnen gewesen. Er wusste zwar nicht warum, aber ihre Freundlichkeit machte den Umgang mit der Gemeindebehörde durchaus angenehm.

Die Hauptstraße machte eine ganz leichte Kurve, und schon bald

würde er das Ende des Dorfes erreicht haben. Interessant waren vor allem die Gebäude am Ende der Straße, und zwar die auf der linken Seite. An dieser Stelle blieb Tanner jedes Mal gerne stehen und schaute sich ausgiebig das große Gut an.
Umgeben von einem herrlichen alten Baumbestand, von gepflegten Hecken und Wiesen, die auf raffinierte Weise unmerklich in einen fast parkähnlichen Garten übergingen, stand, leicht erhöht, eine Backsteinvilla aus den Gründerjahren. Das Haus hätte eigentlich besser in die Nähe einer Stadt gepasst, doch die Vollkommenheit der Gartenanlage integrierte es erstaunlich gut in die bäuerliche Landschaft. Hinter dem Haus befanden sich Remisengebäude und Stallungen. Weiter zurückversetzt und noch etwas höher gelegen dominierte eine geradezu als riesig zu bezeichnende Scheune das Bild, die vor nicht allzu langer Zeit in eine moderne Reithalle umfunktioniert worden war. Im gigantisch großen Dachstock waren mehrere kleine, aber äußerst luxuriöse Wochenendappartements für Pferdebesitzer eingebaut worden. Die ganze Anlage wirkte klug konzipiert und schien innerhalb kurzer Zeit zu einem begehrten Anziehungspunkt für gut betuchte Pferdeliebhaber geworden zu sein. Durch den Schnee machte die Gestaltung der gesamten Anlage an jenem Tage einen noch einheitlicheren und einzigartigeren Eindruck als sonst.
Die Familie von Saalen, der das Gut gehörte, hatte seit Generationen einen bedeutenden Namen in der Pferdezucht. Der Alte von Saalen war zwar seit Jahren tot, aber seine Frau schien alles im Griff zu haben. Einer der beiden Söhne, so hieß es, sei als junger Mann von einem Pferdehuf schwer am Kopf verletzt worden und habe sich nach Jahren der Qual und der langsamen Verblödung mit einem Karabiner erschossen. Er habe offenbar in einem hellen Moment seine hoffnungslose Situation realisiert und sofort die Konsequenzen gezogen. Den anderen Sohn hatte Solène wörtlich einen ziemlichen Luftikus und Tunichtgut genannt. Über die Tochter hatte sie etwas mildere Worte gefunden.
Tanner wandte seinen Blick ab und setzte seinen Weg fort. Da er die Leute noch nie zu Gesicht bekommen hatte, hatte er sich auch noch keine eigene Meinung bilden können.

Er verließ die Hauptstraße nach rechts. Der Weg führte in Richtung See, zur alten Werft und zum Yachthafen. Links vom Hafen gruppierte sich eine Anzahl kleinerer und größerer Wochenendhäuschen zu einem kleinen Außenquartier des Dorfes. Die Häuser waren zum Teil in Selbstbaumanier mehr schlecht als recht zusammengezimmert. Die meisten waren offensichtlich über die Jahre immer wieder mit kleinen Anbauten erweitert worden. Material- oder Formabstimmung schien hier ein Fremdwort zu sein. Wellblech, Mauersteine, Beton, Holz roh, Holz bemalt, jegliche Art von Folie und Plastik, sogar Styropor bildeten die Baumaterialien. Alles in allem kein schöner Anblick. Eine ästhetische Absicht hinter dem Prinzip des Nichtzusammenpassens war dabei weit und breit nicht zu erkennen. Die Einheimischen nannten das wild entstandene Quartier politisch ziemlich unkorrekt das Negerdorf. Kürzlich hatten ein paar Neureiche, die ebenso wenig von Stilgefühl belastet waren, als Ergänzung zum Jahrmarkt der Hässlichkeiten noch ein paar protzige Pseudovillen dazugebaut.
Tanner versuchte sich mit dem Gedanken zu trösten, dass man das alles auch als Ausdruck eines freien Willens interpretieren könnte. Die Hässlichkeit würde so betrachtet zu einer zwar ärgerlichen, aber unausweichlichen Dreingabe unserer Zeit.
Viel lieber aber betrachtete Tanner den langgestreckten Hügel jenseits des Sees, ein Anblick, den er aus seinem Fenster frühmorgens als erstes genoss, ohne dass er sich je an dieser sanft geschwungenen Linie satt gesehen hätte oder seines Anblicks gar überdrüssig geworden wäre. Und jetzt war er, dieser grandioseste Hügel aller Hügel, auch noch mit Schnee bedeckt, was die Erotik seiner Linienführung schärfer denn je hervorhob.
Die Tore der alten Bootswerft waren heute Morgen noch allesamt verschlossen. Normalerweise trat Tanner in die Hallen und begutachtete interessiert die Boote und Schiffe, die gerade in Arbeit waren. Meist endeten diese Besuche im Büro des Werftbesitzers, mit dem man äußerst angeregt plaudern konnte. Heute ließ er die Werft links liegen und ging direkt zum ehemaligen Gebiet der alten Zementfabrik hinüber, die vor einiger Zeit ziemlich aufwendig zum Hafen für kleine und große Yachten umgebaut worden war.

Tanner war auf die Farbe des Wassers gespannt, denn er hatte den See noch nie im Schneekontrast erlebt. Er kannte und liebte all die Schattierungen vom hellsten türkisblau bis zu den abgrundtiefsten Blau- und Grüntönen. Oder all die Weiß- und Grautöne der aufgebrachten Gischt, wenn der Joran über den Hügel brauste und den stillen Seespiegel von einem Moment auf den anderen zu einer dramatischen Meeresoberfläche aufwühlte.
Durch den ungewohnten Schneehintergrund und den von Wolkenfetzen bedeckten Himmel changierte die Farbe des Wassers zwischen grau und violett. Tanner wischte einen großen Stein an der Mole schneefrei, setzte sich trotz der Kälte hin und beobachtete das schillernde Farbenspiel.
Nach einer Weile holte es ihn wieder ein. Es geschah zwar immer seltener, aber heute Morgen passierte es. War es die Farbe des Wassers? Der See sah heute Morgen wirklich traurig aus. Zudem hatte Elsie die Farbe Violett ganz und gar gehasst. Sie hatte ihm mal gesagt, violett sei für sie die Farbe des Todes. Auch assoziierte sie die Farbe mit der katholischen Kirche, und die mochte sie überhaupt nicht. Eine Religion, die neugeborenen Kindern die Erbsünde auferlegte, war für sie inakzeptabel. Dass daher Kinder ohne Taufe auf dem direkten Weg in die Hölle kämen, sei ihrer Meinung nach krank. Zumindest lebensfeindlich. Und jetzt war Elsie selber tot.
Tanner stützte den Kopf auf seine Hände.
Warum konnte er nicht wie ein Kind einfach denken, dass Elsie im Himmel war und es gut hatte? Dass sie den ganzen Tag auf einer Wolke saß und über sein Leben wachte und das ihrer Kinder? Und zwischendurch mit den Engeln fröhliche Lieder zu Ehren Gottes sang?
Er schaute hinauf zu den grauen Wolken.
In den dreizehn Monaten, die er Tag für Tag an ihrem Bett verbracht hatte, war auch er versucht gewesen – wie viele in ähnlicher Situation – eine Art Kuhhandel abzuschließen. Wenn Du sie aufwachen lässt, glaube ich an Dich. Es hatte aber nicht funktioniert, sie war gestorben. Ihren schönen Körper gab es nicht mehr. Der war verbrannt. Das Häufchen Asche lag eingeschlossen in einer tönernen Urne und wartete darauf, in der Mitte des

Sees verstreut zu werden. Diesen Wunsch hatte sie unvermittelt in einer ihrer Liebesnächte geäußert, und keiner hatte geahnt, wie schnell er Wirklichkeit werden sollte. Die Urne stand immer noch im leeren Schrank in einem der Zimmer, das er seit dem Tag, an dem er die Urne eingeschlossen, nicht mehr betreten hatte. Und er würde es so schnell auch nicht wieder betreten.

Tanner sprang von seiner kühlen Raststätte auf und setzte den Spaziergang fort.

Er war mittlerweile auf der Höhe des Bahnhofrestaurants angekommen, das gerade Betriebsferien hatte. Er liebte diesen Ort mit seiner einfachen Küche, den liebenswürdigen Besitzern und der heimeligen Gaststube. Und die Sommerabende an den Tischen unter dem Birnenspalier konnte man getrost als eine Form der reinen Poesie bezeichnen.

Der Bahnhofsplatz sah auch bei Schnee öde und verlassen aus. Hingegen übten die jenseits des Bahnhofs liegenden Gebäude auf Tanner stets den gleichen Zauber aus. Es war ein altes Herrschaftshaus, zu dem einer der größten Bauernhöfe des Dorfes gehörte. Der Gemeindepräsident – ein großer, knochiger Mann – und sein Bruder bewirtschafteten diesen Hof als Pächter. Die Herrschaft selbst war nur einmal pro Jahr vor Ort, an Weihnachten, um den Pachtzins einzukassieren, wie die Einheimischen in beinahe ehrfürchtigem Ton erzählten. Sämtliche tiefgrünen Fensterläden des großen Hauses waren also die meiste Zeit verschlossen. Mitunter bekam eine vertraute Person den Auftrag, das Haus zu lüften und zu reinigen. Dann standen für wenige Stunden einzelne Fenster plötzlich weit offen.

Das verschlossene Haus erinnerte ihn an die traurige Novelle über das vermeintlich gemütskranke Mädchen Susanna, das durch seinen Vormund in genau so einem Herrschaftshaus eingesperrt gehalten wurde. Sogar die Läden sollte es immer geschlossen halten, damit niemand ihre Schönheit entdecken konnte – und sie nichts von der Welt. Ein junger Mann hatte trotzdem das Glück, sie zu Gesicht zu bekommen, und die beiden verliebten sich unsterblich ineinander. Sie unterhielten sich jeden Abend im Schutz der Dunkelheit durch einen Schlitz im Fensterladen. Als der junge Mann für längere Zeit in die Hauptstadt fahren musste, gelang dem Mädchen die Flucht, und sie machte sich im tiefen Winter auf, immer der Eisenbahnlinie entlang, die in unmittelbarer Nähe ihres Hauses verlief. Genau wie hier. Der Bahnhofsbeamte hatte nämlich dem unerfahrenen Mädchen im Scherz geraten, wenn sie kein Geld habe und in die Hauptstadt wolle, müsse sie nur den Schienen folgen. Was sie dann auch tat. Nach einem langen Stück Wegs wurde sie müde, legte sich in den Schnee und erfror.

Die Trauer um das Schicksal des Mädchens war allerdings leichter zu ertragen als die andere, die immer noch wie ein Messer schnitt.

Die nächste Station zum Verweilen wäre die kleine Badeanstalt mit ihren altmodischen Holzkabinen und dem malerischen Steg, der weit in die kleine Bucht mit dem dichten Seerosenteppich hinausragte, gewesen. Der Steg stammte aus der Zeit vor der Versandung dieser Seeseite, in der hier noch regelmäßig Kursschiffe angelegt hatten. Eine hohe Stange mit einem altmodischen Namensschild der Station und dem erstaunlich poetischen Wappen des Dorfes zeugten von vergangenen Zeiten.

Im Winter ein weiterer verlassener, melancholischer Ort. Tanner mied ihn an diesem Tag und schritt zügig voran.

Kurze Zeit später erblickte er rechts, oberhalb des Hanges, an dessen Fuß die schmale Straße verlief, zuerst die Kirche mit dem Pfarrhaus und der kleinen Kapelle, in der neuerdings ein Philosoph hauste, und gleich darauf die Rückseite der Autowerkstatt, deren Besitzer er vorhin beim Schneewischen gesehen hatte, sowie einen Teil eines Bauernhauses. Schließlich das Haus von Marnier, dicht daneben das imposante Dach seines eigenen Wohnhauses und die steinernen Balustraden des parkähnlichen Gartens.

Die Straße schlängelte sich immer schmaler werdend zwischen diesem Hang und der Eisenbahnlinie entlang, bis zu einer ganz engen Nadelkurve, schon eher eine Art Spitzkehre, die so mancher Autofahrer kaum im ersten Anlauf meisterte. Danach führte die Straße praktisch in die Gegenrichtung zurück, den Hang entlang ziemlich steil aufwärts, bis sie endlich in die Hauptstraße mündete, an der entlang die Häuser des Dorfes hauptsächlich

aufgereiht waren. Die Gebäude der Hangstraße besaßen eine merkwürdige Ausstrahlung. Es war nicht das Wissen allein, dass hier die Ärmsten des Dorfes wohnten, es war auch nicht die offensichtliche Verwahrlosung, die diesem Ort eine unangenehme Aura verlieh. Es ging etwas Unheilvolles, Unerlöstes von diesen morschen Häusern aus. Wann immer Tanner auf seinen Spaziergängen jemand angetroffen hatte, waren die Blicke weder freundlich noch offen. Aber was genau sein Unbehagen auslöste, hatte er noch nicht herausfinden können. Menschen hatte er hier sowieso selten angetroffen. Dafür verwahrloste und bellende Hunde in viel zu kleinen Zwingern. Einzig bei dem kleinsten Haus hatte er dann und wann einen alten Mann mit einem ganz und gar verschrumpelten Gesicht beim Holzspalten getroffen, der ziemlich leutselig zu einem kurzen Schwatz über die Qualität und Güte diverser Brennhölzer und Spaltbeile bereit gewesen war. Dass die Häuser bewohnt waren, verrieten eigentlich nur die vergilbten Vorhänge, die sich leise bewegten, wenn einer wie Tanner vorbeiging. Genau so geschah es auch an diesem Tag.
Er war offensichtlich der erste, der auf der schmalen Straße ging, denn der Schnee war noch jungfräulich unberührt.

Oben an der Hauptstraße angekommen, erinnerte er sich an die Aufforderung Marniers, ihm einen Besuch abzustatten. Tanner überquerte die Straße.
Trat man in das Restaurant, fühlte man sich augenblicklich zutiefst in das Frankreich einer vergangenen Epoche versetzt. Viel Gobelin an den Wänden und auf den Stühlen, schwere weiße Tischdecken. Unzählige Stiche wichtiger historischer Momente der Grande Nation zierten die Wände. Marnier erwartete ihn bereits in einem der kleineren Gasträume.
Danke, dass Sie meiner Einladung folgen, Tanner. Nehmen Sie ein Glas Wein?
Nein, danke. Ein Espresso und ein großes Glas Wasser wären mir lieber, bitte.
Ich schließe mich Ihnen an. Bitte nehmen Sie Platz. Wenn es recht ist, will ich gleich ohne Umleitung sagen, warum ich Sie reden will.

Nur zu, lieber Marnier.
Wir äh ... wie sagt man? Wir vermissen? Ja, genau. Wir vermissen jemanden.
Sagen Sie jetzt nicht, Sie vermissen auch eine Katze.
Katze? Warum Katze? Wir hatten mal eine. Aber das ist lange her.
Ja, entschuldigen Sie, Marnier. Wissen Sie denn nicht, dass das halbe Dorf seine Katzen vermisst?
Nein, das wusste ich nicht. Stimmt das denn? Woher wissen Sie ...?
Die Zwillinge aus dem Laden und Frau Gruber von der Gemeinde haben es mir gesagt.
Dann stimmt es sicher, Tanner. Vor allem Frau Gruber ist kein Spaß.
Beide lachten.
Nein, nein. Sie ist sehr nett, aber sie ist definitiv kein Spaß!
Also, hören Sie, ich war als junger Koch auf den französischen Antillen, da sind einmal auch alle Katzen verschwunden. Ganz plötzlich. Am anderen Tag gab es eine starke Beben der Erde. Ein paar Tage später waren alle wieder da.
Dann hoffen wir doch mal, dass die Erde hier ruhig bleibt. Also, Marnier, wenn es keine Katze ist, was vermissen Sie dann?
André. Wir vermissen unseren jüngsten Lehrling.
Seit wann?
Marnier rutschte unruhig auf dem Stuhl herum.
Ja, es ist sehr dumm. Seit einer Woche.
Seit einer ganzen Woche?
Ja. Das heißt, nein. André ist sehr komplex. Er ist sehr begabt, hat aber beständig großen Unsinn im Herzen. Er ist der Sohn meiner Schwester aus Marseille. Sie hat ihn mir angehängt, äh nein, ich meine ... anvertraut. Er ist schon zweimal einfach verschwunden. Einmal aus Heimweh. Sie hat ihn dann wieder, äh, wie sagt man ... mit gleicher Post zurückgeschickt.
Sie meinen postwendend.
Ja, genau. Und einmal hat er den Autostopp in den Süden gemacht, bis er im Meer stand. In Genua. Er hat mir telefoniert und ich habe ihn geholt. Er hat gesagt, dass er das Meer sehen muss, sonst müsse er sterben. Oder so ungefähr.

Marnier schüttelte den Kopf.
Sie sehen, er ist sehr komplex.
Ja, es scheint sich um einen komplizierten jungen Mann zu handeln.
Genau. Kompliziert. Wollen Sie noch ein Espresso?
Tanner nickte.
Und jetzt ist er wieder einmal verschwunden?
Also, er hatte drei Tage frei und hat gesagt, dass er zu einem Freund nach die Stadt fahren will. Später haben wir bemerkt, dass er gar nicht bei Freund aufgetaucht ist, und sein Motorrad stand die ganze Zeit hinter dem Haus. Das haben wir aber erst vor zwei Tagen gesehen. Wir haben gedacht, dass er damit unterwegs ist.
Wie alt ist André?
Er ist gerade siebzehn geworden. Er ist jung.
Nimmt er Drogen?
Ehrlich gesagt, weiß ich das nicht. Er raucht vielleicht Haschisch. Wie alle jungen Leute, aber mehr weiß ich wirklich nicht.
Lieber Marnier, warum erzählen Sie das alles mir und nicht der Polizei?
Wollen Sie mich schrecken, Tanner?
Nein, aber sehen Sie, Marnier, eine Woche ist zu lang, um einfach die Augen zuzumachen. Und die Polizei verfügt über gewisse Kanäle. Zu den Spitälern, zum Beispiel, falls ihm irgendetwas zugestoßen ist. Wie gesagt, ich will Ihnen keine Angst machen, aber wenn Sie absolut keinen Hinweis haben, wo er sein könnte und wenn er sich diesmal überhaupt nicht meldet, dann könnte es doch sein, dass er in Schwierigkeiten steckt.
Ja, wahrscheinlich haben Sie Recht, Tanner.
Haben Sie denn schon alle seine Freunde gefragt, ob die vielleicht wissen, wo André steckt?
Ja, haben wir. Aber keine Resultat. Ich dachte, dass Sie, Tanner, vielleicht nachschauen könnten. Sie waren doch Polizist, stimmt es, oder?
Tanner hatte keine Lust, die Frage zu beantworten.
Hat André denn kein Mobiltelefon?
Doch. Aber er antwortet nicht.

Haben Sie schon sein Zimmer untersucht? Haben Sie Zugriff zu seinem Bankkonto? Weiß Ihre Schwester Bescheid? Gibt es auch einen Vater? Könnte er bei ihm sein? Trägt André Ausweispapiere bei sich? Haben Sie ein Foto von ihm, das wirklich etwas taugt?

Tanner ließ Marnier eine kleine Verschnaufpause.

Schauen Sie, Marnier, es mag jetzt etwas sehr nüchtern klingen, aber das sind in etwa die Fragen, die Sie den Behörden werden beantworten müssen. Noch etwas: Wer ist die Person, der er am meisten vertraut?

Marnier sah jetzt richtig unglücklich aus.

Wahrscheinlich das ist, äh, mich. Also ich. Glaube ich jedenfalls. Aber ich weiß ja auch nichts, merde!

Gut. Marnier. Ich kann eines für Sie machen. Ich werde mich sofort bei einem Freund bei der Polizei erkundigen, ob die was haben. Wenn nichts dabei rauskommt, machen Sie sofort eine Anzeige. Ist das klar?

Ja, das ist klar. Das machen wir.

Marnier trank in einem Zug das Glas Wasser aus. Seine Hände zitterten.

ZWEI

Es war noch tiefe Nacht, als das Telefon klingelte. Stöhnend nahm Tanner den Hörer ab.

Das kannst nur du sein, Michel! Wo brennt's denn mitten in der Nacht?

Was heißt hier: mitten in der Nacht ...!? Himmel Herrgott! Hat der Herr *mich* um etwas gebeten oder ich ihn? Wir von der Polizei können es uns nicht leisten, in den Tag hinein zu schlafen. Zudem muss *ich* ja arbeiten. Tag für Tag meine Brötchen verdienen. Und wenn du glaubst, ich hätte nicht jede Menge Wichtigeres zu tun, dann irrst du dich gewaltig!

Oh je, Michel! So früh am Morgen und bereits schlecht gelaunt?

Wie kommst du denn darauf, Tanner? Ich bin doch immer so.

Ja. Das stimmt auch wieder. Dickhäuter sind Morgen-, Mittag- und Abendmuffel.

Hey, Vorsicht. Ich habe abgenommen. Ganze zwanzig Kilo.

Ah ja, stimmt. Aber was sind zwanzig Kilo auf eine halbe Tonne?

Tanner, ich lege gleich auf, wenn du so weitermachst.

Nein, ist ja gut. Ich bin sehr stolz auf deine zwanzig Kilo.

Michel räusperte sich.

Von Tillieux haben wir nicht die Bohne einer Spur und auch keine Abgangsmeldung. War's das?

Du drückst dich wieder einmal sehr kultiviert aus. Aber ich danke dir. Besonders, da du soviel andere Arbeit hast, du Armer. An was arbeitest du denn gerade? An einem neuen Konzept für deine Mittagsverpflegung?

Nein, du Idiot. Wir haben doch diese seltsamen Todesfälle in einem der städtischen Altersheime. Ach ja, wenn du mich schon fragst: Vielleicht könntest du mal einen Blick in die Akte –

Tanner unterbrach ihn.

Heute Abend. Punkt Acht. Bei mir. Im Smoking. Wir essen am

weiß gedeckten Tisch. Wer weiß, vielleicht haben wir sogar zwei charmante Tischdamen. Und wenn du fünf Minuten zu spät kommst wie letztes Mal, schmeiße ich das Essen vor deinen Augen in den Abfall. Haben Sie mich verstanden, Herr Kommissar, Abteilung Leib und Leben?
Ay ay, Sir! Aber du weißt ja, man hat die Bezeichnung »Leib und Leben« abgeschafft. Wir sind jetzt eine stinknormale Mordkommission.
Wie schade. Ich finde »Leib und Leben« viel schöner.
Tanner legte auf.
Ach, dieser Michel!
Er legte sich noch einmal auf die Seite, wusste aber jetzt schon, dass er keinen Schlaf mehr finden würde.
Diese ewigen Anspielungen auf das Geld. Und dann wieder zu mir rennen, wenn er in seinem dämlichen Fall nicht weiterkommt. Typisch, typisch.
Tanner schlug die Decke zurück und beschloss, unter die Dusche zu gehen. Draußen war es noch dunkel, und er konnte nicht sehen, ob es erneut geschneit hatte oder ob der Schnee vielleicht schon wieder geschmolzen war. Er hatte in der Nacht eher das Gefühl gehabt, als würde es regnen.
Tanner stellte sich unter das warme Wasser und schloss die Augen.
Immer wieder das Geld. Michel konnte es einfach nicht lassen. Dabei war er selber schuld. Als Tanner durch seinen letzten Fall an ein kleines Vermögen geraten war, hatte er Michel einen Anteil geben wollen, doch der war zu stolz gewesen, es anzunehmen. Denn er hatte es nicht direkt vom Geldgeber persönlich angeboten bekommen. Was ja in seiner beruflichen Position auch gar nicht statthaft gewesen wäre. Es quasi als Geschenk von Tanner zu nehmen, wäre zwar legal, hätte jedoch für Michel die Bedeutung eines Almosens gehabt, wie er sich damals ausdrückte. Tanner hatte schließlich kapituliert und Michels Anteil auf einem Sperrkonto deponiert.
Er stieg aus der Dusche und trocknete sich ab.
Die Frage blieb die gleiche: War es nun positiv, dass Michel keine Informationen zu André Tillieux liefern konnte oder nicht?

Auf jeden Fall musste Marnier heute schleunigst zur Polizei gehen und offiziell eine Vermisstenmeldung erstatten. Nur so konnte die Maschinerie in Gang kommen. Immerhin war es, wenn man den heutigen Morgen mitrechnete, schon acht Tage her, seit der Junge verschwunden war.
Vielleicht sollte er, nach dem Frühstück und nach seinem Spaziergang, Marnier erneut im Restaurant einen Besuch abstatten und sich ein genaueres Bild über diesen jungen Mann verschaffen. Es konnte nicht schaden, in Form zu bleiben.
Für die Vorbereitung des Michelschen Gastmahls blieb ihm ja noch der ganze Nachmittag. Er nahm schon mal die Lammkeule aus dem Tiefkühler, denn er wollte sie nach dem Prinzip des langsamen Garens zubereiten. Und das konnte schon mal den halben Nachmittag in Anspruch nehmen.
Wie hatte Marnier seinen Neffen genannt? Ach ja: komplex. Was verbarg sich hinter diesem etwas allgemeinen Adjektiv? Sollte es vertuschen, dass Marnier ihn in Wirklichkeit nicht mochte? Oder dass ihm sein Wesen und Verhalten zutiefst fremd waren? Marnier hatte im Gespräch ziemlichen Wert darauf gelegt, dass von ihm selbst das Bild des liebevoll sorgenden Onkels entstand. Abgesehen davon sagte ihm sein Gefühl, dass der junge Mann tatsächlich in Schwierigkeiten steckte.
Wir werden sehen. Nur keine voreiligen Schlüsse ziehen. Das ist der Tod einer jeden Untersuchung.
Er griff zum Telefon und teilte Marnier mit, dass er bei der internen Befragung der Polizei nichts erfahren habe und dass Marnier jetzt dringend die Vermisstenanzeige aufgeben müsse. Marnier blieb sachlich und versprach, sofort zu handeln.
Danach bereitete Tanner sich betont ruhig sein Frühstück zu. Aber er kannte sich gut genug, um sich nichts vorzumachen. Der ewige Virus der Jagd hatte ihn wieder infiziert.

Als er sich auf seinen täglichen Spaziergang machte, begann eben gerade erst die Morgendämmerung. Es hatte tatsächlich nachts geregnet, der Schnee war größtenteils verschwunden, weswegen der Morgen dunkel, schwer und dumpf wirkte. Kein Vergleich mit dem schneehellen Tagwerden vom vorigen Tag.

Viel freundlicher würde es heute wahrscheinlich auch nicht werden, denn am Himmel drängten sich bauchig schwarze Wolken. Einzig die Hügelkuppe entlang zog sich ein glitzernd heller Silberstreifen.
Die dunklen Zeichen an den Haustüren fielen Tanner erst nach einer Weile auf. Denn die ersten paar hundert Meter war er gegangen, ohne sich die Umgebung genauer anzusehen. Er machte den Spaziergang vom vorigen Tag in umgekehrte Richtung. Erst beim Haus, das direkt in der Haarnadelkurve stand, fiel ihm auf, dass jemand auf die beigefarbene Haustür ein dunkelrotes Zeichen gemalt hatte. Das Zeichen bedeckte etwa die Fläche von vier Männerhänden und war gestern bestimmt noch nicht dort gewesen, da war er sich ganz sicher. Er blickte zu den anderen Häusern zurück und erkannte irritiert, dass alle Haustüren ein Zeichen in der gleichen Farbe trugen.
Verwundert setzte Tanner seinen Spaziergang die Eisenbahnschienen entlang fort. Beim Bahnhof weiter vorne hatte eben ein Zug gehalten, und es stiegen eine Handvoll Leute ein. Wahrscheinlich lauter Pendler, die in der Hauptstadt arbeiteten und hier wohnten. Vielleicht auch Schüler, die eine höhere Schule besuchten.
Als der Zug, noch in langsamer Fahrt, an ihm vorbeifuhr, hatte er das Gefühl, als starrten ihn die Leute durch die beschlagenen Scheiben seltsam an. Einzelne Hände wischten hektisch die Scheiben, um ihn besser zu sehen.
Irritiert schüttelte er den Kopf.
Ich bin heute einfach zu früh aufgestanden. Wer geht denn um diese Uhrzeit spazieren, noch bei dem Wetter? Kein Wunder, wenn mich die Leute wie eine Erscheinung anglotzen.
Bis auf weiteres begegneten ihm lauter Häuser, die sich ihm mit ihrer Rückseite präsentierten, so dass er nicht sehen konnte, ob die Zeichen sich bloß auf das verwahrloste Quartier beschränkten.
Innerhalb der nächsten halben Stunde steigerte sich sein Gang jedoch vom gemütlichen Gehen in ein atemloses Traben. Man konnte es nun beim besten Willen keinen Spaziergang mehr nennen. Kurze Zeit später war ihm klar, dass jemand in dieser Nacht auf sämtliche Haustüren des Dorfes Zeichen gemalt hatte. Ge-

nauer gesagt: nicht auf alle Türen. Es gab ein paar wenige Ausnahmen. Auch seine Haustür war nicht markiert. Beim Dorfbrunnen angekommen sah er, dass auch der Dorfladen verschont geblieben war.
Kurz entschlossen ging Tanner auf die Eingangstür zu.
Der Laden war leer, nicht einmal die Zwillinge waren zu sehen. Tanner wunderte sich, denn Solène und Solange ließen ihren Laden nie unbeaufsichtigt. Wenn sie mal kurz weggingen, schlossen sie normalerweise die Tür und hängten einen Zettel daran. Plötzlich hörte er im hinteren, für die Kundschaft nicht zugänglichen Bereich jemanden schluchzen.
Hallo? Solène? Solange? Ich bin's, Tanner!
Einen Moment lang war es still, dann fiel etwas zu Boden. Tanner näherte sich dem Durchgang. Plötzlich stand Solange vor ihm, die Augen voller Tränen.
Ach, es ist schrecklich, Tanner. Wir fürchten uns alle. Ist an Ihrer Haustür auch so ein schreckliches Zeichen?
Nein, Solange. Es gibt aber noch andere Haustüren ohne Zeichen.
Woher wissen Sie das?
Ich habe nachgeschaut, ganz einfach. Jetzt beruhigen Sie sich, Solange. Es wird sich alles klären. Setzen Sie sich erst mal auf diesen Stuhl.
Tanner nahm eine Packung Papiertaschentücher aus einem Regal, riss die Packung auf und reichte Solange eins.
Danke. Aber wissen Sie denn, was das zu bedeuten hat?
Nein, das weiß ich leider noch nicht. Aber wir werden es erfahren, da bin ich mir ganz sicher.
Aber die Zeichen bedeuten doch alle den Tod, nicht wahr?
So vorschnell sollten wir nicht urteilen, Solange. Warum sind Sie eigentlich allein im Laden? Wo ist denn Ihre Schwester?
Solène muss schnell eine Nachbarin nach Hause begleiten.
Warum denn das?
Sie hat sich plötzlich gefürchtet, alleine auf die Straße zu gehen.
Was für ein Unsinn. Fürchten Sie sich denn auch?
Fürchten nicht gerade, aber ein bisschen unheimlich finde ich es schon. Wer um alles in der Welt kann denn so etwas gemacht haben?

Das weiß ich natürlich auch nicht. Dumme Jungs wahrscheinlich, denen langweilig war.
Tanner gab sich alle Mühe, überzeugend zu sein, obwohl er seine eigene Behauptung ziemlich übermütig fand. In diesem Moment kam Solène zurück.
Ah, Monsieur tröstet unsere Solange. Störe ich?
Solange richtete sich sofort auf.
Spinnst du? Aber ich war froh, nicht mehr allein zu sein, ich gebe es zu.
Und wie erklären Sie sich, dass Ihre Haustür von diesen Schmierfinken verschont geblieben ist?
Guten Tag, Solène. Dafür habe ich keinerlei Erklärung. Meine Haustür ist aber nicht die einzige, die verschont wurde. Ihr Laden wurde auch ausgelassen.
Ja, klar. Da wohnt ja auch niemand.
Und die Kirche? Wer wohnt dort, Solène?
Was? Die Kirchentür haben die auch verschmiert? Schweinebande!
Warum denken Sie, dass es mehrere waren?
Weiß ich nicht. Aber immer wenn in dieser Gegend Unsinn gemacht wurde, steckte eine ganze Bande dahinter.
Was haben die denn so gemacht?
Ja, zum Beispiel das Feuer für den ersten August am Vorabend angezündet. Oder den Leuten die Fahrräder vertauscht. Oder dem Dorflehrer bei zehn verschiedenen Firmen Taxis bestellt.
Ich weiß nicht, ob das in dieselbe Kategorie fällt. Und ob es sich um eine Gruppe handelt, bezweifle ich.
Was glauben denn Sie, Herr Tanner?
Ich finde, die Zeichen haben eine eindeutige Handschrift. Es könnte sich sehr wohl um eine Einzelperson handeln. Aber das muss man natürlich näher untersuchen.
Solange blickte ihn mit großen Augen an. Dann zog Solène ihre Schwester vom Stuhl hoch.
Ja, ich glaube, die Polizei hat damit schon begonnen. Ein Streifenwagen ist soeben gekommen. Weiter vorne im Dorf. Die Gruber hat stellvertretend für alle Anzeige gegen unbekannt erstattet.
Na ja, dann ist ja alles in besten Händen. Warum ich eigentlich

gekommen bin: Würden Sie mir die Ehre erweisen und heute Abend bei mir speisen? Wie dumm von mir, die bedruckten Einladungskarten mit Goldprägung habe ich jetzt prompt vergessen. Ein guter Freund aus einem befreundeten Kanton wird auch noch zu Gast sein. Ich würde mich sehr freuen, wenn Sie ja sagen würden.

Die Schwestern schauten sich einen Moment an. Solène antwortete für beide.

Selbstverständlich erweisen wir Ihnen die Ehre. Um wie viel Uhr?

Punkt acht, wenn ich bitten darf. Meine Adresse ist Ihnen ja bekannt. Ah, ja. Sie sind beide keine Vegetarier, äh, ich meine, Sie sind keine Vegetarierinnen, oder?

Diesmal war Solange schneller.

Gott bewahre, nein. Wir sind große Fleischanbeterinnen.

Dann verabschiedete man sich.

Wieder draußen auf der Straße, sah Tanner tatsächlich einen Streifenwagen. Die beiden Beamten liefen gerade von einem Hauseingang zurück zu ihrem Wagen.

Guten Tag, die Herren. Mein Name ist Tanner. Ich bin ein Freund und Berufskollege von Kommissar Michel. Sie untersuchen die Zeichen an den Haustüren?

Guten Tag. Wagner. Das hier ist mein Kollege Stoffel. Haben Sie uns etwa gerufen?

Nein, nein. Das war Frau Gruber von der Gemeindeverwaltung. Zudem ist meine Haustür eine der wenigen, die nicht bemalt wurde. Soweit ich gezählt habe, sind etwa sieben Türen im ganzen Dorf nicht bemalt.

Da haben Sie ja Glück gehabt.

Wie man's nimmt. Was halten Sie denn davon, Wagner?

Der Beamte zog seine Mütze aus und strich die Haare glatt.

Wahrscheinlich ein dummer Streich. Natürlich ärgerlich das Ganze, aber ich würde da nicht viel machen. Schwamm drüber! Also, ich meine, schnellstens abwaschen und vergessen.

Die beiden Polizisten grinsten etwas verlegen. Es war offensichtlich, dass sie nicht so recht wussten, was sie mit der ganzen Sache anfangen sollten.

Darf ich Ihnen einen Vorschlag machen, meine Herren?
Ja, was denn?
Ich würde als erstes die Leute bitten, vorerst gar nichts abzuwaschen. Dann würde ich von zwei bis drei verschiedenen Türen Materialproben nehmen und ins Labor bringen.
Wieso denn das?
Haben Sie sich die sogenannte Farbe denn mal näher betrachtet?
Nein. Wieso auch. Es ist halt irgendeine Farbe, die man sprayen kann.
Es tut mir leid, ich muss Sie korrigieren. Erstens wurde hier eindeutig mit einem Pinsel gearbeitet und zweitens könnte es sein, dass es sich bei dem aufgetragenen Material möglicherweise um etwas anderes als Farbe handelt.
Um was denn?
Es war Stoffel, der die Frage ziemlich forsch stellte.
Möglicherweise handelt es sich um Blut, meine Herren.
Die beiden Beamten schauten sich etwas perplex an.
Auf den Arm nehmen können wir uns selber!
Das glaube ich Ihnen ungefragt, meine Herren. Meine erste These können Sie gleich an Ort und Stelle kontrollieren, wenn Sie sich eines der Zeichen genauer anschauen. Vielleicht entdecken Sie sogar ein Pinselhaar, aber ganz sicher können Sie den Pinselstrich erkennen.
Wagner schaute argwöhnisch, gab sich aber einen Ruck.
Stoffel, du wartest hier.
Er ging zurück durch den Vorgarten, kniete sich vor die Tür und betrachtete eingehend das gemalte Zeichen. Dann kam er mit schnellen Schritten zurück.
Tanner, ich muss mich bei Ihnen entschuldigen. Sie haben vollkommen Recht. Es wurde mit einem Pinsel gemalt. Und vielleicht ist es wirklich, äh ... es riecht auf jeden Fall nicht nach Farbe.
Er roch an seinem Fingernagel, offensichtlich hatte er ein bisschen Material weggekratzt.
Falls sich herausstellt, dass es sich tatsächlich um Blut handelt, würde ich diese Information vorläufig unter Verschluss halten. Nicht an die Presse, nicht an die Dorfbewohner. Verstehen Sie, was ich meine?

Ja, klar, da bin ich ganz Ihrer Meinung. Stoffel, du gehst jetzt von Tür zu Tür und bittest die Leute, die Zeichen nicht abzuwaschen, bis die Polizei es erlaubt. Sag den Leuten, sie könnten sonst mit keinem Schadenersatz rechnen.
Das ist ein kluger Schachzug, Wagner. Und Stoffel, falls Sie jemanden antreffen, der schon gemerkt hat, dass es sich um keine gewöhnliche Farbe handelt, verpflichten Sie ihn zum Stillschweigen. Womöglich unter Androhung von schwerwiegenden Konsequenzen.
Stoffel blickte zu Wagner.
Herr Tanner hat Recht. Vielen Dank für Ihre Hinweise. Wo erreichen wir Sie?
Ich wohne da vorne in dem weißen Haus im Park. Ansonsten weiß Michel Bescheid. Er kommt heute Abend um acht Uhr sowieso zu mir.

Tanner setzte seinen Weg fort, sein Ziel war das französische Restaurant. Er hatte jetzt wirklich große Lust auf einen guten Kaffee. Um diese Uhrzeit war das Restaurant natürlich leer, zumal ganz offensichtlich auch niemand in den Gästezimmern übernachtete. Alle Zimmerschlüssel hingen wohlgeordnet an dem kitschig rustikalen Schlüsselbrett an der Wand hinter der kleinen Rezeption. Erst heute bemerkte er den Wechselrahmen mit den Fotos aller Angestellten des Gasthauses. Der Gast sollte sich von Anfang an eine Vorstellung über den Betrieb und seine Mitarbeiter machen. Tanner nahm kurz entschlossen das Bild von der Wand und begab sich damit in die kleine Gaststube.
Auf der Übersicht waren insgesamt dreizehn Personen zu sehen. Ganz zentral natürlich der Patron samt Gattin. Auf der linken Bildhälfte insgesamt vier Mann Küchenpersonal, zwei Köche, ein Lehrling – André Tillieux – und eine Küchenhilfe. Auf der rechten Seite das Servicepersonal, Zimmermädchen, Gärtner und die Haustechnik.
Zum ersten Mal sah Tanner ein Bild von André Tillieux. Schmal, mit großen Augen, schaute er melancholisch in eine imaginäre Ferne und wirkte in seinem Kochkostüm alles in allem eher unglücklich und fehl am Platz. Vielleicht war ihm die Kleidung ein-

fach nur zu groß, wer weiß. Oder er ließ sich nicht gerne fotografieren? Tanner wusste um die relative Aussage eines einzelnen Fotos. Vielleicht konnte er heute noch andere Bilder sehen, auf denen André einen ganz anderen Eindruck machte.
Hallo Tanner. Ich habe Sie gar nicht kommen sehen. Wollen Sie ein Glas Wein?
Tanner drehte sich um. Da er Marnier sonst immer nur in seiner ewig weißen Küchenkleidung gesehen hatte, dauerte es einen Moment, bis er ihn erkannte. Er trug einen schwarzen Anzug mit einem stahlgrauen Hemd und wirkte überraschend elegant.
Guten Tag, Marnier. Ich sehe, Sie waren in der Stadt und haben die Anzeige gemacht.
Stimmt. Die haben gesagt, ich müsse jetzt Geduld haben, bis äh, ja, bis sie vielleicht irgendwelche Resultate haben. Ich bin jetzt noch viel mehr in Unruhe als vorher.
Ja, das verstehe ich. Wir werden gleich darüber reden.
Ja, entschuldigen Sie. Was wollen Sie trinken?
Ich hätte gerne einen Milchkaffee, und wenn ich noch ein Croissant dazu bekommen könnte, wäre ich mehr als zufrieden.
Kommt gleich. Ich werde mich in der Zwischenzeit kurz umändern. Also, ich meine, die Kleidung.
Er wandte sich ab, drehte sich dann aber noch einmal um.
Ah ja, Sie haben das auch mitbekommen mit den Schmierereien an den Haustüren, oder? Meine Leute sind ganz aufgeregt. Als ich in die Stadt aufbrach, habe ich es gar nicht gesehen, es war noch zu dunkel. Als ich vorhin zurückkam, war das Haus ein Bienenschwarm. Ich musste erst mal alle beruhigen und an die Arbeit schicken. An meiner Haustür ist auch so eine Schweinerei. Hier beim Restaurant zum Glück nicht. Was halten Sie davon?
Tanner machte eine vage Handbewegung.
Die Polizei ist bereits im Dorf und sondiert die Lage. Bald werden wir mehr wissen. Die Leute reagieren offenbar zum Teil sehr erschreckt. Ich hoffe, es kommt zu keinen übereilten Schlussfolgerungen.
Marnier nickte.
Ich habe jetzt andere Sorgen. Also, ich bin sofort zurück.

Marnier machte einen sehr viel nervöseren Eindruck als gestern. Wahrscheinlich, weil jetzt das Verschwinden von André offiziell deklariert war. Diese Erfahrung hatte Tanner oft gemacht. Von dem Augenblick an, da die Polizei eingeschaltet war, wurde für viele Leute eine Sache erst richtig real. Und dramatisch. Auch wenn sonst gar nichts Neues passiert war.
Tanner betrachtete die Fotos der anderen Angestellten. Ob es jemanden gab, den André besonders mochte? Waren es eher die jüngeren Frauen vom Service oder seine deutlich älteren Kochkollegen? Anhand der Bilder allein eine Prognose zu machen war unmöglich. Marnier hatte gestern behauptet, André habe zu ihm selbst das größte Vertrauen. Gut, er war sein Onkel, und solange André minderjährig war, hatte er von seiner Schwester so etwas wie die elterliche Verantwortung übernommen. Das allein sagte aber noch nichts über das wirkliche Verhältnis Andrés zu seinem Onkel aus.
Mit Ausnahme einer jungen Frau des Servicepersonals, die S. Sanders hieß, und einem Mann namens Viet Dang, der in der Küche half, hatten alle anderen ausschließlich französische Namen.
Im nächsten Augenblick servierte die junge Frau, die er gerade auf dem Foto gesehen hatte, den Milchkaffee und das Croissant.
Guten Tag, hier ist Ihr Kaffee.
Ich habe gerade Ihr Bild gesehen, Frau Sanders.
Er deutete auf den Wechselrahmen.
Aufgrund des Fotos schließe ich, dass Sie noch nicht so lange da sind. Stimmt das?
Ja, das stimmt. Sehen Sie das denn dem Bild an?
Schauen Sie selber. Alle anderen Fotos sehen vom Stil und vom Papier her älter aus.
Gut erkannt, das ist mir noch nie aufgefallen. Also, ich bin seit ungefähr drei Monaten hier.
Und Sie stammen aus Wien, würde ich sagen.
Ebenfalls richtig. Sehen Sie das auch dem Foto an?
Sie lachte und strich sich eine blonde Strähne aus dem Gesicht.
Das habe ich nämlich in Wien machen lassen.
Nein, das höre ich an Ihrer schönen Sprache.
Darf ich meinerseits daraus folgern, dass Sie Wien kennen?

Darüber reden wir ein andermal. Sagen Sie, können Sie mir etwas über André sagen?
Sie blickte über Tanner hinweg und sprach plötzlich betont laut. Lassen Sie sich den Kaffee schmecken. Rufen Sie mich, wenn Sie noch etwas brauchen. Ich bin drüben in der großen Gaststube und bereite den Mittagstisch vor. Wir haben heute einige Reservierungen.
Lieber Tanner, haben Sie den Kaffee bekommen? Danke, Sol. Sie können jetzt gehen.
Betont gelassen sah die Kellnerin ihn an. Dann lächelte sie Tanner zu und ging. Marnier sah wieder so aus, wie Tanner ihn kannte. Der weiß gekleidete Chefkoch Marnier le Grand. Mit seiner gewohnten Kleidung hatte Marnier auch wieder etwas mehr von seiner Ruhe zurückgewonnen.
Was soll ich jetzt tun, Tanner? Die Anzeige habe ich gemacht.
Wenn Sie wollen, dass ich Ihnen helfe, müssen Sie mir viele Fragen beantworten. Auch muss ich alle Ihre Angestellten befragen dürfen, aber zuerst möchte ich sämtliche Fotos sehen, die Sie von André haben. Ach ja, und dann muss ich sein Zimmer sehen.
Warum sein Zimmer?
Ich muss mir ein möglichst genaues Bild von André machen, sonst kann ich überhaupt nicht helfen. Ich muss mich in seine Gedankenwelt einfühlen können. Sonst hat alles keinen Sinn. Meine Mutter sagte immer: Zeige mir, wie du wohnst, und ich sage dir, wer du bist.
Gut. Ich verstehe. Soll ich Ihnen das Zimmer gleich zeigen?
Ja, bitte. Pardon, wo ist eigentlich Ihre Frau, Marnier? Ich habe sie seit Tagen nicht mehr gesehen.
Sie ist für ein paar Wochen bei ihrer Schwester in Kanada.
Weiß Ihre Schwester denn, dass ihr Sohn spurlos verschwunden ist?
Ja, sicher, ich habe es ihr vorgestern gesagt. Sie wird morgen oder übermorgen hier eintreffen.
Und was ist mit dem Vater?
Von André, meinen Sie?
Ja.

Er ist schon seit vielen Jahren tot. Verkehrsunfall mit Motorrad. Sehr tragisch. André war damals noch nicht mal vier Jahre alt.
Und ist Ihre Schwester wieder verheiratet?
Ja, aber ihr zweiter Mann, den sie erst vor drei Jahren geheiratet hat, ist im letzten Sommer an Krebs gestorben. Bitte, hier ist das Zimmer von André. Wir durften es ja nicht betreten, da war André sehr eigen. Er hat darauf bestanden, seine Privatsphäre zu haben.
War? Sie haben gesagt, André *war* sehr eigen.
Oh, mon dieu, nein, das habe ich nicht gemeint. Sie verstehen, Deutsch ist eine schwere Sprache und –
Tanner winkte ab.
Und? Haben Sie seine Privatsphäre respektiert?
Selbstverständlich. Er musste dann halt sein Zimmer auch selber putzen und so. Das, äh, ist die Konsequenz.
Marnier und Tanner waren während des Gesprächs die Treppe bis unter das Dach des Gasthauses gestiegen.
Ich werde jetzt ganz allein in das Zimmer gehen und eine Weile da drinnen bleiben, Marnier.
Ich verstehe. Ich muss an den Herd. Wir haben bestellte Gäste und die wollen etwas zu Mittag essen. Sie finden mich dann in die Küche.
Tanner stand noch eine Weile im Gang, bis er Marniers Schritte nicht mehr hörte. Dann erst öffnete er die Tür.
Abgestandene Luft schlug ihm entgegen, zudem waren die Vorhänge dicht zugezogen, so dass man vom Zimmer nicht viel erkennen konnte. Er tastete nach einem Lichtschalter.
Das kleine Zimmer mit abgeschrägter Wand sah aus wie eine Müllhalde. Das zerwühlte Bett, der kleine Tisch und jeder Zentimeter des freien Raumes waren mehrschichtig übersät mit Kleidern, Schuhen, Zeitschriften und vielem mehr.
Tanner lächelte.
Selber putzen? Oh je. Ordnungsliebend ist er nicht, der André, das steht schon mal fest.
Tanner bahnte sich vorsichtig einen Weg durch das Chaos, möglichst ohne etwas zu verändern, öffnete Vorhang und Fenster, ließ die kalte Morgenluft ins Zimmer. Er befreite den einzigen Stuhl

von einem Stapel frisch gebügelter Bettwäsche, die André dem Geruch nach zu urteilen selber nie gewechselt hatte.
Privatsphäre gab es hier jede Menge, allerdings war sie keinesfalls malerisch oder besonders appetitlich. Tanner setzte sich behutsam auf den Stuhl und schaute sich um. Der einzige Ort, der nicht vom Ordnungsprinzip Zufall regiert war, schien das Gebiet um den ziemlich teuren CD-Player mit Sennheiserkopfhörern zu sein. Die CD-Hüllen lagen ordentlich aufgereiht nebeneinander, was ja durchaus von praktischem Nutzen war. Hätte André eine bestimmte Musik hören wollen – ein Griff und er hätte die CD zur Hand. Eine saubere Unterhose zu finden – dazu hätte man schon einen ganzen Suchtrupp losschicken müssen. Aber wer weiß, vielleicht folgte Andrés Stapelbildungssystem ja einer unsichtbaren Logik. Tanner hätte ein mehrstrophiges Lied über die Diskussionen mit seinem eigenen Sohn zu singen gewusst, was imaginäre Ordnungsprinzipien anbelangte.
Von seinem Stuhl aus konnte Tanner den schmalen Kleiderschrank öffnen. Er war komplett leer. André hatte offenbar nie etwas eingeräumt, sondern sich von Anfang an für die allgemeine Bodenhaltung seiner Siebensachen entschieden. Vielleicht bedeutete der leere Schrank auch, dass er sich hier nicht hatte niederlassen wollen.
Tanner betrachtete die Wände.
An der Wand über dem Bett hing ein einziges Bild. Es war ein kleinformatiges Poster der isländischen Sängerin Björk. Offensichtlich hatte sie das Bild persönlich signiert. Quer über das Bild war mit dickem Filzstift ihr Name geschrieben.
Er nahm sich die CD-Sammlung systematisch vor. Tatsächlich fand er hier nicht den allgemein verbreiteten Hip-Hop-Verschnitt der durchschnittlichen Altersgenossen von André, sondern ein breites musikalisches Spektrum, bis hin zu klassischer Musik. *Die Zauberflöte* war gleich in drei verschiedenen Aufnahmen vorhanden.
Tanner schaute sich um.
Also, was habe ich bis jetzt? Was Ordnung und Sauberkeit betrifft, ist André eindeutig noch im Ferkelalter. Musikalisch hingegen kann man ihn als fortgeschritten einstufen.

Er schloss das Fenster. In diesem Moment klopfte es sehr leise an die Tür, dann ein Kratzen.
Interessant. Klingt nicht wie das erste Mal.
Tanner fuhr sich durch die Haare und schloss mit sich schnell eine Wette ab, dass es die junge Frau aus Wien war, die vor der Tür stand.
Kommen Sie herein, Frau Sanders.
Woher wussten Sie …?
Ja, das war nun nicht besonders schwer. Treten Sie näher.
Sie setzte sich zögernd auf den Rand des Bettes. Offenbar erstaunte sie die Unordnung im Zimmer nicht besonders.
Sie sind nicht das erste Mal hier, oder?
Sie schüttelte den Kopf.
Was haben Sie denn für ein Verhältnis zu André?
Energisch richtete sie ihren Kopf auf.
Ich habe kein Verhältnis mit André.
Das habe ich ja auch nicht gesagt.
Stimmt. Entschuldigung. Was soll ich sagen – ich mag ihn, und ich hatte von Anfang an das Gefühl, er braucht ein bisschen Hilfe. Nachdem Madame abgereist ist, noch mehr.
Wann ist Madame denn abgereist?
Sie überlegte einen Moment.
Vor etwa drei Wochen.
Und wissen Sie, warum?
Monsieur und Madame haben viel gestritten. Ich glaube, es ging um Geld. Aber genau weiß ich es auch nicht. Aber sagen Sie bitte niemandem, dass Sie das von mir haben.
Keine Angst. Hat Monsieur auch mit André gestritten? Sie brauchen nur mit dem Kopf zu nicken, wenn es stimmt.
Sie nickte heftig.
Vielen Dank. Sie gehen jetzt besser wieder an Ihre Arbeit. Wir werden bei einer anderen Gelegenheit miteinander reden. Es wäre nicht gut, wenn man Sie hier sehen würde.
Sie nickte wieder, stand auf und öffnete die Tür.
Frau Sanders, was wollten Sie eigentlich hier?
Sie haben mich doch gefragt, ob ich Ihnen etwas zu André sagen kann, oder?

Ach ja, stimmt. Und? Was können Sie mir sagen? Und machen Sie doch bitte noch einmal die Tür zu.
Sie schloss leise die Tür, blieb aber stehen.
Ich weiß, dass er vor etwas Angst hatte.
Aber Sie wissen nicht vor was?
Doch. Er hat es mir gesagt.
Tanner schaute sie erwartungsvoll an.
Leider weiß ich nichts Genaues, aber er hat mir gesagt, dass es eine Person gebe, vor der er wirklich Angst habe. Jemand, der in Wirklichkeit der Teufel sei, obwohl alle denken, es handele sich um einen lieben Menschen.
Haben Sie denn eine Idee, wen er gemeint haben könnte?
Nein. Aber er hat gesagt, dieser Mann sei der Teufel.

DREI

Die Nachricht schlug ein wie eine Bombe und katapultierte das kleine Dorf ins Rampenlicht der Nation. Da konnte Serge Michel toben und schreien wie seine Lunge Sauerstoff hergab. Ändern konnte er nichts mehr. Und natürlich wollte es am Ende keiner gewesen sein.

Ja, Herrgott im Himmel! Die Nachricht hat wohl kleine Füße bekommen und ist in Eigenregie zur Redaktion dieser Scheißzeitung marschiert, oder was? Ich verlange vom Polizeipräsidenten eine offizielle Untersuchung. Und zwar sofort! Und wenn er die nicht bewilligt, hat er heute Abend meine Kündigung auf dem Schreibtisch, und ich gehe endlich nach Indien und finde mich selbst! Und dann wehe euch!

Michel holte geräuschvoll Luft. Das gesamte Kommissariat saß still auf den Stühlen oder stand unbeweglich und wartete, bis der Anfall vorüber war. Nur Michel tobte wie ein wildgewordener Stier.

Mein Gott, ist das denn zu fassen? Anfänger! Alles Anfänger und Idioten. Dilettanten aller Welt: vereinigt euch. Wir stopfen euch alle in eine große Rakete und jagen euch mit einem großen Knall zum Mond. Oder besser noch: Wir verfrachten alle in ein Schiff und verbannen euch auf eine einsame Insel, das ist billiger.

Außer sich vor Wut blickte Michel in die Runde.

Habe ich nicht laut und deutlich verboten, über diesen Fall zu sprechen? Das totale Informationsverbot habe ich verhängt, absolute Plaudersperre. Und? Gilt mein Wort nichts mehr? Was haben wir jetzt? Den größten Informationsgau aller Zeiten. Da, seht euch die Überschrift an!

Michel pfefferte die Zeitung quer durch den Raum.

Wisst ihr, was jetzt passiert? Die Presse wird die nächsten Tage das Dorf belagern und die Bewohner fest im Griff haben. Anständige Polizeiarbeit können wir sowas von vergessen, das glaubt ihr gar nicht. Wenn das Interesse dann nachgelassen hat, wird man das Dorf fallen lassen wie eine heiße Kartoffel. Die Spuren werden zertrampelt sein, und vor lauter falschen Behauptungen rachsüchtiger Dorfbewohner und durchgeknallten Theorien karrieregeiler Journalisten wird die Wahrheit sich verflüchtigt haben wie das Tröpfchen edler Duftstoffessenz in einem Schweinestall.

Dieser etwas unglückliche Vergleich wollte erst einmal verdaut werden, weswegen die verdatterten Zuhörer mit Verspätung feststellten, dass Michel, der Wütende, verstummt war. Die plötzliche Stille war fast beängstigender als sein Herumbrüllen. Alle Blicke galten nur ihm.

Was guckt ihr? Hat einer eine Bibel da? Und zwar das alte Testament. Ich muss dringend etwas nachsehen. Ich brauche sofort eine Bibel. Mensch, sucht eine Bibel!

Das war das erlösende Stichwort. Endlich gab es etwas zu tun. Alles kam in Bewegung, bückte und reckte sich, wühlte in Schubladen und Schränken, deren Untiefen man schon länger nicht mehr ausgelotet hatte. Einer, der um die Ecke wohnte, telefonierte sogar mit seiner Frau. Aber es war wie verhext: keine Bibel weit und breit.

Ein Weilchen schaute Michel dem Treiben zu. Dann stand er auf.

Ich sehe, ihr habt keine. Gebt euch keine Mühe. Ich gehe jetzt und besorge mir eine. Irgendwo wird ja in dieser gottlosen Zeit eine Bibel aufzutreiben sein.

Wütend stapfte er zur Tür hinaus.

Tanners Vermutung über die Beschaffenheit der Farbe hatte sich bestätigt. Es war eindeutig Blut. Ob es tatsächlich von den verschwundenen Katzen stammte, wie die Sensationspresse behauptete und Tanner vermutete, musste zuerst noch durch weitere Untersuchungen ermittelt werden.

Das Dorf befand sich in Aufruhr. Innerlich. Äußerlich schien es in einen Zustand der Lähmung gefallen zu sein. Sie lag bleiern über den Straßen und Gärten. Die Fensterläden der meisten Häuser waren auch am helllichten Tag geschlossen, so dass das stets

rundum verriegelte Herrschaftshaus beim Bahnhof jetzt nicht einmal mehr besonders auffiel. Die Straßen waren wie leergefegt, einzelne Familien Hals über Kopf abgereist. Einige Dorfbewohner hatte man mit Nervenzusammenbrüchen in die Klinik einliefern müssen. Der Gemeinderat beschloss daraufhin, die Schule vorerst zu schließen.
Es hatte Tanners ganze Überredungskunst gekostet, die beiden Schwestern zu überzeugen, trotz allem ihren Laden zu öffnen.
Das Dorf braucht jetzt dringend zumindest scheinbare Normalität als Gegenpol.
Ihr müsst den Laden öffnen. Die Leute brauchen einen Ort, wo sie reden, wo sie sich austauschen können. Das Schlimmste, was jetzt passieren kann, ist, dass sich jeder zu Hause verschanzt und einkapselt. Wisst ihr was? Wir machen aus eurem Laden ein richtiges Informationszentrum.
Meinen Sie wirklich, Tanner? Mir macht das alles Angst. Lasst uns doch lieber in den Süden fahren. Das haben Sie doch selber vorgeschlagen.
Aber Solène, das war vor ein paar Tagen. Heute haben wir doch eine ganz andere Situation. Es kann nicht Ihr Ernst sein, jetzt wegfahren zu wollen.
Nein. Sie haben ja Recht. Was meinst denn du, Solange?
Ich finde, Herr Tanner hat Recht. Wir machen den Laden auf und eröffnen eine richtige Nachrichtenbörse. Ich habe auch schon eine Idee.
Im Laufe eines einzigen Nachmittags räumten die beiden den seitlichen Lagerraum des Ladens leer, liehen sich Tische und Stühle aus dem Schulhaus und eröffneten ein kleines Café. Die Längswand diente als großes Anschlagbrett, dort hingen bereits sämtliche Zeitungsartikel zum Dorf. Kaffee und Tee wurde in der Wohnung gebraut und in großen Thermoskannen ins Café gebracht. Alle anderen Arten von Getränken waren im Laden ja bereits vorhanden. Desgleichen Biskuits und Kuchen. Gegen Abend wagten sich bereits einige Leute aus ihren Wohnungen heraus, saßen ein Weilchen im neuen Café beisammen und redeten über die ganze Sache. Solange kümmerte sich ab sofort ausschließlich

um das Kommunikationszentrum – dieses Wort sprach sie mit Stolz aus –, und Solène schmiss den Laden.
Das Leben der Menschen im Dorf hatte sich seit dem Morgen schlagartig verändert.

Wie fröhlich (zumindest über weite Strecken) war der Abend vor zwei Tagen gewesen, als Michel und die beiden Schwestern bei Tanner essen waren. Tanner hatte einen ganzen Nachmittag mit den Vorbereitungen zum großen Gastmahl zugebracht. Die Lammkeule spickte er mit Knoblauchzehen, pinselte sie dann mit einer großzügigen Portion einer selbstgemischten Honig-Senf-Rosmarin-Sherry-Paste ein und garte sie beinahe vier Stunden lang äußerst langsam im Ofen – wobei er selbstverständlich nicht vergaß, sie alle zwanzig Minuten mit dem eigenen Saft zu übergießen. Als Beilage bereitete er ein Risotto radicchio rosso vor. Des Weiteren kochte er getrocknete Zwetschgen in Rotwein und verlas Bohnen sorgfältig von Hand. Das eine Ende der Bohnen schnitt er ab; die natürliche Spitze des anderen Endes jedoch ließ er unversehrt. Im Wasserdampf nur kurz der Hitze ausgesetzt, blieben die Bohnen schön knackig. Jetzt nur noch schnell mit Eiswürfelwasser abgeschreckt, damit sie ihre schöne Farbe behielten; eine große Zwiebel in Butter angeschwitzt; die Bohnen kurz darin geschwenkt; mit Mangold, Frühlingszwiebeln, Lauch, Petersilie, verschiedenen Gewürzen, Olivenöl, Salz, Pfeffer und acht frischen Eiern vermengt – und fertig war die Frittata alle erbe, die kalt und in Streifen geschnitten ein Teil des Vorspeisentellers werden sollte. Dann wurden von Tanner noch Zucchini in dünne Streifen geschnitten, gesalzen und einzeln in Olivenöl gebraten. Die dünnen Fischfilets würzte er leicht und schweißte sie in Folie ein, um sie später zum zweiten Gang nur kurz in heißes Wasser zu tauchen. Diese Methode garantierte, dass auch nicht ein einziges Geschmacksatom verloren ging.
Die beiden Frauen waren viel zu früh gekommen und hatten Tanner empfindlich bei den letzten Vorbereitungen in der Küche gestört. Er war gerade beim Herstellen einer eigenen Olivenpasten-Kreation aus schwarzen und grünen Oliven, Walnüssen, Pinienkernen, fein geschnittenem, rohen Fenchel und ebenso fein-

geschnittenen, getrockneten und ungeschwefelten Aprikosen. Zum Glück hatte er die gebrannte Crème gerade noch fertig bekommen, bevor die beiden kichernden Schwestern ihren Auftritt machten, denn in ihrer Anwesenheit hätte Tanner sich nicht mehr zu der Konzentration befähigt gefühlt, die unabdinglich war, damit eine Crème brûlée gelang.
Und Michel?
Michel erschien tatsächlich mit dem Glockenschlag, und sein Auftritt im geliehenen Smoking – Michel hatte die Aufforderung tatsächlich ernst genommen – war natürlich eine kleine Sensation: Die beiden Damen waren von seiner imposanten Erscheinung und von seinem Charme hingerissen. Vor allem Solène hing entzückt an seinen Lippen, und es schien, als besäße sie die Gabe, seine Inspiration ins Unendliche zu steigern. Bereits nach zwei Flaschen Weißwein und drei Flaschen Rotwein (allesamt vom Weingebiet auf der gegenüberliegenden Seeseite) begann er von seinem glücklichen und ereignisreichen vorherigen Leben als Maharadscha des kleinen Königsstaats Phukhtu in Indien zu berichten. Seine ausufernden Abenteuergeschichten kamen derart bestechend und detailgetreu daher, dass sich selbst Tanner dann und wann dabei ertappte, wie er ihm Glauben schenkte. Michel hatte sich auch in allen anderen Belangen übertroffen, und so übernachtete er in Tanners Wohnzimmer und schlief, die gesamten indischen Wald- und Holzreserven zersägend, seinen gewaltigen Lügenrausch aus. Eine Heimfahrt im Auto wäre einer Kriegserklärung an Land und Leute gleichgekommen. Deswegen konnten die beiden Männer erst am nächsten Morgen ihre beruflichen Probleme erörtern. Das heißt, es sprach vorwiegend Tanner, denn Michels Bewusstsein war zu Beginn des Frühstücks noch stark umnebelt. Die Unterlagen über die seltsamen Todesfälle im städtischen Spital (vorwiegend Männer) hatte er sowieso vergessen. Er habe sich eben um den Smoking kümmern müssen und darüber das Wichtigste vergessen. So die Ausrede. Allerdings lieferte auch das Dorf genug Gesprächsstoff. Am Abend zuvor hatten die beiden Schwestern natürlich immer wieder über die mysteriösen Vorgänge diskutieren wollen, was Tanner und Michel jedoch teils aus Schweigepflicht, teils um die Stimmung

nicht zu verderben, abblockten. Jetzt konnten sie endlich ungestört reden.
Gegen Ende des Frühstücks erhielt Michel den Anruf vom Labor.
Ich habe es doch geahnt, Michel. Und die Schlafmützen wissen immer noch nicht, ob es Katzenblut ist?
Nein. Ich kann auch nichts dafür, das muss noch weiter untersucht werden.
Nun gut, wir werden sehen. Aber es kann doch kein Zufall sein, dass kurz vorher jemand an die zwanzig Katzen verschwinden lässt, oder? Der hat die doch geschlachtet und mit dem Blut die Zeichen gemalt, da mache ich jede Wette.
Du sprichst von einem Monster, von einer Bestie, Tanner.
Wenn überhaupt, so spreche ich von einem kranken Menschen. Aber wenn du es vorziehst, kannst du gerne von der Bestie Mensch sprechen. Diese dünne Humusschicht aus Erziehung und Kultur, die uns vom Verhalten einer Bestie trennt, kann je nach Situation blitzschnell –
Bitte, Tanner, heute Morgen ertrage ich keine Vorträge. Ich weiß, es ist dein Lieblingsthema, du könntest mir jetzt stundenlang wissenschaftliche Fakten um die Ohren hauen und mich am Schluss mit den farbigsten Beispielen k.o. schlagen, um zum Wiederaufwachen dann noch das hohe Lied auf Shakespeare anzustimmen, deinen literarischen Lieblingsgott, der all das schon gewusst hat: die Natur, die machtvoll ist und böse, ebenso die Natur des Menschen, und so weiter. Aber verschone mich heute bitte. Ich bin nicht in Stimmung. Zudem kenne ich deinen Vortrag in- und auswendig. Mal ganz was Praktisches: Hast du eine Schachtel Aspirin?
Muss es eine ganze Schachtel sein oder genügen zwei Tabletten?
Ach, Tanner jetzt sei nicht beleidigt. Du hast ja Recht mit allem, aber ich habe einfach Kopfschmerzen. Ja, es genügen zwei Tabletten.
Tanner wartete, bis Michel seine beiden Tabletten geschluckt hatte.
Wie denkst denn du über die Sache?
Ja, wie denke ich? Da hat jemand einem ganzen Dorf den Krieg erklärt, denke ich.

Und wieso sollte ein Einzelner so was tun?
Michel schob ein Stück Brot mit Marmelade in den Mund.
Er fühlt sich vielleicht nicht besonders geliebt.
Und dann stiehlt man zwanzig Katzen, schlachtet sie und beschmiert mit dem Blut die Haustüren?
Er ist eben krank. Wie du in deinem Vortrag sicher schlüssig bewiesen hättest, wenn ich dich gelassen hätte. Abgesehen davon – wir wissen immer noch nicht, ob es wirklich Katzenblut ist.
Okay. Vielleicht hast du Recht, Michel. In diesem Dorf würde es mich auch gar nicht wundern, wenn jemand einen solchen Hass entwickelte.
Tanner überlegte einen Moment.
Du kennst ja sicher den Satz, dass es zur Erziehung eines Kindes ein ganzes Dorf braucht.
Nein, habe ich noch nie gehört. Stimmt das denn?
Natürlich stimmt das. Das genau ist ja heute das Problem.
Was ist das Problem?
Dass es zumeist dieses Dorf nicht mehr gibt.
Welches Dorf meinst du?
Michel sprach mit vollem Mund. Er war so aufs Essen konzentriert, dass sein Gehirn wieder einmal ausgeschaltet war.
Tanner seufzte.
Also, soll ich es dir wirklich erklären?
Selbstverständlich. Ich lerne gern dazu.
Mit dem zitierten Satz ist die Erkenntnis gemeint, dass ein Kind, um die Vielfalt des Lebens und vor allem auch die Vielzahl der notwendigen Verhaltensregeln zu lernen und zu verinnerlichen, eine gewisse Anzahl miteinander kommunizierender Menschen braucht, die es über eine lange Zeitspanne seines Lebens hautnah erleben und damit auch die Fähigkeit entwickeln kann, die verschiedensten Arten von Beziehungen aufzubauen. Traditionell gehören – neben den Eltern und vielen Geschwistern – die Großeltern, möglichst viele Großtanten und Großonkel, Tanten und Onkel, Cousinen und Cousins dazu. Sowie Nachbarn, Freunde und Bekannte. Ein ganzes Universum eben, auf das sich ein Kind beziehen kann, und von dem es gleichsam allmählich geformt und erzogen wird. Die Regeln, die zum Beispiel die Eltern auf-

stellen, können vom Kind in genau dieser Form oder als Varianten bei den anderen erlebt werden. Und so lernt der kleine Mensch sinnfällig durch gelebte Beispiele und wird durch ein vielfältiges Beziehungsnetz mit sich und der Welt konfrontiert. Er lernt die Regeln, all die Codes, er lernt Einfühlung und so weiter. Verstehst du, Michel? Soll ich noch eine neue Marmelade aufmachen?
Nein, nein, mir reicht diese. Danke. Und was hat das jetzt alles mit unserem Dorf zu tun?
Nun, ich habe dir eben einen positiven Verlauf geschildert. Einen Modellfall, sozusagen. Das Prinzip hängt gar nicht mal so sehr von der Sippe, respektive Großfamilie, ab, die es ja heute bekanntlich in der beschriebenen Form nur noch selten gibt. Dieses sogenannte »Dorf« kann in der Stadt auch ein kleines, vertrautes Quartier sein, ein Wohnblock oder eben ein veritables Dorf wie dieses hier.
Tanner ließ Michel etwas Zeit. Dann erklärte er weiter.
Da, wo es dieses Dorf, in welcher Form auch immer, eben nicht gibt, entstehen die Schwierigkeiten.
Michel schaute ihn fragend an.
Ja, verstehst du denn nicht? Es kann ja auch einmal schief laufen. Ein Einzelner wird von seinem Dorf aus irgendeinem Grund abgelehnt, ja vielleicht sogar gequält. Es wurde ihm oder seinen Lieben ein gravierendes Unrecht angetan, was weiß ich. Die Familie wurde ausgegrenzt, aus religiösen, politischen und anderen Gründen. Es gibt Orte, da reicht dafür schon die falsche Hautfarbe. Verstehst du? Insofern könntest du Recht haben.
Womit könnte ich Recht haben?
Tanner verdrehte die Augen.
Ja, *du* hast doch gesagt, er fühlt sich vielleicht nicht besonders geliebt.
Ach so, ja genau. So könnte es sein.
Wie geht ihr denn jetzt vor, Michel?
Michel lehnte sich zurück und steckte sich ein letztes Stück Brot in den Mund.
Ich sehe es doch auf deine Stirn gemeißelt, dass du bereits einen Schlachtplan hast, und da will ich dir natürlich nicht vorgreifen.

Du, übrigens, die Marmelade schmeckt ausgezeichnet. Hast du die selbst eingemacht?
Nein, die hat mir erst gestern Abend Solange mitgebracht. Sie hat sie eingemacht. Was ich damit sagen will: Wir haben das Glas gerade erst aufgemacht.
Aha. Solange kann also gut Marmelade einkochen. Sieh an. Schade, dass das Glas jetzt schon leer ist. Aber sie kocht dir sicher noch eine Marmelade, meinst du nicht? Wenn du sie freundlich bittest? Was dir sicher nicht schwer fallen wird.
Michel versuchte sich an einem ernsten Gesicht, doch das Lachen siegte.
Auf deine Anspielungen kann ich verzichten, Serge Michel. Jetzt mal ernsthaft. Also, mein Vorschlag: Lasst sämtliche Zeichen fotografieren. Ich zeige die Bilder dann einem Semiotiker.
Michel verschluckte sich.
Semi … was?
Ein Semiotiker kann uns erklären, was die Zeichen bedeuten. Falls sie überhaupt etwas bedeuten. Als sie zuerst entdeckt wurden, meinte Solange ganz intuitiv, dass sie etwas mit dem Tod zu tun haben.
Aha. Mit dem Tod.
Michel guckte bedeutungsvoll an die Küchendecke und wippte mit dem Kopf.
Wusste ich's doch.
Was wusstest du, Michel? Kannst du etwas deutlicher werden, bitte?
So. So. Solange. Sie gefällt dir also?
Ja, Michel, stell dir vor: Die beiden Schwestern gefallen mir. Was genau möchtest du wissen? Teilen wir uns jetzt die Frauen auf? Welche möchtest du denn haben?
Nein, nein. Wo denkst du hin? Bitte, verschon mich mit so was. Ich dachte nur, dir gefällt vielleicht Solange besser als Solène. So als Typ, meine ich, ganz prinzipiell. Weil sie stiller ist. Irgendwie mehr Tiefe hat und –
Michel, du wolltest einen Vorschlag von mir.
Entschuldige, mein Kopf. Sprich weiter, Meister.
Tanner hob die Augenbrauen.

Michel tat ganz harmlos.
Bitte, ich höre.
Also, es gibt zwei Möglichkeiten: Du tust nichts, wartest auf den nächsten Zug des Täters und beginnst dann vielleicht sein Motiv oder seine Stoßrichtung zu erkennen. Oder du schickst sofort deine Leute in alle Familien und lässt sie möglichst viele Geschichten über Beziehungen, Streitigkeiten und Händel zusammentragen. Wir werten dann alles gemeinsam –
Michel unterbrach ihn.
Moment mal. Was heißt da: *Wir* werten aus? Arbeitest du wieder bei der Polizei?
Nein. Aber ich bin dein Freund, und vier Augen sehen mehr als zwei, oder?
Michel knurrte irgendetwas Unverständliches und verdrehte die Augen. Tanner nahm es als Zeichen seines Einverständnisses.
Also, wo war ich stehen geblieben? Ach ja. Wir werten aus, und wenn wir Glück haben, finden wir was. Abgesehen vom Verschwinden der Katzen ist ja noch kein Verbrechen geschehen. Blutige Zeichen an Türen schmieren ist natürlich eklig und eine Straftat, aber noch lange kein kapitales Verbrechen. Apropos, wieso musst du dich eigentlich mit der ganzen Sache beschäftigen?
Weil die anderen im Moment überbeschäftigt oder unterbesetzt sind. Was weiß denn ich. Dem Michel kann man ja alles anhängen.
Und für welche Variante meines Vorschlages wirst du dich entscheiden?
Michel rieb sich die Hände.
Ich schicke sofort meine Leute los, die haben eh nichts zu tun.
Gut. Mach das. Soll ich noch mehr Kaffee kochen?
Michel nickte, und während Tanner den Kaffee zubereitete, berichtete er von seinen bisherigen Erkenntnissen über das Verschwinden von André Tillieux. Michel hörte andächtig zu, er sprach erst, als Tanner geendet hatte.
Viel ist das nicht.
Ich weiß, es ist wenig, aber anscheinend ist Monsieur Marnier in Schwierigkeiten. Welcher Art die sind, weiß ich noch nicht. Aber das kriege ich bald heraus.

Die Sache wird hoffentlich nicht auch noch in meiner Abteilung landen.
Wie kommst du denn darauf?
Ich habe ein ungutes Gefühl. Ich kenne leider viele Fälle, die ganz genauso anfangen und dann bei der Mordkommission enden.
Und genauso viele, die ganz harmlos enden.
Dein Wort in Gottes Ohr.
Wohin, bitte?
Du verstehst schon.

Später am selben Tag, nachdem er stürmend das Kommissariat verlassen hatte, steuerte Michel sofort die größte Buchhandlung der Stadt an, die unweit seines Büros lag. Er stellte sich breitbeinig vor eine der mit *Information* beschrifteten Theken und verkündete der jungen Buchhändlerin, deren Wangen rot leuchteten wie bei einem auf Hochglanz polierten Weihnachtsapfel, gebieterisch sein Begehr.
Michel stellte sich das vor wie in einer Kneipe, wenn er ein Bier verlangte. Auch dort bestellte er an der Theke und bekam das Gewünschte prompt vor die Nase gestellt. Hier bestellte er eben eine Bibel, also würde er auch eine Bibel bekommen.
Als die junge Frau endlich wieder erschien, trug sie einen Riesenstapel Bücher in ihrem Arm.
Also, hier sind die neuesten Übersetzungen. Da sind zwei mit Illustrationen. Hier haben wir eine ganz kostbare Ausgabe, in Leder gebunden. Dies hier ist die kleinste, zum Mitnehmen –
Entschuldigen Sie die Unterbrechung, aber ich brauche einfach nur eine stinknormale Bibel. Altes Testament, Moses und all die Typen. Ich muss nämlich dringend was nachlesen, an das ich mich nicht mehr so richtig erinnern kann. Der Religionsunterricht ist doch schon ziemlich lange her, und da ich sowieso die meiste Zeit geschwänzt habe … Verstehen Sie? Ich brauche einfach nur eine Bibel!
Die Buchhändlerin schaute ihn verständnisvoll an.
Meinen Sie vielleicht eine Schulbibel?
Ich weiß es doch auch nicht. Ich dachte, Bibel ist Bibel.
Dann kam ihm der rettende Gedanke.

Wissen Sie, in Hotelzimmern liegen doch auch immer Bibeln in den Schubladen. So was brauche ich.
Ach so. Ja, das haben wir vorrätig. Einen Moment bitte.
Michel setzte sich in ein gemütliches Restaurant, legte die Billigdruckbibel mit abwaschbarem Einband vor sich hin, bestellte ein großes Bier, eine Portion Waadtländer Saucisson und schlug das erste Kapitel auf.
Einen Augenblick lang überlegte er, wie peinlich es wäre, würde ihn jemand hier mit der Bibel in der Hand entdecken, aber schon bald zog ihn der Text ganz in seinen Bann.
Die Waadtländerwurst war bereits kalt, als er sie anschnitt, und – oh Wunder – auch das bemerkte er kaum. Nach dem Essen bestellte er sich noch zweimal ein Bier und anschließend einen Kaffee.
Später setzte sich eine junge Frau mit kurzen, schwarzen Haaren und einem auffallend fröhlichen Blick an seinen Tisch. Ihre kleine Freitagtasche – gefertigt aus verblichenen Lastwagenplanen – hielt sie auf dem Schoß, als wäre sie ein kleines Tier.
Irritiert schaute er auf.
Entschuldigen Sie vielmals, wenn ich Sie störe und mich einfach an Ihren Tisch setze, aber ich beobachte Sie jetzt schon seit über einer Stunde und bin fasziniert, wie lange und konzentriert Sie in der Bibel lesen.
Ach so. Ja, ich weiß auch nicht, äh, ich muss jetzt sowieso mal … Entschuldigung, wissen Sie, wie spät es ist?
Ja, es ist gerade vier Uhr vorbei.
Was? Das darf nicht wahr sein. Mein Gott, ich sollte ja schon längst zurück im Büro sein!
Suchen Sie eine bestimmte Stelle?
Nein, das heißt … Wie kommen Sie darauf?
Weil Sie so viel geblättert haben. Da hatte ich den Eindruck, dass Sie eine bestimmte Stelle suchen. Vielleicht kann ich Ihnen helfen. Ich kenne die Bibel ziemlich gut.
Michel kratzte sich verlegen am Kopf.
Nur Mut. Ich beiße Sie nicht. Ach ja, ich habe mich noch gar nicht vorgestellt. Ich heiße Anita Schön.
Ach ja? Wie schön. Also, ich wollte sagen, ich heiße … nein, ent-

schuldigen Sie, ich muss jetzt bezahlen und dann sofort ins Büro.
Anita winkte dem Kellner.
Der Herr möchte seine Rechnung, Carlo. Also, welche Stelle haben Sie gesucht?
Ja, wissen Sie, diese Stelle mit dem Blut. Mit dem Blut an den Haustüren. Ich habe gedacht, das sei eine Geschichte aus dem Alten Testament, und bald habe ich das halbe Buch gelesen, aber die Stelle habe ich immer noch nicht gefunden.
Ich kenne die Stelle, von der Sie reden. Und sie steht tatsächlich im Alten Testament.
Carlo kam herangeschlurft.
Sie möchten die Rechnung?
Bringen Sie mir noch einen Kaffee. Möchten Sie auch etwas trinken, Frau äh, Schön?
Sie nickte.
Nennen Sie mich bitte Anita. Ich möchte einen Schwarztee.
Also, Sie kennen die Stelle? Wo steht denn das mit dem Blut?
Er schob die Bibel über den Tisch zu ihr hinüber.
Sie schob die Bibel zurück.
Zweites Buch Moses, Kapitel zwölf.
Wie bitte?
Das ist die Stelle, die Sie suchen.
Und das wissen Sie auswendig?
Ja. Schauen Sie nach.
Michels Gesichtsausdruck blieb skeptisch, aber er blätterte, fand die Stelle und begann zu lesen.
Er blickte auf und lächelte.
Das ist ja unglaublich. Sie haben Recht. Kennen Sie die ganze Bibel auswendig?
Anita lachte.
Nein, nein. Aber lesen Sie jetzt erst einmal die Stelle. Ich trinke meinen Tee.
Anita hatte längst ihren Tee getrunken, als Michel wieder aufblickte, denn er war ein langsamer Leser.
Er schlug das Buch wütend zu.
Mein Gott, das ist ja furchtbar.

Was meinen Sie?
Na ja, die ganze Geschichte. Ich meine, hier wird von einer ungeheuren Brutalität berichtet. Gegen Unschuldige. Gegen Kinder. Das ist ja ekelhaft. Ekelhaft und tragisch.
Michels Wut war nicht gespielt. Er schlug mit der flachen Hand auf den Tisch.
Carlo, noch ein großes Bier.
Was meinen Sie mit tragisch?
Anita fragte ihn ganz ruhig.
Nun, ich lese hier von den furchtbarsten Brutalitäten, und noch heute geht es dort, wo sich die biblischen Geschichten zugetragen haben, immer wieder schrecklich zu. Und keine Lösung in Sicht. Und auch noch alles im Namen Gottes. Was soll denn das für ein Gott sein? Schon als Kind kam ich damit nicht klar.
Sie haben natürlich Recht. Dahinter verbirgt sich eine große Tragik. Aber das eine hat nicht zwingend etwas mit dem anderen zu tun. Es handelt sich ja noch nicht um einen heutigen Staat, sondern ganz generell um das auserwählte Volk Gottes als Idee. Abgesehen davon finden sich bei allen Staatsgründungen auf der ganzen Welt üble Dinge. Auch bei unserem Staat. Interessant ist aber tatsächlich die Rolle dieses Gottes, da haben Sie vollkommen Recht.
Auserwähltes Volk Gottes! Wenn ich das schon höre. Das ist doch pubertärer Blödsinn. Und mit was für Folgen! Vor allem: Was ist das für ein Gott, der sein auserwähltes Volk nur aus Ägypten führen kann, indem er alle erstgeborenen Tiere und Menschen ermordet? Und das in einer einzigen Nacht! Stellen Sie sich das vor, Anita. Ein Massaker! Und das soll ein Gott sein, noch dazu ein allmächtiger? Einen Massenmörder nenne ich das, der gehört doch vor den Internationalen Gerichtshof in Den Haag.
Anita lachte.
Sie sind lustig. Aber das Ganze ist doch vor mehr als dreitausend Jahren passiert. Sie müssen es mehr als Mythos sehen. Nicht wie Tagespolitik.
Ach ja? Na, mir soll es egal sein. Ich habe es aus einem ganz anderen Grund gelesen.
Michel nahm sein Bier entgegen und leerte es bis auf die Hälfte.

Warum haben Sie es denn gelesen?
Das kann ich Ihnen nicht sagen. Ich bin Kommissar der Mordkommission, und es hat mit einem komplizierten Fall zu tun. Ach ja. Entschuldigung, ich heiße Michel. Also, Serge Michel. Verstehen Sie? Michel ist mein Nachname.
Ich verstehe. Serge ist ein schöner Name, den man nicht oft hört.
Das stimmt. Mich nennen sowieso alle Michel.
Gut. Dann sage ich Serge. Hat es denn etwas mit dem Blut an den Türen zu tun? Am Anfang erwähnten Sie nämlich das Blut.
Ganz genau.
Michel beugte sich über den Tisch und senkte seine Stimme.
Wir haben nämlichen einen Irren, der Haustüren mit Blut beschmiert.
Ihr habt ihn schon?
Nein, ich meine, es gibt einen, der das tut. Lesen Sie keine Zeitung? Die Presse ist heute voll davon.
Nein, ich habe heute tatsächlich noch keine Zeitung angeschaut.
Aha. Und der beschmiert also Haustüren? Mit dem Blut von Lämmern, wie in der Bibel?
Nein, nein. Schlimmer. Wahrscheinlich handelt es sich um Katzenblut.
Das ist ein kranker Mensch.
Vielleicht. Vielleicht auch nicht. Ich dachte, möglicherweise ist er religiös motiviert.
Und dann? Wäre er dann weniger krank?
Wir wissen noch nichts über sein Motiv, wissen Sie. Genauso wenig haben wir eine Ahnung über sein Ziel. Wenn er denn eins hat. Er hat bis jetzt drei sehr ungewöhnliche Dinge getan. Er hat mindestens zwanzig Katzen eingesammelt, hat sie geschlachtet und mit ihrem Blut auf neunundzwanzig Türen Zeichen gemalt. Und das alles in einem kleinen Dorf, das jetzt ziemlich unter Schock steht.
Das kann ich mir vorstellen. Weiß man denn schon etwas über die Bedeutung der Zeichen?
Mein Kollege, also äh, ein Freund von mir kümmert sich darum. Er versteht mehr davon als ich. Aber wissen tun wir noch so gut wie gar nichts.

Anita lehnte sich zurück und verschränkte die Arme.
Wenn die biblische Szene wirklich Vorbild sein sollte, wäre das Blut ein Zeichen des Schutzes. Das heißt: Alle, die Blut an der Tür haben, werden verschont. Würde das einen Sinn ergeben?
Michel legte seine Stirn in Falten.
Wenn ich das wüsste.
Dann lehnte er sich ebenfalls zurück und kam eigentlich erst jetzt dazu, sein Gegenüber in Ruhe zu betrachten.
Wie kam es, dass sich ein derart hübsches Wesen so gut in der Bibel auskannte? Klug war sie auch. Sein Bild einer frommen Frau sah ganz anders aus.
Er räusperte sich.
Wie kommt es, dass Sie die Bibel so gut kennen?
Sie lachte.
Wie kommt es, dass Sie die Bibel nicht kennen, Serge? Es handelt sich dabei immerhin um eine der wichtigsten Grundlagen unserer westlichen Kultur.
Michels Hand fegte durch die Luft, als wollte sie einen Schwarm Fliegen verscheuchen.
Ich glaube nicht an Gott und so. Es interessiert mich einfach nicht. Hat es noch nie getan. Der Unterricht in der Schule war grauenhaft langweilig. Abgesehen davon, dass es mit unserem praktischen Leben rein gar nichts zu tun hat.
So, so. Was Sie nicht sagen.
Sie beugte sich vor und stützte das Gesicht auf ihre Hände.
Nehmen wir doch mal Ihren Beruf. Sie klären Morde auf und sorgen dafür, dass die Schuldigen vor Gericht gestellt werden. All das tun Sie, weil es in der Bibel heißt: *Du sollst nicht töten.*
Michel verdrehte die Augen.
Weshalb würden Sie es sonst tun? Sie sind der Ausführende einer gesellschaftlichen Raison d'être, die sich auf die Grundsätze der Bibel stützt. Was glauben Sie, warum man gerade vor Gericht auf die Bibel schwören musste?
Ja, ja. Ist ja gut. Ich gebe auf. Ich weiß schon jetzt, dass ich Ihrer Argumentation nicht gewachsen bin. Sie werden auf alles eine Antwort haben. Das spüre ich genau. Was sind Sie von Beruf, Anita, wenn ich fragen darf?

Ich arbeite für die Heilsarmee.
Michel, der gerade sein Glas in einem Zuge leeren wollte, verschluckte sich gründlich. Anita sprang auf und schlug ihm energisch auf den Rücken.
Geht's wieder? Soll ich noch einmal?
Nein, nein. Ist gut. Danke schön.
Er hustete noch ein wenig vor sich hin.
Mädchen, du hast einen ziemlich guten Schlag drauf. Entschuldigung. Ich wollte sagen, dass Sie sozusagen auf allen Ebenen ganz schön schlagfertig sind.
Hat die Heilsarmee Sie so erschreckt?
Nein, nein. Oh je. Das Bier ist mir fast durch die Nase rausgekommen.
Er leerte das Glas und winkte dem Kellner.
Carlo, noch eins, bitte. Wollen Sie auch noch einen Tee?
Sie nickte. Er deutete auf sie. Carlo nickte.
Wo ist denn eigentlich Ihre Uniform?
Die tragen wir doch nur an Weihnachten beim Singen. Und manchmal zu offiziellen Anlässen.
Die steht Ihnen sicher gut, denke ich.
So, so. Denken Sie. Haben Sie keine Uniform?
Nein, wo denken Sie hin! Uniformen tragen nur Verkehrs- und Streifenpolizisten. Zum Teil natürlich auch Beamte im Büro und am Schalter. Aber nicht in meiner Funktion. Zudem wär's ja auch ziemlich schwierig, eine für mich aufzutreiben.
Beide lachten.
Bei uns bekämen Sie ohne weiteres eine. Wir haben eine eigene Schneiderei und genug Stoff.
Danke für das Angebot, aber ich bleibe vorerst bei der Polizei.
Anita trank den letzten Schluck ihres Tees.
Ich würde gerne einmal einen Blick auf die Zeichen werfen. Wäre das möglich?
Welche Zeichen? Ach, Sie meinen die Blutzeichen?
Anita bejahte die Frage mit einem strahlenden Lächeln.
Das eine oder andere ist ja in der Presse veröffentlicht.
Ja, schon. Aber ich meine alle. Man müsste doch sicher alle sehen, um einem eventuellen Sinn auf die Spur zu kommen, oder?

Michel nickte. Er wusste natürlich, dass er es nicht durfte, aber –
Unter einer Bedingung: Wenn Sie mit mir an einem der nächsten Abende Essen gehen und mir genau erzählen, warum Sie so, äh, ich meine, so –
Warum ich so bin wie ich bin?
Ja. Genau.

VIER

In der Nacht vom elften Tag seines Verschwindens ist der erst siebzehn Jahre alte Kochlehrling André Tillieux in den Freitod gegangen. Sein Leichnam wurde noch in derselben Nacht geborgen. Die Bestattung findet im engsten Kreis statt.

Solange rannen Tränen übers Gesicht, als sie die kleine Notiz in der Zeitung las. Sie hatte die Aufgabe, alle fürs Dorf wichtigen Zeitungsausschnitte zu sammeln und an das Schwarze Brett zu hängen. Dass sich der junge André, den sie nur flüchtig kannte, vor den Zug geworfen hatte, wusste sie zwar schon seit gestern, doch als sie es schwarz auf weiß sah, brach sie in Tränen aus, als wäre es erst jetzt Realität geworden. Nach einer Weile beruhigte sie sich und beschloss, diese Nachricht ebenso ans Brett zu hängen, auch wenn Andrés Selbstmord eigentlich – und hoffentlich – nichts mit den Blutzeichen zu tun hatte. All den Nachbarn, die über einen solchen möglichen Zusammenhang spekulierten, widersprach sie vehement, hatte es doch schon lange das Gerücht gegeben, dass André depressiv und suizidgefährdet war. Er war ja offenbar schon einige Male abgehauen. Hieß es nicht, er habe sich mal im Mittelmeer ertränken wollen, und sein Onkel Marnier, der Gute, habe ihn gerettet?
Gleichwohl heftete sie den Zeitungsausschnitt an das Brett, schließlich betraf es das Dorf. Nachdem sie auch die restlichen Zeitungen gesichtet hatte, beschäftigte sie sich mit der Liste für die Polizei. Tanner hatte sie gebeten, eine Art Stundenplan für die Leute von der Polizei zu machen, die in den nächsten drei Tagen alle Bewohner vernehmen würden. Oder vielmehr mit den Familien Interviews führen wollten. Sie hatte die Dorfbewohner in Familiengruppen unterteilt und ordnete jetzt jeder Gruppe eine Zeit zu, in der sie den Beamten zur Verfügung stehen müssten.

Wie praktisch, die Polizei musste nicht erst langwierig Termine aushandeln, sondern sagte einfach, wann sie zu erscheinen gedachte. Tanner hatte ihr versichert, dass die Leute das auf jeden Fall akzeptieren würden. Wenn nicht, hatte er gesagt, solle sie ruhig ein bisschen Druck machen. Unter seinem lächelnden Blick war sie ganz rot geworden. Das hatte sie geärgert. Auch als sie jetzt noch einmal daran dachte, fühlte sie die Wärme im Gesicht.

Tanner war von Michel über André Tillieuxs Tod bereits am Morgen danach unterrichtet worden.
Gegen elf Uhr nachts hatte der Zugführer des *Sieben/Siebenundsechzigers* – so hieß im internen Sprachgebrauch der Zug, der das Ringmauerstädtchen mit der Kantonshauptstadt verband – gemeldet, dass sie auf ihrer letzten Fahrt einen Menschen überfahren hätten, der quer auf den Schienen lag. Und zwar mitten auf dem großen Viadukt, das sich weit über das grüne Tal spannte. Der Lokführer, der nach wie vor unter Schock stand, hatte zwar sofort die automatische Notbremsung ausgelöst, doch für die Person war es zu spät gewesen.
Der bis zur Unkenntlichkeit zerfetzte Körper war noch in derselben Nacht in die Kantonshauptstadt überführt worden. Dort hatte man anhand von Ausweisen und Bankkarten, die das Opfer bei sich trug, die Identität feststellen können.
Michels Stimme machte keinen Hehl daraus, dass er diesmal Recht behalten hatte.
Du siehst, Tanner, harmlos hat die Sache nicht geendet.
Die Frage bleibt, wo sich André elf Tage lang aufgehalten hat.
Warum interessiert dich das?
Ich finde es grundsätzlich erschütternd, wenn ein Mensch Selbstmord begeht. Wenn es aber dazu noch ein gerade erst siebzehnjähriger Junge ist, wird eine kaum auszuhaltende Tragödie daraus. Und ich möchte wissen, wer oder was da versagt hat. Zudem weiß ich, dass es jemanden gab, vor dem André Angst hatte.
Hat er dir das gesagt?
Nein, ich habe ihn ja gar nicht gekannt. Die Sanders hat es mir erzählt. Sie ist eine Angestellte von Marnier und hat sich wohl

ein bisschen um den Jungen gekümmert, vor allem seit Madame Marnier verreist ist. Offenbar gab es wohl auch Streit.
Zwischen Marnier und dem Jungen?
Ja. Aber auch zwischen Madame und Monsieur.
Und was willst du jetzt machen?
Gegenfrage: Ist eine gerichtsmedizinische Untersuchung angeordnet?
Sollte ich die denn anordnen?
Ja. Allein schon um die Drogenfrage zu klären. Der Rest ist, wie soll ich sagen?
Michel atmete schwer aus.
Okay, Tanner. Der Rest ist Gefühl. Ich verstehe. Und ich werde natürlich wieder mitmachen, ich Idiot. Letzten Endes willst du doch wieder nur Recht behalten.
Wieso das? *Du* hast doch prophezeit, dass der Fall bei dir landet, nicht ich.
Tanner war nach diesem Telefongespräch sofort ins französische Gasthaus gegangen, hatte Marnier sein Beileid ausgesprochen und seine weitere Hilfe angeboten, so man sie benötigte. Marnier saß bleich in der leeren Küche, sprach kein Wort und trank Rotwein. Er stellte Tanner stumm ein Glas hin, und Tanner trank es aus Solidarität aus.
Marnier hatte das Gasthaus geschlossen und offenbar seine Angestellten, soweit sie nicht im Haus wohnten, weggeschickt. Tanner blieb eine Weile stumm bei ihm sitzen, drehte zwischendurch einen penetrant tropfenden Wasserhahn fester zu und erkundigte sich leise, ob denn die Mutter von André eingetroffen sei.
Zimmer fünf. Unser bestes Zimmer.
Dies blieben die einzigen Worte, die Marnier sprach. Tanner erhob sich, verabschiedete sich und suchte Zimmer fünf. Nachdem er geklopft hatte, rief ihn eine matte Stimme herein.
Tanner stellte sich vor und sprach sein Beileid aus. Er war überrascht, wie distinguiert und vornehm sie gekleidet war. Sie sah aus wie eine Dame von Welt, worauf er überhaupt nicht gefasst gewesen war. Offenbar war sie aber krank – dies legte zumindest ihre auffallende Blässe nahe. Vorsichtig erkundigte er sich nach

ihrem Befinden. Sie sprach exzellent deutsch, wenn auch mit starkem Akzent, und antwortete ziemlich offen.
Ja, ich bin krank. Ziemlich krank sogar. Und das alles ist so, hmm, so schlimm, so niederschlagend, dass es mich vollends umbringen wird. Wo soll ich nur anfangen?
Tanner wusste nicht genau, was sie damit meinte. Er schwieg jedoch, bis sie weitersprach.
Ich weiß, Sie wollten meinem Bruder helfen, André zu finden. Ich bedanke mich bei Ihnen.
Erst jetzt schaute sie ihn richtig an. Vielmehr: Sie musterte ihn regelrecht. Tanner hielt ihrem Blick stand. Dann wandte sie ihren Blick wieder ab.
Sie haben auch Vieles hinter sich, nicht wahr? Aber das geht mich nichts an und es interessiert mich auch nicht. Mich interessiert nichts mehr. Entschuldigen Sie, mein Name ist Helène von Sachsenstein. Der Name ist der meines zweiten Mannes. Er war Deutscher.
Tanner verabschiedete sich und bat um Erlaubnis, in ein paar Tagen noch einmal bei ihr vorsprechen zu dürfen.
Als er das Gasthaus verlassen wollte, traf er auf eine Kollegin der jungen Frau aus Wien. Er erkannte sie aufgrund der Fotografien, die er kürzlich studiert hatte. Tanner erkundigte sich bei ihr, wo er die Sanders finden könne. Die junge Frau antwortete sofort und bereitwillig.
Sie sei unter diesen Umständen spontan zu einer Freundin in die Hauptstadt gefahren, sie könne ihm aber gerne die Telefonnummer geben. Sol hätte gewusst, dass er nach ihr fragen würde und sie gebeten, ihm die Nummer der Freundin zu geben.
Sol? So nannte Marnier sie auch. Was war denn das für ein Name?
Wie ist der Vorname von Frau Sanders? Sol?
Die Kollegin lachte und begann in ihrer Tasche zu wühlen.
Nein, nein, das ist bloß eine Art Spitzname. Eine Unart in dieser Gegend, und im Gastgewerbe sowieso. Jeder Vorname wird verkürzt. Richtig heißt sie Solveig. Ihre Mutter ist nämlich aus Schweden. Der Vater ist Wiener. Oder Russe, der in Wien lebt, oder so ähnlich. Also, wie gesagt, sie heißt Solveig. Aber in der

Hektik unseres Betriebs ist der Name zu lang. Auch auf der Serviceliste hat er kaum Platz. Ah, hier ist der Zettel ja.
Tanner bedankte sich und verließ das Restaurant.
Solveig Sanders.
Tanner murmelte den Namen ein paar Mal vor sich hin.
Solveig, du hast einen schönen Namen, und du bist ein kluges Kind.
Auf dem Heimweg versuchte er sie zu erreichen, doch es nahm niemand ab, und es gab auch keinen Anrufbeantworter.
Den Nachmittag verbrachte Tanner bei den beiden Schwestern im neuen Kommunikationszentrum, wie sie es neuerdings nannten. Um die beiden etwas abzulenken, schlug er vor, gemeinsam einen Namen für das neue Café zu suchen. Vorerst konnten sie sich aber noch auf keinen einigen.

Der nächste Morgen brachte den dreizehnten Tag seit dem Verschwinden von André Tillieux. Er war zwar tot, aber Tanner benutzte immer noch trotzig diese Zeitrechnung. Er begann mit dem Studium der Fotografien, die er von den blutigen Zeichen bestellt hatte. Ein Bote, beauftragt von Michel, hatte sie ihm ziemlich früh am Morgen vorbeigebracht. Den gleichen Satz Bilder hatte der befreundete Semiotiker erhalten und versprochen, sich so schnell als möglich an die Arbeit zu machen.
Tanner pinnte die großen Fotos an die Wände seines beeindruckend langen Flurs und stellte die Beleuchtung hell. Zum ersten Mal sah er alle Zeichen versammelt. Sein spontanes Gefühl, dass es sich um ein und dieselbe Handschrift handelte, bestätigte sich erneut und auf einen Blick. Egal, ob der Täter die Zeichen irgendwo abgekupfert oder sie selber geschaffen hatte, eine persönliche Note war deutlich zu erkennen. Sich nach gleicher Struktur wiederholende Bögen, Schwünge und andere malerische Eigenheiten waren zwingende Indizien dafür, dass sämtliche Zeichen aus einer Hand stammten.
Der Pinsel, den die Person verwendet hatte, dürfte etwa zwei Zentimeter breit und relativ steif gewesen sein, denn der Pinselstrich blieb gleichmäßig breit. Es waren insgesamt neunundzwanzig Haustüren bemalt worden. Erkennen konnte man elf verschie-

dene Zeichen. Einige wiederholten sich offensichtlich, bei anderen war es nicht ganz klar, ob sie fehlerhaft gemalt worden waren oder ob sie Varianten darstellten. Immerhin musste man berücksichtigen, dass der Täter alles nachts gemalt hatte und auch noch unter dem Druck, dass ihn jemand entdecken könnte. Die Nacht musste ungewöhnlich dunkel gewesen sein, denn in jener Nacht war Neumond, und es hatte geregnet. Zudem war die Straßenbeleuchtung im Dorf an vielen Stellen sehr dürftig, was laut Solène im Gemeinderat schon öfter zu Streitigkeiten geführt hatte.

Wenn der gleiche Täter tatsächlich auch für das Verschwinden der Katzen verantwortlich war, musste man davon ausgehen, dass er das Dorf wie seine Westentasche kannte, ebenso die Gewohnheiten der Bewohner (nota bene: auch die der Katzen), und dass er sich nachts in der Dunkelheit souverän und schnell bewegen konnte. Das Einsammeln der Katzen und das Malen der Zeichen dürfte sich jeweils zwischen zwei und vier Uhr abgespielt haben, denn dies war die Zeit, in der mit großer Wahrscheinlichkeit niemand mehr unterwegs war. Schon gar nicht in einer mondlosen, kalten Regennacht. Mit Sicherheit war das alles genau kalkuliert.

Ob der Täter allein gehandelt hatte oder mit Helfern, konnte Tanner noch nicht mit Bestimmtheit entscheiden.

Sollte es sich allerdings herausstellen, dass die Zeichen tatsächlich mit Katzenblut gemalt worden waren, so handelte es sich mit an Sicherheit grenzender Wahrscheinlichkeit um einen einzelnen Täter. Tanner kannte es schon – Täter mit solchen Krankheitsbildern waren fast immer Einzeltäter.

Tanner hängte die Fotos um und versuchte, die Zeichen zu Gruppen zusammenzustellen. Einen Sinn konnte er immer noch nicht erkennen. Sie waren einfach zu abstrakt. Es gab nur wenige einzelne, die vage an eine Tierform erinnerten, so wie ein Kind es zeichnen würde.

Tanner schwankte zwischen den beiden Möglichkeiten, dass entweder das Blut allein die Botschaft war und die Zeichen weiter nichts bedeuteten oder dass die Zeichen einen wirklichen Inhalt transportierten und das Blut lediglich die Dringlichkeit der Aussage unterstrich. So wie beim Prinzip der Blutsbrüderschaft oder

in Mythen und Legenden, in denen Verträge mit dem eigenen Blut unterschrieben wurden.
In diesem Augenblick rief Michel an.
Ich habe zwei Neuigkeiten. Eine ist hochbrisant und die andere wird dich nicht besonders überraschen. Welche willst du zuerst?
Ich bitte dich, Michel, sag's einfach. Ich mag solche Spiele nicht.
Ja, ist ja gut. Also, es ist tatsächlich Katzenblut und zweitens – und jetzt pass auf!
Komm schon, Michel.
André Tillieux war bereits tot als er sich zum Selbstmord auf die Schienen legte.
Tanner schwieg.
Bist du noch dran?
Ja, sicher. Und was war die eigentliche Todesursache?
Eine durchschnittene Kehle.
Verdammt. Also hat er ihr doch die Wahrheit gesagt.
Welche Wahrheit?
Er hatte fürchterliche Angst vor einer Person, die der Teufel sei, obwohl alle dächten, er sei lieb. So war der Wortlaut von Frau Sanders.
Ach, du Scheiße! Im Bericht steht, dass es sich um ein sehr scharfes Messer und um eine geübte Hand gehandelt haben muss, denn die Kehle ist mit einer einzigen Bewegung durchschnitten worden. Auch sonst ist laut Bericht an seinem Körper rumgeschnipselt worden, was sich aber aufgrund des allgemeinen Zustands der Leiche nicht mehr so richtig rekonstruieren lässt.
Kannst du mir den Bericht schicken?
Nein, kann ich nicht. Schon allein die Tatsache, dass ich dir am Telefon davon berichte, ist strafbar.
Wieso? Das merkt doch keiner. Ist doch dein Fall.
Nein, ist es eben nicht. Die wollen Lerch und Thommen eine Chance geben, nachdem die beiden zehn Jahre dabei sind und all diese hochkarätigen Kurse absolviert haben. Zumal ich angeblich mit genug anderen Sachen beschäftigt bin.
Tanner lachte.
Das ist jetzt nicht dein Ernst, oder?
Doch, doch. Mit so was würde ich nie scherzen.

Na dann. Viel Vergnügen.
Ja, das kannst du laut sagen.
Einen Augenblick lang schwiegen beide.
Armer André Tillieux.
Du hast ihn doch gar nicht gekannt. Jetzt übertreib nicht.
Nein, aber ich habe sein Zimmer gesehen.
Sein Zimmer? Und was ist damit?
Es hat wie eine mittlere Müllhalde ausgesehen.
Und deswegen rührt er dich?
Es hat von seiner sehr kindlichen Unfähigkeit erzählt, die einfache Realität des Alltags zu bewältigen.
Ich verstehe.
Erneut schwiegen beide.
Also, Tanner. Ich halte dich natürlich trotzdem auf dem Laufenden. Ich muss jetzt mal –
Tanner ließ den Hörer sinken.
Und ich muss dringend mit dieser Sanders sprechen. Ich müsste mich schwer täuschen, wenn die schon alles gesagt hat, was sie weiß.
Er hatte sie gestern den ganzen Tag nicht erreichen können. Er wählte sofort die Nummer.
Diesmal meldete sich eine junge Stimme mit einem ängstlichen Hallo.
Guten Tag, mein Name ist Tanner, dürfte ich bitte –
Ja, ja. Ich hole sie gleich.
Hier ist Solveig. Ich bin so froh, dass Sie anrufen.
Sagen Sie mir bitte die Adresse und ich hole Sie mit meinem Wagen ab.

Fünfzig Minuten später ließ sie sich erleichtert auf den Beifahrersitz seines Wagens fallen. Die Tasche und ihren dunkelroten Wollmantel hatte sie auf den Rücksitz gelegt.
Jetzt atmen Sie mal ruhig durch, Solveig. Ich darf doch Solveig sagen? Sie sind ja ganz durcheinander.
Ach, Tanner, ich bin ja so froh, dass Sie gekommen sind. Ich habe furchtbare Angst.
Ich verstehe, dass Sie Angst haben. Aber hier in meinem Auto

können Sie sich entspannen, Sie sind in Sicherheit. Wir werden über alles reden, auch über das, was Sie mir verschwiegen haben, und dann sehen wir weiter.
Tanner schaute sie von der Seite an und war nicht besonders überrascht, als sie bis an den Haaransatz rot wurde.
Sie müssen sich nicht schämen. Erstens konnten Sie nicht ahnen, was passieren würde, und zweitens hätte es wahrscheinlich an der ganzen Sache auch nichts geändert.
Danke, dass Sie das sagen.
Sie lächelte ihn an.
Woher wissen Sie eigentlich, dass ich Solveig heiße?
Ihre Arbeitskollegin hat es mir verraten. Ich hatte sie gefragt, was »Sol« bedeutet.
Ja, ich finde Sol auch nicht schön. Aber was soll ich machen?
Sie streckte sich und kuschelte sich bequem in den weichen Ledersitz. Trotzdem war die Anspannung, die von ihr ausging, mit Händen greifbar. Äußerlich war sie kaum wiederzuerkennen. Heute trug sie ihr reiches, goldblondes Haar offen. In weichen Wellen fiel es über ihre Schultern. Als er sie das erste Mal gesehen hatte, waren ihre Haare streng nach hinten gekämmt und straff geknotet. Ihr Kleid changierte in Grün- und Grautönen und passte perfekt zu ihren Augen.
Und? Wie fällt Ihre Inspektion aus?
Haben Sie gespürt, dass ich Sie anschaue?
Ja. Es war nicht zu übersehen.
Sie sind sehr gut angezogen. Das Kleid gefällt mir ausgezeichnet.
Sehr diplomatisch. Aber danke für das Kompliment. Wohin fahren wir eigentlich?
Zurück an den See, aber auf die andere Seite. Ich lade Sie zum Mittagessen in mein Lieblingsrestaurant ein. Verraten Sie das aber nicht Ihrem Chef, wenn ich bitten darf. Der wäre sicher beleidigt.
Sie lachte.
Ja, und wie. Er ist ein guter Koch, aber er ist ebenso eingebildet. Er findet nämlich, er sei weit und breit der Einzige, der wirklich kochen kann.
Hat er für Sie schon mal ein Wiener Schnitzel gemacht?

Oh ja. Zu meinem Geburtstag. Das war sehr aufmerksam, aber es war natürlich kein Wiener Schnitzel, wie man es in Wien bekommt.

Das ist ja auch nicht nur eine Frage des Bratens. Das fängt schon bei der Tierhaltung an, ganz zu schweigen davon, wie das Fleisch geschnitten sein muss, in welchem Schmalz es ausgebacken wird, die Zusammensetzung des Brösels und so weiter.

Bravo. Ich sehe, Sie kennen sich aus. Ah ja, Sie wollten mir noch erzählen, warum Sie Wien kennen.

Um sie weiter zu beruhigen, begann Tanner, ihr von seinen verschiedenen Aufenthalten in Wien zu erzählen, die eine ganze Weile zurücklagen, denn sie hingen alle mit seiner Aus- und Weiterbildung als Polizeibeamter zusammen. Auch später hatte es immer wieder Gelegenheiten gegeben, Wien zu besuchen, wenn er zu dem einen oder anderen Kongress über polizeiliche oder gerichtsmedizinische Themen eingeladen worden war.

Solveig staunte.

Ich wusste gar nicht, dass Wien derart wichtig ist für solche Sachen.

Doch, doch. Wien hat sicher von allen Städten Europas die längste und wichtigste Tradition in polizeilicher Aufklärungsarbeit, in Labortechnik und vor allem in der Gerichtsmedizin mit all ihren Spezialgebieten. Dann gibt es traditionell starke Verbindungen zwischen Wien und den wichtigsten amerikanischen Zentren und Größen dieser Branche. Wien war ja immer eine Stadt des Todes. Genauer gesagt: des Sterbens. Wussten Sie das nicht?

Jetzt richtete sich Solveig auf.

Das stimmt überhaupt nicht. Wien ist lebensfreudig und fröhlich. Denken Sie nur an die lange Tradition des Praters. Oder waren Sie schon mal bei einem richtigen *Heurigen*?

Ja, sicher. Aber das, wovon ich spreche, ist ja nichts als die Kehrseite davon. Vielleicht braucht es gerade diese starke Fähigkeit zum Feiern, zum Lebendigen, um sich so intensiv mit dem Tod auseinandersetzen zu können, wie es in Wien seit langem Tradition hat. In Ihrer musikalischen und lebenslustigen Stadt gab es zum Beispiel das erste anatomische und gerichtsmedizinische

Museum ganz Europas, vielleicht sogar der Welt. Und nicht zu vergessen: Freud, Schnitzler, Horvath –

Halt. Bitte, Tanner. Ich gebe auf. Sie haben ja Recht. Ich wollte vielleicht nur sagen, dass ich mich nicht gerne mit Tod und Gewalt beschäftige. Und wenn er dann plötzlich so nahe kommt wie jetzt, dann wird mir ganz anders und ich sehe Gespenster an allen Ecken und Enden.

Als sie das Restaurant am Hügel über dem See erreicht hatten und auf das Essen warteten, bat er Solveig, noch einmal exakt wiederzugeben, was André ihr über seine Ängste anvertraut hatte.

Solveig wiederholte Wort für Wort genau das, was sie das erste Mal erzählt hatte.

Gut.

Tanner spürte, dass sie noch nicht alles gesagt hatte. Sie blickte unruhig umher und wickelte sich in einer Art Endlosschleife nervös eine ihrer goldenen Locken um den Zeigefinger. Er wartete geduldig. Dann sprach sie leise und mit gesenktem Kopf weiter.

Ich habe gesehen, wie Monsieur Andrés Motorrad aus seinem Auto ausgeladen und hinters Haus gestellt hat. Und zwei Tage später hat er dann ganz überrascht getan, als er das Motorrad dort stehen sah. Wir dachten ja alle, André sei mit dem Motorrad zu einem Freund gefahren.

Und wieso haben Sie mir das nicht gleich gesagt?

Solveig zitterte, und Tanner hatte das Gefühl, als würde sie jeden Augenblick in Tränen ausbrechen.

Er nahm ihre Hand. Sie ließ es geschehen.

Ist es so schlimm?

Nein, ich weiß auch nicht, was es ist. Aber erstens schäme ich mich so, wenn jemand lügt. Auch wenn es mich gar nichts angeht. Das war schon immer so. Und zweitens war ich sicher die Einzige, die das mit dem Motorrad gesehen hat. Ich habe mir versucht einzureden, dass ich es vielleicht doch nur geträumt habe. Ich will nicht diejenige sein, die ihren Patron beschuldigt.

Und dann noch eine Spur leiser.

André wird doch wohl nicht ihn als Teufel bezeichnet haben, oder?

Nein, das ist schwer –
Tanner unterbrach seinen Satz, denn der Chef des Restaurants brachte den Fischteller persönlich an den Tisch.
Hallo, Tanner. Wie geht es dir? Mit soviel Schönheit am Tisch kann es ja nur gut gehen.
Ja, da hast du Recht. Darf ich vorstellen: Solveig Sanders. Sie arbeitet im Service bei der Konkurrenz. Bei Marnier. Solveig, das ist Stocker. Achtung, er duzt gleich alle. Nehmen Sie es nicht persönlich.
Freut mich, Solveig. Wenn du die Nase voll hast vom alten Marnier, dann kannst du hier arbeiten.
Vielen Dank. Zuerst probiere ich natürlich das Essen, dann überlege ich es mir. *Falls* es mir schmeckt.
Stocker lachte herzlich.
Das gefällt mir. Keine falsche Hochachtung. Bravo, Tanner. Ich gratuliere.
Ja, lass gut sein, Stocker. Lass uns jetzt in Ruhe essen, denn kalt schmeckt auch dein Essen nur noch halb so gut.
Sie wünschten sich einen guten Appetit und aßen schweigend. Bis Solveig flüsternd die Stille brach.
Er ist wirklich gut, dieser Stocker. Mutig, den Fisch mit einem Hauch dunkler Schokolade zu komponieren. Alle Achtung. Und bei aller Ausgefallenheit erscheint einem der Geschmack plötzlich absolut zwingend.
Sie haben Recht. Es ist vor allem dieser zarte Hauch von Ingwer, der den Fisch mit der Schokolade verbindet. Der diese Verbindung überhaupt erst möglich macht.
Vielleicht sollte ich wirklich hierher wechseln. Was meinen Sie?
Nicht so schnell, Solveig. Sagen Sie mir zuerst, warum Sie diese Arbeit machen.
Um Geld zu verdienen, natürlich.
Ach, nein. *Das* überrascht mich jetzt aber.
Solveig lachte und stieß ihn unter dem Tisch mit ihrem Schuh.
Hey, Sie haben ja Humor. Das überrascht *mich* jetzt aber.
Wieso?
Im Gasthaus neulich schienen Sie so streng und zurückhaltend, vorhin im Auto auch. Außerdem sehen Sie traurig aus.

Tanner hatte keine Lust, auf diese Bemerkung einzugehen.
Also, warum machen Sie diese Arbeit?
Also. Ich studiere Meeresbiologie im Hauptfach und setze ein Jahr aus, um Geld zu verdienen, wie ich bereits gesagt habe. Wollen Sie es noch genauer wissen?
Tanner nickte.
Mein Geld ist mir ausgegangen, weil ich … ach, egal, und mein Hauptprofessor ist für ein Jahr nach Südamerika gegangen. Da habe ich mir gedacht, ich nehme mir für ein, zwei Semester eine Auszeit und gehe in die Schweiz arbeiten. Ich habe das im Sommer schon öfter getan.
Warum ist Ihnen das Geld ausgegangen?
Interessiert Sie das wirklich oder ist das eine Art *déformation professionelle*?
Beides. Aber es interessiert mich wirklich. Und wissen Sie warum?
Sie schüttelte den Kopf.
Wegen Ihres Gesichtsausdrucks, als Sie sagten: ach, egal.
Was haben Sie denn da hineininterpretiert, Herr Kommissar?
Eine Mischung aus Ekel, Verletztheit und Enttäuschung.
Aha. Interessant. Und was schließen Sie daraus?
Soll ich Ihnen das wirklich verraten? Ich hatte in jenem Moment nämlich eine schreckliche Vision.
Heraus damit, aber wehe, Sie schummeln.
In meiner Vision kommt Geldmangel aber nicht vor.
Hey, das wird ja immer interessanter.
Tanner zuckte mit den Achseln.
Es ist leider nicht sehr originell, weil es die alte, die ewige Geschichte ist.
Sie lachte bitter.
Jetzt will ich's aber wissen. Raus mit der Sprache.
Ihr Freund hat Sie betrogen und verlassen. Und da noch niemand wusste, nicht einmal er, dass Sie schwanger sind, haben Sie heimlich abgetrieben. Dann sind Sie aus Wien geflohen, weil Sie es nicht mehr ausgehalten haben. Jetzt, da ich auch noch vom Professor weiß, der für ein Jahr nach Südamerika ging, erweitert sich meine Vision dahingehend, dass ich denke, er war derjenige, der –

Solveig starrte ihn eine Weile an, dann lachte sie ziemlich laut auf.
Oh je, oh je. Was Sie für eine Fantasie haben. Das mit dem Ekel stimmt sogar, aber aus einem ganz anderen Grund. Mein österreichischer Großvater ist vor einem halben Jahr gestorben, und darüber ist unsere halbe Familie auseinandergebrochen. Es gab schreckliche Erbschaftsstreitereien. Wirklich ekelhaft. Keine meiner Onkel und Tanten sprechen mehr miteinander. Das war wirklich schlimm. Ich hatte die Nase voll. Aber mein Gott, an was für schlimme Sachen *Sie* gedacht haben!
Sie schüttelte sich, als würde sie am ganzen Leib frieren.
Ist Ihr Leben denn so schrecklich, Tanner?
Ja, natürlich ist es das. Ein schrecklich glückliches und schrecklich schlimmes Leben. Das ganze Spektrum.
Zum Glück kam Stocker an den Tisch und erlöste so Tanner vor weiteren Fragen nach seinem Leben.
Und? Wie hat es geschmeckt?
Sein herausfordernder Blick galt Solveig.
Gar nicht schlecht, Herr Koch. Doch. Ziemlich gut. Es lohnt sich sogar, Ihr Angebot zu überlegen. Hätten Sie denn auch ein Zimmer für mich?
Ja. Selbstverständlich. Heißt das, du kommst?
Geben Sie mir eine Nacht Bedenkzeit.
Gut. Hier ist meine Karte. Ruf mich an oder verlang meine Frau. Ich lade euch jetzt zu meiner neuen Dessertkreation ein.
Selbstverständlich sagte da keiner der beiden nein.
Es gab Pfirsiche mit Gewürztraminersabayon und einigen Schokoladenblättern (dem Pfirsichblatt nachgebildet, versteht sich). Es war köstlich. Sie aßen ohne zu sprechen. Und redeten sich ein, dass sie aus Andacht vor dem Dessert schwiegen.
Eine halbe Stunde später saßen sie wieder im Auto und fuhren – immer noch schweigend – durch den Regen, der mittlerweile ziemlich heftig eingesetzt hatte.
Auf der pfeilgeraden Straße, die zur anderen Seeseite führte, wandte sich Solveig zu Tanner und brach die Stille. Ihre Stimme klang selbst in ihren Ohren fremd.
Würden Sie bitte einmal anhalten?

Ja, selbstverständlich. Ist Ihnen übel, Solveig?
Sie schüttelte den Kopf. Er hielt beim nächsten Feldweg an und stellte den Motor ab. Der Regen prasselte auf das Dach und auf die Windschutzscheibe. Sofort konnte man nicht mehr nach draußen sehen. Tanner wollte die Scheibenwischer in Gang setzen, aber Solveig verhinderte es, indem sie ihre Hand auf seinen Arm legte. Sie schaute ihn jedoch nicht an. Ihre Hand blieb wie unbeabsichtigt auf seinem Arm liegen.
Hätten Sie heute Nacht ein Bett für mich, Tanner? Ich weiß nicht, wo ich hingehen soll. Ins Gasthaus zurück kann ich nicht. Zu der Freundin will ich nicht, die macht mich wahnsinnig. Morgen früh werde ich mich dann wegen Stocker entscheiden. Heute kann ich das noch nicht.
Jetzt blickte sie ihn an.
Kann ich heute bei Ihnen bleiben?
Ja, sicher können Sie das, Solveig. Das ist kein Problem.
Gut. Da bin ich froh.
Dann hörten sie schweigend dem Regen zu.

FÜNF

Schon eine ganze Weile lauschte er angestrengt in die Dunkelheit. Doch schlaftrunken wie er war, konnte er das Geräusch lange Zeit nicht einordnen. Zuerst schien es ihm, als kämen die Laute von draußen. Oder von dem mächtigen Dachboden, der sich unsichtbar wie ein dunkler Himmel über ihm wölbte. Einige Zeit hatte dort ein Steinmarderpaar gehaust und ihn in der Nacht durch geräuschvolles Treiben zu erschrecken gepflegt. Plötzlich erinnerte er sich, dass ja Solveig im Gästezimmer übernachtete, und er fragte sich, ob auch sie schlaflos dalag und sich über die regelmäßig auf- und abschwellenden Töne wunderte. Im nächsten Augenblick wurde ihm klar, dass die Quelle der Geräusche in ihrem Zimmer sein musste. Er machte Licht und setzte sich auf, um besser zu hören.

Es war in der Tat Solveig; und sie weinte und schluchzte bitterlich.

Leise öffnete er die Tür. In ihrem Zimmer war es dunkel.

Solveig, ich bin es, Tanner. Erschrecken Sie nicht. Ich bringe Ihnen ein Glas Wasser.

Sie machte das kleine Licht neben dem Bett an und schnäuzte sich umständlich.

Vielen Dank. Entschuldigen Sie, dass ich Sie geweckt habe.

Nein, nein. Ich war sowieso gerade wach. Brauchen Sie noch etwas anderes? Haben Sie vielleicht Hunger?

Nein. Aber könnten Sie sich nicht einen Moment zu mir setzen? Nur solange, bis ich wieder einschlafen kann.

Sofort kuschelte sie sich erneut in ihre Decke. Tanner setzte sich auf den Bettrand. Sie atmete jetzt regelmäßig und ihr Gesicht entspannte sich zusehends.

Machen Sie bitte das Licht aus. Es geht mir schon besser.

Tanner sorgte für Dunkelheit und hütete sich zu fragen, warum sie weinte.

Nach einer Weile atmete sie tief und ruhig. Er wartete noch ein paar Minuten, dann erhob er sich leise. Aber er irrte sich, als er glaubte, sie würde bereits schlafen.
Tanner, Sie hatten Recht.
Ach, Sie sind noch wach.
Er setzte sich wieder.
Mit was soll ich Recht gehabt haben?
Ja, Sie wissen schon. Warum ich nicht in Wien bin.
Ach so.
Ich habe Sie heute Mittag dafür gehasst, dass Sie mich durchschaut haben, ohne mich zu kennen. Ich hätte mir lieber die Zunge abgebissen, als es zuzugeben.
Das verstehe ich. Und es tut mir natürlich leid, dass ich Recht habe. Möchten Sie denn darüber reden?
Nein, jetzt nicht. Ich habe schon genug geweint und bin hundemüde.
Sie gähnte ausgiebig.
Ich kann es nur noch immer nicht begreifen, wie Sie das gesehen haben. Das Einzige, mit dem Sie falsch lagen, war, dass er nichts von der Schwangerschaft gewusst hat. Alles andere ist genau so passiert.
Er dachte schon, dass sie erneut zu weinen anfangen würde, doch sie gähnte nur noch einmal geräuschvoll.
Bleiben Sie bitte noch eine Weile bei mir. Ich werde gleich einschlafen.
Nach einer Weile drehte sie sich wieder um.
Tanner, wenn Sie mich einen Moment lang in den Arm nehmen würden, könnte ich noch besser einschlafen. Wäre das zu viel verlangt?
Er antwortete nicht, er tat es einfach. Den Gedanken, dass er selbst dann vielleicht nicht mehr so schnell einschlafen würde, unterdrückte er. Als er sie in den Arm nahm, durchlief ein Schauer ihren Körper, danach entspannte sie sich. Den nächsten Gedanken konnte er nicht mehr so leicht unterdrücken.
Wie lange war es her, dass er den geliebten Körper im Arm gehalten hatte?
Solveig war zwar jünger als Elsie, hatte aber den gleichen, ausge-

sprochen weiblichen Körper. Er konnte nicht umhin, das zu spüren, denn auf seinem rechten Arm lag das süße Gewicht ihrer Brust. Er wagte nicht sich zu rühren. Aber atmen musste er ja. Und da ... sie duftete, wie soll man sagen, sie duftete, als wäre sie mit Elsie verwandt. Duftverwandt. Tanner neigte den Kopf und legte behutsam seine Wange an die ihre. Sie wehrte sich nicht. Im Gegenteil, sie kam ihm entgegen. Es herrschte absolute Stille. Die Welt bestand nur noch aus diesem Zimmer, aus diesem Bett. Aus Solveig. Wirklich nur Solveig?

In Tanner geriet etwas in Bewegung. War es die Zartheit ihrer Wange? Ihr Duft? Irgendwo tief im Bauch fing es an. Eine konzentrierte Wärme begann sich von dort auszubreiten. Sie war zu Beginn nicht größer als eine Murmel. Eine erwärmte Murmel. Als hätten heiße Kinderhände sie aufgeladen. Dann breitete die Wärme sich gleichmäßig aus. Als sie seine Brust erreichte, spürte er, wie seine Augen sich mit Tränen füllten. Die Augen liefen über, und die Tränen rannen über seine Wange. Blitzschnell hob er seinen Kopf, denn er wollte nicht, dass Solveig seine Tränen spürte. Sie aber zog ihn ganz nahe an sich heran. Mit einer Kraft, die er ihr nicht zugetraut hätte.

Weinst du, Tanner?

Er nickte.

Das ist gut.

Sie seufzte tief auf, und er zitterte. Das war das erste Mal, dass er nach Elsies Tod weinen konnte.

Lass die Tränen fließen und rede morgen. Wenn du willst.

Als sie eingeschlafen war, ließ er sie langsam in die Kissen gleiten und wartete, bis er ganz sicher war, dass sie tatsächlich schlief. Dann ging er ins Bad, zog sich aus und stellte sich unter den heißen Wasserstrahl.

Hatte er soeben Elsie verraten?

Die Tränen kamen erneut, und er weinte hemmungslos, bis sie versiegten. Dann trocknete er sich ab, legte sich ins Bett – und schlief auf der Stelle ein. Allerdings war er nach einer Stunde schon wieder hellwach. Er stand auf, ging zu Solveig ins Zimmer. Sie hatte sich kein bisschen gerührt. Ein schmaler Lichtschein von der Straßenlaterne, die etwas schief vor dem Haus hing, modellierte ihr Gesicht. In diesem Licht wirkte sie jung und reif zugleich. So unglaublich vertraut *und* fremd. Die Brust hob und senkte sich gleichmäßig, ein schlanker Fuß schaute unter der Decke hervor. Er hätte ihn gerne angefasst, diesen Fuß. Er verbot es sich.

Wie er vermutet hatte, fand er danach natürlich keinen Schlaf mehr. Eine Weile lag er im Dunkeln und versuchte unter Aufbietung aller Kräfte nicht weiter über Solveig nachzudenken. Er zwang sich stattdessen zu einer analytischen Beschäftigung mit Marnier, drehte sich auf den Rücken, schaltete das Licht wieder an und starrte an die Decke.

Was war nur los mit Marnier? Er konnte sich immer noch keinen Reim auf sein Verhalten machen.

Bei seinem Besuch am Nachmittag hatte Marnier ihm in einem wortreichen Monolog von den beiden Beamten berichtet, die ihn wohl zünftig in die Mangel genommen hatten. Offensichtlich jedoch ohne Resultat.

Plötzlich hatte Tanner genug von dem Geschwätz gehabt und war in die Offensive gegangen.

Ob er denn Lerch und Thommen – denn um niemand anderen handelte es sich bei den Beamten – auch erzählt habe, dass er, Marnier, vor dreizehn Tagen Andrés Motorrad aus dem Kofferraum seines Kombis herausgetragen und hinters Haus gestellt hatte?

Da war Schluss mit lustig.

Sind Sie wahnsinnig, Mann? Was ist denn in Sie gefahren? Da ist man die ganze Zeit freundlich, lädt jeden zweiten Tag zu eine Kaffee ein und das ist dann die Dank! Wir sind doch Nachbarn und noch befreundet dazu. Was, verdammt noch mal, wollen Sie mir denn über … äh … unterstellen? Dass ich den Jungen umgebracht habe? Eine Fantasie haben Sie, malade ist das! Eine Impertinenz sondergleichen. Ich verlange eine Entschuldigung, Tanner!

Marniers Gesicht war mittlerweile krebsrot angelaufen. Tanner betrachtete neugierig sein Gegenüber. Marnier war ein schlechter Schauspieler. Alles in allem bot er kein besonders überzeugendes

Theater. Seine Entrüstung war zu übertrieben, um überzeugend zu sein, was er wahrscheinlich sogar selber spürte. Das machte die Sache auch nicht besser. Tanner wartete, bis die Energie etwas abflaute.

Marnier, lassen Sie uns das abkürzen. Ich appelliere an Ihre Vernunft. Warten Sie nicht, bis Lerch und Thommen darauf kommen, denn dann stehen Ihre Karten schlecht. Es gibt einen seriösen Zeugen, der Sie beobachtet hat und der das auch vor Gericht aussagen wird, wenn es sein muss.

Marniers Gesicht leuchtete jetzt dunkelrot. Er keuchte.

Ein Zeuge? Sie meinen wohl eher eine Zeugin. Diese Nutte aus Wien, merde! Die wollte dem Jungen an die, wie sagt man, Lingerie. Glauben Sie der kein Wort. Die lügt, sobald sie aufmacht den Mund.

Tanner hob beschwichtigend die Hand.

Marnier, machen Sie sich nichts vor, es lässt sich alles untersuchen. Was, wenn man Ihre Fingerabdrücke am Motorrad findet? Oder Ölflecken und Kratzspuren vom Motorrad in Ihrem Auto? Vielleicht hat Sie auch noch ein weiterer Zeuge gesehen, der bis jetzt noch keine Gelegenheit hatte, davon zu erzählen. Außerdem unterstelle ich Ihnen gar nichts. Für Ihr Verhalten kann es hundert verschiedene Gründe geben. Wenn Sie es aber im Zusammenhang mit einem derart schwerwiegenden Fall verschweigen, wird es für Sie möglicherweise verhängnisvolle Folgen haben. Ich stehe zu meinem Wort, dass ich Ihnen helfe, aber dann müssen Sie mir bitteschön auch alles erzählen.

Marnier erhob sich mit ungestümer Bewegung.

Ich habe Ihnen gar nichts zu erzählen. Und jetzt muss ich arbeiten.

Ohne ein weiteres Wort hatte er die Gaststube in Richtung Küche verlassen.

Dieser Marnier war doch ein Schwachkopf. Mein Gott.

Tanner seufzte bei der Erinnerung an das Gespräch und drehte sich in seinem Bett auf die Seite. Das Licht ließ er weiter brennen. Marnier hatte möglicherweise Angst und verhielt sich deswegen so vollkommen irrational. Es war ja nur eine Frage der Zeit, bis

Solveig von den beiden Beamten vernommen würde. Dann würden sie Marnier ins Kreuzverhör und sein Auto unter die Lupe nehmen – und er wäre wahrscheinlich geliefert.
Nach dem Gespräch mit Marnier war Tanner noch eine Weile in der Gaststube sitzen geblieben und hatte gedankenverloren mit dem Stiel des Kaffeelöffels weiße Linien in die schwere Tischdecke gefurcht. Bis er plötzlich innehielt, auf das Tischtuch starrte und sich fragte, wo er das schon einmal gesehen hatte.
Ach ja, Hitchcock.
Er erinnerte sich an die berühmte Szene, wo die Heldin, gespielt von Ingrid Bergmann, mit einem Messer ebenso weiße Linien auf der Tischdecke zog, dann plötzlich durchdrehte, weil es sie an die Spuren im Schnee erinnerte, vielmehr an eine Situation, die eine sehr frühe Kindheitserinnerung überdeckte, in der sich die Heldin schuldig gefühlt hatte. Oder so ähnlich.
In diesem Moment betrat Frau von Sachsenstein die Gaststube.
Darf ich mich einen Augenblick zu Ihnen setzen?
Ohne seine Antwort abzuwarten, setzte sie sich ihm gegenüber. Sie war ebenso elegant wie beim ersten Treffen, schien jedoch noch blasser zu sein. Ihre Haut war beinahe durchsichtig. Tanner erschrak vor dem Ausdruck, den er in ihren Augen las.
Frau von Sachsenstein, der Tod von André tut mir aufrichtig leid. Wir haben einfach zu spät von seinem Verschwinden erfahren.
Sie schaute ihn mit einem merkwürdig abwesenden Blick an, und ihre Stimme war sehr leise.
Was ist Ihr Preis?
Pardon, Madame, wie meinen Sie?
Ich möchte Sie engagieren. Der Preis spielt keine Rolle.
Haben Sie denn kein Vertrauen in die Polizei?
Diese Frage tat sie mit einer Handbewegung ab, als würde sie eine lästige Fliege verscheuchen.
Also?
Schauen Sie, Madame. Mich kann man nicht engagieren. Ich bin kein Privatdetektiv. Aber ich kann Ihnen versichern, dass ich alles daran setzen werde, den Mörder Ihres Sohnes zu fassen.
Wenn es nicht das Geld ist, was ist es dann?

Ich bin bereits involviert. Genügt Ihnen das als Antwort, Frau von Sachsenstein?
Sie lächelte ein mattes, wenn auch bezauberndes Lächeln, das erahnen ließ, wie schön sie einst gewesen sein musste.
Werden Sie mich auf dem Laufenden halten, Herr Tanner? Hier ist meine Karte.
Tanner nahm die Karte entgegen und betrachtete einen Augenblick lang das blütenweiße Rechteck. Schlagartig verstand er, weshalb man so einen bedruckten Karton *Visiten*karte nannte. Dieses Stück Papier gab tatsächlich in einem gewissen Maße Aufschluss über die Besitzerin der Karte. Das kleine Ding in seiner Hand war von erlesener Ausgewogenheit und Schönheit.
Stimmt was nicht mit meiner Karte?
Nein, nein. Verzeihen Sie.
Tanner lächelte sie an.
Wer wird eigentlich eines Tages Ihr Vermögen erben, Frau von Sachsenstein?
Zum größten Teil mein Bruder. Und es wird schon bald sein, denn meine Krankheit ist unheilbar. Die Verwandtschaft meines verstorbenen Mannes ist in den letzten Jahren arg geschrumpft. Sein eigener Sohn ist vor etlichen Jahren bei einer spektakulären Polarexpedition umgekommen. Vielleicht haben Sie davon in der Zeitung gelesen. Haben Sie sonst noch Fragen?
Ja, zu André.
Fragen Sie.
Was war sein Problem?
Er hat sehr früh seinen Vater verloren.
Und Herr von Sachsenstein?
Kam ja erst spät, und André hat ihn verachtet. Und Winfried hatte kein besonderes Geschick, das irgendwie zu ändern.
Sollte in Ihren Augen Ihr Bruder eine Art Vaterersatz sein?
Das hat sich vielleicht mein Bruder eingebildet. Ich wollte André einfach aus der Schusslinie haben.
Schusslinie?
Mein Mann hatte etwas antiquierte Vorstellungen davon, wie ein junger Mann zu sein hat.
Aha. Ich verstehe.

Tanner steckte die Karte ein und dachte, dass wahrscheinlich ein draufgängerischer Polarforscher mehr nach dem Geschmack des Herrn von Sachsenstein gewesen wäre, als ein grüblerischer Junge, der Kochen lernen wollte und die Musik von Björk liebte.
Wollte er denn wirklich Koch werden?
Es schien für ihn zumindest eine Möglichkeit zu sein, der Welt meines Mannes zu entfliehen. Mehr noch: meinem Mann mit diesem Berufswunsch eins auszuwischen. Das ist ihm auch ganz gut gelungen.
Über ihr äußerst beherrschtes Gesicht huschte bei dieser Bemerkung ein Lächeln, als freute sie sich darüber noch im Nachhinein. Dann wirkte sie erneut eigenartig abwesend, wie zu Beginn des Gesprächs, und er beschloss, keine weiteren Fragen mehr zu stellen. Die wichtigsten Fragen, nämlich welchen gefährlichen Umgang ihr Sohn gepflegt hatte und vor wem er denn so panische Angst gehabt hatte, würde sie ihm auch nicht beantworten können.

Tanner wälzte sich in seinem Bett zum zehnten Mal auf die andere Seite und hoffte, dass wenigstens Solveig im Nebenzimmer den Rest der Nacht durchschlafen würde.
Schließlich löschte er das Licht, wild entschlossen, doch noch einmal einzuschlafen. Es zumindest zu versuchen, denn mit Grübeln kam er auch nicht weiter.
Drei Stunden später weckte ihn ein energisches Klopfen an der Tür, und gleich darauf erkannte er Solveigs Stimme, die ihn zum Frühstück rief.
Sie hatte alles liebevoll vorbereitet, hatte Kaffee gekocht, Milch geschäumt, Brot geröstet, inklusive Frühstücksei. Nachdem er sein Ei gegessen hatte, wollte sie wissen, warum er geweint hatte.
Zögernd und stockend begann er von Elsie und von allem, was mit ihr zusammenhing, zu erzählen. Dass es in Marokko eine Reihe bestialischer Kindsmorde gegeben hatte und eines der ermordeten Kinder das Kind der Tochter seiner Haushälterin in Marokko gewesen war. Dass er versprochen hatte, den Mörder zu finden, dass man ihn deswegen des Landes verwiesen und ihn eine Spur und vage Vermutung hierher in diese Landschaft ver-

schlagen hatte, denn hier waren vor Jahren auch eine Reihe von Kindern auf dieselbe bestialische Art umgekommen. Da hatte er Elsie kennen gelernt. Auch sie hatte ein Kind verloren, und so waren sie eben ein Paar geworden.
Über die Umstände ihres Todes vermochte er an diesem Morgen keine Details zu erzählen. Solveig war sensibel genug, ihn nicht zu drängen.
Nachdem er eine Weile gesprochen hatte, fühlte Tanner sich leer und auf eine merkwürdige Art desorientiert. Als wäre der Boden, auf dem er sich bewegte, durch das Erzählen ein Stück weit weich und unsicher geworden. Solveig verstand und wechselte das Thema. Sie wollte auf die andere Seeseite gefahren werden, denn sie hatte sich dazu entschieden, den Arbeitsplatz zu wechseln. Nachdem Tanner sie zu Stocker gefahren hatte, setzte er sich wie in Trance zurück an den Frühstückstisch und bereute, dass er sie einfach so hatte ziehen lassen. Unfähig, sich zu bewegen oder irgendetwas Vernünftiges zu unternehmen, saß er da. Erst nachdem er schließlich doch den Frühstückstisch aufgeräumt und das Geschirr von Hand gewaschen und abgetrocknet hatte – er hatte doch allen Ernstes vergessen, dass es einen Geschirrspüler gab –, gelangte er allmählich zurück in die Wirklichkeit.
Dann raffte er sich auf und rief seinen Freund, den Semiotiker an, der aber mit der Entschlüsselung der Zeichen noch nicht weitergekommen war. Die Zeichen seien keinen ihm bekannten Bild- oder Zeichensystemen entlehnt, das ließe sich mit Sicherheit sagen. Er sei nicht einmal sicher, ob man darin jemals so etwas wie eine Systematik oder einen Sinn würde entdecken können. Tanner dürfe nicht allzu viel von ihm erwarten – immerhin habe man für die Entzifferung der ägyptischen Hieroglyphen auch den Stein von Rosette als Vergleichsmaterial gebraucht. Abgesehen davon, sagte der Semiotiker, gehe es dem Täter ja vielleicht nur um den Symbolgehalt des Blutes, und die Formensprache der Zeichen selbst sei purer Unsinn. Dass sich einige Zeichen glichen, müsse man dann in diesem Falle mit einem Mangel an Fantasie erklären. Aber Tanner möge bitte nicht verzweifeln, er werde weiter an dem Problem arbeiten und sich sofort melden, sollte etwas dabei herauskommen.

Tanner war zwar nicht verzweifelt, aber enttäuscht war er durchaus, hatte er sich doch schneller eine Lösung des Rätsels erhofft. Zum Beispiel eine Antwort auf die Frage nach der kulturellen Herkunft der Zeichensprache, ob die Zeichen also an irgendetwas erinnerten und man Vergleiche ziehen und wenigstens spekulieren könnte. Irgendetwas eben, das Hoffnung auf eine mögliche Enträtselung machte.
Gleich anschließend wählte er die Nummer von Michel.
Lieber Michel, mein Semiotiker kann sich noch keinen Reim auf die Zeichen machen. Und sonst?
Auch hier nichts Neues, bis auf eine verschwundene Zeugin aus dem Restaurant von diesem Marnier. Ich habe es vorhin zufällig mitbekommen, als der Lerch lauthals ausrief, dass er immer die unangenehmen Sachen erledigen müsse und der Thommen den Chef spiele.
Ja, in etwa so stelle ich mir das Gespann Thommen-Lerch auch vor.
Du, Tanner, du weißt nichts von der verschwundenen Dame? Nur so rein zufällig. Sie heißt Sanders.
Solveig Sanders. Doch, rein zufällig kenne ich sie und ich weiß auch, wo sie sich aufhält. Sie hat die Stelle gewechselt und arbeitet ab heute drüben beim Stocker.
Wow, ich bin beeindruckt! Danke für die Information. Ich werde dieses Wissen aber vorerst für mich behalten, wenn du gestattest. Der Lerch soll sich nur mal ein bisschen abrackern.
Beide schwiegen eine Weile.
Sag mal, Tanner, kann es sein, dass es dir nicht gut geht? Du klingst so entrückt, wenn ich das mal sagen darf.
Nein, nein. Es ist nichts. Ich habe nur nicht besonders gut geschlafen.
Okay, ich verstehe. Was hältst du davon, wenn wir uns heute Abend wieder einmal beim Stocker zum Essen treffen? Ich würde dich sogar einladen.
Tanner zögerte. Aber nur kurz.
Das halte ich für eine ausgezeichnete Idee, Michel. Und was verschafft mir die seltene Ehre?
Es gibt keinen besonderen Anlass. Und tu nicht so, als hätte ich

dich noch nie eingeladen! Also, um acht Uhr beim Stocker. Ich melde uns an.
Tanner stand am Fenster und starrte eine Weile auf See und Hügel. Die Nebelschwaden drückten schwer auf die Landschaft. Der Regen hatte den Schnee zum Teil aufgeweicht, zum Teil weggespült. Die Landschaft wirkte verlebt und öde wie der Boden einer alten Bahnhofshalle.
Dies war definitiv kein Tag zum Spazierengehen.

Nachdem er lange ruhelos durch die Wohnung gegangen war – man konnte veritable Rundgänge durch diese Wohnung machen, denn sie war wirklich groß – und lange und ergebnislos die Bilder der Blutzeichen studiert hatte, griff er schließlich zum Telefonhörer.
Hallo, Marnier. Hier ist Tanner. Ich wollte Sie –
Was für ein Zufall! Gerade wollte ich Sie auch anrufen.
Aha. Das trifft sich ja gut.
Ja, Tanner. Ich muss mit Ihnen reden. Kann ich zu Ihnen kommen? Ich möchte nicht so gern gehen ins Restaurant, verstehen Sie?
Zehn Minuten später stand Marnier mit einem in Zeitungspapier eingewickelten Paket vor der Haustür.
Guten Tag. Ich habe Ihnen hier eine Rest von Wildterrine mitgebracht. Etwas Brot und hier –
Er zog umständlich eine Weinflasche aus seiner Manteltasche.
... ein Rotwein. Damit will ich mich äh ... für meine letzte Auftritt entschuldigen, verstehen Sie? Es tut mir leid, dass ich Sie so ... äh ... übergefahren habe.
Ist gut. Sie müssen sich nicht entschuldigen. Kommen Sie, wir gehen in die Küche.
Tanner stellte Gläser, Teller und Besteck auf den Tisch. Marnier entkorkte die Flasche, Tanner schnitt das Brot. Sie stießen an und kosteten von der Terrine.
Oh là là, Marnier. Die Terrine ist großartig und der Wein das beste Gegenmittel gegen dieses trübe Wetter. Also, herzlichen Dank für diese überraschende Einladung.
Warum haben Sie mich eigentlich angerufen, Tanner?

Erstens wollte ich Ihnen mitteilen, dass Frau Sanders ab sofort nicht mehr bei Ihnen arbeiten kann. Und zwar aus psychischen Gründen. Diese zufällige Mitwisserschaft um Ihre bislang ungeklärte Handlung mit dem Motorrad von André hat sie in einen Loyalitätskonflikt gebracht, der sie innerlich zu zerreißen droht. Darüber hinaus wollte ich Ihnen fairerweise mitteilen, dass es jetzt nur noch eine Frage der Zeit ist, bis Solveig ihre Beobachtung der Polizei mitteilen muss. Ich betone: muss. Marnier, seien Sie bitte vernünftig. Es wäre tausendmal besser, Sie würden der Polizei den Hergang aus freien Stücken schildern, bevor sie die Sache von Solveig erfährt.

Marnier stützte seinen Kopf auf die Hände und starrte auf seinen Teller. Dann gab er sich einen Ruck und blickte Tanner an.

Also gut. Sie haben Recht. Und ich war eine Idiot, dass ich es nicht gleich offen erzählt habe. Aber die Sache ist so verwickelt, und ich hatte Angst, dass alles nur gegen mich spricht. Die Angst habe ich natürlich immer noch, aber – was soll's!

Erzählen Sie doch einfach mal der Reihe nach, Marnier.

Tanner füllte beide Gläser randvoll mit Wein. Er war wild entschlossen, so lange mit Marnier zu trinken, bis er die Wahrheit erfuhr. Auch wenn er sonst tagsüber nie Alkohol zu sich nahm – jetzt fühlte er eine unbändige Lust zu trinken. Und sollte er unter dem Tisch landen … egal, solange es der Wahrheitsfindung diente!

SECHS

Am Morgen des vierzehnten Tages nach Andrés Verschwinden – Tanner beharrte nach wie vor eigensinnig auf dieser Zeitrechnung – überschlugen sich erneut die Ereignisse. Und das Dorf, von dem die Welt schon lange nicht mehr wusste, dass es überhaupt existierte, würde tags darauf erneut die Frontseiten der nationalen Presse schmücken. Auf den Bildschirmen und über den radiophonen Äther naturgemäß schon spätestens ab Mittag dieses winterlichen Tages, der durch eine verschwenderische Fülle an regenschwangeren Wolken erneut das Gefühl vermittelte, es sei schon Abend, bevor es richtig Tag geworden war.

Endlich lagen die Laboruntersuchungen vor, die das bestätigten, was die Presse schon längst hinausposaunt hatte, nämlich dass es sich bei dem Blut an den Türen tatsächlich um Katzenblut handelte. Der Oberstaatsanwalt hatte es sich nicht nehmen lassen, für die Bestätigung dieser Botschaft eine aufwendig inszenierte Pressekonferenz zu veranstalten. Man mietete dafür eigens einen Konferenzsaal in einem dem Präsidium nahe gelegenen, vornehmen Stadthotel. Da das Verkünden der Resultate allein eine etwas zu kümmerliche Meldung für eine ausgewachsene Pressekonferenz dargestellt hätte – denn immerhin waren neben der ganzen Print- auch unzählige Vertreter der Fernseh- und Radiomedien aus dem ganzen Land angereist –, wurden neben genauesten Expertisen zur Untersuchung des Blutes auch peinlich genaue Beschreibungen möglicher Tötungsmethoden von Kleintieren sowie Verfahren der Blutgewinnung und -konservierung vorgetragen. Es wurden sogar Hochrechnungen über die Differenz zwischen gewonnener und bereits verwendeter Blutmenge angestellt. Demnach wäre es dem Täter ohne Weiteres möglich gewesen, noch mehr Türen mit Blut zu beschmieren. Auch lag eine ganze Palette handelsüblicher Pinsel aus, die in etwa dem

Typ entsprach, der aller Wahrscheinlichkeit nach verwendet worden war. Über die Zeichen selbst wurde nur gesagt, dass es noch keine weiteren Erkenntnisse gab, man aber eher davon ausging, dass sie keine tiefere Bedeutung trugen.

Die süffisant vorgetragene Frage eines Journalisten, ob es denn möglicherweise einen Zusammenhang zwischen dem tragischen Freitod und den Blutzeichen gebe, wurde vom Oberstaatsanwalt zwar persönlich verneint und als vorwitzig bezeichnet, diente diesem im Folgenden allerdings als dramaturgisch eleganter Übergang zu einer Mitteilung vor laufenden Kameras, die man ohne Übertreibung mit dem Platzen einer Bombe vergleichen konnte: Besagter André Tillieux habe zwar nach heutigem Stand der Ermittlung nichts mit dem Fall der Blutzeichen zu tun, aber er sei auch nicht an den Folgen eines dramatischen Freitods verstorben, wie es die Presse mitgeteilt hatte. Vielmehr sei er schon mehr als tot gewesen, als er auf das landschaftlich ungemein malerische und jedem Eisenbahnenthusiasten von Nah und Fern wohlbekannte, weit über das grüne Tal gespannte Eisenbahnviadukt gelegt worden war. Dies offensichtlich mit der Absicht, die Leiche durch den Zug derart zerfetzen zu lassen, dass niemand den Mord bemerken würde.

Was der Staatsanwalt mit dem Ausdruck »mehr als tot« gemeint haben könnte, ging im allgemeinen Tumult der Konferenz unter. Möglicherweise drückte der Herr Oberstaatsanwalt aus, dass ihm eine durchschnittene Kehle als eine derart atavistische und brutale Handlung erschien, als eine Art Schlachtung, die tatsächlich mehr ausdrückte als bloßes Töten. Gleichzeitig gab der Oberstaatsanwalt bekannt, dass man im Fall Tillieux bereits eine erste Verhaftung vorgenommen habe und es nur noch eine Frage der Zeit sei, bis der Verdächtigte ein Geständnis ablegen würde. Diese effiziente Polizeiarbeit sei übrigens einem jungen Ermittlungsteam zu verdanken, das von ihm persönlich ausgewählt und beauftragt worden war, erstmalig selbständig zu arbeiten. Es sei von Anfang an sein Bestreben gewesen, die Polizeiarbeit zu dynamisieren, zu verjüngen, und dies sei ein erster, hoffnungsvoller Schritt in die richtige Richtung gewesen, nämlich in die, äh, Zukunft.

Lerch und Thommen, die zwar nicht namentlich vorgestellt wurden, strahlten unübersehbar in die Runde, so dass jedem Journalisten klar war, wem die Lorbeeren galten. Michel, der auf ausdrückliche Weisung des Oberstaatsanwalts ebenfalls anwesend sein musste, saß mit gesenktem Blick stumm da und wurde schon seit einer geraumen Weile vor Scham und Wut abwechselnd rot und weiß im Gesicht. Spätestens als der Oberstaatsanwalt sich wider alle Vernunft und entgegen sämtlichen Absprachen dazu hinreißen ließ, Tillieux' Ermordung und die Verhaftung eines Verdächtigen auszuplaudern, hätte er am liebsten aus Protest den Raum verlassen.

Michel konnte seiner Wut aber erst freien Lauf lassen, als er anschließend mit Tanner telefonierte. Dem blieb erst mal nichts anderes übrig, als Michel in Ruhe toben zu lassen. Dann und wann musste er allerdings den Hörer vom Ohr nehmen, um sein Gehör zu schonen.

Hey, Tanner, bist du noch da? Hüllt sich wieder mal in vornehmes Schweigen, der Herr. Wie findest du das alles? Oder bist du etwa immer noch besoffen?

Tatsächlich hatte Tanner gestern Abend Michels Einladung in Stockers Restaurant absagen müssen, denn er hatte den halben Nachmittag mit Marnier verbracht und getrunken wie selten zuvor. Er hatte nur mit Mühe und Not in sein Bett gefunden und mit noch größerer Mühe die Nummer von Michel gewählt bekommen, um das gemeinsame Essen abzusagen. Michel amüsierte sich königlich, als er den lallenden Tanner endlich identifiziert hatte, und meinte unter dröhnendem Lachen, dass es auch mal an der Zeit sei, dass Tanner, der sich doch immer so korrekt verhielt, auch mal über die Stränge schlug. Immerhin hatte er dann noch gefragt, ob er vorbeikommen solle und ob Tanner irgendwie Hilfe bräuchte. Tanner hatte höflich abgelehnt und anschließend etwa vierzehn Stunden geschlafen.

Danke der Nachfrage. Nein, ich bin nicht mehr betrunken. Und ja, ich halte das Ganze für eine ziemliche Katastrophe. Der arme Marnier tut mir irgendwie leid, obwohl er natürlich auch selber schuld ist, der Idiot. Ja und du, lieber Michel, du tust mir natürlich

auch leid, der du das alles an vorderster Front miterleben musst.
Der letzte Satz schien Tanner in Anbetracht eines erneuten Wutanfalls, der sich bereits mit lautem Schnauben in der Ohrmuschel ankündigte, mehr als angebracht. Abgesehen davon tat Michel ihm wirklich leid. Man wird nicht gerne vor versammelter Presse zum alten Eisen geworfen.
Aber du weißt ja, Michel: wer zuletzt lacht …
Ich weiß nicht mal, ob ich dazu noch Lust habe. Vielleicht sollte ich jetzt einfach einen Schlussstrich ziehen.
Ach, komm jetzt bloß nicht mit Indien, mein Lieber. Das wäre der denkbar ungeeignetste Augenblick. Du willst doch nicht kampflos das Feld räumen, oder? Diesen Idioten die Freude gönnen! Wenn schon, wirst du den ganzen Krempel gefälligst auf dem Höhepunkt deines Triumphes hinschmeißen!
Michel knurrte etwas, das wie Zustimmung klang.
Sein Freund tat ihm wirklich leid, denn wenn Michel manchmal auch etwas schwer von Begriff war, so war er doch ein ausgezeichneter Polizist, und diese Behandlung hatte er nun wirklich nicht verdient.
Schmunzeln musste Tanner dann trotzdem. Immer wenn es Michel schlecht ging, wollte er nach Indien fliehen. Wahrscheinlich zurück in sein früheres Leben. Eine Geliebte von Michel hatte mit ihm mal eine Rückführung gemacht, und seitdem meinte er mit Bestimmtheit zu wissen, dass er in einem früheren Leben ein reicher und angesehener Maharadscha gewesen war.

Tanner schüttelte den Kopf und ging zum Fenster. Er hatte keine Lust über irgendwas nachzudenken. Schon gar nicht über Marniers Verhaftung. Er starrte in den Nebel, der heute Morgen dichter schien denn je. Nicht ein einziger Baum war zu sehen, geschweige denn der See oder die Hügelkette. Die zähe Nebelwand reichte bis dicht ans Haus. Tanner öffnete das Fenster und lauschte in die weiße Stille. Nicht ein Geräusch zu hören. Sogar dem immerwährenden Plätschern des Brunnens gelang es nicht, durch die Watte bis an sein Ohr zu dringen.
Man konnte sich ohne Mühe einbilden, das ehrwürdige Haus habe sich über Nacht sang- und klanglos aus seinen Funda-

menten gelöst, und schwebe nun, inmitten einer riesigen Wolke, schwerelos im stillen All umher.
Tanner schloss fröstelnd das Fenster.
Diese Vorstellung, die ihn unvorbereitet überfallen hatte und auf den ersten Blick ein schönes, einer kindlich-surrealen Formenwelt entstammendes Bild zu sein schien, beklemmte ihn zunehmend. Denn es war nicht weniger als die erschreckend einleuchtende Metapher für sein eigenes Leben. Er musste sich setzen, denn die Wucht dieser Erkenntnis machte ihn schwindeln.
Genau so war es. Empfindungslos gefangen in einer Wolke. Nein, eher in einer milchigen Luftblase, die bei Berührung nach allen Richtungen nachgab, aber ums Verrecken nicht platzen wollte.
Er war sich selbst nicht sicher, ob die Betäubung von der Trauer herrührte oder ob er in Wahrheit nach wie vor unfähig war zu trauern. War er das Opfer einer fatalen Selbstbetäubung? Hurra, man spürte keinen Schmerz, wie schön. Aber auch sonst drang nichts zu einem hindurch. Rein gar nichts.
Doch, Solveig war zu ihm durchgedrungen.
Ihr Körper und ihr Duft. Beides zusammen hatte eine starke Erinnerung an Elsie geweckt, die zuerst nichts als wehgetan hatte. Die Nacht mit Solveig war die Hölle gewesen. Wenn er aber jetzt an Solveig dachte, wurde ihm wohl. Durch sie konnte er auf eine neue Weise an Elsie denken. An ihre Schönheit, an ihre Zärtlichkeit, an ihr Lächeln. Plötzlich taten diese Gedanken und Bilder nicht mehr nur weh, sondern weckten Sehnsucht.
Er musste unwillkürlich lächeln, denn auf einmal wurde ihm auch schlagartig klar, woher seine Lust auf Spaziergänge gekommen war. Er, der Spazierengehen immer verabscheut hatte, obwohl er die Idee des Spazierengehens faszinierend fand. Die Philosophie des Spazierengehens, gewissermaßen. Lediglich die Praxis war bis vor Kurzem nichts für ihn gewesen.
Fare due spazi.
Auf Italienisch klang es am schönsten. Und es war ja auch schön. Zu zweit oder – wie in Italien und im ganzen mediterranen Raum – in ganzen Familien oder Gruppen über die breiten Boulevards oder einfach durchs Dorf schlendern. Schwatzend, lachend und laut gestikulierend. *Fare due spazi.*

Aber er, Tanner, er hat etwas anderes kultiviert. Er hatte vornehm sein betäubtes Selbst spazieren geführt, um sich in der Illusion zu wiegen, dass er lebte. Um sich dem Trugbild einer Beschäftigung hinzugeben. Jetzt kam ihm alles leer vor, dieses Vorgaukeln einer falschen Reife.
Leute, schaut her: Ich spaziere, also bin ich. Es geht mir gut. Ich bin mit mir und der Welt im Reinen. Ich betrachte die Dinge gelassen. Von Ferne. Ich habe den Überblick. Ich grüße und nicke nach allen Seiten. Dann und wann halte ich ein Schwätzchen.
Und wenn er nicht gestorben war, so lebte er noch heute. Und wenn er dann eines Tages wirklich tot war, würde er es überhaupt merken?

Das Telefon schreckte ihn aus dieser depressiven Spirale auf.
Hier ist Solveig. Tanner, es ist schrecklich! Ich habe gerade im Radio gehört, dass die schon einen Verdächtigen verhaftet haben. Die meinen sicher Marnier, oder? Das ist jetzt meine Schuld.
Bitte, Solveig. Hör auf so zu reden. Marnier ist zum größten Teil selber schuld. Er hat zu lange mit der Wahrheit hinterm Berg gehalten. Zum Glück konnte ich ihn überzeugen, sich aus eigenem Antrieb bei der Polizei zu melden. Er ist ja nicht verhaftet worden, weil *du* ausgesagt hast, sondern weil die Polizei der Darstellung seiner Geschichte nicht glaubt. Des Weiteren soll er sich im Kreuzverhör in Widersprüche verwickelt haben. Und in seinem Auto haben sie obendrein Blutspuren von André gefunden.
Solveig schwieg.
Hallo? Bist du noch da?
Ist er *doch* der Teufel, von dem André gesprochen hat?
Nein, das glaube ich nicht. Ich kann es nicht mit Sicherheit sagen, aber ich glaube es nicht. So wie er mir seine Version der Geschichte erzählt hat, machte es irgendwie Sinn. Marnier mag vielleicht ein unglücklicher Mensch sein, er hat Probleme mit seiner Frau, er hat selber keine Kinder, er musste sich mit André rumschlagen, den ihm seine Schwester einfach aufgehalst hatte, aber –
Solveig ließ ihn nicht ausreden.
Was hat er denn erzählt?

Also bitte, hier ist die Kurzfassung: André ist an besagtem Tag tatsächlich mit seinem Motorrad weggefahren. Mit Marnier gab es am Vorabend Streit und auch nochmals am Morgen. Marnier dachte wohl, André wolle die freien Tage nutzen, um sich endgültig abzusetzen. Das musste Marnier um jeden Preis verhindern – denn er hatte seiner Schwester ja hoch und heilig versprechen müssen, dass er auf André aufpassen würde –, weshalb er André mit dem Auto gefolgt ist. Der Junge hat es bemerkt und wollte auf einer kleinen Straße in den Wald hinein entwischen. Da ist Marnier durchgedreht, hat ihn in den Wald hinein verfolgt und hat beim Überholen in der Hitze des Gefechtes – so hat er sich ausgedrückt – das Motorrad gestreift. Der Junge ist hingefallen und hat sich verletzt. Marnier hat das Motorrad in den Kofferraum getragen und den Jungen, der an der Stirn blutete, in den Fond seines Autos gesetzt. Dort im Wald haben sie lange miteinander gesprochen. André sei dann auch bereit gewesen, mit ihm zurückzufahren.

Und dann? Was ist dann passiert, Tanner?

Bei einem Rotlicht an einer großen Kreuzung hat André dann wohl völlig überraschend die Flucht ergriffen. Marnier hatte keine Chance mehr, ihn irgendwie einzuholen oder zu sehen, wohin er sich gewendet hatte. So. Das ist Marniers Geschichte. Danach muss André bei seinem Mörder Unterschlupf gefunden haben. So könnte es gewesen sein.

Und warum hat Marnier dann das Motorrad wieder hinters Haus gestellt? Das war doch dumm.

Ja, das war natürlich dumm. Es ist aber gleichzeitig Marniers stärkster Trumpf. Hätte er den Jungen umgebracht, hätte er das doch auf keinen Fall getan. Er hat es aber getan, weil er nie und nimmer mit einem so schrecklichen Ende gerechnet hat. Und er hat damit nicht ganz Unrecht. Ich glaube, dass er nicht viel überlegt hat. Er wusste einfach nicht, wohin mit dem Rad. Also hat er es heimlich zurückgestellt, als sei nichts gewesen. Zugegeben – eine etwas kindliche Reaktion für einen ausgewachsenen Mann, andererseits wissen wir ja, dass auch Erwachsene intensive Stresssituationen sehr oft mit kindlichen Reaktionen und absolut irrationalen Handlungen bewältigen. Zum Beispiel im Sinne einer

fast rituellen Beschwörung: Das Rad ist hinter dem Haus – das Rad war gar nie weg – André war eigentlich auch nie weg – also habe ich André nie verfolgt und schon gar nicht angefahren.
Tanner seufzte.
Oder so ähnlich. Wenn seine Suggestionskraft oder seine Verdrängung stark genug ist, muss Marnier sogar wirklich erstaunt gewesen sein, als man entdeckte, dass das Motorrad die ganze Zeit hinter dem Hause gestanden hat.
Ist das dein Ernst, Tanner?
Das ist immerhin eine Möglichkeit. Leute sind oft nicht so, wie man es sich vorstellt. Und schon gar nicht so, wie sie sich selber darstellen.
Spielst du jetzt etwa auf meine Geschichte an?
Nein, nein. Ich habe das sehr allgemein gemeint. Zufrieden?
Nicht ganz. Aber lassen wir das.
Sie schwiegen eine Weile.
Wirst du ihm helfen?
Ich werde es versuchen.
Hilfst du ihm wegen mir?
Wie meinst du das?
Weil ich doch so darunter leide, dass ich ihn verraten habe. Wegen des Motorrads.
Nein, nein, sicher nicht. Ich habe einfach das Gefühl, dass er mir die Wahrheit gesagt hat.
Das ist gut. Es war übrigens sehr schade, dass du und dein Kollege dann doch nicht zum Essen gekommen seid. Ich hatte natürlich die Anmeldung gesehen und mich riesig gefreut.
Ja, das tut mir leid. Es war meine Schuld, weil ich mit Marnier zuviel Wein getrunken hatte. Ich musste dringend ins Bett.
Sie lachte.
Was? Du warst zu betrunken um zu kommen?
Genau so war es.
Du erstaunst mich immer mehr, Tanner. So etwas hätte ich dir gar nicht zugetraut.
Ist auch sonst nicht meine Art.
Sie schwiegen eine Weile. Und je länger das Schweigen dauerte, desto schwerer wurde es für beide, ein neues Thema zu finden.

Solveig räusperte sich.
Wolltest du etwas sagen?
Sie lachte.
Ja. Ich weiß aber nicht ... Kommt ihr dafür ein andermal?
Ich weiß nicht –
Kommst *du* denn wieder, Tanner? Auch wenn ich nicht in Not bin?
Tanner zögerte.
Nein, Solveig. Das werde ich nicht.
Aha. Das war sehr direkt.
Du hast mich ja auch sehr direkt gefragt. Ich brauche Zeit. Wolltest du keine ehrliche Antwort?
Doch, ich war dumm, entschuldige. Aber zum Essen kannst du trotzdem wieder kommen, oder?
Ja, sicher komme ich. Und dann freue ich mich auch, dich zu sehen, Solveig.
Tanner legte den Hörer auf und holte tief Luft. Er war sich sicher, dass sie nicht wirklich ihn meinte, sondern dass sie einfach einsam war. Eine gestrandete Meeresbiologin.
Und er selber? Ein gestrandeter was? Kommissar etwa? Eher ein gestrandeter Liebender.
Sofort spürte er einen dicken Kloß im Hals. Darauf hatte er im Moment aber gar keine Lust. Er stand auf und machte sich ein zweites Frühstück.
Solveig würde das in ihrer unverwechselbaren Sprache ein Gabelfrühstück nennen.
Ach Solveig.
Warum nur hatte er sie so abrupt zurückgewiesen?
Er starrte auf den leeren Platz, auf dem sie gestern Morgen gesessen hatte.
Sie gefiel ihm doch, und sie war offensichtlich bereit, sich auf ihn einzulassen.
Aber ich nicht, verdammt noch mal. Man soll sich nicht auf einen anderen Menschen einlassen, wenn man noch so verstrickt ist in die Vergangenheit.
Mit dieser Frauenzeitschriftenweisheit gab er sich erst mal zufrieden und versuchte sich ab sofort auf Marniers Geschichte zu

konzentrieren, um ja nicht an ihren Körper zu denken, der ihn bei der kurzen Umarmung in seiner Weiblichkeit so sehr überrascht und an Elsie erinnert hatte. Vorgestern Nacht, als sie geweint hatte. Als er geweint hatte.

Wenn man einen Zeugen finden könnte, der zufällig gesehen hatte, wie André aus Marniers Auto geflohen war, würde das der Geschichte natürlich mehr Gewicht verleihen. Rein theoretisch war es durchaus möglich. Schließlich handelte es sich um eine äußerst belebte Straßenkreuzung. Aber da der Betreffende keine Ahnung von der Bedeutung des Geschehens hatte, nützte es nichts. Er würde sich aus eigenem Antrieb nicht melden, und ihn zu finden war ein Ding der Unmöglichkeit. Vielleicht sollte er sich die Kreuzung trotzdem mal ansehen. Schaden konnte es nichts.

Tanner war in Gedanken schon wieder bei Solveigs goldenem Haar.

Verrückt an der kurzen Umarmung war gewesen, dass er nicht nur physisch den Eindruck hatte, Elsies Körper in seinen Armen zu halten, sondern, wie gesagt, auch ihren Duft zu riechen vermeinte. Oder zumindest eine frappante Ähnlichkeit mit ihrem Duft. Wahrscheinlich war es aber eher so, dass ihm da seine eigene Einbildungskraft einen Streich gespielt hatte. Ausgelöst durch das Körpererlebnis. Und dass ein bestimmter Körper an einen anderen erinnern kann, ist an sich nichts Außergewöhnliches.

Wenn er es richtig im Kopf hatte, stand an der einen Ecke dieser Kreuzung sogar ein Kiosk, mit gutem Überblick über die gesamte Kreuzung. Wer weiß, vielleicht hatte er ja Glück? Er würde heute noch hingehen.

Hatte er sich das wirklich eingebildet? Ob sie die ganze Zeit so roch? Oder entwickelte sich dieser Duft erst in der Mitte der Nacht?

Mensch, Tanner, jetzt hör aber sofort auf. Das ist ja kindisch.

Er stand energisch auf und räumte das Geschirr seines zweiten Frühstücks weg. Diesmal erinnerte er sich an die Spülmaschine. Der entscheidende Gedanke kam ihm, als er die Maschine mit Schwung schloss und sie laufen ließ.

Mein Gott, wieso habe ich nicht früher daran gedacht!

Tanner sauste zum Telefon.
Hey, Michel, bist du noch in deinem Büro? Ja? Wie gut. Kannst du mal Folgendes überprüfen.
Er nannte die Kreuzung und berechnete kurz im Kopf den entsprechenden Tag. Die Uhrzeit wusste allein Marnier. Aber das könnte man ja immer noch abklären.
Tanner, ich will ja kein Spielverderber sein, aber selbst wenn ausgerechnet diese Kreuzung videoüberwacht sein sollte, heißt es noch lange nicht, dass die dauernd ein Band mitlaufen lassen. Und wenn, haben sie es garantiert längst gelöscht. Die bewahren doch nicht von jeder x-beliebigen Kreuzung Bänder auf. Stell dir das gigantische Archiv vor.
Michel, du hast sicher Recht. Aber man kann auch mal Glück haben.
Also, gut. Dann gehe ich jetzt und mache mich lächerlich. Auf einmal mehr oder weniger kommt es auch nicht mehr an.
Ach noch etwas, Michel. Ich möchte Marnier gerne in der Untersuchungshaft besuchen. Kannst du das arrangieren, bitte? Und komm später zu mir nach Hause. Ich mache dann auch etwas Schönes zum Essen. Aber erst, nachdem wir gearbeitet haben.
Bevor Michel protestieren konnte, beendete Tanner das Gespräch.

Drei Stunden später stand Michel vor der Tür. Tanner öffnete und machte auf dem Absatz kehrt.
Komm rein, ich bin total frustriert.
Michel schloss schweigend die Tür und trottete schwer atmend die Treppe hoch.
Tanner hatte sich in der Zwischenzeit ausgiebig mit seinem Freund, dem Semiotiker, unterhalten, aber leider war er hinterher genauso schlau wie vorher. Danach hatte sich Tanner die ganzen Bilder selber noch einmal intensiv zu Gemüte geführt, doch die Zeichen blieben so kryptisch wie zuvor.
Ich habe immer noch keine Idee, was diese Zeichen bedeuten sollen. So ein Mist.
Michel setzte sich an den Küchentisch. Tanner runzelte die Stirn.
Es gibt noch kein Essen. Zuerst die Arbeit, dann das Vergnügen.
Michel gab sich entrüstet.

Habe ich von Essen geredet? Ich dachte, wir arbeiten hier.
Gib es doch zu, du hast Hunger. Übrigens – hast du nicht ein bisschen übertrieben mit den zwanzig Kilo, die du abgenommen haben willst? Das wollte ich dich schon längst mal fragen.
Wer redet denn von zwanzig Kilo? Spinnst du? *Zwei* Kilo habe ich gesagt. Etappenziel sind zwanzig Pfund. So was muss man langsam angehen, sonst ist es für die Katz'.
Tanner verdrehte die Augen.
Du hast zwanzig Kilo gesagt. Ich könnte schwören. Ach, was streite ich mit dir über deine Kilos. Mir ist es ja wurscht. Von mir aus kannst du essen, soviel du willst.
Hey, Tanner, jetzt beruhige dich mal. Zudem habe ich eine gute Nachricht. Zur Abwechslung haben wir nämlich tatsächlich einmal Glück.
Tanner starrte ihn an.
Das Videoband. Es gibt ein Video. Ich werd verrückt. Es gibt ein Band.
Tanner packte Michel an beiden Armen, wuchtete ihn hoch und vollführte mit ihm unter Geheul einen merkwürdigen Indianertanz. So musste es einst ausgesehen haben, wenn Bär und Bärenführer ihre Tänze einstudierten.
Aufhören. Lass mich los. Ja, es gibt ein Band. Du hast mehr Glück als Verstand. Und weißt du, warum es ein Band gibt? Gegen alle Regeln und gegen alle Wahrscheinlichkeit?
Nein, aber ich denke, du wirst es mir gleich sagen.
Die Verkehrspolizei macht zusammen mit einer Spezialfirma eine Langzeitstudie über Verkehrsaufkommen und Verkehrsberuhigung. Deswegen nehmen die ein paar Wochen lang das Verkehrsaufkommen an verschiedenen neuralgischen Knotenpunkten auf. Auch an unserer Kreuzung. Ob man allerdings auf dieser speziellen Art von Aufzeichnung einen Menschen identifizieren kann, ist noch nicht gesagt. Die nehmen das Ganze irgendwie ruckartig auf. Ich habe es nicht ganz kapiert. Ich weiß nur, die drehen da keinen Spielfilm, verstehst du?
Ruckartig oder nicht. Wann kriegen wir das Band?
Weiß ich nicht. Da es ja nicht mein Fall ist, muss ich mir was einfallen lassen.

Dann lass dir bitte was einfallen. Hier ist das Telefon. Vorher gibt es nichts zu essen.
Michel nahm stoisch das Telefon entgegen.
Ach ja, und wann kann ich Marnier besuchen?
Morgen früh. Hast du sonst noch Wünsche, oder kann ich jetzt in Ruhe telefonieren?
Nein, nicht dass ich wüsste. Du kannst dir zum Telefonieren gerne eines der Zimmer aussuchen.
Michel stand ächzend auf und ging aus der Küche. Tanner rief ihm hinterher.
Ich mache dir dafür die leckersten Käseschnitten, die du je gegessen hast.
Michel echote zurück.
Aber inklusive Spiegeleier, wenn ich bitten darf.
Zu Befehl! Mal sehen, wer zuerst fertig ist. Käseschnitten gegen Videoband. Auf los geht's los.
Michel kam noch einmal zurück.
Was hältst du eigentlich in dem Zimmer versteckt, das abgeschlossen ist?
Nichts. Nur Gerümpel. Du hast doch noch genügend andere Zimmer zur Auswahl, oder?
Ja, ja. Ich wollte bloß mal fragen. Hoffentlich bist du nach dem Essen nicht mehr so gereizt.
Ich bin nicht gereizt.
Ist ja gut. Ich wollte ja nur wissen, ob du da eine Frau vor mir versteckt hältst.
Tanner antwortete nicht.
Ei, ei, da versteht einer heute aber gar keinen Spaß. Sind wahrscheinlich die Nachwehen seines Besäufnisses. Das hätte ich ja gerne gesehen – na ja, vielleicht lieber nicht.
Tanner konzentrierte sich aufs Kochen. Das half eigentlich immer.
Einundzwanzig Minuten später lagen vier große, von Spiegeleiern gekrönte Weißbrotschnitten, dick mit Käse überbacken, auf den Tellern. Vier weitere brutzelten in der großen eisernen Bratpfanne. Tanner mischte eben noch den Salat, als Michel beschwingt durch die Küchentür tänzelte.

Tanner lachte.
Ja, ja, es gibt nichts Inspirierenderes als den Duft von frisch geröstetem Brot, Knoblauch und Käse.
Und nichts Zuverlässigeres als alte Freunde! Wir kriegen eine Kopie von dem Band. Vielleicht noch heute, auf jeden Fall morgen früh. Aber niemandem was sagen!
Was heißt hier, niemandem was sagen, Michel? Falls wir darauf finden, was wir suchen, brauchen wir es doch als Beweismaterial!
Michel wiegte den Kopf.
Du weißt, wie schwer sich die Richter mit Videomaterial tun. Es ist ja alles so leicht manipulierbar. Aber es wird sich sicher günstig auf die Glaubwürdigkeit von Marnier auswirken. Wenn … wenn –
Michel setzte sich an den Tisch.
Darf man anfangen?
Man darf. Guten Appetit. Magst du Weißwein oder Bier?
Die Frage ist bei diesem Gericht zwar berechtigt, aber ich ziehe Wein vor, denn wenn mich meine Nase nicht täuscht, hast du die Brote in Wein und nicht in Bier getränkt, stimmt's?
Tanner nickte und holte die Flasche aus dem Kühlschrank.
Mmh, ausgezeichnet! Ich muss sagen, Tanner, du hast nicht übertrieben.
Danke.
Und was ist das Geheimnis? Es ist doch bloß Brot und Käse?
Du tränkst nicht nur das Brot in Wein, sondern auch den geriebenen Käse.
Aha. Das ist eine gute Idee. Stammt die von dir?
Ich habe einmal den Käse aus Versehen in die Schüssel mit Wein gerieben und war von der Wirkung angenehm überrascht.
Du weißt, alle guten Erfindungen wurden zufällig gemacht.
Sie aßen die erste Serie schweigend zu Ende.
Als Tanner den Salat servierte, öffnete Michel eine zweite Flasche.
Wenn das so weitergeht, werde ich noch zum Säufer.
Michel lachte und schenkte ein.
Na ja, so schlimm wird's nicht werden.
Sie stießen an.

Du, äh, kennst du zufällig in der Bibel die Stelle mit dem Blut an den Türen?
Ja, klar. Auszug aus Ägypten, wenn ich mich richtig entsinne. Das ist bei Moses, oder nicht?
Ja. Zweites Buch Moses, Kapitel zwölf.
Die Ermordung der Erstgeborenen. Wie kommst du denn … ach so! Ich verstehe. Wegen der Blutzeichen an den Türen.
Ja, klar.
Und? Dort handelt es sich aber um Blut von Lämmern, oder?
Ja, das auch. Aber vor allem bedeutete es Schutz für die Bewohner der Häuser. Der Erzengel soll alle Häuser verschonen, die Blut an den Türen haben.
Stimmt. Ach, das ist ja interessant. An so eine Interpretation habe ich bis jetzt nicht gedacht. Ich wusste gar nicht, dass du dich so gut in der Bibel auskennst.
Na ja, immerhin ist sie eine der wichtigsten, äh, Grundlagen unserer westlichen Zivilisation.
Tanner blickte auf.
So kenne ich dich gar nicht. Also, du hast natürlich völlig Recht, aber –
Was heißt, so kenne ich dich gar nicht? Du kennst mich offenbar nur sehr einseitig. Ich war schon immer sehr interessiert an philosophischen Fragen, und da gehört im weitesten Sinne auch die Religion dazu.
Was du nicht sagst! Zählst du deinen ewigen Traum, nach Indien zu gehen, auch mit dazu?
Nein. Das ist etwas anderes. Darüber mag ich jetzt aber nicht reden.
Gut. Und was ist jetzt mit der Bibel?
Was soll sein? Nichts weiter.
Ach, Michel, ich kenne dich besser, als du denkst.
Ich weiß nicht, was du meinst.
Es steht doch auf deine Stirn gemeißelt, dass du noch etwas hast.
Ja, also, ich habe da eine kompetente Person kennen gelernt, mit der ich mich einmal unverbindlich über diese Bibelsache unterhalten werde.
Ist diese kompetente Person zufällig eine Frau?

Zufällig. Ja und? Aber jetzt sage ich wirklich nichts mehr.
Und du wirst dich mit ihr über wichtige Grundlagen unserer westlichen Zivilisation unterhalten? Du weißt ja, auch die Liebe gilt als eine dieser wichtigen Grundlagen.
Ich habe gesagt, dass ich nichts mehr sage. Du, übrigens, gibt's eigentlich auch ein Dessert?
Nur gegen präzise Angaben über eine gewisse kompetente Person, die zufällig eine Frau ist.
Das ist eine gemeine Erpressung.
Du kannst mich ja verhaften.
Michel seufzte und gestikulierte theatralisch.
Mann! Ich kenne sie ja noch gar nicht. Was willst du denn wissen?

SIEBEN

Michel hatte sich tatsächlich erst für diesen Abend mit Anita Schön verabreden können. Sie hatte ihm ja ein gemeinsames Abendessen versprochen, war aber die letzten Abende beschäftigt gewesen. Sie hatte ihn gebeten, sie pünktlich um acht Uhr mit seinem Auto vor dem Hauptquartier der Heilsarmee abzuholen. Er war einige Minuten zu früh dran. Er staunte nicht schlecht, als er sah, was für ein geschäftiges Hin und Her dort herrschte. Sie kam mit dem Glockenschlag aus der Tür und hüpfte fröhlich in sein Auto. Die Uniform bemerkte er erst, als sie neben ihm im Auto saß.
Hey, Serge. Was machen Sie denn für ein Gesicht? Sie wollten mich doch unbedingt in Uniform sehen, oder?
Michel war tatsächlich konsterniert. Nicht weil sie ihm in ihrer Uniform etwa nicht gefallen hätte, aber er musste sich schleunigst ein anderes Restaurant überlegen, denn er wollte sich auf keinen Fall in einem seiner Lieblingsrestaurants mit einer Begleitung in Heilsarmeeuniform zeigen.
Nein, nein, Sie sehen fabelhaft aus, Anita. Ich komme mir nur etwas – wie soll ich sagen – unterkleidet vor.
Anita lachte.
Sie meinen *underdressed*.
Ja, sag ich ja. Wenn ich das gewusst hätte, dann –
Sie unterbrach ihn.
Machen Sie sich keine Sorgen, Serge. Ich habe ja eh vor, mich umzuziehen. Wenn ich Sie bitten dürfte, schnell bei mir vorbeizufahren? Wir hatten einen Kongress, deswegen musste ich heute Uniform tragen.
Sie nannte ihm die Adresse und lehnte sich zurück.
Michel war erleichtert. Jetzt konnte er ohne Einschränkung davon schwärmen, wie attraktiv sie in der Uniform aussah. Kurze Zeit später waren sie in der genannten Straße.

Ob sie ihn in ihre Wohnung mitnehmen würde? Wahrscheinlich würde er im Auto warten müssen.
Er seufzte.
Sie können da parken. Wollen Sie mit hochkommen, Serge?
Ich kann ebenso gut im Auto warten.
Ach, kommen Sie doch schnell mit. Keine Widerrede. Dann können Sie kurz meine kleine Tochter kennen lernen. Und meine Mutter wird Sie auch nicht fressen.
Er wollte Einspruch anmelden, aber sie war bereits aus dem Auto geschlüpft und marschierte zur Haustür eines hohen, schmalen Altbauhauses, hinter dessen Tür sie verschwand. Er quälte sich stöhnend aus dem Auto.
Ihm schwirrte der Kopf.
Meine kleine Tochter? Mutter? Das hat mir gerade noch gefehlt.
Er blickte nach links und rechts und ging dann etwas unentschlossen auf die Haustür zu. Ein kurzer Blick auf das Klingelbrett ließ ihn erneut aufstöhnen.
Ja klar. Natürlich wohnt sie nicht im Parterre.
Außerdem kam der Name zweimal vor. Im dritten und im vierten Stock.
Wie ich mein Glück kenne, wohnt sie im vierten.
Entschlossen nahm er die Treppe in Angriff.
Es war aber nur der dritte Stock. Die Wohnungstür war zwar zu, aber auf der Treppe vor der Tür saß eine kleine Ausgabe von Anita Schön, die mit ihrem gestreckten Finger auf Michel zielte.
Hände hoch!
Michel, froh über den Stopp, hob keuchend die Hände.
Wer bist denn du?
Hände hoch, habe ich gesagt. Bist du wirklich von der Polizei?
Er nickte.
Aber du bist so dick. Kannst du denn einen Einbrecher fangen?
Nein, das machen andere. Ich denke lieber nach. Darf ich mich neben dich setzen? Dann zeige ich dir auch meinen Ausweis.
Sie nickte.
Kannst du denn schon lesen?
Sicher. Ich bin schließlich schon mehr als vier Jahre alt.
Sie nahm den Ausweis in ihre kleinen Hände.

Hier steht aber was anderes.
Sie buchstabierte das Wort Fahrausweis.
Michel war verblüfft.
Du kannst ja wirklich lesen! Entschuldige, hier ist der richtige Ausweis. Wie heißt du denn?
In diesem Augenblick erklang Anitas Stimme aus der Wohnung.
Komm jetzt rein, Fritzi. Und bring Herrn Michel mit.
Sie stand sofort auf.
Jetzt hast du's ja gehört. Komm rein.
Danke, Fritzi.
Gerade huschte Anita mit tropfnassem Haar über den langen Wohnungsflur an ihm vorbei.
Bin gleich fertig. Habe nur schnell geduscht. Meine Mutter ist in der Küche.
Michel tappte durch den schmalen Korridor. Er kam sich vor wie ein Elefant im Porzellanladen. Fritzi packte seine Hand und zog ihn in die Küche.
Die Mutter stand am Herd und rührte in einer Bratpfanne. Als sie sich grüßend zu Michel umdrehte, sah er die dritte Anita vor sich. Die älteste Ausgabe, gewissermaßen. Alle drei hatten in etwa den gleichen kurzen Haarschnitt. Bei der Mutter war die schwarze Farbe wahrscheinlich keine Natur mehr, aber bei dem Licht konnte man keinen Unterschied ausmachen.
Das ist er. Er ist ein bisschen dicker, als wir gedacht haben. Aber dafür kann er denken.
Grüß Gott, Herr Michel. Ich bin die Mutter. Also, ich meine, die Großmutter. Ich koche gerade für uns beide das Abendessen. Und verzeihen Sie die Ausdrucksweise meiner Enkelin.
Michel winkte ab.
Sie hat die Wahrheit gesagt. Und nichts als die Wahrheit.
Anita kam in die Küche geschossen.
So. Kommen Sie, Serge. Wir gehen.
Sie nahm ihre kleine Fritzi in den Arm. Die beiden flüsterten sich abwechselnd etwas in die Ohren, dann lachten sie. Fritzi streckte Michel die Hand hin.
Kommst du wieder?
Michel kam ins Stottern.

Ich bringe deine Mutter sicher wieder zurück. Ich meine, äh, nach dem Essen.
Aber da schlafe ich ja schon!
Anita lachte.
Fritzi! Keine Fragen mehr. Und nach dem Essen gehst du ins Bett, ja?
Als die beiden im Auto saßen, räusperte sich Michel, und Anita schaute ihn fragend an.
Was ich fragen wollte, also, ich wollte fragen, gibt es etwas, was Sie nicht essen?
Nein. War das wirklich die Frage?
Sie lächelte. Michel konzentrierte sich auf die Straße.
Ja, sicher. Was hätte ich denn sonst fragen sollen?
Zum Beispiel, was mit dem Vater von Fritzi ist?
Michel schaute angestrengt in den Rückspiegel.
Ach so. Und?
Michel warf ihr einen kurzen Seitenblick zu.
Und was ist mit dem Vater von Fritzi?
Was denken Sie denn?
Ich weiß nicht.
Er versuchte es mit Humor.
Ist er Atheist geworden?
Sie lachte tatsächlich.
Nein, nein. Viel banaler. Er hat mich einfach sitzen lassen. Ohne Vorankündigung. Eines Tages lag ein Zettel auf dem Küchentisch. Und da stand drauf: Ich kann das nicht. Verzeih mir, wenn du kannst.
Michel schwieg eine Weile.
Konnten Sie ihm denn verzeihen?
Die Antwort kam nach einer Weile.
Ja. Ich habe ihn wahrscheinlich auch nicht geliebt. Wir waren beide sehr jung.
Und Fritzi?
Sie war ja noch ein Baby, als er ging. Insofern kennt sie nichts anderes als unseren Frauenhaushalt.
Fragt sie denn nicht nach ihrem Vater?
Doch. Aber er ist in Afrika. Er ist in der Entwicklungshilfe tätig.

Michel schlug aufs Steuerrad.
Das ist ja mal wieder typisch.
Wie meinen Sie das, Serge?
Na ja, wie soll ich sagen? Die eigene Familie im Stich lassen und dann den armen Negerlein erklären, wie sie es machen sollen. Das ist doch typisch.
Ja, so kann man es auch sehen. Aber es ist wahrscheinlich doch anders.
Auf die Erklärung bin ich gespannt!
Ich glaube eher, dass er sich damit bestraft. Oder dass er damit seine Schuldgefühle abarbeitet. Was ungefähr auf das Gleiche hinausläuft.
Michel murmelte leise etwas Unverständliches vor sich hin.
Ich habe natürlich unverschämtes Glück mit meiner Mutter. Sonst wäre alles ziemlich schwierig. Sie hat ihre eigene Wohnung im selben Haus und kann mir somit jederzeit unter die Arme greifen.
Michel nickte.
Wohin gehen wir denn essen, Serge?
Michel nannte das Restaurant.
Anita zuckte mit den Achseln.
Was? Sie kennen eines der besten Restaurants ihrer Heimatstadt nicht?
Ich gehe halt sehr wenig auswärts essen.
Michel erzählte ihr von Gerard, der ursprünglich aus Algerien stammte und lange Zeit für den französischen Botschafter in der Hauptstadt gekocht hatte, bis er sein eigenes Restaurant eröffnete. Von seiner liebevollen Frau und seinen beiden Töchtern, die von derart außergewöhnlicher Schönheit waren, dass jeder den Atem anhielt, wenn er sie zu Gesicht bekam.
Michel lachte.
Missgünstige Köche sagen, dass die meisten sowieso nur dort essen gehen, weil sie hoffen, einen Blick auf die Mädchen werfen zu können. Aber ich sage ihnen, alles Mumpitz. Gerard kocht ausgezeichnet. Sie werden sehen.
Aber die Mädchen gefallen Ihnen auch, oder?
Michel musste in diesem Moment etwas zu abrupt bremsen.

Verzeihung! Ja ja, ich sage doch, die Mädchen sind schön. Trotzdem gehe ich wegen der Küche dorthin. Sehen Sie, wir sind gleich da.

Michel deutete die dunkle Straße hinauf. Man sah die Eingangstür mit dem erleuchteten Tier, das dem Restaurant seinen Namen gegeben hatte.

Ein paar Minuten später nahmen die beiden, nach einer sehr herzlichen und lautstarken Begrüßung, an Michels Lieblingstisch Platz.

Wissen Sie, Anita, am liebsten sage ich zu Gerard, er soll mir einfach das bringen, was er gerade am liebsten kocht. Wollen wir es heute auch so machen?

Oh ja, das ist schön. Ich lasse mich gerne überraschen. Er wird uns ja nicht gleich Affenhirn servieren.

Michel lachte und gab Gerard ein Zeichen, und so mussten sich die beiden überhaupt nicht erst der Speisekarte widmen.

Michel beugte sich mit verschwörerischer Miene über den Tisch.

Die Mädchen tauchen meist später auf. Zum Dessert quasi.

Dann habe ich ja jetzt Zeit, Ihre Fragen zu beantworten.

Welche Fragen, Anita?

Sie haben gesagt, Sie würden gerne wissen, warum ich so bin wie ich bin.

Ach so! Ja, das sagt sich so leicht. Aber, hm, ich glaube nicht, dass ich das durch Fragen herausfinden kann.

Wie denn sonst, Herr Kommissar? Sie haben doch sicher Übung im Fragenstellen, oder?

Er lächelte sie etwas gequält an.

Aber nicht so.

Gut. Ich helfe Ihnen. Sie könnten mich zum Beispiel fragen, warum ich mich an Ihren Tisch gesetzt habe, als Sie die Bibel gelesen haben.

Das ist eine gute Frage. Doch sicher nicht, weil ich die Bibel gelesen habe, oder?

Nein, deswegen nicht.

Warum dann?

Weil Sie einsam schienen, Serge. So unglaublich einsam. Das hat mich wie magisch an Ihren Tisch gezogen.

Ich war schon immer einsam.
Michel erschrak über die Deutlichkeit seiner eigenen Worte. Und wie schnell sie aus seinem Mund purzelten. Aber es war zu spät, sie zurückzunehmen oder sie abzumildern.
Auch schon als Kind?
Mein ganzes Leben lang bin ich einsam gewesen. Solange ich denken kann, seit ich ein Kind war.
Wirklich? Waren Sie denn auch schon mal verheiratet?
Ja, das auch. Und da fühlte ich mich ganz besonders einsam.
Michel lachte etwas zu laut auf.
Wenn man jung ist, glaubt man, die Liebe sei die Lösung. Aber nein. Sie ist es auf keinen Fall.
Warum auf keinen Fall?
Wie soll ich das erklären. Erst wenn man einem Menschen wirklich nahe ist, so nahe man kann, dann erst spürt man, wie groß die Distanz ist. Und wie unmöglich es ist, sie zu überwinden.
Anita schaute ihm einen Augenblick lang in die Augen.
Sind Sie sich da wirklich sicher?
Ja, ja. Leider.
Anita richtete sich auf.
Wenn die Liebe die Menschen nur einsamer macht, warum wollen sie dann alle so sehr?
Ich weiß nicht. Wahrscheinlich wegen der Illusion. Man verliebt sich, ist wie im Rausch, und eine kurze Zeit fühlt man sich wie eins geworden mit dem anderen. Ein Herz und eine Seele. Sie wissen, was ich meine? Ja klar. Man glaubt, man würde nie mehr einsam sein. Ja, und dann endet man bitter enttäuscht, so allein wie nie zuvor, weil die Illusion – ach, was rede ich da!
Weil die Illusion zerstört ist, wollten Sie sagen.
Ja, und das Furchtbare ist, dass sich dieser Vorgang unendlich wiederholt, weil wir, ja weil – glaube ich – wir dazwischen vergessen. Es vergeht einige Zeit, irgendwie kriecht die Hoffnung zurück, und es geht wieder von vorne los.
Anita verschränkte ihre Arme und sah ihn offen an.
Vielleicht gehen wir alle die ganze Zeit von falschen Voraussetzungen aus. Vielleicht reden wir uns das alle nur verbissen ein.
Michel schaute auf.

Was reden wir uns ein?
Dass wir die Liebe suchen, dass wir mit jemandem ein Herz und eine Seele sein wollen, dabei wollen wir uns vielleicht nur anerkannt fühlen.
Anerkannt?
Ja! Respektiert. Geachtet. Verstanden. Anerkannt. Wie immer Sie es nennen wollen, Serge.
Anita strahlte plötzlich übers ganze Gesicht.
Aber da kommt schon unser erster Gang. Oh, jetzt habe ich aber Hunger, du meine Güte. Und wie das aussieht!
Der Vorspeisenteller mit warmen und kalten Leckereien war eine Komposition von französisch-mediterranen und algerischen Köstlichkeiten. Auch eine kleine Schale Suppe gehörte mit zum Arrangement. Dazu gab es delikat krustiges Weißbrot und einen fruchtigen Wein in der Farbe von Bernstein.
Serge, danke, dass Sie mich diesen Herrlichkeiten zugeführt haben. Sie sind mir hoffentlich nicht böse, wenn ich mich beim Trinken auf das Wasser beschränke, denn wie Sie ja sicher wissen, lehnt die Heilsarmee jeglichen Alkoholkonsum ab.
Selbstverständlich. Trotzdem zum Wohl.
Michel prostete ihr zu.
Danke und guten Appetit. Ich esse jetzt und schweige.
Und wie sie aß! Michel hatte schon lang niemand gesehen, der mit so viel Genuss essen konnte wie Anita Schön. Sie redete tatsächlich nicht mehr, aber schweigen tat sie auch nicht. Jeder Wohlgeschmack wurde mit einem Urlaut empfangen oder verabschiedet. Michel war überrascht, auf wie viele Arten man *ah* oder *oh* sagen konnte. Und wenn ihr Mund keinen angemessenen Laut mehr wusste, mussten auch schon mal ihre Füße die Begeisterung auf den Boden trampeln. Er freute sich königlich über ihre Freude. Auch der Koch bemerkte die ungewöhnliche Begeisterungsfähigkeit, und sie stachelte ihn zusätzlich in seiner Kunst an.
Nach der Vorspeise und dem Salat, vielmehr den Salaten, denn bei Gerard gab es immer eine reiche Auswahl an frischen Blattsalaten – begleitet von gedünstetem Gemüse, Nüssen, unterschiedlichsten Saucen und essbaren Blumen – fragte sie ihn, was er noch über sie wissen wolle.

Michel wurde verlegen und stammelte etwas von: er habe immer noch nicht verstanden ... ungewohnt ... Heilsarmee ... so eine junge schöne Frau, die sich so genau in der Bibel auskennt –
Sie unterbrach ihn.
Eigentlich geht es gar nicht um die Bibel. Oder nicht nur.
Aha. Um was geht es dann?
Das zu erklären ist eine Herausforderung.
Versuchen Sie's.
Sie schaute ihn mit einem strahlenden Lächeln an.
Es geht vielmehr um das Heil. Die Erlösung. Ich habe mal ein Jahr in Indien gelebt, wissen Sie. Vielleicht kann ich es Ihnen so begreiflich machen.
Michel schaute sie begeistert an.
Sie waren in Indien? Das ist ja spannend. Erzählen Sie doch. Was haben Sie da gemacht?
Sie lachte etwas bitter auf.
Oh, was habe ich da gemacht? Was macht man in Indien? Wenn man aus einem so gesättigten Land kommt? Man sucht etwas. Wahrscheinlich sich selbst. Man will etwas finden, was sich von dem unterscheidet, was man gelernt hat, ich meine, von klein auf.
Michel nickte eifrig.
Und? Haben Sie es gefunden?
Sie lächelte ihn schief an.
Gefunden? Nein, nein. Das heißt, ich habe in Indien zu etwas zurückgefunden, was ich hier abgelehnt hatte.
Klingt geheimnisvoll. Was haben Sie denn in Indien gemacht?
Ich habe im Auftrag einer hiesigen Organisation in einer Art Waisenheim gearbeitet. Mitten im Elend. Und sonst? In Ashrams gelebt. Die Upanishaden gelesen, einem Guru hinterhergelaufen ...
Sie lächelte.
... auf den Ufertreppen des Ganges gesessen. Zugeschaut, wie sie die in goldenes Papier eingewickelten Leichen verbrennen, und wie sie dann die Asche und die Überreste in den Fluss werfen – und weiter unten putzt sich ein Kind mit demselben Wasser die Zähne. *Wir* finden das alles nur ungesund, aber für *sie* gibt es keinen Unterschied zwischen Leben und Tod. Alles ist ein ununterbrochener Kreislauf.

Ihr Kopf kam auf ihren Händen zum Ruhen.
Und nachts kriecht man dann in sein schmutziges Bett und heult sich die Augen aus, weil man weiß, dass man selbst diesen Zustand der Erleuchtung, in dem einen dieses ganze Elend und der Dreck und die Krankheiten nichts mehr angehen, gar nie erreichen wird.
Michel nickte betroffen.
Ja, und dann kam mir eines Nachts – jetzt können Sie gleich lachen – mein Konfirmandenspruch in den Sinn. Auf einmal und urplötzlich habe ich die Schönheit und das Tröstende des Gedankens begriffen.
Michel berührte kurz ihre Hand.
Sie sehen, ich lache nicht. Wie hieß denn dieser Spruch?
Kommet her zu mir alle, die ihr mühselig und beladen seid, ich will euch erquicken. Nehmet auf euch mein Joch und lernet von mir; denn ich bin sanftmütig und von Herzen demütig; so werdet ihr Ruhe finden für eure Seelen.
Anita blickte auf.
So. Jetzt geht es aber mit dem Essen weiter. Ich wollte gar nicht so ernsthaft werden, entschuldigen Sie. Hmm, schauen Sie, was da kommt.
Die zweite Vorspeise, man konnte es auch eine Art Zwischengang nennen, kam offensichtlich direkt aus dem Ofen und wurde in kleinen feuerfesten Formen serviert. Es handelte sich um ein Auberginen-Crevetten-Gratin. Anita war begeistert.
Oh, Gerard, wie das riecht! Wie das aussieht.
Der Koch verneigte sich.
Probier bitte. Aber Vorsicht, es ist heiß.
Anita probierte.
Ach, das ist göttlich. Was ist denn da alles drin? Verraten Sie mir, wie man das macht?
Sehr gerne, Madame. Die geschälten und geschnittenen Auberginen großzügig salzen; ungefähr dreißig Minuten stehen lassen – das Salz entzieht ihnen so die Bitterkeit; danach unter kaltem Wasser abspülen und trocknen; Öl erhitzen, die Knoblauchzehen goldgelb anbraten, die Auberginen im Mehl wenden und im gleichen Öl backen. Dann schichtest du sie in eine feuerfeste Form.

Darauf kommen die rohen Crevetten und der in Streifen geschnittene Rohschinken. Im Öl jetzt die Zwiebeln langsam anbraten – ich betone langsam, die meisten Menschen machen den Fehler, die Zwiebeln zu schnell anzubraten. Die Langsamkeit macht's, wie bei anderen Dingen im Leben auch.
Er wandte sich lachend an Michel.
Etwas Mehl darüber streuen, Sherry sowie Gewürze und das Lorbeerblatt nicht vergessen, alles schön köcheln, bis eine sämige Crème entsteht. Wir geben dann noch einen Hauch geriebenen Parmesan dazu. Dann ab in den Ofen, so zwanzig bis dreißig Minuten. Und jetzt wünsche ich weiter einen guten Appetit.
Das probier ich aus. Der ist sehr nett, der Gerard, nicht wahr?
Michel nickte und begann zu essen.
Der Hauptgang bestand aus einem in Rotwein (nie einen billigen Rotwein verwenden, das ist am falschen Ort gespart) und Senf marinierten Lammcarré, das der Chef vor den Augen seiner Gäste zerschnitt. Als Beilage sein berühmtes Weizenschrot mit Pinienkernen, türkischen Weinbeeren, Petersilie, Minze, Zwiebel und Lauch.
Ja, und dann die Desserts. Gerard bot ihnen ein regelrechtes Dessertbuffet an. Da gab es Früchtekompott, Kuchen, selbst gemachtes Vanilleeis, pochierte Orangen, Feigencrème mit Porto, Crema Andaluz …
Nach drei Stunden – denn so lange dauerte ein Essen bei Gerard mindestens – war Anita satt und weigerte sich standhaft, auch noch ein drittes Dessert auszuprobieren.
Wenn Sie unbedingt wollen, Gerard, können Sie es mir für meine Tochter einpacken. Ich brauche jetzt nur noch einen Kaffee.
Dann leise zu Michel:
Apropos Töchter, die könnten jetzt langsam auftauchen, oder?
Michel wiegte den Kopf.
Soll ich fragen?
Nein, nein. Sicher nicht.
Anita lehnte sich etwas tiefer in den Stuhl, streckte ihre Beine aus und betrachtete Michel.
Können Sie mich nach Hause tragen? Immerhin sind Sie für diese Misere verantwortlich.

Auch das mache ich gerne. Sagen Sie mir jetzt noch, warum Sie ausgerechnet bei der Heilsarmee gelandet sind?
Mein Urgroßvater war bei der Heilsarmee. Mein Großvater war bei der Heilsarmee. Mein Vater war bei –
Gut. Ich habe verstanden. Familientradition. Aber wer macht heute noch das, was seine Eltern gemacht haben?
Eben. Ich weiß. Es ist ziemlich altmodisch. Aber ich bin ja gar nicht dabei, weil meine Väter … Nein, eigentlich wollte ich ja nie und nimmer zu diesem Verein. Aber ich war damals in einer sehr schlechten Verfassung, kam von diesem langen Aufenthalt in Indien zurück, konnte mich nur schwer von einer Krankheit erholen, war depressiv, und da gab es diesen berühmten Moment, wo ich mich entscheiden musste. Im Sinne von: Entweder geht's aufwärts oder ich lasse mich ganz fallen.
Dieser Augenblick überfiel mich auf offener Straße, am helllichten Tag. Ich wusste in diesem Moment schlagartig, dass ich mich aufrappeln musste und dass ich eine Aufgabe hatte. Welche, konnte ich mir in diesem Augenblick allerdings noch nicht vorstellen. Ich schloss die Augen und sagte mir, wenn ich sie wieder öffne, wird sie deutlich erkennbar vor mir stehen. Ich stand eine Ewigkeit, weil ich Angst vor dem hatte, was ich sehen würde, sobald ich die Augen öffnete.
Sie hielt inne, denn in diesem Augenblick wurde der Kaffee serviert. Michel blickte sie erwartungsvoll an. Er schwitzte vor Aufregung.
Und dann?
Plötzlich sprach mich eine ältere Frau an und berührte mich ganz sanft an meinem Arm. Sie fragte, ob ich ihre Hilfe bräuchte. Daraufhin öffnete ich meine Augen und sah die Frau an, die zu mir geredet hatte. Sie hatte das freundlichste Gesicht, das ich je gesehen habe.
Anita blickte Michel an und machte mit ihren Armen eine hilflose Geste. Michel räusperte sich.
Und ganz zufälligerweise trug diese Frau eine Uniform der Heilsarmee?
Sie haben es erraten, Serge. Auch wenn Sie es nicht glauben, aber genauso war es. Ob Zufall oder nicht. Ich nahm die Bestimmung

an. Ob für immer oder nur für eine bestimmte Phase meines Lebens, weiß ich nicht.
Michel nickte, schwieg und trommelte mit seinen Fingern auf die Tischdecke. Nach einer Weile legte Anita ihre Hand auf seine.
Sollen wir gehen? Die Mädchen lassen sich heute offenbar nicht mehr blicken.
Michel gab sich einen Ruck, verlangte die Rechnung und blickte sie fragend an.
Ich habe Ihnen doch versprochen, dass Sie einen Blick auf die Zeichen werfen dürfen.
Ja, natürlich. Das habe ich sicher nicht vergessen. Das machen wir aber besser zuhause. Über dem Tisch im Wohnzimmer ist ein gutes Licht.
Zuhause?
Das Wort, das Anita ganz selbstverständlich aussprach, entfaltete in Michels gut gesättigtem Bauch eine eigentümliche Hitze, als hätte er einen Schnaps getrunken.
Während der Rückfahrt sprachen sie nicht. Michel blickte starr auf die Straße. Wann immer sein Blick aus fahrtechnischen Gründen ihr Gesicht streifte, sah er sie lächeln. Mona Lisas Lächeln wäre in diesem Moment für ihn allerdings leichter zu entschlüsseln gewesen.
Was wollte sie von ihm? Waren sie jetzt wirklich auf dem Weg in ihre Wohnung, wo ihre Tochter schlief, die Bilder anschauen – und dann?
Er schaltete unmotiviert in einen niedrigeren Gang. Der Motor heulte auf. Zum Glück sah sie im Dunkeln nicht, wie er rot anlief. *Er* wollte ja nichts von ihr!
Nichts? Vielleicht einmal über ihr wunderbar schwarzes Haar streicheln. Nur ein einziges Mal. Und ihre Wange berühren, nur um zu sehen, ob ihre Haut wirklich so zart war, wie sie ausschaute. Und vielleicht –
Pardon, Serge, hätten Sie hier nicht abbiegen sollen?
Mist. Natürlich. Jetzt müssen wir einmal um den ganzen Block fahren. Tut mir leid.
Geht es Ihnen gut, Serge. Sie wirken so abwesend?
Nein, nein, mir geht es gut. Sehr gut sogar.

Beschwingt parkte er das Auto auf dem Trottoir. *Einen* Vorteil musste es ja haben, bei der Polizei zu sein.
Er hatte in eben dieser Sekunde einen aberwitzigen Gedanken gedacht, der ihn regelrecht auf einen Schlag befreite. Dass in gewissen Fällen nämlich kein einzelner Mensch so recht verantwortlich dafür war, was passierte. War *er* etwa dafür verantwortlich, dass sie beide jetzt gemeinsam aus diesem Auto stiegen? Und bald in ihrer ärmlichen, aber warmen Wohnung sitzen würden? Mit wer weiß welchem Ausgang. Man könnte doch mit Fug und Recht sagen, dass es einfach passiert war. *Sie* hatte sich vor ein paar Tagen an seinen Tisch gesetzt. Ganz sicher ohne die Absicht, dass er heute Hand in Hand mit ihr die Treppe hochstieg.
Ach ja, die Hand.
Sie hatte ihn gerade eben bei der Hand genommen, weil plötzlich das Treppenhauslicht ausgegangen war. Dafür konnte ja nun wirklich niemand verantwortlich gemacht werden. Sie nicht, und er schon gar nicht. Und dass er sie schon vor der Wohnungstür küsste, war auch nur auf ein Missverständnis zurückzuführen. Sie beugte ihren Kopf zu ihm, weil sie ihm etwas zuflüstern wollte. Er hatte in demselben Augenblick genau die gleiche Absicht, und so trafen sich ihre Lippen wie zufällig zum Kuss. Zugegeben: Beide vergaßen durch die Berührung der Lippen auf der Stelle ihre ursprünglichen Absichten, aber *Absicht* war es nicht gewesen. Geflüstert wurde dann erst viel, viel später, nämlich als sie plötzlich glaubte, durch die Wohnungstür die Stimme ihrer Tochter zu hören.
Lass uns reingehen. Ich sollte auch endlich meine Mutter erlösen.
Er nickte eifrig. Er wäre jetzt jeder Aufforderung gefolgt, und wäre sie noch so aberwitzig gewesen.
Anita führte ihn an der Hand durch die dunkle Wohnung ins Wohnzimmer.
Meine Mutter ist bestimmt bei Fritzi eingeschlafen. Ich gehe sie jetzt wecken und bin gleich wieder zurück. Du kannst schon mal die Bilder auf dem Tisch ausbreiten.
Michel tastete sich in der halbdunklen Stube zum Sofa. Das Kuvert mit den fotografierten Zeichen hielt er immer noch in der Hand, fest umklammert. Kurz darauf hörte er vielstimmiges Flüs-

tern. Anscheinend war nicht nur die Mutter aufgewacht, sondern auch Fritzi – außerplanmäßig sozusagen.
Michel stöhnte.
Na, das konnte ja heiter werden. Eigentlich sollte er sich ohnehin aus dem Staube machen.
Stattdessen ließ er das Kuvert fallen und legte sich schwer auf das Sofa, das gegen das plötzliche, ungewohnte Gewicht stöhnend protestierte.
Da er bald darauf einschlief und Anita es nicht übers Herz brachte, ihn aufzuwecken – obwohl sie große Lust auf die Fortsetzung des langen Kusses verspürte, den sie vor der Tür hatten zwangsläufig unterbrechen müssen –, bekam er nichts von den ausgiebigen Studien mit, die Anita mitten in der Nacht mit den Fotografien der Blutzeichen veranstaltete. Allerdings ohne Resultat, wie sie sich nach einer Stunde größter Konzentration enttäuscht eingestehen musste. Schließlich stand sie auf, deckte Michel mit einer leichten Decke zu und legte sich ins Bett. Einschlafen konnte sie allerdings erst gegen Morgen, denn viel zu viele Dinge gingen ihr durch den Kopf. Auch war etwas in ihrem Körper aufgewacht, das lange Zeit tief und fest geschlafen hatte.
Michel hingegen schlief selig, bis ihn etwas an seinem Ohr kitzelte.
Kitzelte und flüsterte.
Es dauerte eine Weile, bis er verstand. Die Stimme erklärte ihm leise, wie man den ersten Buchstaben des Alphabets korrekt schrieb. Auf jeden Fall doch sicher nicht so wie hier auf diesem Blatt. Dieses A habe viel zu viele Striche und Bögen. Sie könne das A viel besser schreiben. Es bestehe ja bloß aus drei Strichen. Nämlich aus zwei langen und einem kurzen.
Er hörte, wie sie mit raschen Schrittchen aus der Stube ging. Einige Augenblicke später knisterte und raschelte neben seinem Ohr ein Papier.
Schau mal. So macht man das A.
Michel öffnete blinzelnd die Augen.
Fritzi stand neben dem Sofa und hielt triumphierend ein Blatt Papier hoch, auf dem ein schief gezeichnetes A zu sehen war.
Ja. Du hast Recht, Fritzi, genau so sieht ein A aus.

Michel schloss die Augen wieder und wollte sich zur Wand drehen.
Nein, nein, schau mal das hier. Das ist doch falsch.
Fritzi zerrte aufgeregt an seiner Schulter und hielt ihm eine der Fotografien hin.
Michel verstand nicht.
Wo ist denn da ein A zu sehen? Ich sehe nur wirre Striche.
Da, da. Schau mal. Da ist ein A. Aber es ist falsch geschrieben. Es hat viel zu viele Striche, die gar nicht dazugehören.
Fritzi zeichnete mit ihrem Zeigefinger die gemalten Striche auf der Fotografie nach. Und jetzt – jetzt sah er es auch. Inmitten der Bögen, inmitten der wirren Auf- und Abstriche, konnte man den Buchstaben A ausmachen.
Michel saß auf.
Das ist ja ... Hol mich der Teufel! Zeig mal her, Fritzi.
Das Erstaunliche, geradezu Magische daran war, dass, kaum war es einmal entdeckt, man es mit aller Deutlichkeit sehen und sich gar nicht mehr vorstellen konnte, es vorher nicht gesehen zu haben. Es erinnerte an das Phänomen der geometrischen Vexierformen, die man sowohl als konkave oder konvexe Form wahrnehmen konnte. Zuerst sah man bei diesen raffinierten Zeichnungen das eine *oder* das andere. Um jeweils das andere zu entdecken, brauchte es irgendeine Veränderung, entweder des Blickwinkels oder der Lichtverhältnisse. 3D-Bilder funktionierten nach genau demselben Prinzip. Erst wenn man die sogenannte dritte Dimension einmal entdeckt hatte, war es kein Problem, sie jederzeit erneut hervorzuzaubern. Doch dahin war es manchmal ein langer und frustrierender Weg.
Hey, Fritzi, das ist ja großartig.
Michel sprang auf, plötzlich hellwach, und griff nach den anderen Fotos. Er hielt Fritzi das nächstbeste Foto vors Gesicht.
Und? Siehst du hier auch einen Buchstaben?
Ja, klar. Ein E.
Michel griff nach dem nächsten Bild.
Und hier?
Ein T.
Und auf diesem Bild. Ist das auch ein E?

Nein!
Sie lachte.
Das ist doch ein X.
Michel sah sich das Foto noch einmal genau an.
Bist du sicher? Könnte unter dem X nicht auch ein E sein?
Fritzi nahm ihm das Bild aus der Hand und ging zum Fenster.
Plötzlich stand Anita in der Tür.
Was treibt ihr denn da?
Stell dir vor, deine Tochter hat das Rätsel gelöst.

ACHT

Tanner starrte gebannt auf den großen Bildschirm in seinem Arbeitszimmer. Seit einer Stunde versuchte er auf der Videoaufzeichnung, die das Verkehrsaufkommen der vielbefahrenen Kreuzung festhielt, den Moment zu entdecken, da André aus Marniers Auto geflüchtet war. Michel saß auch dabei, er war allerdings schon vor einiger Zeit eingenickt.
Die Spezialkamera hatte die Kreuzung in einem Intervall von dreißig Sekunden jeweils drei Sekunden lang aufgezeichnet. Dazwischen fehlten also regelmäßig siebenundzwanzig Sekunden.
Tanner räusperte sich.
Wie lange braucht man, um aus einem Auto zu fliehen? Fünf Sekunden? Hey, Michel, ich habe dich was gefragt.
Tanner zog an seinem Ärmel.
Hallo! Niemand zu Hause?
Michel schreckte hoch.
Was ist denn los? Warum störst du mich? Ich hatte eben so einen schönen Traum.
Konzentrier dich bitte auf das Band. Vier Augen sehen mehr als zwei.
Michel brummelte unverständlich.
Ich habe dich gefragt, wie lange man deiner Meinung nach braucht, um aus einem Auto zu fliehen.
Du meinst, wie lange man braucht, um von der Bildfläche zu verschwinden? Hm. Ich denke, ein flinker Junge braucht dafür höchstens zehn Sekunden.
Tanner nickte grimmig. Michel runzelte die Stirn.
Ach so. Jetzt verstehe ich. Wenn wir Pech haben, ist seine Flucht genau innerhalb einer dieser Siebenundzwanzig-Sekunden-Pausen passiert. Dann wäre alles vergebens, oder?
Richtig.

Tanner schaute irritiert in Michels grinsendes Gesicht.
Sag mal, ist dir das egal? Hat dich die Heilsarmee schon so verklärt?
Tanners Laune verschlechterte sich zusehends.
Und die bloße Tatsache, dass du das Rätsel mit den Buchstaben geknackt hast, hilft uns auch nicht weiter. Erst müssen wir wissen, was die Buchstaben bedeuten. Hilf mir beim Video oder beschäftige dich mit den Buchstaben. Ich habe im großen Schrank ein altes Scrabble-Spiel. Da kannst du dir die entsprechenden Buchstaben rausnehmen und versuchen, einen sinnvollen Satz zu basteln.
Zu Befehl, Chef. Das Rätsel hat übrigens Fritzi geknackt, nicht ich.
Michel wuchtete sich hoch und verschwand im Wohnzimmer.
Gleich darauf erschien er wieder.
Ach ja, Tanner, vergiss nicht den Termin mit Marnier, den ich dir beschafft habe. Ich habe denen erzählt, du seist so was wie der geistliche Beistand von Marnier.
Ha, ha.
Du musst in genau siebzig Minuten dort sein.
Ja, ja. Eins nach dem anderen ...
... wie in Paris, ich weiß. Das war doch einer der Lieblingssätze deiner Großmutter, oder?
Tanner schwieg.
Auch gut. Ich werde mich mal mit den Buchstaben beschäftigen.
Dann sprachen sie lange Zeit überhaupt kein Wort mehr. Das Einzige, was man dann und wann hörte, war das Klappern der elfenbeinfarbenen Buchstaben auf dem Holztisch, wenn Michel sie neu ordnete oder energisch ein gebildetes Wort verwarf. Dann hörte man nichts mehr, denn Michel, der mit seinem Latein am Ende war, starrte nur noch hilflos auf die Buchstaben, die langsam vor seinen Augen verschwammen.
Kurz bevor er wieder einnickte, hörte er die Stimme seines Freundes. Er schreckte hoch.
Was? Hast du was gesagt, Tanner?
Komm und schau dir das mal an.
Michel erhob sich, ging erwartungsvoll ins Arbeitszimmer. Tanner hatte sich im Stuhl zurückgelehnt und räkelte sich zufrieden.
Und?

Was und? Sag mir, was du auf dem Bildschirm siehst.
Michel kam näher und betrachtete das angehaltene Videobild, das leicht vibrierte.
Autos. Ich sehe viele Autos.
Siehst du den Citroën in der Bildmitte.
Ja.
Fällt dir nichts auf?
Ach so. Die Beifahrertür ist offen.
Volltreffer, Michel. Das ist Marniers Auto. Du kannst gerne die Nummer überprüfen.
Aber wo ist der Junge? Ohne den Jungen nützt uns das alles nichts, das ist dir klar, oder?
Dann schau mal genau hin, Michel.
Tanner ließ das Band in Einzelbildschaltung zurücklaufen.
Nach einer Weile erschien am vorderen Bildrand plötzlich ein Gesicht.
Michel stöhnte vor Anspannung.
Oh je. Es ist verschwommen. Aber es könnte ein junger Mann sein. Ist er das?
Ja, Michel, das ist er.
Tanner schlug mit der Hand auf seinen Oberschenkel.
Es fehlt leider ausgerechnet der Augenblick, in dem André aus dem Auto aussteigt. Aber trotzdem. Jetzt wissen wir wenigstens, dass Marnier nicht gelogen hat.
Michel wiegte den Kopf.
Ich wäre mir da nicht so sicher.
Weißt du was, Michel! Du lässt das von einem eurer Spezialisten überprüfen. Der soll anhand eines Fotos wenigstens schlüssig nachweisen, dass es sich bei dem Gesicht tatsächlich um André handelt. Und wenn dem so ist – also ich bitte dich. Wer wird denn an so einen Zufall glauben wollen.
Ja, schon. Es könnte aber manipuliert sein.
Das glaubst du doch selbst nicht. Wie sollte Marnier denn an dieses Band gekommen sein? Er weiß doch noch nicht einmal von der Existenz dieser Aufzeichnung. Also, lass es bitte überprüfen. Fotos von André habt ihr ja.
Tanner schaute auf die Uhr und erhob sich.

Ich besuche jetzt Marnier. Und du? Wenn du willst, kannst du ja hier bleiben und dich weiter mit den Buchstaben beschäftigen.
Michel fuhr auf wie von der Tarantel gestochen.
Nein, nein, dazu bin ich zu blöd. Ich bringe jetzt das Band ins Labor. Mit den Buchstaben müssen sich andere beschäftigen.
Du hast ja so Recht, Michel. Selbsterkenntnis ist der beste Weg zur Besserung.
Michel drohte mit der Faust und ging spielerisch zum Angriff über. Tanner rettete sich hinter den Tisch. Michel verfolgte ihn um den Tisch herum.
Pass auf, dass *du* keine Besserung brauchst. Du kannst dich ja gerne nach deinem Besuch bei Marnier mit den Buchstaben beschäftigen. Du hast ja sonst nichts zu tun. Außer – wie konnte ich das vergessen – deine tägliche Einkaufstour bei deinen beiden Dorfschönheiten. Oder zieht es dich neuerdings eher zu Schlagobers und Topfenknödel im Dirndl?
Bei dem Wort Topfenknödel formte Michel zwei große Brüste.
Abrupt drehte sich die Richtung der Verfolgungsjagd. Tanner verfolgte nun Michel und bewarf ihn mit Buchstaben. Nach zwei Runden stützte sich Michel keuchend auf den Tisch.
Stopp. Gnade. Ich krieg keine Luft mehr. Ich wollte doch nur sagen, dass es gescheiter ist, wenn du dich mit den Buchstaben beschäftigst, oder?
Tanner nickte.
Ist ja gut. Hau ab. Und sag mir sofort Bescheid, wenn es Neuigkeiten gibt.
Tanner hatte bereits eine Idee, wer sich mit der größten Aussicht auf Erfolg an den Buchstaben versuchen könnte. Er behielt diese Idee aber vorläufig noch für sich. Michel würde sowieso an seinem Verstand zweifeln, wenn er wüsste, an wen er dachte.
Gemeinsam verließen sie die Wohnung. Michel startete als erster den Motor seines Dienstwagens. Tanner winkte ihm zu und fuhr dann den Jaguar aus der Garage.
Während der Fahrt dachte Tanner über Michels Anspielung auf Solveig nach und regte sich im Nachhinein ziemlich auf.
Dirndl und Topfenknödel! Das traf nun auf Solveig ganz und gar nicht zu. Erstens war ihr Wiener Dialekt wirklich ein ganz gemä-

ßigter. Und ein Dirndltyp war sie nun gar nicht. Immerhin war ihre Mutter ja aus Schweden. Obwohl – ein Dirndl würde ihr sicher gut stehen. Solche Trachten trugen ja sowieso meist die falschen Frauen.
Jetzt musste er lächeln.
Vielleicht hatte sie ja zuhause im Schrank so ein Kleidungsstück. Oder eine schwedische Nationaltracht. Und was ihren Busen betraf, dessen süße Schwere er immer noch auf dem Arm zu spüren glaubte ... ja, an den dachte er gern. Überhaupt musste er zugeben, dass er im Grunde die ganze Zeit an sie dachte. Michel hatte doch Recht.
Tanner schlug mit der flachen Hand auf das Steuerrad.
Dieser Schlawiner.
Aber Solange und Solène musste er trotzdem bald besuchen. Gut informiert wie sie waren, hatten sie bestimmt Neuigkeiten für ihn.
Er seufzte.
Schade schade, dass Solveig nicht bei mir ist.
Er blickte auf den leeren Beifahrersitz und fand, dass sie sehr gut auf diesen Sitz gepasst hatte.
Dann machte er das Autoradio an und konzentrierte sich auf die Straße.

Marnier saß bereits im Sprechzimmer des Untersuchungsgefängnisses, als Tanner von einem Beamten in den Raum hineingeführt wurde. Marnier saß apathisch da und blickte kaum auf, als sich Tanner ihm gegenüber setzte und ihn begrüßte. Nach einer Weile erst nahm er Tanner wahr. Sein Gesicht war eingefallen, seine Haut fahl.
Haben Sie Zigaretten?
Tanner griff in seine Manteltasche und reichte ihm eine Packung.
Danke, Tanner, dass Sie daran gedacht haben. Sie rauchen ja nicht, oder?
Nicht mehr.
Tanner wartete, bis Marnier sich eine Zigarette angezündet hatte.
Ich habe Ihnen nicht nur Zigaretten mitgebracht, sondern auch eine gute Nachricht.

Marniers Gesicht verzerrte sich zu einem Grinsen.
Ah ja? Und die wäre?
Ich glaube Ihnen Ihre Geschichte.
Ah bon? – Et alors?
Ich kann sogar beweisen, dass Sie die Wahrheit gesagt haben. Zumindest, dass ein wichtiger Teil Ihrer Schilderung den Tatsachen entspricht.
Und? Was ist das, ich meine, äh, welcher Teil?
Die Flucht von André aus Ihrem Auto ist zufälligerweise auf einem Video festgehalten worden.
Ich bin gefilmt worden? Merde alors! Von wem?
Tanner erklärte ihm den Zusammenhang. Marnier griff hektisch nach einer neuen Zigarette, obwohl er mit der ersten noch gar nicht fertig war.
Und was beweist das, bitte sehr? Vielleicht habe ich ja André nach seiner Flucht verfolgt und vielleicht habe ich ihn ja wieder erwischt. Vielleicht habe ich –
Tanner schlug mit der flachen Hand auf den Tisch.
Hören Sie auf, Marnier. Und hören Sie vor allem auf, sich selbst zu bemitleiden. Sie haben sich eigenhändig in diese Situation hineingeritten. Mein Gott, nehmen Sie sich zusammen. Das Video beweist immerhin, dass ein entscheidendes Element Ihrer Darstellung der Wahrheit entspricht. Und das macht Ihre Geschichte insgesamt glaubwürdiger, nun begreifen Sie doch endlich!
Marnier lachte, verschluckte sich am Rauch und bekam einen heftigen Hustenanfall. Tanner wartete ungerührt, bis der Anfall vorüber war.
Okay, Tanner, Sie können gut reden. Aber die Polizei ist überzeugt, dass ich der Täter bin, weil ich, äh, ich habe eine starke Motiv. Und weil ich gelogen habe. Und weil ich bin total verschuldet und weil meine Frau sich von mir trennen will.
Er zog gierig an seiner Zigarette.
So. Jetzt wissen Sie alles. Ich sage nichts mehr. Lassen Sie mich in Ruhe. Merde alors.
Beide schwiegen einen Augenblick. Dann gab Tanner sich einen Ruck und stand auf.
Wissen Sie was, Marnier: Sie haben Recht. Sie haben in der Tat

ein starkes Motiv. Das stärkste, was man laut Kriminalstatistik haben kann: die Gier. Und darum scheinen Sie in den Augen der Polizei durchaus als Täter in Frage zu kommen. Dazu die Blutspuren im Auto, Ihre Lügen, eine zerrüttete Ehe und so weiter. Das klingt nach einer perfekten Akte. Es fehlt nur noch Ihr Geständnis. Worauf warten Sie eigentlich? Gestehen Sie doch!
Tanner wandte sich zur Tür. Marnier schnellte hoch.
Warten Sie, Tanner. Wird das Gericht das Video anerkennen?
Das kann ich nicht sagen. Wichtig ist doch erst einmal, dass wir einen Beweis für *ein* Glied Ihrer Geschichte haben. Ich habe mich doch deutlich ausgedrückt: Das Video beweist noch nicht Ihre Unschuld, verstärkt aber Ihre Glaubwürdigkeit. Und darauf müssen wir jetzt aufbauen. Aber das geht nur, wenn Sie ab jetzt bedingungslos mit mir zusammenarbeiten.
Marnier setzte sich.
Gut. Das will ich ja. Verzeihen Sie, äh, meine Aufregung. Es ist alles so komplex.
Tanner setzte sich ebenfalls wieder an den Tisch.
Ihre Unschuld wird erst definitiv bewiesen sein, wenn wir den wirklichen Täter gefasst haben. Ihr Alibi für den Zeitraum, in dem André auf das Gleis gelegt worden ist, kann auch kein Zeuge bestätigen.
Tanner hob beschwichtigend die Hände.
Ich weiß, ich weiß: Sie waren allein zuhause. Ich bin ja sogar bereit, es Ihnen zu glauben. Aber Sie müssen zugeben, dass das kein hieb- und stichfestes Alibi ist.
Marnier nickte resigniert. Tanner zückte ein Notizbuch aus dem Mantel.
Ich muss dringend mehr über André wissen. Vor allem, welchen Umgang er pflegte. Was machte er für gewöhnlich in seiner Freizeit?
Marnier zog wieder sein gequältes Gesicht.
Meistens war er in seinem Zimmer und hörte Musik, glaube ich. Ich weiß es nicht. Er war sehr verschlossen, wissen Sie. Ich habe oft versucht, mit ihm zu reden. Habe ihm auch Vorschläge für gemeinsame Ausflüge gemacht, aber er lehnte alles ab.
Tanner wartete.

Einzig als ich ihn damals aus Italien geholt habe – Sie erinnern sich, seine Flucht ans Meer – da hat er sich mir etwas, äh, wie sagt man, geöffnet und über seinen Stiefvater erzählt, der ihn sehr stark abgelehnt und unter Druck gesetzt hat. Er vermisste seine Mutter und konnte es nicht gut vertragen, dass sie war zusammen mit diese Mann.

Aber der ist ja tot.

Ja, das stimmt. Aber dann wurde Helène auch krank, und für André war eindeutig der Verstorbene schuld. Darüber konnte man mit ihm nicht vernünftig diskutieren.

Hatten Sie deswegen mit ihm Streit?

Woher wissen Sie ...? Ach ja, die Wienerin!

Marnier schüttelte den Kopf.

Ja, deswegen hatten wir zum Beispiel regelmäßig Streit. Ich fand, dass André sich in etwas völlig, äh, Abwegiges verrannte, verstehen Sie? Zumal er in seinen Leistungen in letzter Zeit grob, äh, wie sagt man, stark nachließ.

Hatte André mit Solveig Sanders ein Verhältnis?

Marnier schnaubte verächtlich.

Sie wollte vielleicht eines mit ihm. Aber André hat sich nicht besonders für Mädchen interessiert.

Tanner horchte auf.

Was heißt das?

Marnier rutschte sichtlich unangenehm berührt auf seinem Stuhl herum.

Er war ja noch jung. Aber ich hatte den Eindruck, dass er sich mehr zu die Männer hingezogen fühlte. Die Sanders hat er höchstens als eine Art mütterliche, äh, Substitution akzeptiert. Ihre Freizeit haben sie auf jeden Fall nicht gemeinsam verbracht, falls das Ihre Frage war.

Hatte er keine gleichaltrigen Freunde oder Kollegen?

Marnier zuckte mit den Schultern und schwieg.

Ist es denn nicht mehr üblich, dass sich Lehrlinge aus verschiedenen Betrieben treffen? Das kennt man doch. Ich habe das selber in meiner Studentenzeit erlebt, als ich in verschiedenen Restaurants und Hotels arbeitete. Es gab immer eine bestimmte Bar oder eine Diskothek, wo sich die jungen Leute getroffen haben,

vor allem dann, wenn ihre eigenen Betriebe schon geschlossen hatten. Zudem hatte er ja sein eigenes Motorrad. Er ist doch sicher damit weggefahren.
Marnier lächelte gequält.
Ja, natürlich. Aber woher soll ich denn wissen, wo er ist hingefahren? Ich habe ihm nicht spioniert hinterher. Zudem übernachte ich ja nicht in meinem Restaurant, wie Sie wissen. Also woher soll ich wissen, wer nachts noch wegfährt oder wer wann nach Hause kommt? Hauptsache, die Burschen stehen morgens pünktlich in die Küche.
Warum hat André eigentlich nicht bei Ihnen und Ihrer Frau gewohnt? Das wäre doch naheliegend gewesen. Immerhin sind Sie sein Onkel.
Marnier gestikulierte verzweifelt.
Das hatte ich ihm ja vorgeschlagen. Die ersten drei Wochen, als er zu uns kam und die Lehre anfing, wohnte er auch bei uns. Er hatte eine schöne, große Zimmer mit Blick auf den See. Aber er wollte ja partout im Hotel in die kleine Mansarde wohnen. Er hat gesagt, er will nicht anders behandelt werden als irgendein Lehrling. Das Argument hat mich sogar beeindruckt, wissen Sie. Ich fand es irgendwie reif als Gedanke. Jetzt mache ich mir Vorwürfe. Vielleicht würde er noch leben, wenn wir ihn mehr unter, äh, Ansicht?
Aufsicht.
Danke. Unter Aufsicht gehabt hätten.
Tanner erhob sich.
Vielleicht. Ich denke nicht, dass das etwas geändert hätte. Ich muss jetzt gehen. Haben Sie Geduld, Marnier.
Vielen Dank, Tanner.

Kaum saß er wieder in seinem Auto, rief er Stocker an, der selber an den Apparat ging.
Ich bin's, Tanner. Du kennst dich doch in der Gegend aus. Wo treffen sich die Lehrlinge, ich meine, überhaupt das Personal der Hotels und Restaurants? Nachdem ihr eure Betriebe zugemacht habt. Gibt es da einen allgemein beliebten Treffpunkt?
Aber sicher. Es kommt allerdings auf die Nationalität an. Die Sache hat sich in den letzten zehn Jahren etwas verkompliziert.

Meinst du Eingeborene oder Italiener oder Kosovoalbaner oder Thailänder oder –
Tanner unterbrach ihn und verdrehte die Augen.
Die Eingeborenen, Stocker.
Die meisten gehen ins *Dancing* im Städtchen. Die haben offiziell geöffnet bis um vier Uhr. Wenn's sein muss so lange, bis die Jungs wieder in die Küchen müssen.
Danke, Stocker. Du hast mir sehr geholfen.
Wart' mal Tanner, ich habe auch noch eine Frage.
Bitte.
Stocker räusperte sich und sprach dann deutlich leiser als vorhin.
Ist die Solveig deine, also ich meine, hast du ein –
Tanner unterbrach ihn.
Nein, Stocker. Weder noch. Solveig ist eine sehr liebenswerte, etwas aus der Bahn geworfene junge Frau. Lass sie gefälligst in Ruhe. Sie braucht Zeit, bis sie sich wieder findet. Habe ich mich deutlich ausgedrückt?
Ja, sicher. Du musst dich ja nicht gleich aufregen, mein Gott. Man wird ja noch fragen dürfen.
Kein Problem. Jetzt muss ich auflegen. Danke für deine Auskunft, Stocker.
Bevor er weiter fragen konnte, hatte Tanner aufgelegt. Er hatte jetzt keine Lust, das Thema weiter zu vertiefen. Dennoch hatte ihm Stockers Nachfrage einen heftigen Stich versetzt. Wahrscheinlich hatte er sich zu sehr aufgeregt. Ob Stocker ihn durchschaute?
Na ja, wenn schon.
Die Erinnerung an das Gefühl, das ihr Körper in seinen Armen ausgelöst hatte, fuhr in diesem Augenblick wie ein hitziger Föhnwind durch seinen Körper.
Tanner lachte laut auf.
Wer hat gesagt, man könne nicht stundenlang neben einer Quelle liegen, ohne seinen Durst zu stillen? Ach ja, Heine.
Tanner versuchte, sich an das vollständige Zitat zu erinnern, obwohl er sich etwas vormachte. Er wusste doch jetzt schon, dass Solveig eine ganz andere Quelle für ihn darstellte als die, auf die Heine anspielte.
In diesem Augenblick musste Tanner mitten auf einer Kreuzung

jäh abbremsen, denn ein von links kommendes Fahrzeug hatte die Vorfahrt missachtet. Dann wurde ihm auch schlagartig klar, dass er sich just auf der Kreuzung befand, an der André aus Marniers Auto geflohen war.
Verdammt, die hätte ich jetzt wegen Heine fast verpasst.
Kurz entschlossen lenkte er den Jaguar in eine Seitengasse und parkte vor der Ein- und Aussteigezone eines Altersheims.
Kaum stand das Auto still, klopfte eine alte Frau mit ihrem Stock an die Autoscheibe.
Da dürfen Sie nicht parken, junger Mann. Da kommt sofort die Polizei und schleppt Sie ab.
Tanner stieg schwungvoll aus dem Auto aus.
Ich *bin* die Polizei, gnädige Frau. Seien Sie beruhigt.
Die alte, aber noch rüstig wirkende Dame salutierte ernsthaft, als wäre sie ein Soldat und er der General, und winkte ihn zu sich heran. Sie musterte ihn kritisch.
Kommen Sie wegen der mysteriösen Todesfälle? Es wird auch höchste Zeit. Wir haben alle Angst. Jeder könnte der Nächste sein. Wissen Sie, ich will noch nicht sterben.
Sein Blick schweifte über das große fünfstöckige Gebäude und endete an der Beschriftungstafel neben der großzügigen Eingangszone. *Städtisches Pflege- und Altersheim*. Es dämmerte ihm, dass er offensichtlich zufällig genau vor jenem Altersheim angehalten hatte, von dem ihm Michel berichtet hatte. Zum Abendessen mit Solange und Solène wollte er ihm die Akte über diese Fälle mitbringen, hatte sie aber vergessen. Angeblich wegen der Beschaffung seines Smokings. Was bei seinem Leibesumfang auch sicher gar nicht einfach gewesen sein musste.
Tanner lächelte über diese Vorstellung, dann antwortete er ziemlich knapp.
Beruhigen Sie sich. Die Polizei arbeitet daran.
Tanner hob grüßend die Hand und ging die wenigen Schritte zurück zur Kreuzung.
Der Ort war in der Tat ein äußerst belebter Verkehrsknotenpunkt. Eine Abzweigung kam von der Umfahrungsautobahn her, die andere führte dorthin. Auf Anhieb konnte er die Videokamera nicht finden. Erst als er versuchte, sich die Perspektive der Bilder vom

Band zu vergegenwärtigen, entdeckte er den Standort der Kamera auf einem Mast der Beleuchtungsanlage. Er wusste eigentlich gar nicht mehr so recht, was er sich hier anschauen wollte. Zögernd und unschlüssig wechselte er bei der nächsten Rotphase die Straßenseite. Da erst entdeckte er den Kiosk. Er lag im Schatten des Altersheims, das mit seinem Seitenflügel ein gutes Viertel der Kreuzung säumte. Wahrscheinlich waren es vor allem die Bewohner des Altersheims, die sich dort mit Zeitschriften versorgten. Insofern war der Standort ideal. Tanner musste noch zwei Straßen überqueren, bis er vor dem Kiosk stand.
Er kaufte bei der vollbusigen Verkäuferin, die ihn unverhohlen taxierend anschaute, eine Zeitung.
Suchen Sie etwas in der Gegend? Kann ich Ihnen helfen? Ich habe Sie nämlich beobachtet. Die meisten Menschen hetzen hier nur vorbei. Sie standen auf der anderen Seite der Kreuzung und haben angestrengt hierher geschaut, stimmt's, oder liege ich wieder mal gänzlich falsch?
Sie lächelte und beugte sich mit ihrem Oberkörper über die bunt mit Kaugummis, Vitamin- und Hustenbonbons bestückte Auslage. Dabei gewährte sie ihm einen offenherzigen Einblick in ihre wahrhaft beeindruckende fleischliche Topographie. Sie trug nichts als eine Art großzügig geschnittenes, ärmelloses Überkleid, obwohl es doch tiefer Winter und wahrlich kalt war. Über ihrem Kopf strahlte zwar ein rot glühender Heizstrahler, aber beide Glasschiebeflügel waren weit offen. Ihre blonde Haarfülle war nur nachlässig gebändigt.
Tanner beschloss, auf den kleinen Flirt einzugehen.
Sie haben offenbar nicht nur sehr schöne, sondern auch äußerst scharfe Augen. Was habe ich denn Ihrer Meinung nach gesucht?
Was weiß denn ich? Was sucht ein Mann an solch einem grauen Morgen in dieser grauen Gegend? Sie sehen nicht aus, als seien Sie auf dem Weg zur Arbeit.
Sie warf einen herablassenden Seitenblick in Richtung Altersheim, dann wandte sie sich ihm wieder mit dem tiefen Aufschlag ihrer großen dunklen Augen zu.
Haben Sie vielleicht gerade Ihre Mutter oder Ihren Vater hier abgeliefert und fühlen sich etwas einsam und allein?

Tanner hob abwehrend die Hände.
Nein, nein. Aber darf ich Sie etwas fragen, da Sie eine so gute Beobachterin sind?
Sie nickte, richtete sich auf und ordnete mit beiden Händen mit unnachahmlich energischer Geste ihre Brüste unter dem leichten Stoff, als seien es vorlaute Zwillinge, die es immer wieder zu bändigen galt.
Mit einer ebenso unnachahmlichen Geste bedeutete sie ihm lächelnd, dass er sie alles fragen dürfe.
Tanner räusperte sich.
Die Frage mag etwas ausgefallen sein, aber ich möchte mir nicht den Vorwurf machen, es nicht wenigstens versucht zu haben.
Sie schaute ihn erwartungsvoll an. Tanner machte eine kleine Kunstpause und vergrub seine Hände tief in seinem warmen Mantel.
Vor ziemlich genau zwei Wochen hat ein junger, eher schmächtiger Mann mit dunklen Haaren mitten auf der Kreuzung einen beigefarbenen Citroën verlassen und ist quer über die Kreuzung gerannt. Haben Sie diesen Vorgang zufälligerweise beobachtet?
Die Frau juchzte entzückt und klatschte in die Hände.
Ich wusste es. Ich wusste es doch. Ja, ich habe es beobachtet. Ich wusste, da kommt eines Tages noch was. Wissen Sie, mir entgeht so schnell nichts. Außer, es herrscht gerade großer Andrang, was aber sehr selten vorkommt.
Tanner trat einen Schritt näher.
Das ist ja wunderbar. An was können Sie sich denn erinnern?
Warten Sie mal. Ja, genau. Zuerst einmal an das Hupkonzert. Genau. Plötzlich war da ein wildes Hupen. Ich habe gesehen, wie mitten auf der Kreuzung ein Auto anhielt. Ein junger Mann, wie Sie gesagt haben, rannte in meine Richtung, und aus dem Auto stieg der Fahrer und gestikulierte wild mit den Händen. Wahrscheinlich hat er auch laut geschrieen. Er schien auf jeden Fall sehr wütend zu sein. Die Autofahrer hinter ihm haben auf jeden Fall wie blöd gehupt. Ist auch klar, die Fahrbahn war ja blockiert.
Und? Was noch?
Der Junge rannte direkt auf meinen Kiosk zu. Als er hier ankam,

stützte er sich kurz auf die Auslage, drehte sich um, schaute zur Kreuzung zurück. Der Mann stand immer noch neben seinem Auto und gestikulierte wie blöd. So cholerisch, wissen Sie?
Dann rannte der junge Mann, der aus einer Wunde an der Stirn blutete, hier rechts vorbei, in Richtung Altersheim. Ich habe ihm noch nachgerufen, ob er nicht ein Taschentuch haben wolle. Schauen Sie, ich habe hier immer eine angebrochene Packung, denn die alten Leutchen, die hierher kommen, brauchen oft nur ein einzelnes Taschentuch und keine ganze Packung, denn im Altersheim haben sie ihren ganzen Schrank voll damit. Ich verkaufe übrigens auch einzelne Zigaretten. Wollen Sie eine?
Tanner schüttelte den Kopf und trat ungeduldig von einem Fuß auf den anderen.
Und dann? Was ist dann passiert?
Ja, das weiß ich auch nicht. Ich glaube, der Mann ist wieder in sein Auto gestiegen. Ich bekam da gerade Kundschaft. Ach ja, der junge Mann hat sich übrigens ins Altersheim geflüchtet. Das war doch ein gutes Versteck, meinen Sie nicht auch?
Woher wissen Sie das?
Wissen Sie, ich erfahre hier alles. Die Leutchen erzählen mir so allerlei. Die kleinste Abweichung des Alltags ist in einem Altersheim eine Sensation – und damit auch eine Nachricht für mich. Verstehen Sie?
Ich verstehe voll und ganz. Und Sie haben wirklich nicht gesehen, wohin der Fahrer gefahren ist.
Nein, Schätzchen, das tut mir leid.
Sie beugte sich wieder über die Auslage. Diesmal so tief, dass sich ihre weißen Zwillinge, deren Haut erstaunlich hell und makellos war, fast vollständig entblößten.
Wollen Sie ein Glas Wein trinken?
Die Frage kam ziemlich unvermittelt.
Verkaufen Sie denn auch Wein?
Sie lachte ihn an. Dabei wiegte sie ihren Oberkörper hin und her. Ihre Stimme wurde etwas heiser.
Natürlich nicht offiziell, aber was tut man nicht alles für die armen alten Leutchen. Die haben ja sonst nichts mehr. Ich habe hier drin eine Liege, auf der können zwei bis drei Personen Platz

nehmen. Dann und wann haben die älteren Herren noch andere Wünsche. Manchmal, wenn mir gerade danach ist, erfülle ich sie auch. Dann schließe ich kurzfristig und ziehe den Vorhang vor. Man soll ja mit Gaben, die einem die Natur geschenkt hat, großzügig umgehen, finden Sie nicht auch?
Sie zwinkerte ihm verführerisch zu und wackelte mit ihren Brüsten, die im Gegensatz zu ihrer sonst eher vernachlässigten, fast verwahrlosten Erscheinung direkt vor Schönheit leuchteten.
Wollen Sie nicht hereinkommen? Es ist schön warm hier. Sie dürfen sie auch anfassen. Haben Sie keine Lust?
Lust schon, aber keine Zeit.
Wie lehnte man so ein Angebot ab, ohne unhöflich zu sein?
Vielleicht ein andermal. Ich muss jetzt weiter. Ich gebe Ihnen meine Karte mit meiner Telefonnummer, falls Ihnen noch etwas in den Sinn kommt. Sie haben mir sehr geholfen. Vielen Dank.
Tanner beeilte sich, aus dem Blickfeld der geschäftstüchtigen Kioskfrau zu kommen. Sie rief ihm nach, ob er denn von der Polizei sei, was er ignorierte. Seine Gedanken waren bei André. Was hatte er im Altersheim gemacht? Und wo war Marnier hin? Hatte er *doch* die reine Wahrheit gesagt?
Tanner ging zurück zu seinem Auto.
Jetzt bin ich so klug als wie zuvor, tra la la.
Aus einem Impuls heraus begann er, noch einmal um die Kreuzung herumzutraben. Er verspürte den Drang zu überprüfen, ob Marnier von seiner Position aus hatte sehen können, dass André ins Altersheim gegangen war. Wenn es denn überhaupt stimmte. Vielleicht wollte sich die lüsterne Kioskfrau auch nur wichtig machen.
Er musste ziemlich lange warten, bis die Kreuzung auf seiner Seite leer war. Dann eilte er zu der Stelle, die seiner Meinung nach der Ort gewesen sein musste, an dem Marnier mit seinem Auto gestanden hatte.
Lange konnte er dort leider nicht stehen, denn eine ganze Kolonne Autos fuhr nun auf ihn zu und begann wie wild zu hupen. Er wartete noch einmal auf eine Gelegenheit, denn die Sache mit dem Blickwinkel war nicht ganz klar. Dort, wo er eben gestanden hatte, hatte er die Tür ganz knapp nicht sehen können. Nun woll-

te er überprüfen, wie weit er zur Seite gehen müsste, um die Eingangstür zum Altersheim ins Blickfeld zu bekommen.
Bei der nächsten Verkehrsflaute probierte er also erneut sein Glück. Und tatsächlich konnte er jetzt die Eingangstür ganz knapp sehen.
Fazit: Marnier hatte Andrés Flucht ins Altersheim sehen *können,* nicht *müssen*.
Frustriert ging Tanner zurück zu seinem Auto. Die Frau vom Kiosk winkte ihm freundlich zu.
Bei seinem Auto angekommen, trat die Alte, die ihn vorhin angesprochen hatte, aus dem Schatten des Eingangsbereichs und schwenkte herrisch ihren Stock. Offensichtlich hatte sie auf ihn gewartet.
Und? Haben Sie gefunden, was Sie gesucht haben? Waren Sie auch *im* Kiosk?
Nein, gnädige Frau. Ich habe mir bloß eine Zeitschrift gekauft.
Er wedelte mit der Zeitung und öffnete die Fahrertür. Die Alte folgte ihm hartnäckig.
Sie lässt die Männer des Heims für fünf Franken an ihren Eutern saugen, die Kuh. Wieso verbietet das die Polizei nicht?
Beruhigen Sie sich. Ich werde mal mit der Polizei reden.
Sie starrte ihn an.
Ich dachte, Sie sind die Polizei.
Tanner startete den Wagen und ließ sie stehen. Er griff nach seinem Telefon.
So, Michel, jetzt kannst du dich doch noch mit deinem Altersheim beschäftigen. Vielleicht finden sich Zeugen, die uns den Fortgang in dem Heim weiterspinnen können. Und du, Marnier, jetzt hole ich dich noch einmal aus der Zelle, et merde alors, du sagen mir nicht die Wahr…eit.

NEUN

Michel erhielt die Nachricht mit drei Stunden Verspätung. Lerch und Thommen, geblendet von ihrem neuen Selbstbewusstsein, das die beiden seit ihrer Beförderung und vor allem seit der Pressekonferenz wie hochglänzende Plakate vor sich her trugen, befanden es nicht für nötig, Michel zu benachrichtigen. Dazu hätten sie ihn auch anrufen, sprich: ihr Telefon in die Hand nehmen müssen, denn ihr ehemaliger Chef weilte außer Haus. Seinem Büro hatte er beim Hinausgehen nur knapp mitgeteilt, dass er eine mögliche Zeugin aus religiösen Kreisen besuchen wolle. Als man das mit unverständlicher Miene quittierte, murmelte er irgendwas von Blutzeichen – und dass er da eine Spur habe, die eventuell auf fundamentalistische Kreise hindeutete.
Seit ihr Chef vor ein paar Tagen nach einer Bibel gesucht hatte, schien eine gravierende Veränderung mit ihm vorgegangen zu sein. In den Augen seiner Mitarbeiter wirkte er in sich gekehrt und abwesend. Das Rätsel mit den Blutzeichen und seine plötzliche Beschäftigung mit der Bibel schienen ihn von Grund auf verändert zu haben. Deswegen stellten sie keine Nachfragen, sondern nickten einfach stumm. Danach konnte man sich dann immer noch gebührend das Maul zerreißen und sich über dieses plötzlich ausgebrochene religiöse Interesse lustig machen. Gereimte Kostbarkeiten wie: *Ist allein, oh Pein, oh Graus, der Pimmel / tröst ich mich mit Gott im religiösen Fimmel,* machten hinter vorgehaltener Hand die Runde.
Michel war tatsächlich gerade bei seiner Zeugin aus religiösem Kreis. Genauer gesagt, lag er in ihren Armen, und Fragen stellte er im Moment auch nicht viele. Noch präziser gesagt, lag Anita Schön gerade in *seinen* Armen. Insofern irrten sich seine Mitarbeiter gehörig, was seinen vermeintlichen Mangel anbelangte.
Anita hatte gemeint, sie müssten sich wohl oder übel auf die Mor-

genstunden verlegen, denn am Nachmittag – und am Abend sowieso – war Fritzi zuhause. An diesem Morgen war auch die Mutter von Anita außer Haus, und die Gunst der Stunde musste genutzt werden. Anita hatte ihm ganz früh am Morgen telefonisch mitgeteilt, dass sie ihn dringend zu sehen wünsche – und zwar in ihrer Wohnung –, da sie einiges mit ihm zu besprechen habe, das keinen Aufschub duldete.
Als er vor mehr als zwei Stunden ziemlich außer Atem die Treppe hochgerannt kam, hatte sie ihn bereits an der Tür erwartet, ihn sofort an sich gerissen und wild geküsst. Ihr blieb nur kurz Gelegenheit, bevor sie beide nackt waren, hastig die Notwendigkeit der Morgenrendezvous zu erklären. Er sagte nichts, nickte nur, denn in seiner Kehle saß ein überdimensionierter Kloß. Er starrte sie an, griff nach ihren Brüsten und stammelte etwas von süß und von Äpfeln.
Erst jetzt, nach etwa zwei Stunden, wurde sein Atem wieder ruhiger, als sie endlich erschöpft auf ihm lag und sich nicht mehr regte. Sie war federleicht und ihr Körper glänzte vor Schweiß. Sie behielt ihn immer noch in sich, in ihrer Enge, auch wenn sie eingeschlafen war. Er lauschte auf ihren Atem und merkte, dass er bald von neuem größer werden und sie wieder ganz ausfüllen würde. Ob er sie damit aufweckte? Er bewegte sich nicht und wartete geduldig, bis er zur vollen Größe angewachsen war.
Als es soweit war, hielt er sie an den Lenden und begann ihren Körper sanft hin und her zu wiegen. Sie seufzte, und nach einer Weile hob sie ihren Kopf. Einen Augenblick lang wusste sie offenbar nicht, wo sie war. Dann lächelte sie selig, stützte mit den Armen ihren Oberkörper auf, rutschte etwas höher und bot ihm ihre Brüste an, die tatsächlich prall und glatt wie reife Äpfel waren. Mit steif abstehenden Stielen.
Als er in ihr zerfloss, ließ sie sich sichtlich genießend mit einem Stöhnen auf ihn sinken.

In die Stille hinein klingelte sein Telefon.
Anita rollte sich von Michel, holte den Störenfried und Michel krächzte ein heiseres Hallo. Im nächsten Augenblick richtete er sich jäh auf.

Seit wann wisst ihr das? Seit neun Uhr! Das sind ja dann … Seid ihr denn alle von Gott verlassen? Das war vor drei Stunden!
Michel rang nach Luft und blickte fassungslos an die Decke.
Das gibt ein Nachspiel. Das sage ich euch. Ihr könnt mich schon mal beim Polizeipräsidenten anmelden.
Michel brach das Gespräch ab. Anita schaute ihn fragend an.
Im Dorf werden seit gestern Nacht zwei Jugendliche vermisst. Zwillinge. Ein Mädchen und ein Junge. Sie sind siebzehn Jahre alt. Vor drei Stunden haben die Eltern die Polizei angerufen – und ich erfahre es als Letzter. Das ist ein Skandal. Ich gehe jetzt und schmeiße dem Polizeichef meinen Dienstausweis und meine Waffe aufs Pult. Mir reicht's.
Anita sagte nichts, reichte ihm stumm ein Badetuch und ging voran in Richtung Badezimmer. Sie ließ die Dusche laufen, prüfte die Temperatur des Wassers und zog ihn in die Kabine. Sie nahm ihn eng zu sich und ließ den warmen Strahl über ihre Körper fließen. Als er sie umarmen und küssen wollte, drückte sie ihm die Brause in die Hand, entzog sich geschickt, drehte das Wasser auf kalt und entwischte aus der Kabine.
Nicht jetzt, Serge. Du musst sofort in dein Büro.
Michel stöhnte laut auf.
Ja, du hast ja Recht. Es tut mir leid, dass unser Morgen so abrupt endet, aber du hast ja gehört –
Ist schon klar, Serge.
Anita war bereits in Hose und T-Shirt. Als auch Michel endlich angezogen war, öffnete sie ihm die Wohnungstür. Sie küsste ihn auf beide Wangen.
Serge, kein langer Abschied. Wir sehen uns ja wieder. Übrigens, weißt du bereits, ob die beiden aus einem Haus *mit* oder *ohne* Blutzeichen stammen?
Michel schaute sie verdutzt an.
Verdammt! Nein. Aber das werde ich sofort klären.
Damit drehte er sich um und donnerte die Treppe hinunter. Kaum saß er im Auto, rief er Tanner an.
Der stellte als Erstes genau die gleiche Frage wie Anita.
Nein, weiß ich noch nicht. Werde es aber sofort abklären. Bist du zuhause?

Tanner bejahte.
Wenn es dir recht ist, komme ich dann so schnell als möglich zu dir.
Tanner gab zögerlich sein Einverständnis, denn er war nicht allein. Das behielt er jedoch für sich.
Ich habe auch ein paar Neuigkeiten für dich.

Nachdem Tanner das Gespräch beendet hatte, schaute er über die Schulter von Solange, die mithilfe des Scrabble-Spiels an einer Lösung des Buchstabenrätsels herumexperimentierte.
Morgens bei seinem täglichen Einkauf hatte sie ihn erneut auf die Blutzeichen angesprochen, und er hatte ihr von den Buchstaben, die sich in den Zeichen versteckten, erzählt. Sie war sofort Feuer und Flamme gewesen und wollte sich unbedingt an der Suche nach der Lösung des Rätsels beteiligen. Solène runzelte zwar gereizt die Stirn, ließ ihre Schwester jedoch ziehen. Auch Tanner zögerte erst, aber vielleicht konnte sie ja tatsächlich helfen. Außerdem war sie wirklich reizend.
Sie stieß ihn weg und lachte.
Tanner, schau mir nicht über die Schulter. Das habe ich nicht gern. Außerdem habe ich noch nicht viel Kluges gefunden. Ich schäme mich ein wenig.
Sie seufzte.
Es ist viel schwerer als ich dachte. Warum ist denn das nur so schwer?
Tanner kratzte sich am Kopf.
Tja, weil es so viele Möglichkeiten gibt. Und weil wir so gar keinen Ausgangspunkt haben. Und weil wir keine Übung in solchen Sachen haben.
Tanner setzte sich neben sie an den Tisch.
Ich habe gestern die Buchstaben an eine Freundin übermittelt. Sie ist mit einem Anagrammkünstler befreundet. Der Mann gilt zwar einerseits als geistig etwas verwirrt, andererseits ist er fähig, die unglaublichsten Anagramme zu entwickeln. Ich habe die Freundin gebeten, ihm unsere Buchstabenauswahl vorzulegen. Ich bin gespannt, was er damit anstellen wird.
Solange lehnte sich an seine Seite.

Was sind denn Anagramme?
Sie nahm seinen Arm, legte ihn um ihre Schulter und schmiegte sich ganz nah an ihn.
Wenn du aus *allen* Buchstaben eines Wortes oder Satzes ein neues Wort oder einen neuen Satz bilden kannst, dann ist das ein Anagramm. Dabei muss das neue Wort nicht unbedingt einen vernünftigen Sinn geben.
Uh. Das klingt furchtbar kompliziert. Kannst du mir ein Beispiel geben? Und halt mich bitte ein bisschen fester.
Er tat es seufzend. Seine Hand kam auf ihrem kleinen, festen Bauch zu liegen, sein Arm spürte ihre Rippen. Durch ihren Körper ging ein leises Vibrieren.
Gerne. Nehmen wir als Beispiel deinen Namen.
Tanner beugte sich etwas vor.
Moment, das muss ich schriftlich machen.
Er schrieb mit der linken Hand ungelenk ihren Namen in Großbuchstaben auf ein Blatt Papier. Dann kritzelte er ein paar weitere Worte.
Anagramme von deinem Namen wären zum Beispiel *ALGEN SO* oder *LAGEN SO* oder ... wart mal: *GANS OEL*. Oder *SALON EG*.
Was heißt denn das?
Salon Erdgeschoss.
Sie lachte.
Oder man trennt einfach die beiden Silben. Dann wird aus deinem Namen: *SO LANGE*.
Sie richtete sich begeistert auf. Ihre Augen funkelten verschmitzt.
Zum Beispiel im Sinne von: *So lange* schon wollte Tanner *Solange* küssen, es ergab sich aber noch keine Gelegenheit.
Sie nahm seine Hand.
Jetzt wäre sie da, Herr Tanner, die Gelegenheit.
Sie schloss die Augen und öffnete leicht ihre Lippen.
Sie sah hinreißend aus. Tanner konnte nicht widerstehen. Ihre Lippen waren weich und kühl, und sie schmeckten ganz fein nach Marzipan. Wahrscheinlich von ihrem Lippenstift. Er wollte sich sofort wieder zurückziehen. Sie aber schlang ihre Arme um seinen Hals.

Ich sagte küssen. Das war ein nachlässiger Gutnachtkuss, Tanner. Komm, ich zeig es dir.
Bevor er was sagen konnte, hatte sie ihren Mund auf seine Lippen gepresst und stieß mit ihrer Zunge tief in seinen Mund.
Nach einer Weile ließ sie nach. Beide waren außer Atem.
Tanner fuhr sich über seine Lippen.
Oh là là, Solange. Das war in der Tat kein Gutnachtkuss. Ich weiß aber nicht, ob ich das –
Sie unterbrach ihn mit einem neuen Kuss, griff gleichzeitig nach seinen Händen und legte diese auffordernd auf ihre schmalen Hüften. Gleichzeitig drängte sie sich mit ihrem schlanken Körper an ihn heran, küsste ihn von neuem, und er konnte seine gewaltige Erektion nicht mehr verhindern. Der Schweiß brach ihm fast überall gleichzeitig aus – als würden sich in seinem Körper fast explosionsartig viele kleine Schleusen gleichzeitig öffnen. Seit langer Zeit verschlossene und verkapselte Kämmerchen wurden aufgerissen, und hellstest Licht schoss von überall her, um sich zu einem einzigen Strahl zu vereinen. Sein Kopf wurde überschwemmt, und es kam ihm vor, als geriete er in den Strudel eines mächtigen Stromes, gegen den anzukämpfen er keine Kraft hatte. Nach einer kleinen Ewigkeit ließen sie voneinander ab, öffneten gleichzeitig den Mund und schnappten nach Luft.
Ich habe immer gedacht... dass du sowieso nur Augen ... für Solène hast. Alle Männer starren immer nur... meine Schwester an. Du kannst es mir ruhig sagen: Solène gefällt dir auch. Sie ist sehr attraktiv. Sehr sexy, oder?
Tanner wurde einer Antwort enthoben, denn die Türglocke schrillte, und gleich darauf hämmerte jemand mit der Faust an die Wohnungstür. Tanner schreckte hoch und Solange machte ein enttäuschtes Gesicht.
Ausgerechnet jetzt, wo es so schön ist. Muss das sein?
Solange, ich muss an die Tür, denn sie ist gar nicht abgeschlossen. Man kann jederzeit reinkommen.
Er stand auf, rannte ins Bad, wischte sich den Schweiß aus dem Gesicht und ging an die Tür.
Ich dachte schon, das Jüngste Gericht klopft an. Komm rein. So-

lange ist bei mir und versucht ihr Glück mit den Buchstaben. Sie setzt sozusagen das von dir begonnene Werk fort.
Michel grinste.
Aha. Solange ist bei dir! Soll ich später wiederkommen?
Tanner ignorierte die Anspielung und ging in die Küche.
Ich nehme an, du möchtest einen Kaffee. Solange, du auch?
Ja, gerne.
Michel folgte ihm in die Küche.
Warst du schon bei der Familie der entführten Jugendlichen?
Michel schüttelte sich.
Ja. Und ich hasse solche Besuche.
Tanner füllte Kaffeepulver und Wasser in die italienische Espressokanne.
Was sind denn das für Leute?
Er ist von Beruf Kantonsgeometer. Also eigentlich ein ausgesprochen rationaler Beruf.
Warum betonst du das?
Ich hatte den Eindruck, dass die sehr religiös sind. Und zwar auf so eine übertrieben schwärmerische Art. Wie soll ich das beschreiben … zum Beispiel gibt es vor dem Haus ein Schild, das alle von Not geplagten Menschen einlädt, ins Haus zu kommen. Ihr Haus sei offen für alle und so. Verstehst du? Als ich kam, knieten die beiden gerade betend auf dem Boden. Sie ist eine ziemlich schöne Frau, wirkt auf mich vor lauter gewollter Liebenswürdigkeit beinahe überkandidelt, irgendwie aufgesetzt.
Sprecht ihr von Marie-Thérèse und Bruno?
Solange stand im Türrahmen. Ihrem Gesicht war jede Farbe entwichen. Sie wartete nicht auf die Antwort.
Was ist mit Sophie und Elias? Ist ihnen etwas zugestoßen?
Michel blickte fragend zu Tanner. Der nickte.
Die zwei gelten seit heute morgen als vermisst. Wir wissen nicht, ob ihnen etwas zugestoßen ist. Du kennst die beiden persönlich?
Solange antwortete sehr leise.
Ja. Selbstverständlich. Alle im Dorf kennen die beiden. Sehr sympathische Jugendliche, nicht so wie viele andere, so nervig und unsensibel. Sie haben oft alten Leuten die Einkäufe nach Hause getragen, und zwar ohne Geld anzunehmen.

Solange kämpfte um ihre Fassung. Sie blickte Tanner an.
Was heißt vermisst? Sind sie entführt worden? Hat das was mit den Blutzeichen zu tun?
Liebe Solange, wir wissen noch gar nichts. Lediglich, dass die Eltern sie als vermisst gemeldet haben, nicht wahr Michel?
Michel nickte eifrig.
Genau gesagt gab es ein Missverständnis zwischen den Eltern und den Kindern, beziehungsweise zwischen den Eltern und den Großeltern in der Stadt, wo die Kinder die letzten zwei Tage offenbar verbracht haben. Die Eltern meinten, die beiden würden heute Morgen wieder nach Hause kommen. Sie haben sich aber tatsächlich schon gestern Abend von ihren Großeltern verabschiedet. Als die Eltern heute Morgen am Telefon wissen wollten, wann sie denn genau ankommen würden, sind sie aus allen Wolken gefallen.
Waren sie denn mit öffentlichen Verkehrsmitteln unterwegs?
Michel bejahte, während Tanner den beiden eine Kaffeetasse reichte.
Was macht ihr jetzt?
Unsere Leute haben Fotos vervielfältigt. Schwärmen mit vielen Leuten am Bahnhof aus, um herauszukriegen, ob die zwei gestern Nacht in den Zug gestiegen sind und ob sie unterwegs gesehen wurden. Dann gibt's im Radio und Fernsehen die üblichen Aufrufe.
Tanner blickte Solange an.
Mussten sie im Städtchen umsteigen?
Nein. Normalerweise muss man zwei Stationen vorher umsteigen.
Tanner wandte sich an Michel.
Glaubst du, deine Kollegen denken an alle möglichen Umsteigestationen?
Ich möchte es ihnen raten.
Tanner rührte in seinem Kaffee.
Als Kantonsgeometer hat er natürlich ungeheuer viel Einfluss auf Grenzziehungen von Grundstücken, Umzonungspläne und so weiter. Er war es ja auch, der es vor Jahren schaffte, der neu gebauten Autobahn eine völlig unnötige Kurve zu verpassen.

Michel guckte interessiert.
Warum denn?
Damit die Distanz zu seiner Villa größer wurde. Das musst du dir mal vorstellen.
Michel lachte grimmig.
Tanner schaute zu Solange.
Was weißt du über die Familie?
Solange zuckte mit den Achseln.
Die Familie gehört zu so einer christlichen Religionsgemeinschaft der eifrigen Art, die eigentlich nur mit ihresgleichen verkehrt. Vor allem die Kinder werden dort ziemlich streng beaufsichtigt und haben dadurch wenig Gelegenheit für Beziehungen außerhalb der Gruppe. Ich werde mich mal umhören, ob es da in letzter Zeit Auffälligkeiten gegeben hat.
Solange erhob sich und gab Michel die Hand.
Tanner begleitete sie zur Tür. Außerhalb von Michels Blickfeld küssten sie sich.
Tut mir leid, Solange, aber ich konnte Michel nicht raus ...
Sie verschloss ihm schnell mit einem Kuss den Mund.
Jetzt weiß ich wenigstens, dass du die Türen nicht abschließt.
Sie lächelte rätselhaft wie eine Sphinx und trat durch die Tür.
Tanner ging zurück in die Küche.
Tut mir echt leid, wenn ich euch gestört habe.
Tanner winkte ab.
Lass gut sein. Genau genommen hast du mich gerettet.
Gerettet? Vor einer so schönen Frau?
Ja, das auch. Aber auch vor einer brisanten Frage.
Nämlich?
Sie hat mich gefragt, ob mir ihre Schwester Solène nicht auch gefallen würde, die sei doch viel attraktiver als sie.
Und? Gefällt sie dir nicht auch?
Natürlich. Können wir jetzt das Thema wechseln?
Ungern.
Tanner nahm ihm die leere Tasse weg und füllte sie noch einmal. Er erzählte ihm in kurzen Zügen, was er von Marnier im Gefängnis erfahren hatte. Auch von der Kioskfrau und den Vorgängen auf der Kreuzung berichtete er.

Aber das Wichtigste, Michel: Ich habe erfahren, dass André sich bei seiner Flucht ausgerechnet in dein Altersheim geflüchtet hatte.
Wieso *mein* Altersheim?
Es ist das Altersheim, von dem du mir erzählt hast. Dein anderer Fall, mit den mysteriösen Todesfällen, du erinnerst dich?
Ach so, das städtische Alters- und Pflegeheim. Stimmt, das ist ja in der Nähe der Kreuzung. Mensch, so ein Zufall.
Weißt du, als ich das erfahren habe, bin ich kurz entschlossen noch einmal zu Marnier gefahren. Er hat aber unter Tränen versichert, er habe nicht gesehen, dass André ins Heim geflüchtet ist.
Michel schüttelte den Kopf und lachte grimmig.
Na ja, abstreiten kann man alles.
Ich habe die möglichen Blickwinkel auf der Kreuzung überprüft. Es stimmt leider, er muss es nicht zwingend gesehen haben.
Na gut, wenn du es sagst. Was machen wir jetzt?
Du schickst sofort deine Leute mit je einem Foto von André und von Marnier los, und die halten es selbst dem hintersten Bewohner dieses Heimes unter die Nase. Ich bin mir sicher, dass sich der eine oder andere erinnern wird. Wenn Marnier auf dem Foto erkannt wird, machen wir eine Gegenüberstellung. Dann haben wir ihn. Oder wir lassen ihn in Gottes Namen frei.
Michel antwortete nicht, sondern starrte in seine Tasse.
Hallo, Michel! Du musst was unternehmen. Glaub mir, ihr werdet auf viel Kooperation stoßen in dem Heim, denn ich habe von meiner Informantin gelernt, dass selbst die kleinste Abweichung vom Alltag im Heim als Sensation gilt. Und das glaube ich sofort. Jedes fremde Gesicht wird sofort registriert. Du warst ja auch schon dort. Das muss dir doch aufgefallen sein.
Ja, das schon, aber –
Und wie gesagt, wenn er dort nicht erkannt wird, lassen wir ihn frei.
Freilassen? Bist du bescheuert? Bei *der* Indizienlage und dem ungeklärten Alibi? Und bitte, Tanner, vergiss nicht das Motiv. Es geht übrigens nicht nur um ein bisschen Geld, sondern um ein ziemlich großes Vermögen. Frau von Sachsenstein ist wirklich reich.

Tanner zuckte mit den Schultern.
Die Zwillinge sind auf jeden Fall nicht von ihm entführt worden. Sind wir uns da einig?
Michel starrte ihn an.
Was zum Teufel! Du meinst, da besteht ein Zusammenhang? Bist du wahnsinnig! Weißt du, was das heißen würde?
Ja.
Michel biss sich auf die Lippen und rührte in seiner Tasse, obwohl er sie bereits leer getrunken hatte.
Michel, überleg doch mal. Für Marnier hätte es doch genügt, den Jungen zu ermorden. Wir wissen aber, wie André zugerichtet worden ist. Und dann ist er von seinem Mörder auch noch an einem geographisch spektakulären Ort auf ein Bahngleis gelegt worden.
Michel richtete sich energisch auf.
Marnier ist eben schlau und hat ganz genau auf deine Art der Argumentation gehofft. Hätte er ihn vergiftet, wäre der Fall doch klar gewesen. Er inszeniert stattdessen bewusst eine Art Ritual-, Rache- oder Lustmord und hofft dabei, dass die Polizei genau so denkt wie du.
Ja, ja, das habe ich mir auch überlegt. Aber du musst doch die gesamte Lage mit einbeziehen. In einem von Gott und der Menschheit längst vergessenen Dorf, in dem seit Napoleon nichts Aufregendes passiert ist, geschweige denn Morde und Entführungen, verschwindet ein junger Mann und wird bestialisch ermordet. Dann verschwinden an die zwanzig Katzen, mit deren Blut geheimnisvolle Zeichen an ausgewählte Türen gemalt werden. Gestern Nacht verschwinden zwei weitere junge Menschen. Also, ich bitte dich! Das soll deiner Meinung nach alles Marnier inszeniert haben, einzig und allein, um an das Geld seiner Schwester zu kommen?
Michel antwortete nicht.
Ach ja, übrigens: Ist die Tür vom Kantonsgeometer nun mit Blut gezeichnet oder nicht?
Michel antwortete dumpf.
Kein Zeichen.
Das Restaurant von Marnier auch nicht.

Michel schlug mit der Faust auf den Tisch.
Zwei Beispiele sind noch lange kein System.
Tanner stand auf und trug die drei leeren Tassen zur Spüle.
Sprach der Igel und kletterte ein zweites Mal vom Kaktus runter.
Michel schnaubte ungehalten. Tanner wischte ungerührt den Tisch sauber.
Lieber Michel, würdest du jetzt erstens die Freundlichkeit besitzen, deine Leute ins Altersheim zu schicken, bewaffnet mit den beiden Fotos – und zwar heute noch –, und dann zweitens deinen Polizeipräsidenten anrufen und für alle Häuser ohne Blutzeichen dringend Polizeischutz verlangen?
Michel schaute gequält.
Hast du vergessen, dass man mir den Fall weggenommen hat? Ich kann doch gar nichts machen.
Ja, dann ruf halt Thommen oder Lerch an. Oder gleich beide und blas ihnen den Marsch.
Michel erhob sich stöhnend.
Okay, das eine ist schnell gemacht, für das andere kann ich keine Verantwortung übernehmen.
Tanner ging ins Wohnzimmer und holte das Telefon.
Da. Du kannst auch hier sitzen bleiben. Ich gehe jetzt schnell unter die Dusche.
Tanner musste einfach eine Weile allein sein. Er war ziemlich durch den Wind. Die Leidenschaft von Solanges Kuss konnte er immer noch spüren. Was sollte das? Monate lang passierte gar nichts und jetzt? Plötzlich war Solveig da, die ihm keine Ruhe ließ, wenn er ganz ehrlich war. Und jetzt auch noch Solange, die er sehr liebenswert fand. Aber ein Verhältnis mit ihr? An so was hatte er nie gedacht. Und woher kam urplötzlich ihr Mut, so offensiv um ihn zu werben? Sie war doch die Stille und Scheue. Ihr heutiges Verhalten hätte er eher Solène zugetraut. Wenn er ehrlich war, verband er Erotik mehr mit Solène, denn die war wirklich sexy in ihrer Ausstrahlung. Da musste er Solange Recht geben, die das ja selber betont hatte.
Er rieb sich trocken, bis seine Haut rot war. Äußerlich fühlte er sich zwar besser, aber an der Verwirrung hatte die Dusche auch nichts ändern können. Daher rettete er sich wieder einmal in die

Welt seines über alles verehrten Shakespeare, der für alle Lebenslagen, insbesondere für Tannersche Verwirrungszustände die richtigen Texte hatte.
Oh Zeit! Das mußt du selber entwirrn, nicht ich,
Denn dieser Knoten ist zu schwer für mich.
Dann holte er tief Luft und ging zurück in die Küche.
Alles klar?
Altersheim ja, Polizeischutz weiß man nicht. Lerch und Thommen zieren sich noch. Es war halt nicht ihre Idee, verstehst du? Zudem müssen sie erst mal schlucken, dass all diejenigen gefährdet sind, die kein Zeichen an der Tür haben. Und da das nicht ihre Erkenntnis ist, tun sie sich mit dem Handeln schwer. Du siehst das Problem?
Tanner verdrehte die Augen.
Ich sag dir, da geschieht noch eine Katastrophe. Und das nur, weil die beiden Herren sich bitten lassen. Ich glaube es einfach nicht!
Kurz bevor beide beinahe ein Loch in den Tisch gestarrt hatten, schlug Michel mit der Faust auf die Holzplatte.
Komm, wir arbeiten einfach weiter.
Tanner nickte.
Gut. Schauen wir uns einmal die Interviews an, die deine Leute mit den Dorfbewohnern geführt haben. Du hast sie doch dabei?
Michel nickte und griff nach seiner prall gefüllten Mappe.
Ich bin mir nämlich sicher, dass wir zuerst das Dorf besser verstehen lernen müssen. Um überhaupt irgendwie weiterzukommen. Und wir müssen dringend die Botschaft der Blutzeichen entschlüsseln. Dafür habe ich aber alles in die Wege geleitet.
Michel hustete in seine Hand.
So, so. Hast du. Du hast doch nicht etwa wieder deinen Samentiker engagiert, der uns mit den Blutzeichen schon einmal so enorm weitergeholfen hat?
Semiotiker. Und verkneif dir deine Ironie, die löst den Fall auch nicht. Nein, nein. Ich habe jemanden gebeten, der es gewohnt ist, mit Buchstaben zu jonglieren. Was dich nicht daran hindern soll, das Rätsel selbst zu lösen.
Michel hüstelte und konterte.
... oder Solange, in einer Nachtschicht vielleicht.

Die beiden lachten. Tanner etwas gequält.
So, und jetzt an die Arbeit. Ich nehme die eine Hälfte der Interviews, du die andere. Ich setze mich ins Wohnzimmer. Du kannst hier sitzen bleiben. In einer Stunde tauschen wir uns aus.
Michel nickte und machte sich über den Stoß Papiere her. Eine Weile noch brütete er über dem Geheimnis, von dem Tanner eben gesprochen hatte, aber bald nahm ihn die Lektüre voll und ganz gefangen.
Auch Tanner konnte sich nicht sofort auf die Papiere konzentrieren. Zu aufwühlend waren die letzten Stunden gewesen. Andererseits lenkte die Lektüre auch angenehm vom Privaten ab.
Sie brauchten mehr als eine Stunde, um all die Interviews zu lesen. Das Material war doch umfangreicher, als Tanner es eingeschätzt hatte.
Nachdem er die letzte Seite gelesen hatte, setzte er sich zu Michel, warf seinen Stoß Blätter entnervt auf den Tisch und stützte den Kopf auf die Hände. Ein Blick zu Michel genügte, um zu begreifen, dass sie beide zum selben Schluss gekommen waren.

Die Berichte waren ernüchternd und beklemmend. Die Dimension des Hasses, der sich über Generationen angesammelt hatte, war beängstigend. Wie nach einer dramatischen Überschwemmung war das Dorf randvoll mit Geröll und Schlamm unerledigter Geschichten und Zänkereien, die stinkende Gase und eklige Krankheitserreger produzierten. Jeder war von jedem schon einmal beleidigt, betrogen oder erniedrigt worden. Eine Geschichte des Neids und der Missgunst. Die Angst, der Nachbar könnte einen Hauch mehr Butter und Konfitüre auf dem Brot haben als man selbst.
Michel, hast du so was schon einmal gelesen? Ich meine, in dieser Häufung?
Michel schüttelte den Kopf.
Nein, nicht so. Aber überraschen tut es mich trotzdem nicht, ehrlich gesagt.
Hast du denn irgendetwas Brauchbares gefunden, ich meine etwas, das über die allgemeine moralische Verelendung und Bösartigkeit hinausgeht?

Eigentlich nicht. Am dramatischsten sind ja offenbar diese vier Häuser, die vor gut zehn Jahren in derselben Nacht gebrannt haben. Die Polizei ging damals davon aus, dass es sich in allen vier Fällen um Brandstiftung handelte, konnte aber nie einen Täter dingfest machen. Die Dorfbewohner hatten sich aber reihum fast alle gegenseitig im Verdacht. In der jetzigen Situation kommen die Vorurteile und Verdächtigungen wieder hoch. Harmlos dagegen, aber trotzdem typisch für die Leute hier, scheint mir die Geschichte mit den Schnecken.
Was war mit den Schnecken?
Irgendein Pensionierter hat sich vor Jahren angeboten, aus allen Gärten des Dorfes die Schnecken aufzusammeln. Seine Ausbeute hat er dann nachts dem damaligen Gemeindepräsidenten in den Garten geworfen, weil der ihm Jahre zuvor irgendeine Bewilligung nicht erteilt hatte.
Ja, es fällt auf, wie rachsüchtig die Leute sind, und über wie viele Jahre der Hass geschürt und gepflegt wird. Da ist zum Beispiel eine aktenkundige Geschichte, die sich im kleinen Neubau- und Villenquartier abgespielt hat. Die Besitzer zweier Doppelhaushälften hatten Streit wegen eines Baumes. Der Baum stand auf der einen Seite, aber das meiste Laub warf er auf das angrenzende Grundstück. Ein jahrelanges Prozessieren war die Folge. Eines Tages beklagte sich der eine Besitzer zusätzlich, dass er Tag und Nacht laute Musik vom Nachbarn höre. Der wiederum behauptete, dass er ja nicht einmal ein Radio oder einen Fernseher besäße, was sogar von der Polizei überprüft und bestätigt wurde. Mittlerweile war die Frau des einen Nachbarn schon vor Ärger und Gram todkrank geworden. Nachdem sie tatsächlich kurz darauf starb, ging der Betroffene erneut vor Gericht. Da fanden Baufachleute endlich den Grund für die geheimnisvolle Musik.
Diesmal war es Tanner, der mit der Faust auf den Tisch schlug.
Darauf kommst du nie, Michel, was der gemacht hat.
Nein, ich habe keinen blassen Dunst.
Er hat in ziemlich aufwendiger Manier in die nachbarliche Mauer ein Radio mit leistungsstarken Lautsprechern eingemauert, die zu seiner Seite hin bestens isoliert war. Mittels einer Fern-

steuerung konnte er beliebig viel und laut Musik machen und die Nachbarn systematisch in den Wahnsinn treiben.
Michel hob die Hände.
Ja, die Menschen sind krank. Sag ich doch die ganze Zeit.
Dann sprechen einige Berichte von einer ziemlichen Abneigung gegen die Familie von Saalen. Hast du davon auch gelesen?
Ja. Vor allem der Sohn scheint nicht allzu beliebt zu sein. Offenbar nutzt er die Situation schamlos aus, dass er Besitzer *und* Chefredakteur der einzigen noch existierenden regionalen Zeitung dieser Gegend ist. Er soll regelmäßig Leute, die ihm nicht passen, in seinem Blättchen bloßstellen. Trotzdem – oder gerade deswegen – lesen die Leute hier das Blatt mit großem Genuss.
Klar. Bis es sie selber trifft.
Deine Mitarbeiter machen übrigens am Ende noch zwei interessante Bemerkungen. Nämlich zum einen, dass die meisten Bewohner, wenn man es genau nimmt, miteinander verwandt sind. Es ist über Generationen viel und wild übers Kreuz geheiratet worden, abgesehen von unzähligen unehelichen Kindern, die aber offenbar meistens familienintern produziert worden sind. Zweitens soll im Durchschnitt jeder dritte Bewohner dieses Dorfes ein Alkoholiker sein. Das heißt doch im Klartext – wenn du die Kleinkinder weglässt – dass hier praktisch fast jeder Erwachsene säuft.
Ja, Tanner, da muss ich dich nun leider von einer weiteren Illusion befreien, denn jenseits des Röstigrabens, so fürchte ich, ist das der ganz normale Alltag. Deswegen machen die hier doch so ein Geschrei wegen Drogen und freier Spritzenabgabe, weil sie dadurch von ihrem eigenen Drogenproblem ablenken wollen. Das ist mehr als typisch.
Aha. Danke für die Aufklärung.
Tanner legte die beiden Papierstöße übereinander und schob den ganzen Packen hinüber zu Michel.
Ich finde, deine Mitarbeiter haben sehr gut gearbeitet. Aber wir sind trotzdem keinen Schritt weitergekommen. Wir wissen jetzt, dass das Dorf ein übles Schlangennest ist, aber mehr auch nicht. Oder übersehe ich etwas?
Nein, Tanner, ich glaube nicht, dass du etwas übersiehst.

Weißt du, was wir jetzt dringend machen müssen, Michel?
Ich spüre deutlich, dass du es mir gleich in gewohnter Klarheit unterbreiten wirst.
Tanner stutzte, machte aber weiter.
Du musst wirklich veranlassen, dass das Dorf Polizeischutz bekommt, und zwar rund um die Uhr. Kannst du nicht beim Polizeipräsidenten vorsprechen? Lerch und Thommen hin oder her.
Ja und nein. Wenn ich zu früh zum Präsidenten gehe, wird es ein Schuss in den Ofen.
Was heißt das?
Das heißt, dass es meist kontraproduktiv ist, den Dienstweg abzukürzen. Lass Thommen noch ein bisschen Zeit. Er kommt sicher schneller zur Vernunft als der Lerch.
Okay. Wenn du meinst. Ich finde es dennoch falsch. Und ein unnötiges Risiko für die Dorfbewohner ohne Blutzeichen an der Tür. An deiner Stelle würde ich die Presse einschalten.
Wie du redest, da kann ich ja gleich nach Indien auswandern.
Also gut, du wirst schon wissen, was du tust. Aber ich bestehe darauf, dass wir gezielt mit besagten Dorfbewohnern ohne Zeichen an den Türen sprechen.
Michel schlug theatralisch die Hände vor seinem Gesicht zusammen und tat so, als würde er in stummer Verzweiflung in einen Dialog mit seiner Gottheit treten. Tanner machte ungerührt mit seinem Vortrag weiter.
Denn: Es muss ja bei all diesen Menschen eine Verbindung zum Mörder bestehen. Die müssen wir schleunigst herausfinden, sonst Gnade uns Gott. Wir haben in diesem Dorf bereits einen bestialisch Ermordeten, jetzt sind die Zwillinge verschwunden. Michel, du musst aufwachen. Da führt jemand einen Plan aus, verstehst du? Und dieser Jemand ist vielleicht bereit, in dem Dorf ein blutiges Gericht abzuhalten. Und wir haben noch immer keine einzige brauchbare Spur.
Bist du fertig, Tanner?
Nein. Ich bin gerade erst am Anfang, ich habe mich noch nicht einmal warmgeredet. Als Allererstes brauchen wir eine Liste aller Personen, die kein Blutzeichen an der Tür haben. Dann lassen wir die nacheinander antraben und versuchen aus ihren Geschich-

ten ein Muster herauszudestillieren. Vielleicht sind die wirklich wichtigen Geschichten viel älteren Datums als alles, was hier in diesen fleißig zusammengetragenen Interviews zu lesen ist. Es gibt vielleicht Geheimnisse in diesem Dorf, die nicht von dem zwar ekelhaften, aber dennoch grobmaschigen Netz aus Dorfklatsch aufgefangen werden, von dem die Berichte zeugen.
Michel hob resigniert die Hände.
Und wo willst du das bitteschön machen? Kannst du mir das mal verraten? Vielleicht hier in der Küche?
Wenn es sein muss, warum nicht? Es gibt unten einen großen Salon, der leer steht. Wie hier überhaupt viele Zimmer ungenutzt sind. Ich muss nur Monnier, den Besitzer, um Erlaubnis fragen, und ich weiß jetzt schon, dass er sein Einverständnis geben wird. Die Polizeistation im Dorf ist ja längst wegrationalisiert, da müssen wir die Befragungen hier im Haus durchführen. Denn diese speziellen Gespräche würde ich ungern zuhause bei den Leuten machen. Wir müssen die Schraube jetzt langsam mal anziehen, da dürfen sich die Leute nicht zu heimelig fühlen.
Tanner griff zum Telefon.
Ich frage jetzt unsere beiden Zwillinge nach der Liste und den Telefonnummern, und dann spreche ich mit dem Hausbesitzer wegen des Salons. Der wird die Leute bestimmt ein wenig beeindrucken. Und der gute Monsieur Monnier muss schließlich selber auch antraben, denn das fehlende Blutzeichen an diesem Haus muss ja mit ihm was zu tun haben. Ich wohne immerhin erst seit Kurzem hier.
Michel rutschte unruhig auf dem Stuhl umher.
Und wenn du dich irrst?
Tanner wählte bereits die Nummer des Dorfladens.
Dann, Michel, wird es der größte Irrtum meines Lebens sein.

ZEHN

Nachdem er von Solange und Solène die Namensliste und von seinem Hausbesitzer die Erlaubnis zur Salonbenutzung erhalten hatte, übermittelte Tanner die Liste an Michels Dienststelle, denn das Ganze musste selbstverständlich einen offiziellen Charakter haben. Michel meinte, er würde in Gottes Namen sofort einen Streifenwagen losschicken, um die Vorladungen zu verteilen, denn die Vernehmungen sollten auf Tanners Drängen bereits am nächsten Morgen stattfinden.

Sodann lüftete Tanner den weißen Salon, der lange Zeit nicht mehr benutzt worden war, öffnete die Ventile der Heizkörper, stellte die Möbel für die morgige Befragung um, wechselte die eine oder andere Glühbirne aus und war nach getaner Arbeit ziemlich zufrieden mit sich selbst. Einzig, dass die ganze Sache nicht unmittelbar losgehen konnte, quälte ihn, aber das konnte er beim besten Willen nicht ändern.

Monsieur Monnier, der Hausbesitzer, würde morgen um acht Uhr den Reigen eröffnen. Ihn hatte Tanner kurzerhand und ziemlich unbürokratisch gleich am Telefon eingeladen. Er hatte auch sofort zugesagt, nicht weil ihm die Hintergründe der Befragung eingeleuchtet hätten, sondern weil er froh um jede Zerstreuung war. Guillaume Monnier war Apotheker gewesen und hatte seinen Beruf über alles geliebt. Deshalb hatte er auch vergessen, eine Frau zu heiraten und eine Familie zu gründen. Er hatte vor drei Jahren seine Apotheke, obwohl er erst fünfundfünfzig war, zum besten Zeitpunkt für gutes Geld verkauft. Seitdem verfügte Monsieur Monnier zwar über Geld, litt jedoch an zwei Krankheiten, für die er auch in seiner alten Apotheke kein probates Mittelchen gefunden hätte: Einsamkeit und Langeweile. Seine Apotheke – direkt gegenüber dem Bahnhof eines wichtigen Bezirksstädtchens im Westen gelegen – war zu seiner Zeit die einzige Apotheke weit

und breit gewesen. Dies hatte erstens bedeutet, dass der Apotheker eine wichtige Persönlichkeit gewesen und zweitens auch noch ziemlich reich geworden war. Heute gab es am selben Ort sieben Apotheken, die sich bis aufs Blut Konkurrenz machten. Zwar hatte die Bevölkerungszahl deutlich zugenommen, vor allem durch Zuwanderung, aber nie und nimmer sieben Mal. Dies alles wusste Tanner bereits, denn Monsieur Monnier hatte ihm bei diversen Gelegenheiten sämtliche Details genüsslich unterbreitet. Er pflegte einmal die Woche dem Maison Blanche, das er vor Jahren von seiner Mutter geerbt hatte, einen Besuch abzustatten. Im Sommer verband er diesen Besuch mit einer Rundfahrt um den See auf einem veritablen Rennrad, das er einem berühmten Radrennfahrer abgekauft hatte. Der kleine, rundliche Apotheker wirkte in seiner grellfarbenen Rennfahrerkleidung ziemlich grotesk, dafür war er aber für seine Jahre erstaunlich fit. Ein junger Alter. In das ehrwürdige Maison Blanche im Dorf würde er erst einziehen, wenn er dereinst sein eigenes Haus würde verkauft bekommen haben, das er seit vierzig Jahren bewohnte. Warum ihm das bis heute nicht gelungen war, gehörte zu den vielen Widersprüchen, mit denen Monsieur Monnier offenbar zu leben gewohnt war. So blieben die beiden unteren Stockwerke des Maison Blanche leer und warteten in muffiger Stille, bis Monsieur Monnier eines Tages einzuziehen gedachte. Für Tanner war es recht angenehm, so alleine in dem großen Haus zu wohnen. Und er war einigermaßen gespannt, was er morgen früh für Geschichten von Monsieur hören würde. Vor allem über dessen Mutter, da war er sicher, würde er so manches Neue erfahren.
Es war nun bereits Nachmittag und alles für den folgenden Tag vorbereitet. Tanner beschloss, dem Friedhof, der sich direkt an die Dorfkirche anschloss, einen Besuch abzustatten. Denn er hatte in früheren Fällen die Erfahrung gemacht, dass ein genaues Bild der Toten nicht schaden konnte, wenn man sich anschickte, die Lebenden besser zu verstehen. Ganz im Gegenteil.

Draußen war es feuchtkalt und grau. Die letzten Schneeflecken waren verschwunden, und das ganze Dorf wirkte, als habe es eine gründliche Reinigung bitter nötig. Offenbar hatte man aber beschlossen, für diese längst überfällige Prozedur auf wärmeres Wetter zu warten. Selbst der Himmel sah aus wie eine riesige, schäbiggraue Hauswand, voller abgeblätterter Stellen, die einer dringenden Generalüberholung bedurfte. Vor allem etwas Farbe – zum Beispiel Blau – wäre dem Gesamtergebnis nicht hinderlich gewesen. Und zwar von der Sorte, wie sie hier an diesem Himmel doch sonst so verschwenderisch leuchtete.

Tanner stellte seinen Kragen hoch und schob die Hände tief in die Taschen seines dunklen Wollmantels. Er blickte weder nach links noch nach rechts, ganz entgegen seiner sonstigen Gewohnheit. Als hätte er beschlossen, bei seinem Gang zu den Toten mit keinem Lebenden zu kommunizieren, so er denn zufällig auf einen stoßen würde. Diese Sorge war allerdings unbegründet, denn das Dorf schien wie ausgestorben. Keine Menschenseele war unterwegs, und die Seelen der Katzen befanden sich bekanntlich bereits an einem Ort – wo auch immer dieser sein mochte, wer weiß, im Katzenhimmel gar –, an dem Ruhe das herrschende Prinzip war. Sogar die Straße war in diesem Augenblick wie leergefegt, als hätte man die Zufahrtswege zum Dorf wegen einer ansteckenden Krankheit weiträumig abgeriegelt.

Der Friedhof umschloss die Kirche von allen Seiten. Man betrat ihn durch ein großes rostiges Tor. Rechts und links standen Kastanienbäume entlang der Mauer – die Gräber in der Nähe dieser alten Bäume lagen im Schatten und waren im Herbst dicht unter Laub begraben. Drei Wege führten vom Tor weg, zwei um den Friedhof herum zu einem zweiten Eingang auf der anderen Seite der Kirche, wo ein Abfalleimer mit zerbrochenen Blumentöpfen und verfaulten Blättern und Blumen stand. Der dritte Weg führte direkt zum Haupteingang der Kirche. Hinter der Kirche war auf einer schmalen Strecke der Friedhofsmauer der Ausblick auf das Dahinterliegende frei. Man glaubte im ersten Moment, ins Jenseits sehen zu können. Tatsächlich war es jedoch nur der See, über dessen Oberfläche an diesem düsteren Tag die Nebelschwaden hinweghuschten, wie die Seelen der Toten, die es auch noch nach dem Tode eilig hatten. Was wäre ihr Ziel?

Ziel? Wahrscheinlich beeilten sie sich aus lauter Gewohnheit. Als

hätten sie es verpasst zu begreifen, dass sie nie mehr zu spät kommen konnten.
Tanner lächelte grimmig und hauchte einen Schwall Nebel aus eigener Produktion in die Luft.
An klaren Tagen sah man hinter den sanften Hügeln die Ausläufer des französischen Juras mit seinen Kronen und Fransen aus Schnee steil aufragen. Auf der linken Seite war die schmale Aussicht begrenzt durch die in den Kantonsfarben gestrichenen Holzläden des altersschwachen Pfarrhauses, in dem längst kein Pfarrer mehr hauste, sondern die beiden altjüngferlichen Schwestern Colbin (ebenfalls eineiige Zwillinge, wie Solène und Solange), die als Missionarinnen bis vor ein paar Jahren in einem Spital in Afrika kranke Körper gepflegt und schwarze Seelen für die weiße Religion gerettet hatten. Jetzt waren sie pensioniert. Einmal pro Woche veranstalteten sie einen Nachmittag für Seniorinnen und Senioren. Dann trank man süßen Tee und sang Choräle. Dies wusste Tanner von einer spitzen Bemerkung seitens Solène. Sie spekulierte bei derselben Gelegenheit auch darüber, wovon die beiden Schwestern träumten. Vielleicht vom Paradies und vom lieben Gott, der das Antlitz des Papstes trägt. Oder vielleicht hatten sie doch unzüchtige Träume, als Ausgleich zu ihrem keuschen Alltag. Oder Träume von Kranken und Kindern, die sie auf den Topf setzen mussten. Oder vom Tod in weißer Haube, die Taschen seines Leichentuchs voll gestopft mit Hostien.
Sie konnte recht scharfzüngig sein, die schöne Solène.
Zur rechten Seite hin wurde die freie Sicht auf See und Hügel durch eine kleine Kapelle begrenzt, die längst säkularisiert worden war und seit kurzem einen Mann beherbergte, der als Berufsbezeichnung im Telefonbuch *Philosoph* angab. Über ihn wusste Tanner noch gar nichts, er würde ihn aber morgen kennen lernen, denn die Kapelle stand auch auf der Liste der Türen ohne Blutzeichen.
Was machst du denn an so einem Tag auf dem Friedhof, Simon?
Tanner erschrak, als er plötzlich und unerwartet aus der Ferne angesprochen wurde. Hinter einem der hohen Kastanienstämme huschte eine vermummte Gestalt hervor auf den Kiesweg und

lachte ein ihm sehr bekanntes, auffallend helles Lachen, begleitet von weißen Nebelschwaden aus ihrem roten Mund. Es war Solène, die ihn bei seinem Vornamen gerufen hatte, und das auch noch – für ihn ziemlich ungewohnt – in französischer Aussprache. Sie hatte einen weiten, schwarzen Mantel um ihren Körper und einen ebenso dunklen Schal eng um den Kopf gewickelt.
Ah, du bist es, Solène. Bist du mir gefolgt?
Sie lachte immer noch ihr helles Lachen.
Bist du denn sicher, dass ich nicht Solange bin? Du verwechselst uns doch seit wir uns kennen.
Er drohte ihr ironisch mit der Hand.
Ich habe euch noch nie verwechselt. Ich habe ein paar Mal euer Spiel mitgemacht, das gebe ich ja zu, aber wirklich verwechselt habe ich euch noch nie. Dazu seid ihr dann doch zu verschiedene Persönlichkeiten.
Okay, Tanner. Ich mache eine Wette mit dir, dass du uns noch mal verwechseln wirst. Wir sind nämlich nicht so verschieden wie du glaubst.
Gut. Ich nehme die Wette an. Was ist der Einsatz?
Sie antwortete wie aus der Pistole geschossen.
Wer gewinnt, hat einen Wunsch frei, und der Verlierer muss ihn bedingungslos erfüllen. Soweit es in seinen Möglichkeiten steht, natürlich.
Tanner zögerte einen Moment.
Aha. Interessant. Gut, ich bin dabei. Handschlag?
Solène kam sofort auf ihn zu. Kaum hatte sie seine ausgestreckte Hand gefasst, zog sie ihn an sich heran und küsste ihn auf den Mund, was der Nebelschwadenproduktion ihrer Münder keinen Abbruch tat.
Nach welcher Einheit bemaß man Küsse? Gab es richtige und falsche Küsse? Oder gab es bloß Küsse zur falschen oder zur richtigen Zeit?
Diese Gedanken schossen Tanner durch den Kopf, ließen aber keine Spuren zurück, geschweige denn eine Antwort.
Er konnte sich auf jeden Fall nicht so schnell von ihren Lippen trennen, wie er es im Nachhinein hätte tun wollen, als er sich von der Überraschung erholt hatte.

Nachdem sie ihn losgelassen hatte, war sofort das Lachen wieder da.
Handschlag! So was Blödes! Du verkaufst mir doch keine Kuh, oder? Eine Wette wie diese besiegelt man mit einem Kuss. Wusstest du das nicht?
Seine Hand, die sie immer noch hielt, steckte sie zusammen mit ihrer Hand in ihre warme Manteltasche.
So. Und jetzt mache ich eine Führung durchs Totenreich. Deswegen bist du doch da, oder nicht? Du willst die Toten kennen lernen.
Er nickte.
Wir haben dich vorbeigehen sehen. Solange wusste sofort, dass dein Ziel der Friedhof ist. Sie spürt solche Dinge. Sie meinte, ich solle doch gehen und dir die Toten erklären. Und hier bin ich.
Ohne einen weiteren Kommentar seinerseits abzuwarten, zog sie ihn zu den ersten Grabsteinen hinüber.
Das hier sind die Vinelz. Marie-Antoinette, geborene Roche, und Jean-Cyrille Vinelz. Gestorben 1987 und 1989. Sie starb zwei Jahre vor ihm. Das ganze Dorf war überzeugt, dass er sie umgebracht hat. Es gab natürlich keine Beweise. Zwei Jahre später hat er sich mit seinem Karabiner erschossen. Alle haben den Kopf genickt und gesagt: Das ist sein Geständnis. Das ist seine Sühne. Dann ging man wieder zur Tagesordnung über.
Sie deutete mit der freien Hand auf die beiden Grabsteine, zwei moosüberwachsene Steinplatten mit einem kleinen, eingravierten Kreuz über den Namen. Die Platten brüchig und zum Teil in den Boden eingesunken, das Gras wild wachsend drum herum, alles ziemlich lieblos.
Schau genau hin, Tanner, man kann es kaum noch lesen: *Betet für sie. Betet für ihn.* Ein ganz besonderer Spaßvogel hat bei ihm drüber geschrieben: *Knetet* für ihn. Er war nämlich Bäcker. Man hat es versucht wegzuwischen, dabei ist die ursprüngliche Schrift ebenfalls unleserlich geworden.
Zwei andere Steine, wie Felsbrocken aufgerichtet, aber tief in den Boden eingesunken, an zwei schiefe Zähne erinnernd. Auf dem einen ein kleiner gusseiserner Engel ohne Kopf.
Das war mein Lehrer, ein gutmütiger Mensch. Monsieur Jean Michel. Er war die meiste Zeit so zerstreut, dass er nicht wusste,

welcher Tag es war oder welchen Stoff er zu unterrichten hatte. Böse Zungen behaupten, der Engel habe deswegen keinen Kopf, weil er selber so kopflos gewesen sei. Daneben ist seine Schwester begraben, die allerdings ein wirklicher Engel gewesen ist.
Sie lächelte. Als nächstes eine ganze Gruppe von Grabsteinen, wie eine Art Ensemble.
Das sind die Gräber der Familie Voison und ihrer Verwandten, etwa ein Dutzend.
Ein einzelner, schlanker Grabstein.
Das hier von Charlotte Voison, verheiratete Cochin, ist das jüngste Grab. Auch sie wurde erschossen. Nämlich von ihrem sie über alles liebenden Gatten. Er hat sich dann gleich anschließend selbst gerichtet. Entdeckt hat die Leichen ihre gemeinsame Tochter. Sie war acht. Du kannst dir vorstellen, wie grauenvoll es war. Die Tat ist aber nicht hier passiert, sondern im Städtchen. Sie führten die erste Konditorei am Platz, die kennst du auch. Das Städtchen war wochenlang wie gelähmt, starr vor Schreck. *Er* ist aber nicht hier begraben. Er kam aus Frankreich und hatte algerisches Blut. Sehr charmant, ein gutaussehender Bursche, alle mochten ihn – und dann das. Keiner hat es verstanden. Vielleicht wollte sie ihn verlassen, weil er immer mit allen Frauen flirtete. Wer weiß.
Sie zuckte mit den Schultern und zog ihn weiter.
Da ist das Grab von Madame Monnier, geborene Chinze. Mit Vornamen hieß sie Louise Henriette.
Wer war das?
Na, die Besitzerin von deinem Maison Blanche. Die Mutter vom Monnier, dem Apotheker. Und hier liegt ihr älterer Sohn begraben. Der ist schon länger tot. Ich glaube, es war ein Unfall in den Bergen. Aber da waren wir noch nicht im Dorf.
Und wie war sie?
Eine Hexe, wie sie im Buche steht. Sie hat ausgesehen wie eine Hexe und sich auch so benommen. Und ist dementsprechend gestorben.
Wie meinst du das?
Sie starb an einer Art Krebs, den sie im Gesicht hatte, an der Nase vor allem. Muss schauderhaft ausgesehen haben am Schluss.

Sie schüttelte sich vor Grauen.
Komm, ich zeige dir zur Abwechslung *noch* ein Grab von jemandem, der sich selber erschossen hat. Der älteste Sohn der von Saalens. Ich habe dir schon einmal kurz von ihm erzählt. Louis von Saalen. Er war absolut vernarrt in Pferde. Er wäre ja auch der Nachfolger vom Alten von Saalen im Pferdegeschäft geworden. Eines Tages hat ihn ein Huf an der Schläfe getroffen, und ab da war er, nun ja, irgendwie verblödet, brauchte Windeln wie ein kleines Kind und konnte nicht mehr lesen und schreiben. Furchtbar tragisch das Ganze. Ein paar Jahre später muss er offenbar plötzlich wieder einen hellen Moment gehabt haben, in dem er sich dessen bewusst wurde, wie es um ihn stand. Da hat er umgehend zum Karabiner gegriffen und sich erschossen. So erzählt man es sich auf jeden Fall, und die Polizei hat es geglaubt.
Sie blieb plötzlich stehen.
Zum ersten Mal denke ich, dass es vielleicht auch anders gewesen sein könnte. Vielleicht wurde er der Familie einfach lästig.
Sie zuckte zusammen, als würde sie urplötzlich frieren. Sie schüttelte sich und zog Tanner dann weiter. Er spürte, dass sie keinen Kommentar von ihm erwartete. Also schwieg er. Vor einer großen Stele aus rötlichem Marmor blieben sie stehen.
Da ist der Grabstein. Ziemlich aufwendig mit dieser Herde wilder Pferde, die aus dem Wasser steigt. Als Relief herausgearbeitet. Man sagt, ein ganz bekannter Bildhauer aus dem Ausland habe es gefertigt.
Sie streckte ihre Hand aus und fuhr über die fein gearbeiteten Pferdeleiber.
Das ist wahnsinnig. Fühl mal. Das mach ich jedes Mal, wenn ich hier bin.
Sie nahm seine Hand aus ihrer Tasche, legte sie mit der Innenseite auf den Stein und führte sie sanft über das Relief.
Ist das nicht wahnsinnig schön?
Er nickte und spürte einen Kloß im Hals.
Es rührte und erschreckte ihn, wie nah und verbunden er sich ihr in diesem Augenblick fühlte. In diesem Moment spürte er eine Solène, die er nicht kannte. Sie, die normalerweise über alles spottete und lachte, war plötzlich ernst und kindlich zugleich,

ließ sich ganz und gar von diesem Erlebnis durchdringen. Und sie ließ ihn mit einer Ernsthaftigkeit und Wärme daran teilhaben, wie er es ihr nicht zugetraut hätte. In diesem Augenblick wurde ihm auch klar, dass es Dinge gab, in denen sich die beiden Schwestern wirklich nicht unterschieden. Diese Art von Erleben hätte er vorher eindeutig Solange zugeordnet. Andererseits hatte er Solange auf eine Weise kennen gelernt, wie er es eher von Solène vermutet hätte. Im Grunde hatte er bereits in diesem Moment die Wette verloren. Er behielt es natürlich für sich, legte dafür aber seinen Arm um sie und drückte sie zärtlich an sich. Für einen Bildhauer hätten sie bestimmt eine schöne Vorlage abgegeben, zum Beispiel als Grabstein für ein tragisch verstorbenes Liebespaar, das auf ihrer Reise in die Flitterwochen mit dem Auto tödlich verunglückt. Einen Augenblick später lachte sie bereits wieder. Und war auch wie gehabt eindeutig zweideutig.
Jetzt siehst du, was für schlimme, schlimme Menschen wir doch in diesem Dorf sind.
Er war froh, dass sie die Situation auf diese Weise auflöste.
Er sah sie an und war berührt von ihrer Schönheit. Der schwarze Schal, der ihr Gesicht umrahmte, unterstützte die formvollendeten Linien ihres Gesichts perfekt. Ihre makellos zarte Haut war durch die feuchte Kälte, die auf der Haut prickelte, mit feinstem rosa Firnis überzogen. Er zwang sich und seine Aufmerksamkeit zurück auf den Friedhof. Und gab sich betont unbeeindruckt.
Sag mal, Solène, gibt es denn eigentlich in diesem Dorf auch Tote, die einfach friedlich in ihrem Bett gestorben sind?
Du meinst Langweiler, die ihr ödes Leben leben und die besten Chancen verpassen, weil sie entweder zu dumm oder zu unsensibel sind, den besonderen Moment wahrzunehmen, oder, wenn sie ihn gespürt haben, zurückschrecken, weil sie Angst davor haben? Meinst du die?
Er seufzte und schaute beharrlich auf die Grabsteine.
Ja, Solène, *die* meine ich.
Sie machte eine theatralische Armbewegung, die die ganze Welt umfasste. Ihre Stimme klang wütend.
Alle anderen gehören zu denen. Die große, schweigende Mehrheit, über die man nach ihrem Tode gar nichts erzählen kann, au-

ßer, dass sie geboren wurden, gearbeitet, gegessen und getrunken haben und gestorben sind. Amen.
Solène stapfte ohne ihn weiter. Er folgte ihr schweigend.
Sie hielt erst wieder vor einer kapellenförmigen Nische von nicht ganz zwei Metern Höhe und sechzig Zentimetern Tiefe. Ein Gitter, durch das hindurch man eine Heilige Jungfrau aus rosa Gips mit einem Rosenkranz in der Hand sah, die Augen gen Himmel gerichtet, einen Heiligenschein aus vergoldeten, eisernen Sternen hinter dem Kopf. Vor dem Altar zwei kleine Vasen sowie zwei Kerzen, die noch nicht angezündet worden waren. Das Gitter war mit einem billigen Fahrradschloss abgeschlossen. Dahinter eine Zypresse, deren rechte Seite abgestorben war, rotbraun.
Ich finde, sie gleicht meiner Schwester.
Sie wandte sich Tanner zu und lächelte. Ihre Wut war sichtlich verflogen.
Solange kann ihre Augen auch so schön verdrehen, wenn sie genießt. Warts ab. Du wirst es sehen. Sie ist das ungewöhnlichste Wesen, das ich kenne. Ich liebe sie über alles. Und ich teile mit ihr alles. Schmerz und Glück. Alles, was man ihr antut, tut man auch mir an. Merk dir das, Tanner.
Bevor er antworten oder fragen konnte, fasste sie wieder fröhlich seine Hand und zog ihn vor ein Grabmal, dessen schwarze Platte mit als Relief hervortretenden Bronzebuchstaben verziert war.
Schau mal, was da steht: Hier ruht Auguste Müller 1901–1955, Robert Müller 1954–1956. Da war nie ein Plural vorgesehen. Seltsam, oder? Das Kind starb zweijährig, ein Jahr nach dem Tod seines Vaters. Ich habe keine Ahnung, wer das war und welche Tragödie sich dahinter verbirgt. Von der Mutter keine Spur. Rätselhaft, nicht wahr?
Tanner erklärte es ihr.
Auguste, ein erklärter Kommunist, war als Atomwissenschaftler freiwillig nach Russland emigriert und hatte dort eine junge Kommunistin geheiratet. Sie wurde schwanger und starb im Kindbett. Auguste packte seinen Sohn und kehrte in sein Heimatdorf zurück. Dort stellte man fest, dass er durch seine jahrelangen Versuche radioaktiv verseucht war, woraufhin er bald verstarb. Das Kind kam zu seinen hiesigen Großeltern und starb ein Jahr später

an einem geplatzten Blinddarm. Die russische Mutter wurde sowieso verleugnet, und man dachte beim Tod des Sohnes natürlich noch nicht daran, dass das Kind bald folgen würde. Danach waren sie zu geizig, um dem Bildhauer auch noch den Auftrag zu erteilen, aus dem Singular einen Plural zu machen.
Solène blieb der Mund offen.
Woher weißt du das alles, Tanner?
Er zuckte mit den Schultern und lachte.
Es könnte doch so gewesen sein, oder?
Sie boxte ihm in die Seite.
Hey, das klang überzeugend, wahrscheinlich gerade dadurch, dass es eigentlich eine ziemlich unwahrscheinliche Geschichte ist. Ich sehe, vor dir muss man sich in Acht nehmen.
Sie hakte ihn unter und zog ihn weiter.
Komm, jetzt zeige ich dir noch das Grab einer sehr interessanten Frau. Sie ist hier geboren und gestorben, lebte aber in Paris als Dichterin. Sie war eine Großtante von uns.
In diesem Augenblick klingelte Tanners Telefon.
Es war die Freundin des Anagrammkünstlers, dem Tanner das Buchstabenrätsel geschickt hatte. Sie tat einigermaßen geheimnisvoll. Ihr Freund sei dann soweit. Ob Tanner nicht Lust habe, heute noch vorbeizukommen? Ihr Freund würde seinen Auftraggeber gerne persönlich kennen lernen. Ob acht Uhr recht sei?
Sie hatte ihm die Adresse genannt und ihm einen bestimmten Rhythmus von kurzen und langen Tönen beschrieben, nach dem er die Hausglocke drücken musste, sonst würde ihr Freund nicht aufmachen. Er sei halt ein bisschen eigen.

ELF

Michels Kopf lief hochrot an, als ihm der Polizeipräsident die Bewilligung für Polizeischutz im Dorf rund um die Uhr verweigerte. Nicht einmal für die Nachtstunden hielt der Präsident Schutzmaßnahmen für notwendig. Es war nicht so sehr die Sache selbst, die ihn wütend machte, sondern vielmehr die Art und Weise der Ablehnung, und vor allem die Kommentare, die er sich anhören musste. Man könne unmöglich vor jedes Haus einen Polizisten stellen, wo käme man da hin (und die Kosten, übernehmen Sie die, Michel?). Des Weiteren (diese Wendung gebrauchte er gerne und oft, der Herr Präsident) sei es sowieso nur eine spekulative Theorie, dass die Häuser ohne Blutzeichen besonders gefährdet waren (seit wann glauben Sie denn an die Bibel, Michel, he, he, he). Außerdem seien die Teenagerzwillinge ja gar nicht im Elternhaus gekidnappt worden, sondern unterwegs. Man könne natürlich nachts jede Stunde einen Streifenwagen durchs Dorf fahren lassen, aber zu mehr sei er nicht bereit. Basta.

Aus lauter Trotz – nichts anderes war es, denn er hatte es ursprünglich gar nicht vor – verlangte er im Anschluss Marniers Freilassung. Die minutiöse Befragung im Altersheim hatte nämlich ergeben, dass Marnier von niemandem gesehen worden war. Da hingegen viele André auf dem Foto erkannt hatten, glaubte mittlerweile selbst Michel zumindest halb an Marniers Version, dass dieser André nicht weiter verfolgt hatte. Was also, so argumentierte Michel, könne schon groß passieren, wenn man Marnier freiließ? Zumal dieser scharfe Auflagen bekommen würde, was seine Bewegungsfreiheiten betraf. Zu seiner eigenen Verwunderung verwendete er ziemlich exakt Tanners Argumente und musste sich anschließend inhaltlich seine eigenen Gegenargumente anhören, allerdings aus dem schmallippigen Mund

des Polizeipräsidenten und versetzt mit einer kräftigen Portion beißenden Spotts.
Eine Steigerung des Ganzen wäre nur noch möglich gewesen, hätte Michel die Absetzung des Duos Lerch-Thommen gefordert. Dies hätte dem Herrn Polizeipräsidenten vollends die Legitimation erteilt, ihn zu zerfleischen. Also ließ er es besser bleiben, obwohl ihn seine Wut in ihrer unbedingten Lust zur Selbstzerstörung beinahe dazu verführte.
Draußen auf dem leeren Gang machte er sich Luft, indem er einfach drauflos brüllte. Wäre ihm jetzt jemand entgegen gekommen, er wäre vom Luftstrom allein weggeblasen worden. Es klang nach Düsenmotor auf Prüfstand.
Danach knallte Michel mit kindischer Genugtuung und entsprechendem Gedröhn jede Tür zu, die ihm auf seinem Weg nach draußen in die Quere kam. Mit der Drehtür am Gebäudeausgang hatte er leider Pech, denn die von seiner brachialen Wutgewalt beschleunigten Türflügel knallten mit Wucht gegen seine Stirn. Hätte er in diesem Moment nicht den Kopf gesenkt gehalten, wie bei wütenden Stieren üblich, hätte er sich ohne weiteres die Nase brechen können. So schwankte er lediglich einen Moment und sah die Sterne im Elsass, wie seine Mutter zu sagen pflegte. Er schüttelte sich wie ein Pudel, der aus dem Wasser kommt, und stapfte zu seinem Dienstwagen.
Jetzt fahren wir zum Stocker. Aber ein bisschen dalli!
Knurrend erteilte er seinem Chauffeur den Befehl, der keinen Widerspruch duldete. Auf der ganzen Fahrt sprachen sie kein Wort mehr miteinander. Was nicht weiter verwunderlich war, denn der Chauffeur war kein Geringerer als er selbst.
Im Restaurant nahm ihn der Chef persönlich in Empfang.
Hallo, Michel, schön dich zu sehen. Du bist allein? Da vorne habe ich einen schönen Einzeltisch für dich.
Ich hasse Einzeltische. Und siehst du nicht, dass ich zu dritt bin? Mein Chauffeur und meine Wut begleiten mich. Macht dreimal das Mittagsmenu. Gib mir den Tisch dort hinten am Fenster. Und die Weinkarte brauchst du mir gar nicht erst zu bringen. Ich trinke Bier und nichts als Bier. Und kalt muss es sein.
Stocker sah sofort ein, dass jetzt nicht der Zeitpunkt zum Disku-

tieren war, nickte resigniert und überließ Michel in seiner Dreifaltigkeit der Obhut Solveig Sanders', die aus Wien stammend eigentlich kein Problem mit gespalteten Persönlichkeiten haben dürfte.

Guten Tag, die Herrschaften. Wie schön, Sie alle hier zu sehen. Sie sind Kommissar Michel, der sich letzthin mit Tanner zum Essen angemeldet und dann kurzfristig wieder abgesagt hat. Stimmt's?

Michel lächelte säuerlich und machte einen halbherzigen Versuch, sich wortkarg zu geben.

Ja. Ja. Ja doch.

Sie gefiel ihm natürlich auf Anhieb, mit ihrem glänzenden Goldhaar, dem ebenmäßigen Gesicht, den vollen Lippen und allen anderen äußerlichen Attributen, die Solveig zu einem selten schönen Exemplar der weiblichen Spezies machten, aber so schnell wollte er sich nun auch nicht von seiner Wut trennen, die er doch erfolgreich bis auf die andere Seite des Sees mitgeschleppt hatte. Doch er spürte, wie sie unaufhaltsam schnell kleiner und milder wurde und sich in etwas ganz anderes verwandelte. Solveig stand strahlend vor ihm in einer vor Frische fast explodierenden weißen Bluse, deren präzise gesetzte Abnäher ihre Figur aufs Schönste betonten. Dazu war sie offenbar zu faul gewesen, im oberen Teil der Bluse die Knöpfe in Kontakt mit den für sie vorgesehenen Löchern zu bringen. Als sie sich jetzt auch noch zu ihm hinunterbeugte, um Besteck und Serviette mathematisch genau und ohne Hektik schön langsam zu arrangieren, da lösten sich, oh Wunder, auch noch die letzten Reste seines Zorns auf. Und schneller als man bis drei zählen konnte, hatte Solveig ihn in einen dankbar lächelnden Gast verwandelt, wenn auch in einen mit unverschämt sehnsüchtigen Stielaugen.

Also, lieber Herr Michel, wie hätten Sie's denn gerne: Alles auf einmal oder hintereinander?

Irritiert schaute Michel von den Objekten seiner Begierde hoch.

Wie meinen Sie?

Sie haben doch dreimal unser Mittagsmenu bestellt.

Ach so, ja. Nein, nein, das war nur Spaß. Ich möchte einfach gerne das Mittagsmenu. *Ein* Mal. Dann können wir ja immer noch weiter sehen.

Sie nickte, ein Lachen verbeißend und er – er sah nicht weiter, sondern eher wieder tiefer.
Sie brachte ihm das Essen sowie Bier um Bier um Bier und servierte alles gekonnt und anmutig. Nachdem er noch zweimal ein Supplément bestellt hatte – so nannte man in diesen Gegenden einen Nachschlag –, war er endlich satt. In der Zwischenzeit hatte er ihr das Du angeboten, und sie nannte ihn jetzt Serge, was auf Wienerisch ganz besonders charmant klang. Als es ans Bezahlen ging, flüsterte sie ihm zu, er solle es ja nicht wagen, ihr ein Trinkgeld zu geben. Er könne sich ja auf andere Weise revanchieren.
Er grinste ziemlich dämlich – wie immer, wenn man ihn so überraschte. Dann jedoch hatte er für seine Verhältnisse eine rasche und geniale Eingebung (zumal Tanner doch ein klares Desinteresse an Solveig signalisiert hatte, oder nicht? Item …)
Solveig, ich wüsste da bereits was. Kennst du das *Dancing* im Städtchen?
Sie strahlte ihn an.
Ja, ich habe davon gehört.
Ich würde dich gerne heute Abend dorthin ausführen.
Er zwinkerte ihr verschwörerisch zu.
Ich muss zwar aus beruflichen Gründen dorthin, aber es würde weniger auffallen, wenn ich mit dir gehen könnte. Bist du dabei?
Solveig war Feuer und Flamme.
Ich kann aber erst nach zweiundzwanzig Uhr.
Das ist perfekt. Vorher läuft dort sowieso nichts. Also gut, ich hole dich hier kurz vor elf ab.
Solveig war einverstanden.
Sie verabschiedeten sich mit Küsschen linksrechtslinks auf die Wangen, und ein gut genährter und aufgekratzter Michel verließ beschwingt das Restaurant. Im Auto hielt er seinem Chauffeur einen langen Vortrag über die Aufgabe der Gastronomie, die doch eigentlich nur *ein* Ziel haben könne, nämlich wütende, frustrierte, ja sogar lebensmüde Menschen zu verwandeln in aufgeweckte, fröhliche und gut genährte Bewohner dieses Erdenrunds. Dann und wann sogar in ein bisschen verliebte. Quod erat demonstrandum.

Der Chauffeur konnte sich nicht verkneifen, bösartig zu fragen: Ein bisschen verknallt? Ja, in wen denn?
Da geriet er aber an den Falschen. So leicht ließ sich ein Serge Michel nicht in die Karten blicken.
Verliebt ins Leben, du Depp! In was denn sonst? Und jetzt will ich keinen Ton mehr hören. Und pass gefälligst auf, wohin du fährst! Schließlich habe ich bereits eine wunderschöne Geliebte, nämlich Anita Schön, solltest du das vergessen haben, du Depp. Und jetzt will ich nichts mehr hören. Aber Anita hat im Moment wenig Zeit. Alles klar?
Der Rest ging in dröhnendem Gelächter unter.
Dann fuhren die beiden auf direktem Weg ins Büro.
Dort informierten ihn seine Mitarbeiter, dass die Recherchen an den verschiedenen Bahnhöfen keine positiven Resultate gebracht hatten. Niemand hatte die Zwillinge gesehen. Es gab keine Spur, keinen noch so kleinen Hinweis, dem man hätte nachgehen können. Auch hatten sich noch keine Entführer gemeldet. Die beiden Geschwister waren wie vom Erdboden verschwunden. Aufmerksam las Michel die Protokolle der Gespräche, die seine Mitarbeiter mit den Großeltern geführt hatten. Der ganze Aufenthalt der beiden war minutiös rekonstruiert worden, aber es gab auch da nichts Außergewöhnliches, nichts Auffälliges, woraus man spezielle Schlüsse hätte ziehen können. Es war wie verhext.
Trotz der offensichtlichen methodischen Sorgfalt, mit der alle diese Recherchen ausgeführt worden waren, hatte Michel das Gefühl, dass etwas fehlte oder nicht stimmte. Irgendetwas hatte er bis jetzt übersehen. Nur was?
Er meldete sich in seinem Büro ab, ging nach Hause, legte sich hin und fiel ziemlich augenblicklich in einen tiefen Schlaf. Als er wieder aufwachte, war es draußen schon dunkel, was zu dieser Jahreszeit nicht heißen musste, dass es schon Nacht war. Michel war trotzdem erleichtert, als ein Blick auf die Uhr ihm zeigte, dass es erst kurz nach sieben Uhr war. Er hatte schon wieder Hunger, briet sich also ein Steak und trank ein, zwei Bier. Danach zog er sich aus, duschte ausgiebig heiß und kalt und stand lange ratlos vor seinem Kleiderschrank. Schließlich erinnerte er sich an ein rosa Rüschenhemd, das ihm einst eine Verflossene geschenkt

hatte, weil sie der Meinung war, da müsse endlich mehr Farbe an den Mann und überhaupt mehr Mut in Kleiderfragen her. Nun bot sich die Gelegenheit, das Hemd zum ersten und einzigen Mal zu tragen, obwohl er damals einen Schwur getan hatte, dieses Hemd nie anzufassen, geschweige denn, es zu tragen.
Nun, der Schwur stammte aus einem anderen Leben, er galt ohnehin nicht mehr. Todesmutig kombinierte er das Hemd mit einem leichten, dunklen Anzug – es würde ja saumäßig heiß werden in der Disco – und er erschrak nicht schlecht, als er sich im Spiegel betrachtete. Dann musste er allerdings so sehr lachen, dass ihm die Tränen kamen.
Schau dich an. Eine dekadente Cäsar-Schwuchtel aus einem neorealistischen, italienischen Schwarzweißfilm. Nachträglich koloriert. Wenn mich jemand aus dem Büro sähe! Ich könnte mich gleich erschießen.
Als er sich wieder beruhigt hatte, gefiel ihm sein Aufzug immer besser. Abgesehen davon würde seine goldblonde Begleitung das Bild sicher in eine andere Richtung korrigieren.
Dann wirke ich wahrscheinlich wie ein Zuhälter, der scharf auf seine schönste Edelnutte ist.
Er zog sich dazu passende spitze Schuhe an, die er ganz unten in seinem Schrank fand.
Was soll's, die Sache will's!
Er lachte grimmig.
Schließlich tue ich das alles nur in Ausübung meines Dienstes, der wahrlich kein Honigschlecken ist. Und – das ist alles nicht auf meinem Mist gewachsen.
Diese letzte Aussage stimmte insofern, als Tanner ihn auf das Etablissement aufmerksam gemacht und gemeint hatte, es sei gut, wenn man sich den Schuppen mal ansehen würde. Es bestünde immerhin die vage Möglichkeit, dass André Tillieux hier verkehrt hatte. So wie viele junge Leute, die im Gastgewerbe arbeiteten.
Michel polierte seine Glatze.
Ergo betone ich erneut und mit Nachdruck: Schließlich tue ich das alles nur in Ausübung meines Dienstes, der wahrlich kein Honigschlecken ist.
Diesen schönen Satz hatte er nun schon ein paar Mal laut vor sich

her gesagt, seit er um sieben aufgewacht war. Nämlich immer dann, wenn er an Anita Schön dachte. Die Dame hätte an diesem Abend allerdings eh keine Zeit gehabt, ihn zu begleiten, hatte den ganzen Tag keine Zeit für ihn gehabt – und, wie gesagt: Alles nur in Ausübung seines ...

In diesem Moment durchzuckte es ihn, und er wusste, was ihm beim Studium der Gesprächsprotokolle und Berichte heute Nachmittag gefehlt hatte.

Bockmist, verdammter! Wieso komme ich da erst jetzt drauf? Bin ich denn schon total verblödet?

Er griff zum Telefon und verlangte den wachhabenden Beamten seines Büros. Um diese Uhrzeit lief seit neuestem alles nur noch über die Zentrale.

Mein Gott, das dauert!

Michel fummelte nervös an seinen Rüschen. Endlich meldete sich Sommer, ein Kollege, der neu zu ihnen versetzt worden war.

Hey, Sommer, das hat aber lange gedauert. Ich muss dringend etwas über den Fall der vermissten Zwillinge wissen. Haben die ein Handy? Hat sich vielleicht und nur unter Umständen mal jemand bemüht, das zu klären?

Michel hörte eine Weile zu. Dann unterbrach er.

Ist mir ziemlich egal, wie spät es ist. Wir sind schließlich immer im Dienst und tun das alles nur in Ausübung meines, also, äh, eines Dienstes, der wahrlich kein Honigschlecken ist. Verstehst du, was ich meine? Also, Sommer, ich will das heute Nacht noch geklärt haben. Weck sie alle auf. Ich will wissen: Haben die ein Handy. Und wenn ja, brauche ich die Liste mit sämtlichen Telefonaten der letzten drei Monate und so weiter und so weiter. Illegal? Das ist mir so was von scheißegal, das kannst du dir gar nicht vorstellen. Muss ich denn alles erklären oder selber machen? Ja, ja, ja, du kannst mich jederzeit anrufen. *Ich* schlafe nicht und *ich* besitze ein Handy.

Stöhnend legte er auf.

Und betrachtete sich noch einmal wohlgefällig im Spiegel.

Salve, Cäsar. Auf in die Schlacht!

Er löschte das Licht, schloss die Wohnungstür und nahm zwei Stufen mit einem Schritt.

SchnippSchnapp ... SchnippediSchnapp ... SchnippSchnipp-Schnapp ... Schnipp ...
So klang es im Treppenhaus. Und so klang es während der ganzen Fahrt in seinem Auto. Mehr brauchte er nicht, um seine Gefühlslage auszudrücken. Diesmal fuhr er ja auch ohne Chauffeur. Schließlich gab es Dinge, die musste man einfach alleine machen.
Pünktlich um viertel vor elf hielt er vor dem Restaurant. Solveig, ganz in ihren roten Wollmantel gehüllt, wartete bereits draußen vor der Tür. Ihr Haar hatte sie kunstvoll hochgesteckt. Im schwachen Licht der Eingangstür zum Restaurant schimmerte es matt wie altes Gold.
Michel stieg aus und ging mit erhobener Hand auf sie zu.
Salve, du Göttin aus dem hohen Norden. Cäsar kommt dich mit seinem Triumphwagen holen. Darf ich bitten!
Als sie seine Aufmachung bemerkte, begann sie zu lachen und klatschte in die Hände.
Hey, Serge Michel, du siehst fabelhaft aus. Mein Gott, das Hemd ist einfach Klasse. Und es steht dir ausgezeichnet. Dagegen bin ich ja geradezu schlicht gekleidet. Vielleicht sollte ich mich nochmals umziehen –
Öffne doch für einen Moment den undurchdringlichen Vorhang, du Holde, damit ich mich an deiner Schlichtheit ergötzen kann.
Solveig tat wie ihr geheißen. Tatsächlich, man konnte ihre Kleidung als schlicht bezeichnen, wenn man wollte. Es tat nur nichts zur Sache. Sie sah einfach hinreißend aus. Sie trug eine verwaschene blaue Jeans und ein sehr locker geschnittenes dunkles Top. Einfacher ging's wirklich nicht. Wenn sie sich aber bewegte, zeigten sich im nicht zu knappen Ausschnitt für kurze Augenblicke die blütenweißen Spitzenränder ihres BHs. Das war das i-Tüpfelchen.
Der große Cäsar war von ihrem Anblick so ergriffen, dass er nur noch im Telegrammstil stammeln konnte.
Nicht umziehen. Bitte. Einsteigen. Wir fahren.
Die beiden saßen stumm nebeneinander im Auto, in freudiger Erwartung dessen, was diese Nacht und der gemeinsame Besuch im *Dancing* bringen würden. Michel musste sich sehr auf die enge Straße konzentrieren, die sich vom Hügel zum See hinabschlän-

gelte. Immer wieder musste er scharf abbremsen, weil plötzlich auftretende, schier undurchdringliche Nebelschwaden die Sicht behinderten. So bemerkte er kaum, wie Solveig ihn dann und wann von der Seite her verstohlen betrachtete.

Eine ganz besondere Art der Erregung hatte sie seit heute Mittag gepackt, die sie sich nicht so einfach erklären konnte. Auf einmal war da dieser Michel, der sie mit seinen Augen verschlang. Noch nie hatte sie einen Mann mit solch gewaltigem Körperumfang kennen gelernt. Dabei bewegte er sich mit einer Leichtigkeit und Eleganz, die bei dem Gewicht außergewöhnlich war.

Als sie vorhin nach der Arbeit geduscht hatte, stand sie lange nackt vor dem Spiegel, um sich selber zu begutachten. Immer wieder war sie erstaunt über die betont weiblichen Formen ihres Körpers, sah sie sich selbst doch noch als den schlanken, burschikosen Teenager, der sie einst gewesen war. Ihre Haut war allerdings immer noch die eines jungen Mädchens. Sie betrachtete ihre Brüste, die in den letzten beiden Jahren immer voller, größer und somit immer aufreizender geworden waren, so dass sie sich nicht mehr traute, ihre engen T-Shirts anzuziehen. Sie betrachtete den sanften Schwung ihrer Hüften, ihr goldenes Pelzchen, das sie neuerdings wieder wachsen ließ, und dachte dabei nicht an Michel, sondern intensiv an Tanner. Ihr Innerstes war durcheinandergewirbelt wie noch nie in ihrem Leben. Und ihre Haut prickelte beständig vor Erwartung. Hätte Tanner sich ihr genähert in jener Nacht, als sie bei ihm schlief, hätte sie sich ihm sofort ohne Wenn und Aber hingegeben. Das wusste sie genau. Und wenn sie seither daran dachte, erfüllte ein Sehnen ihren Körper, das sie in dieser Form schon lange nicht mehr verspürt hatte. Tanner hingegen schien offensichtlich anders zu fühlen. Offenbar konnte er den Tod dieser Frau nicht überwinden. Sie fürchtete, dass sie durch ihre direkte Frage einen falschen Eindruck erweckt hatte, denn sie hätte es eigentlich gar nicht eilig gehabt mit ihm. Doch die Scham über den Korb, den er ihr verpasst hatte, brannte ihr noch immer im Gesicht, wenn sie daran dachte, und das tat sie oft. So vehement hatte er sie abgewiesen, dass sie noch immer wütend auf ihn war – und traurig. Und je mehr Zeit verging, desto wütender und trauriger wurde sie. Und desto erregter.

Was für ein Idiot, dieser blöde Tanner. Was der sich einbildet! Jetzt ist er selber schuld.

Umso gelegener war es ihr gekommen, dass ihr Körper am Mittag unter Michels Blick zu brennen angefangen hatte. Und jetzt saß sie neben ihm im Auto, spürte die Hitze wieder aufwallen und brachte keinen Ton hervor. In dem Augenblick fragte Michel in die spannungsvolle Stille hinein, was sie denn gerade denke.

Sie befanden sich am Anfang der pfeilgraden Straße, die parallel zum nahe gelegenen nördlichen Seeufer die fruchtbare Ebene durchquerte.

Sie wurde auf seine Frage hin ganz rot im Gesicht, was er zum Glück im Dunkeln nicht sehen konnte. Die Lust, ihm ehrlich zu sagen, was sie gerade gedacht hatte, oder noch lieber, ihn gleich direkt zu fragen, ob sie ihn nicht jetzt sofort anfassen dürfe, überwältigte sie fast. Mit fast erstickter Stimme stellte sie aber eine ganz andere Frage. Sie verabscheute ihre Feigheit, ihr Schatten war jedoch zu groß, um drüber zu springen.

Wir gehen ins *Dancing* wegen, äh, André, oder?

Ja, wir wollen herauskriegen, ob er dort verkehrte und mit wem er Kontakt hatte.

Er lächelte sie beruhigend an.

Aber erst mal gehen wir als normale Gäste hin. Wir dürfen nichts forcieren. Wir werden sehen, ob und wann der Moment gekommen ist, nach André zu fragen. Vielleicht müssen wir auch mehrere Male hingehen.

Er sah sie erneut an.

Würde das dir was ausmachen, Solveig?

Sie hielt seinem Blick stand.

Nein, natürlich nicht.

Jetzt wurde sie mutiger.

Wir gehen als Paar, oder?

Er nickte eifrig, und seine Stimme begann zu zittern.

Ja, wenn du nichts dagegen hast.

Sie rückte näher und legte ihre rechte Hand auf seinen Bauch.

Sollte ich dich da nicht vorher etwas besser kennen lernen?

Keine schlechte Idee. Soll ich anhalten?

Nein, nein. Denn schließlich müssen wir ja ins *Dancing*. Und zwar dienstlich, nicht wahr?
Sie lachte und schlang ihren linken Arm um seine Schulter. Ihren Busen schmiegte sie an seine Seite, und ihre Hand streichelte über sein Gesicht, seinen Hals und schließlich seinen Bauch. Sie legte ihre Wange an die seine.
Michel keuchte.
Soll ich nicht doch lieber anhalten?
Nein. Es ist doch schön so, oder nicht?
Er nickte.
Ja, schon, aber –
Sie beugte sich vor und küsste ihn ganz kurz von der Seite auf den Mund. Dabei rutschte aus Versehen ihre Hand vom Bauch in seinen Schoß, und sie spürte unter dem Stoff seine Härte. Sie fasste ohne zu überlegen nach und erschrak über das Ausmaß, das sie plötzlich zwischen ihren Fingern hielt. Vor Schreck ließ sie los.
Oh!
Michel lachte gequält.
Ja, weißt du, ich muss seit heute Mittag die ganze Zeit an dich denken. Ich habe zwar lange unter der kalten Dusche gestanden, aber wie du siehst, hat es nicht viel genützt.
Michel wand sich in seinem Sitz und begann zu bremsen.
Nein, nein, schön weiterfahren. Und mit beiden Händen am Steuerrad, wenn ich bitten darf. Schließlich hast du mich heute Mittag schon mit den Augen verschlungen und halb ausgezogen und ich – ich musste arbeiten. Jetzt ist es umgekehrt. Das heißt, wir sind beide im Dienst. Ich bin ja immerhin so etwas wie deine Assistentin, oder?
Sie wusste, dass sie mit dem Feuer spielte, aber irgendetwas trieb sie dazu. Sie spürte den gähnenden Abgrund in sich und hätte große Lust gehabt, sich einfach hineinzustürzen. Sie verspürte ebenfalls den großen Drang, diese gewaltige Erektion einmal zu sehen, vielleicht sogar noch mal anzufassen, aber … sie nahm ihre Hand von seinem Schoß.
Michel stöhnte enttäuscht.
Das ist ungerecht. Ich protestiere. Immerhin bin ich der große Cäsar.

Sie lachte, obwohl sie wusste, dass es für Michel ein übles Spiel war. Aber ihr tat es gut, und sie traute sich, einfach mal egoistisch zu sein. Sie streckte sich wohlig und war bester Laune.
Schon. Aber der große Tyrann muss seinen Kampfwagen fahren und schön auf die Straße achten.
So fuhr er zähneknirschend weiter, und bald erreichten sie eines der hässlichen Außenquartiere des alten Städtchens. Der Wille, den historischen Innenbezirk von allen Auswüchsen der modernen Zeit reinzuhalten, zeitigte für die umliegenden Quartiere schreckliche Folgen. Genau dort, inmitten verwitterter Wohnblocks, Werkstätten mit unaufgeräumten Vorhöfen voller Rost und Schrott sowie etlichen Lagerhallen mit zerbeulten Eingangstoren, befand sich das *Dancing*, das offenbar genau so wenig Sorgfalt auf Äußerlichkeiten legte wie alle anderen Gebäude auch. Einzig die riesengroße Neonreklame mit dem *Dancing*-Schriftzug leuchtete wie neu und frisch gereinigt.
Die Schlange der überwiegend jungen Wartenden war beeindruckend und entmutigend zugleich.
Michel blieb stehen und machte seinem Frust lauthals Luft.
Verdammt noch mal, wir sind doch zu spät! Sieht aus, als lassen die erst wieder Leute rein, wenn die ersten rausgehen.
Er blickte fragend zu Solveig und hoffte, sie würde seiner Meinung sein.
In Wahrheit wäre er gerne sofort umgekehrt, um den Rest der Nacht allein mit ihr zu verbringen.
Sie aber nahm seine Hand.
Komm, schau mal, wie die uns alle angucken. Ich glaube, wir sind hier eine echte Attraktion. Wir gehen mal näher. Die Türsteher sollen uns sehen, die lassen gerne attraktive Paare rein, das ist überall so.
Michel gab sich skeptisch, setzte sich dann aber doch in Bewegung. Solveig hakte sich flüsternd bei ihm unter.
Lächeln, Cäsar! Lächeln und grüßen. Und vor allem: ganz selbstverständlich in Richtung Eingang gehen. Du wirst sehen, es funktioniert.
Und tatsächlich machten die Wartenden Platz. Vielleicht glaubten sie in der imposanten Erscheinung Michels einen Filmschau-

spieler zu erkennen. Die beiden muskelbepackten Türsteher schauten zwar grimmig, winkten aber schließlich und öffneten bereitwillig die Tür, als sei die Warteschlange eine Ehrenparade speziell zur Begrüßung des aufsehenerregenden Paars. Michel grüßte sie herablassend und steckte ihnen zwei Scheine zu.
Nun befanden sie sich in einer Art Entrée, oder besser gesagt Eingangsschleuse, und hörten bereits die stampfenden Rhythmen und Klänge einer gigantischen Schöpfungsmaschine. Als würde sich hinter der nächsten, dick gepolsterten Tür eine Herde monströser Riesentiere aus der Urzeit austoben. Stampfend, schreiend, schnaubend und stöhnend.
Michel runzelte die Stirn, schwieg aber. Solveig hingegen freute sich offenbar auf das Inferno jenseits der Tür. Sie entledigte sich schwungvoll ihres Mantels, nahm die Marke entgegen und zog Michel zur Tür, die automatisch aufging und zwar das Akustische schlagartig ins schier Unerträgliche steigerte, gleichzeitig aber das Bild zum Ton lieferte.
Ohne Solveigs energische Führung hätte Michel sicherlich auf dem Absatz kehrt gemacht, trotz des Auftrags, der ihn in diese Hölle geführt hatte. Er fühlte sich in der Tat wie mitten in das Fegefeuer versetzt, denn genauso hatte ihm der Religionsunterricht seiner Kinderjahre den Ort geschildert, wo man landete, wenn man sich vom Teufel verführen ließ. Zuckende Leiber, höllische Hitze, gellende Musik, die einem das Ohrenfell zerriss, rituelle Freudenschreigesänge der anheizenden Teufel und Schmerzenschoräle der Gepeinigten. Die hektische Lichtshow – das mussten die lodernden Flammen des Höllenfeuers sein –, welche die Leiber in einzeln aufzuckende Glieder zerlegte, unterstrich die Unwirklichkeit der Szenerie. Vom Raum selbst konnte Michel so gut wie nichts wahrnehmen. Er sah nur grelle Bewegung und drum herum nichts als Schwärze. Solveig ließ sich hingegen nicht beirren und schleppte ihren widerstrebenden Cäsar – der im Moment eher dem verwirrten Figaro einer Provinzoper glich – quer durch die Masse, wobei sie geschickt den nach allen Seiten austeilenden Gliedmaßen und Körpern auswich. Schließlich tauchte inmitten des aufgewühlten Körpermeers ein Eiland in Form einer dicht besiedelten Bar auf, an deren Ufer sich glücklicherweise

eine Lücke auftat, durch die hindurch und an wippenden und taktschlagenden Menschen vorbei die beiden sich quetschen konnten. Michel griff umgehend zum nächsten festen Gegenstand, der ihm einigermaßen vertraut vorkam, was in diesem Fall die solide gebaute Theke war. Sogleich fühlte er sich wieder sicherer – auch das akustische Dröhnen kam ihm etwas weniger bestialisch vor –, und war im Handumdrehen wieder ganz in seiner neuen römischen Glanzrolle.

Liebste Vestalin, möchtest du den edlen Saft aus unseren südlichen Latifundien oder ziehst du das primitive Gebräu der nordischen Barbaren vor, so wie es der große Cäsar insgeheim auch tut?

Er hatte die Frage buchstäblich geschrieen, doch sie hatte ihn trotzdem nicht verstanden. Sie ging nun ihrerseits mit ihrem Mund dicht an sein Ohr.

Bier oder Wein?

Bier!!!

Er brüllte. Sie verstand es zwar nicht, konnte aber offensichtlich von den Lippen lesen. Sie wandte sich an eine der leichtbekleideten Barfrauen und bestellte. Im Nu kam eine Flasche Bier über die Theke gesaust. Solveig fing sie geschickt auf und reichte sie Michel mit der Andeutung eines höfischen Knickses. Für sie kam auf demselben Wege eine Cola. Sie prostete ihm zu, schmiegte sich in seinen Arm und beobachtete die auf- und abwogende Menge.

Michel interessierte sich mehr für das Personal hinter der Bar, und er fragte sich in aller Stille – dafür fand er tief in sich drin auch am lautesten Ort noch ein verschwiegenes Örtchen –, wo in aller Welt so viele hübsche Frauen herkamen, mit Oberweiten, die den statistischen Landesdurchschnitt bei weitem übertrafen. Er drückte Solveig zärtlich an sich und hoffte auf die Stille zwischen diesem und dem nächsten Song, da man sich dann wenigstens für einen Moment auf menschliche Art würde verständigen können.

Michel hatte natürlich keine Ahnung. Als *er* noch in die Disco ging, legte man noch eine Single nach der anderen auf. Dazwischen klatschte man und sah sich in der kleinen Pause eventuell nach einer neuen Tanzpartnerin um. Und so hoffte er nun vergebens auf ein Momentchen Stille. Es *gab* kein Ende. Der Rhythmus stampfte unerbittlich weiter und weiter. Mal mit mehr, mal mit weniger Melodie. Leiser wurde es auf jeden Fall nicht. Als ihm das dämmerte, raffte er sich innerlich auf.

Ich muss mal dorthin, wo auch Cäsaren allein hingehen. Verstehst du mich?

Nein, Solveig verstand ihn nicht. Sie schüttelte den Kopf. Dann spitzte sie wieder ihre Lippen an seinem Ohr.

Wenn du mal aufs Klo musst, immer hier an der Bar entlang. Da hinten ist ein grüner Pfeil.

Er nickte dankbar und ging los. Tatsache war, dass er gar nicht pinkeln musste, sondern er brauchte einen Moment Stille. Toiletten hießen nicht umsonst *Das stille Örtchen*.

Ich brauche Ruhe, sonst dreh ich durch.

Mit diesem Satz bahnte er sich seinen Weg durch Unmengen von Schultern, Armen, wippenden Busen und stampfenden Füßen. Er folgte dem grünen Pfeil, nahm die Stufen in den Keller im schnellen Stakkato, rannte beinahe durch den langen Gang, so eilig hatte er es.

Schweratmend stieß er die Tür zur Männertoilette auf und lehnte sich an eine Wand.

Da war sie tatsächlich: die Stille. Laut dröhnten zwar noch die Erinnerungsschläge der Musik in seinem Ohr, doch zunehmend wurden sie leiser. Michel ächzte laut auf.

Fehlt Ihnen etwas? Brauchen Sie Hilfe? Möchten Sie sich setzen?

Michel drehte sich irritiert um. In einem kleinen Kabäuschen saß ein Mann an einem winzigen und wackeligen Campingtisch und blickte ihn freundlich an. Er hatte schütteres Haar und auffallend hellblaue Augen.

Ich bin hier verantwortlich, wissen Sie. Ich sorge für die Reinigung der Toiletten. Wenn Sie wollen, kann ich Ihnen einen Hagebuttentee anbieten.

Er deutete auf eine Blechschachtel.

Ich habe Wasser, Hagebuttentee und einen Tauchsieder. Nur mit Zucker kann ich nicht dienen. Ich trinke ihn grundsätzlich ohne.

Michel lächelte und winkte ab.

Nein, nein. So schlecht geht es mir nun auch wieder nicht. Ich

brauche nur gerade einen Moment Stille. Die, ähm, Musik da oben ist doch recht laut.
Der Mann stand auf und nahm eine große weiße Schachtel aus einem Regal.
Hier. Nehmen Sie zwei.
Er reichte Michel zwei eingeschweißte Ohrenpfropfen aus Schaumgummi.
Mein Tipp: Wehren Sie sich nicht gegen die Lautstärke. Es ist wie beim Schwimmen. Solange Sie sich nicht dem Wasser anvertrauen, trägt es Sie nicht. So, meine Pause ist um. Ich muss mal auf der Damentoilette nach dem Rechten sehen.
Ohne Gruß schritt der Mann leise aus dem Raum.
Michel hatte plötzlich den Duft eines süßlichen Rasierwassers in der Nase. Er zuckte mit den Schultern und wandte sich doch noch dem Pissoir zu. Danach steckte er sich die beiden Stöpsel ins Ohr und machte sich auf den Weg nach oben. Die Lautstärke der Musik war tatsächlich erträglicher. Beschwingt ließ er sich zurück zur Bar treiben, aber Solveig stand nicht mehr an dem Ort, wo er sie verlassen hatte. Auch das Bier und die Cola waren verschwunden. Da entdeckte er sie inmitten der zuckenden Leiber. Sie tanzte mit hocherhobenen Armen, ihre Haare hatten sich gelöst. Sie sah wunderschön aus. Es war weiter nicht erstaunlich, dass das niemandem außer ihm auffiel, denn jeder war mit seiner eigenen Trance beschäftigt. Er blickte in die Richtung, in der er den Himmel vermutete, und verdrehte die Augen.
Die spinnen doch, die Römer.
Jetzt entdeckte sie ihn und winkte ihn begeistert zu sich heran. Er dachte an die Worte des Hagebuttenmanns, zog seine Jacke aus und stürzte sich mit Todesverachtung in die Tanzwogen.
Nach einer guten Viertelstunde brach die Musik ab, es gab einen raschen Lichtwechsel, und die meisten Tanzenden brachen in Jubel aus. Michel, der ganz froh um die Unterbrechung war, blickte fragend zu Solveig, die aber genauso wenig wusste, was das zu bedeuten hatte. Im nächsten Moment kündigte eine plärrende Stimme aus dem Off eine Showeinlage an. Und zwar ging es um den Auftritt einer leichtbekleideten Künstlerin aus Paris, die in diesem Moment auch in der hintersten Ecke des Raumes sichtbar

wurde. Sie stand auf einem dunklen Podest und trug einen perlenbesetzten Bikini. Ein Spotlight hob sie scharf leuchtend vom Rest des Saals ab. Nun erkannte man, dass sich vom Podest aus quer durch den hohen Fabrikraum – denn nichts anderes war es, das erkannte man bei der jetzigen Beleuchtung – ein Seil bis in die gegenüberliegende hohe Ecke spannte. Die Tänzerin hob ihren Fuß und betrat das Seil. Ohne Netz und die übliche Balancierstange, nur mit einem Tuch in der einen Hand. Das Publikum, noch außer Atem vom Tanzen, beobachtete gespannt das Schauspiel über ihren Köpfen. Dann blieb die Tänzerin abrupt stehen, riss sich den Bikini vom Körper und ließ ihn fallen. Ein junger Mann mit Glatze frohlockte lautstark, als er ihn auffing. Unter dem ersten glitzernden Bikini kam ein zweiter Bikini zum Vorschein, etwas knapper geschnitten als der erste und rot. Sie schritt weiter, dann riss sie den roten weg, darunter war ein blauer, wieder knapper geschnitten. Dann ein grüner und zu guter Letzt war es nur noch ein weißes Band, das die Brust knapp bedeckte. Als sie oben ankam, fiel auch dieses Band. Das Publikum johlte. Ihre Brustwarzen waren glänzend rot bemalt. Sie verbeugte sich, und der Sprecher kündete einen neuen Höhepunkt an. Die Tänzerin griff nach einem Seil, das irgendwo am höchsten Punkt der Hallendecke endete. Die Leute auf der Tanzfläche wussten offenbar, was jetzt kam, und machten direkt unter dem Seil einen kleinen Kreis frei. Die Tänzerin zog daran – aber nichts passierte. Sie blickte etwas verunsichert ins Publikum. Die plärrende Stimme aus dem Lautsprecher feuerte sie an, sie solle doch noch einmal fester reißen, was die junge Frau tat. Ein Schwall von Blumen, Konfetti und kleinen Geschenkpaketen ergoss sich in den Kreis und über die Köpfe der erwartungsvoll hochblickenden Leute. Die Tänzerin riss ein drittes Mal an der Leine, als müsse da noch was kommen, woraufhin ein etwa fußballgroßer Gegenstand gradlinig hinunter auf die freie Bühnenmitte flog. Irgendetwas schien aufgeplatzt zu sein, denn es spritzte. Das Ganze passierte wahnsinnig schnell, und ebenso schnell begannen die Leute in der Bühnenmitte zu schreien. Mit zum Teil vollgespritzten Gesichtern, Armen und Händen drängten sie eilig von der Mitte weg. Michel hielt Solveig schützend umschlungen und

stand wie ein Fels. Die Menschen wurden wie von einer unsichtbaren Zentrifugalkraft weg von der Tanzbühnenmitte an die Ränder hin gedrückt. Panik brach aus, man hörte Hilferufe. Jemand schrie, er sei voller Blut. Dann rief jemand, dass es höllisch brenne. Viele hatten aber offensichtlich verstanden, dass es irgendwo brannte. Damit war das Chaos komplett. Die beim Eingang stehenden Leute rissen die Türen auf und flohen ins Freie, ohne zu wissen, was genau los war. Dadurch entstand ein Sog, der nicht mehr zu stoppen war: Alles drängte jetzt rücksichtslos in Richtung Ausgang. Erste Menschen wurden zu Boden gedrückt, und die Nachrückenden stiegen einfach über sie hinweg, wahrscheinlich ohne wirklich zu realisieren, was sie da taten. Möglicherweise hatten viele Besucher die schrecklichen Nachrichten von brennenden Diskotheken noch nicht vergessen, wo jeweils unzählige Menschen an Rauchvergiftung gestorben waren.
Als sich das Gedränge um Michel und Solveig etwas gelichtet hatte, bewegte sich Michel gegen den Strom und sah, dass die Bühnenmitte voll roter Flüssigkeit war. Es lag ein eigentümlicher Geruch in der Luft, der ihm nur allzu vertraut war. Wenn das ein Spaß des *Dancing* war, verstand er den Humor ganz und gar nicht. Er beugte sich hinunter, nahm etwas von der klebrigen Flüssigkeit zwischen die Finger, und tatsächlich, es war Blut, wie er es sofort gedacht hatte und nun auch roch. Er zog Solveig in Richtung Bar. Ob auch sie begriffen hatte, dass da Blut vom Bühnenhimmel gefallen war, wusste er nicht. Dass nicht alles seine Richtigkeit hatte, war natürlich auch an ihr nicht vorbeigegangen. Dennoch beantwortete er ihre Fragen nicht, sondern hob sie, am Tresen angekommen, auf die andere Seite zu einer der Bardamen, die selbst völlig konsterniert über das Geschehen war und nicht wusste, wohin sie mit ihren Händen sollte.
Sprechen Sie deutsch? Verstehen Sie mich?
Die Frau blickte ihn erst verständnislos an, antwortete dann im ausgeprägten Idiom der Gegend, dass sie sehr wohl deutsch verstünde, und was denn plötzlich los sei.
Es sei etwas heruntergefallen, das den Leuten Angst mache. Ob es einen zweiten Ausgang gebe?
Die Frau nickte und zeigte nach hinten.

Aber was? Was ist denn da runtergefallen. Normalerweise lassen wir Konfetti, Blumen und ein paar harmlose Werbegeschenke herunter. Sonst nichts.
Wir werden es klären. Bitte. Nehmen Sie jetzt meine Freundin an die Hand und gehen Sie ganz ruhig mit ihr raus. Ich bin von der Polizei. Und ich werde jetzt meine Kollegen rufen. Bitte tun Sie, was ich Ihnen sage.
Er zückte kurz seinen Ausweis.
Haben Sie mich verstanden?
Sie nickte wieder.
Ja, sicher. Ich habe Sie verstanden.
Michel wandte sich an Solveig.
Ich rufe jetzt meine Kollegen. Die werden dann untersuchen, was hier vorgefallen ist. Du wartest in meinem Auto. Hier ist der Schlüssel. Wenn du Angst hast, verriegelst du die Türen von innen. Außerdem hast du ja dein Handy. Ich bin gleich bei dir.
Sie nickte. Die Frau nahm Solveig an der Hand und führte sie weg.
Michel rief die Zentrale an, und diesmal nahm Sommer ziemlich schnell ab. Er schlug Großalarm, beorderte sämtliche Streifenwagen, die in relativer Nähe waren, bestellte den Labordienst, einige Ambulanzen und genügend Betreuungspersonal, denn wer konnte im Moment schon sagen, in welcher Verfassung die Menschen draußen waren? Und wie viele Personen sich in der Panik verletzt hatten oder noch verletzen würden, war zu dem Zeitpunkt auch noch nicht abzusehen.
Nachdem er seine Anweisungen gegeben hatte, trommelte er das Barpersonal zusammen, das immer noch verdattert hinter dem Tresen stand. Er informierte sie, dass Polizei und Ambulanz bald zur Stelle sein würden. Dann wies er sie an, den Menschen, die sich beim Hinausgehen verletzt hatten, beizustehen. Und dass niemand irgendetwas anfassen solle und es niemandem erlaubt sei, das Gebäude zu verlassen. Außerdem fragte er nach dem verantwortlichen Manager. Die Damen zeigten unisono auf einen untersetzten Mann mittleren Alters, der am Ende der Bar stand und telefonierte. Dabei gestikulierte er heftig mit der freien Hand.
Michel hielt ihm seinen Ausweis unter die Nase. Der Mann beendete umgehend sein Telefonat.

Aha. Dann haben *Sie* also bereits Polizei und Ambulanz avisiert. Ist das so? Ach ja, mein Name ist Gruber. Ich bin der Manager des Ladens hier. Übrigens erst seit zwei Jahren. Aber so etwas ist hier noch nie vorgekommen, und wenn –
Michel unterbrach den Redefluss.
Gut. Das reicht. Mein Name ist Michel. Ich bin von der Mordkommission und habe bereits die Kollegen informiert.
Mordkommission? Ist denn jemand umgebracht worden?
Nein, nein, das heißt, ich bin in einem anderen Fall tätig. Ich war zufällig da. Aber immerhin ist bei Ihnen Blut geflossen. Und nicht zu knapp.
Blut? Wie kommen Sie denn darauf? Das ist doch rote Farbe, und jemand hat uns einen bösen Streich gespielt. Würde mich nicht wundern, wenn die Konkurrenz –
Michel machte eine unwirsche Handbewegung.
Papperlapapp! Es handelt sich um Blut. Da kenne ich mich aus. Ich weiß nicht von welcher Sorte, aber es ist Blut. Bald sind die Kollegen da, und dann werden wir Ihren Laden gründlich auseinandernehmen. Wer ist denn für den Überraschungsregen da oben verantwortlich, ich meine, technisch gesehen?
Das ist mein Haustechniker. Klaus Huber heißt er. Ein guter und zuverlässiger Mann. Er arbeitet seit Bestehen des *Dancing* hier.
Ist er hier?
Nein, natürlich nicht. Er bereitet alles vor, überwacht durch den Tag die ganze Reinigung, macht kleinere Reparaturen und geht dann nach Hause. Wir können ihn natürlich jederzeit anrufen, wenn Not am Mann ist.
Michel guckte ihn abwartend an.
Ach so, ich verstehe. Er wird in zehn Minuten hier sein.
Danke. Und halten Sie sich zur Verfügung, bis wir Sie nicht mehr brauchen. Halt! Noch etwas. Haben Sie diesen jungen Mann hier schon einmal gesehen?
Michel zeigte ihm das Foto von André.
Huber nahm es in die Hand und hielt es ins Licht.
Sicher. Ich kenne ihn. Also, vom Sehen, nicht persönlich. Er war sehr oft hier. So eine Art Stammgast. Was ist mit ihm?
Michel steckte das Foto wieder ein.

Gut. Darüber unterhalten wir uns noch. Ich muss jetzt meine Kollegen in Empfang nehmen.
Michel eilte in Richtung Ausgang, denn er hatte Polizeisirenen gehört.
Kurz vor dem Eingang stürzte er beinahe über einen Mann, der am Boden kauerte und offenbar eines der Geschenkpakete geöffnet hatte. Mit der einen Hand packte Michel den Mann am Kragen und zog ihn hoch. Mit der anderen hielt er ihm seinen Ausweis unter die Augen.
Lassen Sie bitte alles unberührt. Die Polizei wird gleich hier sein und alles untersuchen.
Der Mann entschuldigte sich und streckte Michel ein Papier hin, das er offensichtlich aus dem Paket genommen hatte.
Michel nahm das Papier und wollte es bereits zurück in das offene Paket legen. Da erstarrte er.
Auf dem Stück Packpapier standen dieselben Blutzeichen geschrieben wie auf den Türen im Dorf.
Michel griff sofort nach seinem Telefon.
Mensch, er hat Recht, der verdammte Hund!

ZWÖLF

Tanner schwieg, während Michel erzählte.
Hallo, Tanner! Bist du noch da?
Ja, natürlich bin ich da. Kannst du mir denn die neuen Buchstaben diktieren, die ihr im *Dancing* gefunden habt? Ich komme nämlich gerade von meinem Spezialisten für rätselhafte Buchstabenreihen. Vielleicht kann ich ihm ja noch heute Nacht die neuen Buchstaben übermitteln, obwohl –
Tanner dachte an den sanftmütigen Mann mit den großen Augen, der sich Tag für Tag mit vertrackten Buchstabenkombinationen beschäftigte und praktisch nie an die frische Luft ging. Ein Leben wie in einem Schneckenhaus, aber in was für einem! Ein geistiges Universum, bestehend aus unendlichen Buchstaben- und Zahlenkombinationen. Konnte man so jemanden zu nachtschlafender Zeit anrufen? Wahrscheinlich schon. Was bedeutete schon Tag oder Nacht für jemanden wie Walter Sager?
Zur Begrüßung hatte er ihn als erstes verschmitzt lächelnd mit den beiden Anagrammen seines Familiennamens konfrontiert. Als Tanner sichtlich betroffen reagierte, beschwichtigte er ihn. Er solle dem keine Bedeutung beimessen. Buchstaben und Zahlen hätten nichts mit Psychologie zu tun, auch wenn gewisse Zeitschriften es so sehen wollten.
Michel räusperte sich am Telefon vernehmlich.
Hallo Tanner? Bist du noch da? Und? Hat dein Genie das Rätsel gelöst?
Ja, das hat er.
Was?! Und das sagst du so ruhig? Ich glaub, ich spinne. Und wie heißt die Lösung, verdammt noch mal? Muss man denn um alles bitten? Wir warten alle fieberhaft auf nichts anderes. Und der Herr Tanner hüllt sich in vornehmes Schweigen!
Ich sage es dir ja gleich, aber du darfst nicht allzu viel erwarten.

Unser Freund hat die Buchstabenfrage gelöst, aber nicht das Rätsel.
Michel stöhnte.
Mensch, kannst du jetzt einem schlichten Gemüt einfach mal verraten, was der Blutzeichenbuchstabenscheiß im Klartext bedeutet? Einfach mal *sagen*! Verstehst du mich? Sprechen wir dieselbe Sprache? Einfach aussprechen!
AUS ROT WEISS / AUS WEISS ROT / DANN TOT
Beide schwiegen.
Kannst du das noch einmal wiederholen?
Tanner tat es.
Beide schwiegen.
Glaubst du das? Ich meine, woher weiß dein Genie, dass die Buchstaben genau diesen Satz ergeben?
Weil er mit den Buchstaben keine anderen Sinnzusammenhänge hat herstellen können. Er hat mir andere Möglichkeiten gezeigt, aber die sind dermaßen sinnfrei, dass selbst ich eingesehen habe, dass man mit denen nicht weiterarbeiten kann.
Aha. Du glaubst ihm also.
Ja sicher. Solange mir niemand nachweist, dass mit denselben Buchstaben andere Wörter und ein anderer Sinnzusammenhang möglich sind, glaube ich ihm hundert Prozent. Ich habe ja auch keine andere Wahl.
Gut. Nehmen wir mal an, der Satz ist richtig. Was bedeutet das nun? Verstehst du es?
Ich verstehe zumindest, dass der Mörder nicht einfach nur tötet, sondern uns, vielmehr der Welt, etwas mitteilen will.
Michel lachte kurz auf.
Davon hat das Opfer nicht gerade viel.
Nein. Wenn du André Tillieux meinst, gebe ich dir Recht. Bei möglichen nächsten Opfern ist es vielleicht anders.
Wie meinst du das?
Im dem Moment, da wir ihn verstanden haben werden, wird das Morden aufhören. Da bin ich mir ganz sicher. Entweder, weil wir ihn aufgrund des Verstehens fassen können oder weil er seine Botschaft rübergebracht hat. Das Dumme ist nur: Wir wissen nicht, wie lang der ganze Text ist.

Was heißt denn das nun wieder?
Da heute Nacht neue Buchstabenzeichen aufgetaucht sind, glaube ich, dass wir erst die erste Zeile eines ganzen Textes übersetzt haben. Mit jeder Zeile werden wir mehr verstehen lernen. Jede Zeile bedeutet aber möglicherweise einen Toten mehr.
Michel brummte etwas, das man als Zustimmung auslegen konnte.
Übrigens, den zweiten Satzteil *weiß-rot-dann-tot* könnte man so interpretieren, dass aus dem weiß gekleideten Kochlehrling André Tillieux eine blutüberströmte Leiche geworden ist. Folglich tot. Vielleicht ist auch seine weiße Haut gemeint, und gar nicht die Kochkleidung. Er war ja ein ausgesprochen blässlicher, hellhäutiger Typ. Für den ersten Teil des Textes habe ich noch keine Idee. Ich interpretiere die verkürzte Form *aus-rot-weiß* ja als eine sprachliche Form der Verwandlung. Ausformuliert würde es dann heißen *aus rot mach weiß* oder *was vorher rot war, wird nachher weiß*. Was hältst du davon?
Ach Tanner, du kennst mich doch. Es ist doch alles Gefühl und Spekulation, und meistens hast du ja auch Recht damit. Vielleicht ist es so, wie du sagst. Vielleicht auch nicht. Ich aber brauche Fakten. Soll ich etwa mit deinen Interpretationen zum Staatsanwalt oder zum Polizeipräsidenten gehen? Da kann ich mich doch gleich selbst einweisen lassen. Was glaubst du, was hier allein schon wegen meines rosa Rüschenhemdes los ist. Die lachen sich hinter meinem Rücken einen Ast.
Tanner lachte auch.
Wieso in Gottes Namen trägst du denn auch ein rosa Rüschenhemd?
Hör auf zu lachen. Ich habe nur deinen Rat befolgt und habe die Diskothek besucht. Sonst wäre ich ja nicht zufällig dabeigewesen, als es Blut regnete.
Du warst alleine im *Dancing*? Und die haben dich reingelassen? Ich kann es gar nicht glauben.
Nein, ich war in Begleitung.
Mit wem? Wenn ich fragen darf?
Mit Solveig Sanders.
Ach nein.

Ach doch. Ich habe sie rein zufällig getroffen …
Tanner schwieg.
… und sie war bereit, mich bei meiner Arbeit zu unterstützen. Oh Gott, ich muss dringend zu meinem Auto, Solveig wartet da ja immer noch auf mich. Sie steht unter Schock, das kannst du dir ja vorstellen.
Ja, das kann ich mir vorstellen. Ich finde es ziemlich unverantwortlich von dir, dass du sie mitgenommen hast. Aber darüber können wir später reden. Bringst du sie zum Stocker rüber oder soll ich kommen?
Nein, nein, das mach ich schon. Ich muss auflegen, Tanner.
Moment. Was ist jetzt mit der neuen Botschaft?
Botschaft?
Ich meine mit den neuen Buchstaben.
Ach so. Die Spezialisten sind immer noch am Sortieren. Ich glaube, ich kann sie dir erst morgen geben.
Gut. Wir treffen uns ja eh morgen früh bei mir im Weißen Salon zu den Verhören.
Oh, Mist. Das hätte ich doch glatt vergessen.
Dann legte Michel ohne weiteren Kommentar auf.

Michel hatte Solveig mitgenommen? Zu einem dienstlichen Besuch in der Disco? Der war wohl übergeschnappt. Was fiel dem denn ein?
Tanner hatte eine riesige Wut im Bauch.
So fühlte es sich zumindest an. Doch es war noch mehr. Denn es war ja nicht die Gefahr, der Michel Solveig im *Dancing* ausgesetzt hatte, die Tanner erzürnte. Es war die bloße Tatsache, dass er sie mitgenommen und Zeit mit ihr verbracht hatte. Und das nannte man Eifersucht. Vielleicht wäre Tanner ein Weilchen später auch von selbst darauf gekommen, was dieses komische Gefühl im Magen in Wirklichkeit war, das ihn die Größe und Leere seiner Riesenwohnung an diesem Tag empfindlich spüren ließ. Doch er zwang sich, weiter über die Blutzeichen nachzudenken, denn langsam musste die Sache ja mal ins Rollen kommen.
Er war noch nicht lange von seinem Besuch beim Anagrammkünstler zurückgekehrt. Bereits vor Michels Anruf hatte er in der

Küche bei einem Glas Bier über dem Rätseltext gebrütet und all das Revue passieren lassen, was er erfahren hatte.
Er hatte einen kleinen Einblick in die eigenartige Welt von Walter Sager bekommen. Eine Welt voller Buchstaben und Zahlen. Vor allem Buchstaben. Er verwandelte Wörter und Sätze in überraschend neue Klänge oder neue Sinnzusammenhänge. Unter seinen geübten Händen wurde zum Beispiel ein spröder Begriff wie *Subventionen* zur *Venus in Beton,* aus *amerikanisch* wurde *Irak Maschine,* und ein harmlos anmutender Satz wie *Guten Tag, mein Herr, wie geht es ihnen* verwandelte sich in ein melancholisches Rätselbild: *Heim ins Grab, denn heute weht ein Regen*.
Verwandelt hatte auch er sich einst. Ursprünglich ein hochbegabter Physiker, war er unter dem Stress des Wissenschaftsbetriebs zusammengebrochen und an einer schlimmen Depression erkrankt. Er verbrachte Jahre in verschiedenen Kliniken und Heimen. Ein Zurück in den Beruf war ausgeschlossen. Er hatte schließlich eine kleine Rente bewilligt bekommen und galt seitdem als Invalider, als psychisch beeinträchtigt und für die normale Arbeitswelt unbrauchbar. Seine Depressionen verschwanden erst, als er sich mit der komplexen Welt der Buchstaben zu beschäftigen begann. Und so zog er sich eines Tages in diese kleine Wohnung zurück und begann, an komplexen Anagrammen zu arbeiten. Sämtliche Wände waren tapeziert mit Zetteln, übersät mit Buchstabenkombinationen. Seine Arbeitsausrüstung bestand aus Papier und Bleistift, manchmal auch kleinen Holzwürfeln, auf die Buchstaben graviert waren. Er besitze eine ganze Kiste mit diesen Holzwürfeln. Die seien noch von seinem Urgroßvater, der Buchdrucker gewesen sei und der – genau wie er – Buchstaben von Hand zu Sätzen zusammengefügt habe.
Dabei lachte er.
Natürlich habe sein Großvater das aus einem ganz anderen Grund gemacht. Er habe ja vor allem die Texte anderer Leute gesetzt und gedruckt.
Die neunundzwanzig Blutzeichenbuchstaben waren auch für Walter Sager ein ziemlich großes Problem gewesen. Er war in seinem Alltag mittlerweile mit weitaus komplexeren Reihen beschäftigt, doch schwierig war für ihn die Verantwortung gewe-

sen, die er bei der ganzen Sache gespürt hatte, denn er wusste ja um die Zusammenhänge und die Notwendigkeit einer schnellen Lösung. So etwas hatte er natürlich noch nie erlebt. Dass seine Lösung der Aufgabe erst den Anfang des Rätsels bedeutete, war ihm bei der Arbeit ziemlich schnell klar geworden. Normalerweise bestand seine Arbeit sowieso in etwas anderem. Der Anagrammkünstler geht von einem bestehenden Wort oder einem Satz aus und versucht – unter Verwendung sämtlicher Buchstaben, das ist wichtig, das ist die zwingende Bedingung – einen neuen Wortsinn zu finden. Hier hatte er einfach eine Handvoll bunt durcheinander gewürfelter Buchstaben und sollte daraus nicht nur relativ vernünftige Wörter, sondern einen sinnvollen Satz bilden.
3 x A / 2 x U / 2 x R / 3 x O / 4 x T / 2 x W / 2 x E / 2 x I / 6 x S / 1 x D / 2 x N
Das ergab Hunderttausende von Kombinationen. Natürlich lauter Unsinn und nur ganz wenig Sinn.
Das machte ihn ziemlich nervös und auch regelrecht bedrückt.
Im Laufe des Abends zeigte er Tanner schließlich die ganzen Blätter, auf denen er die theoretisch unzähligen anderen Möglichkeiten skizziert hatte. Aber es wollte sich einfach keine weitere Variante einstellen, die trotz aller Rätselhaftigkeit keine Unsinnssprache gewesen wäre.
Zunehmend hatte Tanner das Gefühl, einem Gärtner oder Botaniker zuzuschauen, der mit akribischer Sorgfalt Buchstabengärtchen anlegte. Oder altmodischer und in Walter Sagers Worten ausgedrückt: ein Alchemist, der Buchstabenmaterie verwandelte, auf der Suche nach neuen Sinnzusammenhängen oder vielleicht sogar dem ultimativen Anagramm. Vielleicht einer Art anagrammistischen Urformel, einer Reduktion des Alphabets auf wenige Buchstaben, mithilfe derer alle wichtigen Begriffe allein durch Verwandlung der Reihenfolge ausgedrückt werden könnten.
Das Alphabet sei natürlich schon eine unglaubliche Reduktion, so der Anagrammkünstler, aber er sei von Haus aus Physiker und er könne sich damit einfach nicht zufrieden geben. Dieser Gedankengang war für Tanner zwar nicht ganz nachvollziehbar, aber er war fasziniert von der Ausdauer, der Hartnäckigkeit und auch vom kreativen Potential dieses Mannes.

Tanner gähnte und stand auf.
Tja, so hatte jeder seine eigenen Rätsel zu lösen.

Tanners Neustes lag in seinem Bett. Dieses Rätsel hatte wenigstens einen Namen. Es hieß Solange.
Da in seinem Zimmer seltsamerweise das Licht nicht anging, bemerkte er sie erst, als er die Decke hob und ihre Umrisse in dem bisschen Mondlicht, das ins Zimmer schien, sehen konnte. Sie war nackt und ihre Haut schimmerte wie Elfenbein. Dann flüsterte sie, ohne sich umzudrehen.
Endlich. Ich bin's, Solange. Komm ins Bett und überleg nicht lange.
Tanner zögerte. Überlegen? Was überlegen? Ach so ja, es war ja seine Entscheidung. Oder etwa nicht?

Oh hohes Gericht, bedenke dies: Die Tatsache, dass Solange in seinem Bett lag, ausgerechnet heute, da ihm seine Wohnung viel zu groß und viel zu leer vorkam, ausgerechnet heute, da Solveig mir nichts dir nichts mit Michel – hallo, mit Michel! – in die Disco gegangen war und jetzt wahrscheinlich in sein Bettchen hüpfte, machte ihn derart schwindeln, dass er genau wusste: *Grau, teurer Freund, ist alle Theorie und grün des Lebens goldener Baum* (Goethe, Faust I). Und hier – für alle, die es immer noch nicht begriffen haben – nochmals Freund Heine: *wie lange kann man an einer Quelle* … (und so weiter, Rest geschenkt). Oder noch einfacher: Es war genau das My, das das heutige Tagesfass zum Überlaufen brachte.

Er legte sich hin und stürzte sich mit einer Art Todesverachtung in den Abgrund (so nannte er es innerlich), schmiegte sich an Solanges Rücken und streifte ihre Brüste mit einer Hand. Er streichelte sie, um plötzlich überrascht mit beiden Händen nach ihnen zu greifen. Sie waren groß und fest.
Ja, auch darin hatte er sich gründlich getäuscht!
Hatte er doch immer gedacht, Solange hätte kleine, zierliche Brüste.
Er war nicht sicher, ob er die Nacht überleben würde.

Als sie endlich ermattet einschliefen (ohne Lebensgefahr für Tanner), löste das Morgenlicht bereits das Mondlicht ab. Es war fast ebenso fahl.
Als Tanner in dem zerwühlten Bett aufwachte, hörte er, wie die Haustür zuging und schnelle Schritte auf dem Kiesvorplatz knirschten. Er eilte zum Fenster auf der anderen Hausseite und sah im winterlichen Morgenlicht gerade noch eine davoneilende Silhouette mit flatterndem Mantel.
Tanner stutzte.
Ein weiter, dunkler Mantel? Hatte sie sich für ihren nächtlichen Ausflug den Mantel ihrer Schwester ausgeliehen? Er schüttelte den Kopf und ging zurück ins Zimmer. Er wunderte sich erneut, dass das Licht nicht anging, und kontrollierte die Birnen in der Lampe. Sie waren alle gerade so weit rausgedreht, dass kein elektrischer Kontakt entstehen konnte.
Warum wollte Solange kein Licht? Schämte sie sich? Kann man sich für einen so wunderbaren Körper überhaupt schämen?
Ein Zettel, an die Küchentür geklebt, klärte ihn schlagartig auf.
Oh Tanner, das war gut. Solène.
So abgrundtief gründlich hatte er noch nie eine Wette verloren.

DREIZEHN

Mit einer Viertelstunde Verspätung begannen Michel und Tanner ihre Gespräche im Weißen Salon.
Mit Verspätung deshalb, weil Michel um sieben Uhr zum Rapport bestellt worden war. Noch in der Nacht hatte man ihm Bescheid gegeben, dass er sich gefälligst pünktlich um sieben im Büro des obersten Polizeichefs einzufinden habe. Er hatte gerade Solveig zum Restaurant auf die andere Seeseite gebracht, als der Anruf kam.

Die Rückfahrt mit Solveig war für Michel ernüchternd gewesen. Durch die Ereignisse im *Dancing* war sie wie ausgewechselt (so interpretierte er es zumindest). Wie weggeblasen war die aufgekratzte, die erotisch aufgeladene Stimmung der Hinfahrt. Bedrückt und wortkarg saß sie in ihren roten Wollmantel gehüllt und starrte die ganze Fahrt über in die Dunkelheit der Nacht.
Kaum hatte Michel den Motor abgestellt – in der Hoffnung, dass sich doch noch ein Gespräch und vielleicht *mehr* entwickeln würde – stieg sie sofort aus und eilte zum Seiteneingang des Restaurants. Er folgte ihr, und sie küsste ihn sogar zum Abschied noch einmal auf den Mund, aber sie war nicht dazu zu bewegen, noch länger draußen zu bleiben.
Frustriert blieb Michel in der kühlfeuchten Nacht stehen.
Das nenne ich Künstlerpech. Verdammt! Auf dem Hinweg wollte sie mich *stantepede* vernaschen – und jetzt das! Ich glaub, ich spinne. Cäsar muss allein in seinen Palast.
Was Michel nicht wissen konnte, und auch sonst niemand: Solveig eilte in ihr Zimmer, froh, nach all diesen Ereignissen endlich alleine zu sein, und wählte umgehend Tanners Nummer. Leider nahm er nicht ab. Noch lange lag sie schlaflos und enttäuscht im Bett, frustriert, dass sie Tanner nicht hatte erreichen können.

Schließlich liebkoste sie mit beiden Händen notgedrungen selbst ihre schönen Brüste mit ihren Spitzchen, den flachen Bauch und die Schenkel, bis ihre Finger den Weg durch ihr Pelzchen fanden. Sie drehte sich auf den Bauch und spreizte die Beine. Danach fand sie endlich ihren wohlverdienten Schlaf.

Gerade als Michel allein auf der Straße stand, klingelte sein Telefon. Seine Laune sank tief unter Null. Seine Uhr zeigte ihm zu allem Überfluss auch noch an, dass er in genau viereinhalb Stunden seinem Polizeichef in die Augen würde blicken müssen. Darauf legte der nämlich Wert, auf den offenen und geraden Blick, der nichts verbarg und der sich vor nichts fürchtete. Nach diesem Kriterium führte er auch Verhöre. Wer ihm nicht in die Augen schauen konnte, war schuldig. Um Beweise sollten sich gefälligst seine Untergebenen kümmern.
Immerhin hatte es Michel dann bereits um zwanzig Minuten nach sieben geschafft, den Chef zu überzeugen, dass es jetzt doch an der Zeit war, Marnier laufen zu lassen. Der Präsident unterschrieb, bestand aber darauf, dass Marnier seinen Wohnort nicht verlassen dürfe. Des Weiteren – kein Vortrag ohne die Lieblingsformulierung des Präsidenten – sei eine hohe Kaution vonnöten. Diese war nicht nur hoch, sondern horrend, aber Marniers Schwester war sofort bereit gewesen, sie zu hinterlegen, da hatte ein Anruf genügt. Dann nahm der heute überraschend Entscheidungsfreudige eine wichtige Rochade vor. Der Blutzeichenfall wurde jetzt offiziell Michel übertragen, Lerch und Thommen sollten sich um andere Fälle kümmern. Und Wunder über Wunder, es gelang Michel sogar, seinen Chef zu überzeugen, dass Tanner offiziell in die Ermittlungen einbezogen wurde. Als externer Berater sozusagen und befristet auf diesen Fall.

Mit dieser frohen Botschaft war Michel dann ins Maison Blanche gekommen, zwar verspätet, aber immerhin. Gleichzeitig hatte er auch die neuen Buchstaben aus der Diskothek mitgebracht. Sie waren diesmal eindeutig in vier exakt gleich große Gruppen aufgeteilt. Viermal siebzehn Buchstaben. Man konnte also einen

vierzeiligen Text erwarten. Tanner leitete die Buchstaben gleich an Walter Sager weiter.
Außerdem wusste man jetzt endlich, dass der Bruder der beiden vermissten Zwillinge über ein Mobiltelefon verfügte. Anrufe wurden allerdings nach wie vor nicht beantwortet. Leider hatte das Studium der Anruflisten auch nichts Aufschlussreiches ergeben. Es waren nur den Eltern bekannte Telefonnummern verwendet worden. Die Eltern hatten offensichtlich alle Kontakte unter Kontrolle. Michel hatte sie daraufhin gebeten, trotzdem noch einmal sorgfältig alle persönlichen Sachen ihrer Kinder durchzugehen, in der Hoffnung, irgendeinen Anhaltspunkt zu finden, den sie vielleicht bisher übersehen hatten. Er schickte ihnen auch eine Mitarbeiterin seines Büros, denn fremde und dazu noch geschulte Augen übersahen weniger schnell etwas. Die Fahndung nach den Zwillingen wurde auf ganz Europa ausgedehnt, und sämtliche Behörden erhielten Fotos und Personenbeschreibungen der beiden Vermissten.
Im Maison Blanche waren Solange und Solène bereits zur Stelle. Sie hatten ein improvisiertes Empfangsbüro organisiert und verteilten aus einer gigantischen Thermoskanne Kaffee an die Herren.
Tanner hatte am frühen Morgen auf dem Display Solveigs Nummer gesehen. Er haderte mit sich, dass er offenbar sein Telefon nicht gehört hatte – der aufmerksame Leser weiß, warum –, und versuchte mehrere Male, sie zu erreichen. Aber Solveig nahm nicht ab.
Zu seiner Enttäuschung gesellte sich ein schnell größer werdendes schlechtes Gewissen bezüglich der letzten Nacht. Denn wäre Solène nicht in seinem Bett gewesen, dann hätte er den Anruf von Solveig gehört, dann hätte er … dann wäre sie sicher … dann hätten sie gewiss. Aber es gab Dinge, die ließen sich nicht ändern. Punkt.

Guillaume Monnier saß bereits seit einer halben Stunde in seinem eigenen Salon und wartete sichtlich amüsiert auf den Beginn des Gesprächs.
Da die Schwestern gemeinsam gekommen waren, hatte Tanner

keine Gelegenheit, Solène zur Rede zu stellen. Irgendwie war er sogar froh darüber, denn, um bei der Wahrheit zu bleiben, er wusste gar nicht, was er ihr hätte sagen sollen. Noch zu intensiv spürte er einerseits ihren wollüstigen Körper – den hatte sie nämlich, mein Gott, und eine raffinierte Hemmungslosigkeit, die ihresgleichen suchte. Andererseits war er mittlerweile richtig sauer auf sie. Solène ihrerseits begrüßte ihn lachend und küsste ihn vor ihrer Schwester frech auf die Lippen. Solange schaute lächelnd zu, schlang anschließend ihre Arme innig um seinen Hals und betrachtete ihn mit ihren sehnsuchtsvollen Augen. Sie sagte ihm, dass sie heute Nacht etwas sehr Schönes geträumt habe. Er, Tanner, sei auch mit von der Partie gewesen. Solène fragte vorlaut, ob sie denn auch dabei gewesen sei, was ihre Schwester mit ernster Miene bejahte. Sie würden ja sowieso immer alles gemeinsam machen. Vor allem das Verbotene. Da prusteten die beiden los, umarmten sich und flüsterten sich gegenseitig ins Ohr. Zwischen den Schwestern herrschte eine derart glückliche Ausgelassenheit, dass Tanner überhaupt nicht mehr wusste, was er denken sollte. Aber die Heiterkeit war andererseits auch ansteckend, und so beschloss er, die Sache einfach so zu nehmen, wie sie war.
Sobald allerdings Monsieur Guillaume Monnier erschien, benahmen sich die beiden sehr ernsthaft und genossen offensichtlich ihre Rollen als Tanners und Michels Assistentinnen.
Also, meine Herren, was wollen Sie eigentlich von mir wissen?
Michel überließ freiwillig Tanner das Wort.
Herr Monnier, es gibt neunundzwanzig Türen in diesem Dorf, die mit einem Blutzeichen versehen worden sind. Sieben Türen sind nicht gekennzeichnet worden. Wir interpretieren das Blut als eine Art Schutzzeichen für die Bewohner dieser Häuser, analog zur biblischen Erzählung vom Auszug aus Ägypten. Können Sie mir folgen?
Ja, sicher, diese Geschichten kennt doch jeder. Wir mussten sie uns bis zum Überdruss in der Schule anhören. Damit hat das ganze Unheil doch überhaupt erst angefangen.
Welches Unheil?
Ich meine selbstverständlich das Unheil, das die Juden über die Menschheit gebracht haben.

Tanner machte insgeheim ein beschwichtigendes Zeichen zu Michel, dessen Zorn bereits in den Startlöchern stand. Tanner kannte ja bereits Monniers faschistische Äußerungen. Dass er aber gleich schon zu Beginn des Gesprächs damit auftrumpfte, überraschte auch ihn.
Gestatten Sie, Herr Monnier, welches historische Unheil von wem über wen gebracht wurde, soll für den Augenblick nicht Gegenstand unserer Unterhaltung sein. Unsere Erkenntnis ist, dass es einen Menschen gibt – allen einschlägigen Erfahrungen zufolge handelt es sich um einen Mann –, der Unheil und Schrecken über die Menschen dieses Dorfes zu bringen gedenkt. Gefährdet sind Bewohner der nicht gekennzeichneten Häuser. Auf der Basis dieser Hypothese suchen wir nun Verbindungen zwischen diesen potentiell gefährdeten Personen. Möglicherweise handelt es sich auch um Vorkommnisse älteren Datums, die aus irgendeinem Grund erst heute bestraft oder gerächt werden sollen.
Herr Monnier hüstelte in seine Hand.
Das klingt aber alles sehr vage.
Sie haben Recht, wir können aber nicht untätig warten, das sehen Sie doch ein, oder?
Er nickte gnädig und bedeutete Tanner fortzufahren.
Erinnern Sie sich an irgendeine Geschichte Ihrer verstorbenen Mutter? Ein Vorgang, eine Handlung, die jemand möglicherweise bis heute als tiefe Ungerechtigkeit empfinden könnte?
Monnier lachte.
Eine Geschichte? Da gibt es unzählige. Sie müssen wissen, meine Mutter konnte recht bösartig und vor allem sehr egoistisch sein. Sie hatte Krach mit sämtlichen Nachbarn, mit der Gemeinde, mit dem Postbeamten, mit dem Pfarrer. Nein, ich sage Ihnen, leichter wäre aufzuzählen, mit wem meine Mutter nicht zerstritten war.
Erinnern Sie sich an eine solche Person?
Da war zum Beispiel eine junge Frau, fast noch ein Mädchen. Sie wohnte gleich da unten im Asyl und half meiner Mutter im Haushalt. Putzen, waschen, bügeln und so. Sie waren aber regelrecht miteinander befreundet. Also, eher wie Mutter und Tochter meine ich. Hm, wie hieß die noch gleich?

Pardon, was meinen Sie mit Asyl?
Ja, dieses verwahrloste Quartier gleich hier nebenan, zum See hinunter. Es endet etwa dort, wo die Straße die scharfe Haarnadelkurve macht. Da beim alten Zollhaus. Wir nannten das früher inoffiziell *das Asyl*, weil da eigentlich alles Leute wohnten, die ins Alten- oder Armenasyl gehörten. Oder gleich in die Psychiatrie.
Er legte die Hand an seine Stirn.
Ah ja. Sie hieß Fuchs, jetzt erinnere ich mich. Wie konnte ich diesen Namen vergessen? Sie hatte rotes Haar und schon als Mädchen ungewöhnlich große, spitze Brüste. Sie war eine ausgesprochen Rassige, wie wir das damals nannten. Die Jungs haben alle über sie fantasiert, wenn Sie verstehen.
Monnier lachte ein ziemlich unangenehmes Lachen.
Später hat sie, glaube ich, ein schlimmes Schicksal ereilt, aber da war ich schon längst nicht mehr da. Meine liebe Mutter steckte mich ja ins Internat, und danach habe ich im Welschland unten Pharmazie studiert.
Hatte diese Fuchs später einen Mann und Kinder?
Nein, nein. Sie lebte vollkommen allein in einem dieser kleinen Häuser. Wir wussten damals nichts über sie. Es gab nur Gerüchte. Den Lebensunterhalt verdiente sie sich wie gesagt mit Putzen. Das tat sie wohl in verschiedenen Haushalten, nicht nur bei uns.
Sie erinnern sich nicht an das, was Sie ein schlimmes Schicksal nennen?
Monnier verneinte.
Jetzt mischte sich Michel ein.
Was gab es denn für Gerüchte über sie?
Dass sie nur pro forma putzte, aber eigentlich eine Hure war. Man erzählte sich, dass ein Großteil der erwachsenen Männer des Dorfes nachts bei ihr ein und aus gingen. Ich glaube aber nicht, dass das stimmt.
Warum nicht?
Weil meine Mutter das ganz sicher verurteilt hätte. Sie war aber ja ganz im Gegenteil mit ihr befreundet und hat sie auch unterstützt, glaube ich. Geizig wie sie sonst war. Wie ich vorhin sagte: ein einsames Beispiel dafür, dass meine Mutter nett sein konnte. Wobei, Sie müssen verstehen, meine Mutter konnte durchaus

äußerst charmant sein, auch wenn sie im Grunde eine Schlange war. Und zwar eine giftige. Ich weiß, wovon ich rede.
Dasselbe wusste Tanner ja bereits von Solène. Er stellte sich aber unwissend.
Was meinen Sie damit?
Genügt es Ihnen, wenn ich sage, dass sie mir das Leben verflucht schwergemacht hat? Sie nahm von mir zum Beispiel keine Medikamente an, weil sie Angst hatte, ich könnte sie aus Rache vergiften. Sie wusste genau, was sie mir angetan hatte.
Tanner versuchte es noch einmal.
Was hatte Sie Ihnen denn angetan?
Guillaume Monnier holte tief Atem, dann brach es regelrecht aus ihm heraus.
Sie liebte meinen Bruder, und mich hasste sie. Wissen Sie, wie man da als Kind leidet? Als mein Bruder dann relativ jung starb, vergötterte sie ihn umso so mehr. Mich quälte sie, weil sie mir im Grunde nicht verzeihen konnte, dass er gestorben war und dass ich lebte. Das war die Logik meiner Mutter. Ich bin daran fast zugrunde gegangen.
Seine Stimme wurde bitter und voller Hass.
Die junge Fuchs war natürlich die Jugendliebe meines großen Bruders. Ich nehme an, meine Mutter war deshalb eine Zeitlang so was wie ihre Beschützerin.
Er lachte noch einmal gehässig auf.
Natürlich erst nach dem Tod meines Bruders. Solange er lebte, war sie natürlich gegen diese Beziehung. Dies gehörte auch zur Logik meiner Mutter.
Tanner schwieg eine Weile. Die bittere Wahrheit hing schwer im Raum.
Woran ist Ihr Bruder denn gestorben?
Der Berg hat ihn geholt. So pathetisch nannte das der Pfarrer bei der Beerdigung. Mein Bruder war leidenschaftlicher Bergsteiger.
Und wann ist Ihre Mutter gestorben?
Vor sieben Jahren.
Er schlug die Hände zusammen.
Oh je. Die Beerdigung! Was für eine Heuchelveranstaltung! Sie sei eine aufopfernde Mutter gewesen und überhaupt. Ein wert-

volles Mitglied der Dorf- und Kirchengemeinschaft. Es hätte nicht viel gefehlt und man hätte sie als Heilige dargestellt. Ich fand es von vorne bis hinten ekelhaft. Und alles nur, weil sie der Kirche einen schönen Batzen Geld vermacht hat.
Tanner horchte auf.
Erinnern Sie sich, ob es bei der Beerdigung vielleicht zu einer besonderen Begebenheit kam?
Wie meinen Sie das?
Abgesehen von den Heucheleien, hat jemand zu Ihnen auch etwas Abfälliges über Ihre Mutter gesagt? Gab es vielleicht irgendeine befremdliche Begegnung? Versuchen Sie sich bitte zu erinnern.
Ja. Warten Sie. Jetzt, da Sie es ansprechen, erinnere ich mich an eine alte Frau. Klein und schmal. Die kam wie alle zum Kondolieren. Ich erinnere mich sogar noch daran, dass ich dachte, was die für kleine Hände hat. Sie blickte mich mit einem stechenden Blick an und sagte lange nichts. Mir war es schon fast unangenehm. Da sagte sie ganz leise und heiser – wissen Sie, so schwerfällig, fast stammelnd –, der Tod nütze meiner Mutter rein gar nichts, die Rache würde uns doch noch erreichen, bis ins nächste und übernächste Glied.
Monnier hustete kurz.
Ich kann den Wortlaut nicht beschwören, aber so etwas Ähnliches hat sie mit Sicherheit gesagt. Ich habe dem damals eigentlich keine große Bedeutung beigemessen, denn ich hatte ja am eigenen Leibe erfahren, dass meine Mutter kein Engel war. Ich war eigentlich sogar angenehm überrascht, dass mal ausnahmsweise jemand die Wahrheit ausgesprochen hat.
Tanner blickte von seinen Notizen auf.
Das nächste Glied – das wären ja dann Sie, nicht wahr.
Ja. Ich bin das nächste Glied.
Sie kannten die Frau nicht?
Nein. Ich hatte diese Frau noch nie gesehen. Und habe sie auch hinterher nie mehr zu Gesicht bekommen.
Gibt es vielleicht jemanden, der sich an diese Frau erinnern könnte?
Tut mir leid. Ich habe keine Ahnung. Vielleicht der Pfarrer? Aber der ist ja auch längst über alle Berge. Ich weiß es nicht.

Tanner blickte zu Michel. Der verstand und machte sich eine Notiz. Dann wandte Tanner sich wieder Herrn Monnier zu.
Sie haben auch keine Vorstellung, was Ihre Mutter dieser Frau angetan haben könnte?
Nein. Keine Ahnung. Tut mir leid.
Gibt es von Ihrer Mutter noch irgendwelche Dokumente, Akten? Hat Sie jemals Land verkauft, gekauft oder verpachtet? War sie Vormund? War sie jemals in einen Gerichtsprozess verwickelt? Verstehen Sie? Diese Art Dokumente.
Monnier seufzte demonstrativ.
Also, meine Herren, wie soll denn das gehen! Ich weiß doch nicht, was meine Mutter die ganze Zeit getrieben hat.
Er machte eine vage Bewegung in Richtung des hinteren Teils des Hauses.
Es gibt allerdings noch ein paar Schachteln voller Krimskrams. Keine Ahnung, was da wirklich drin ist. Ich schiebe es ständig vor mir her, sie mal zu öffnen.
Seit sieben Jahren? Dann ist dies doch vielleicht der richtige Zeitpunkt, oder? Wir wären Ihnen zu großem Dank verpflichtet. Sie wissen ja jetzt ungefähr, wonach wir suchen. Auch der geringste Hinweis kann unter Umständen Leben retten.
Monsieur Guillaume Monnier erhob sich schwerfällig aus der Louis-Quinze-Chaiselongue.
Also, meine Herren, Sie wollen mir jetzt bestimmt noch sagen, dass ich, wenn mir etwas einfallen sollte, und so weiter. Ja, ja. Ich melde mich umgehend bei Ihnen, Herr Tanner. Ich weiß ja, wo Sie wohnen, ha, ha. Und denken Sie daran, meine Herren, die Juden sind auch heute noch aktiv. Nicht nur in der Welt der Banken und Immobilien, sondern –
Tanner unterbrach den üblen Redeschwall.
Apropos Immobilien: Wer erbt einmal das Maison Blanche? Sie haben ja keine Kinder, oder irre ich mich?
Monnier lächelte säuerlich.
Das, glaube ich, geht Sie überhaupt nichts an. Guten Tag, die Herren.
Tanner und Michel tauschten einen Blick aus und beschlossen, eine kurze Kaffeepause einzulegen. Sie erzählten Solange und

Solène von der Frau mit den kleinen Händen, die Monnier bei der Beerdigung seiner Mutter Rache angedroht hatte.
Solène erinnerte sich sogar an die Beerdigung, das ganze Dorf sei ja damals auf den Beinen gewesen, aber sie wusste auch nicht, wer diese kleine Frau gewesen sein sollte. Den Dorfladen hatten die beiden Schwestern nämlich erst vor drei Jahren übernommen. Eine Kundin von heute war die Frau auf keinen Fall. Die wäre ihnen sicher aufgefallen, meinten beide übereinstimmend.
Tanner bat die beiden, sich im Dorf zu diesem Thema einmal umzuhören. Sie nickten beide eifrig. Solange räusperte sich.
Ich würde unsere nächsten Gäste mal nach der Zementfabrik fragen. Ich glaube, dass sich das lohnen würde.
Solène stieß ihre Schwester in die Seite.
Du bist ein bisschen vorlaut, kleine Schwester. Was soll denn das mit der Zementi?
Michel mischte sich ein.
Was war denn mit der Zementfabrik? Weißt du von dieser Fabrik, Tanner?
Ja, ich habe davon gehört. Unten, wo jetzt der Yachthafen steht, war früher mal eine Zementfabrik. Die war wohl auch wichtig für das Dorf. Danke, Solange, für den Hinweis. Ich werde danach fragen.
Solange blitzte mit ihren Augen zu ihrer Schwester, was diese ignorierte.
Michel schenkte sich eine zweite Tasse Kaffee ein.
Übrigens, vielleicht lebt die Frau, von der Monnier erzählt hat, auch gar nicht mehr. Als Täterin kommt sie sowieso nicht in Frage. Das widerspricht allen einschlägigen Erfahrungen.
Solène konterte.
Wieso eigentlich? Frauen morden doch auch. Oder traut ihr uns überhaupt nichts zu?
Michel lachte.
Doch, doch, wir trauen euch alles zu. Aber weibliche Serienmörder kennt man eigentlich nicht, wenn ich mich nicht täusche. Warum das so ist, entzieht sich meiner Kenntnis. Wenn ich mich nicht irre, hat Tanner todsicher eine Theorie darüber, oder?
Alle blickten erwartungsvoll zu Tanner. Der jedoch winkte ab.

Wir dürfen unsere nächsten Gäste nicht warten lassen.
Tanner und Michel gingen zurück in den weißen Salon und Solange holte die nächsten Gäste aus dem improvisierten Wartezimmer im Parterre.
Es war der Besitzer der Werft und des Yachthafens mit seiner Gattin. Berger war ein guter Geschäftsmann, seine Werft lief blendend, und der Yachthafen war bereits jetzt zu klein. Er gab sich betont seriös. Dieser Wille wurde von seiner deutlich jüngeren Gattin aufs Schönste verstärkt. Das graue Kostüm mit blassrosa Bluse und die Frisur waren perfekt aufeinander abgestimmt.
Tanner kannte Berger bereits von seinen Werftbesuchen im Rahmen seiner morgendlichen Spaziergänge. Die Gattin hatte er jedoch noch nie zu Gesicht bekommen. Er begrüßte die beiden und stellte sie Michel vor.
Wie bei Monnier beschrieb er dann so deutlich wie möglich, worum es ihnen in diesem Gespräch ging, und machte die beiden mit der Vorgeschichte vertraut, soweit sie nicht ohnehin schon informiert waren.
Berger sprach als erster.
Wir haben schon geahnt, was der Grund für diese Gespräche ist, aber wir müssen Sie leider enttäuschen, Herr Tanner. Wir sind einfach auf keine Begebenheit gestoßen, die auch nur annähernd relevant sein könnte für diese Sache. Wir haben uns die halbe Nacht damit beschäftigt, alte Geschichten ausgekramt und so weiter, aber wir sind einfach nicht fündig geworden.
Frau Berger echote kunstvoll.
Wir sind einfach nicht fündig geworden. Tut uns leid. Wir hätten Ihnen gerne geholfen. Außerdem haben wir uns nie etwas zuschulden kommen lassen.
Das glaube ich Ihnen gerne, Frau Berger. Darf ich Ihnen trotzdem ein paar Fragen stellen. Es kann sein, dass Sie bestimmte Aspekte gar nicht in Betracht ziehen, weil sie Ihnen selbstverständlich erscheinen.
Ja, fragen Sie bitte.
Die beiden rückten sich zurecht, als säßen sie beim Fotografen. Frau Berger nestelte zusätzlich noch an ihrer offensichtlich frischen Dauerwelle herum und lächelte Tanner zuckersüß an.

Herr Berger, Sie haben vor ein paar Jahren den neuen Yachthafen gebaut. Es war ja eigentlich das Gelände einer kleinen Zementfabrik, wenn ich mich nicht irre.
Stimmt genau.
Berger lehnte sich entspannt zurück. Das war eine Frage ganz nach seinem Geschmack.
Mein Urgroßvater hat die kleine Fabrikanlage aufgebaut. Mein Großvater und mein Vater haben sie weitergeführt. Bis es sich einfach nicht mehr gelohnt hat. Ich habe dann eigentlich nur das brache Gelände geerbt. Die ersten zwanzig Jahre habe ich mich dem Aufbau meiner Werft und der Bootsbauerei gewidmet. Danach habe ich das Hafenprojekt in Angriff genommen. Über fünf Jahre Planung, von der Finanzierung gar nicht zu sprechen.
Berger strich sich durch sein graues Haar und lächelte in die Runde. Von seiner Frau wurde das Lächeln sofort übernommen und verstärkt.
Ich kann mich aber noch gut an die Zeit erinnern, als man hier Zementsteine und -röhren herstellte. Es war ja praktisch Handarbeit mit maschineller Unterstützung. Ein Ausbau zu einer richtig modernen Zementartikelfabrik war leider wegen der Seelage, der Schutzbestimmungen und wegen mangelnden Platzes undenkbar. Das ganze Gelände lag dann, wie gesagt, noch fast ein ganzes Jahrzehnt lang brach.
Wie viele Arbeiter waren denn damals beschäftigt?
Berger schaute zu seiner Frau.
Na ja, das werden so an die dreißig Personen gewesen sein. Manchmal weniger, je nach Auftragslage.
Auch Frauen?
Ja, ja, Frauen auch. Einige sogar. Es gab viele Arbeitsgänge, die körperlich nicht so schwer waren, dass sie nicht auch von Frauen hätten erledigt werden können.
Was geschah mit den Arbeiterinnen und Arbeitern, als Ihr Vater die Produktion einstellte?
Ich weiß es nicht. Ich war damals auswärts in der Lehre.
Berger schaute etwas hilflos zu seiner Frau, die dann auch für ihn antwortete.

Ja, was denken Sie? Die wurden halt entlassen. Wenn sich eine Sache einfach nicht mehr rentiert, was soll man denn da machen?

War das nicht eine Katastrophe für ein so kleines Dorf? Ich meine, auf einen Schlag verlieren zwanzig bis dreißig Personen Arbeit und Einkommen. Gab es denn eine Art Sozialplan?

Jetzt begann Berger sich langsam aufzuregen.

Entschuldigen Sie, Herr Tanner. Ich sehe nicht ganz ein, was das mit der heutigen Geschichte zu tun haben soll. Aber wenn Sie es genau wissen wollen, es gab keinen Sozialplan. Dazu waren Unternehmer zu dem Zeitpunkt auch gar nicht verpflichtet. Die Gemeinde hatte natürlich dem einen oder anderen unter die Arme gegriffen. Die Arbeiter hatten ja anfänglich den Plan gehabt, die Produktion in Eigenregie weiterzuführen. Das war natürlich fertiger Blödsinn.

Frau Berger gab sich einen Ruck. Das Wort Blödsinn kam bei Michel und Tanner nicht so gut an, das spürte sie.

Mein Mann hat dann später auch einige dieser Arbeiter wieder eingestellt. Obwohl er das nicht hätte tun müssen.

Berger war das sichtlich unangenehm. Er hob beschwichtigend die Hand.

Die hatten natürlich nicht die richtige Ausbildung für den Bootsbau.

Wie viele haben Sie denn wieder eingestellt?

Ähm ... ich glaube, es waren drei oder vier.

Tanner schwieg.

Ich sagte doch, dass die alle nicht die richtige Ausbildung hatten.

Ist ja gut Berger. Regen Sie sich nicht auf. Wir verhandeln weder gegen Sie noch gegen Ihren Vater. Aber Sie müssen doch selber zugeben, dass diese Sache ein gewisses Unzufriedenheits- wenn nicht sogar Hasspotential birgt.

Die Bergers schwiegen. Jetzt meldete sich überraschend Michel zu Wort.

Wo haben denn all diese Leute gewohnt? Das waren ja keine Bauern, oder?

Nein, das heißt, zum Teil schon. Es gab bereits damals verarmte Bauern, die froh waren, eine Stelle in der Zementi zu erhalten. So

wurde sie im Volksmund genannt. Aber die meisten Arbeiter haben hier im kleinen Quartier, gleich nebenan gewohnt.
Sie meinen im Asyl?
Berger guckte Tanner überrascht an.
Sie kennen den Ausdruck? So wurde das früher nur auf der Straße genannt. Auf jeden Fall haben die hier gewohnt.
Kannten Sie Frau Fuchs? Oder Sie, Frau Berger? Sie wohnte doch auch im Asyl. Bevor sie ihr schlimmes Schicksal ereilte.
Jetzt geschah etwas mit dem Ehepaar Berger. Er lief ziemlich rot an und ihre Lippen wurden zu einem Strich.
Wie kommen Sie denn darauf, dass ich Frau Fuchs gekannt haben könnte? Also, ich habe sie sicher nicht gekannt.
Er wandte sich an seine Frau.
Hast du sie gekannt?
Sie schüttelte angeekelt den Kopf, als hätte er sie gefragt, ob sie einen Regenwurm als kleine Zwischenverpflegung möge. Der Mann fing sich langsam wieder.
Sehen Sie, Herr Tanner, wir wissen durchaus, *wer* Frau Fuchs war. Damit das klar ist. Sie hat ja als junge Frau bei meinem Vater gearbeitet. Wir wissen auch, welchen Ruf sie hatte, aber gekannt haben wir sie natürlich nicht.
Wieso natürlich?
Nein, äh, ich wollte bloß mit Nachdruck zum Ausdruck bringen, dass wir sie nicht gekannt haben.
Können Sie mir denn wenigstens sagen, welches schlimme Schicksal sie ereilt hat?
Herr und Frau Berger schauten sich fragend an. Dann machte er eine vage Handbewegung.
Ich glaube, sie hat auswärts, ich glaube sogar, im Ausland, irgendwo im Osten …
Heftiges Nicken von Frau Berger.
… einen Mann kennen gelernt, der sie aber wohl jämmerlich ausgenützt und sie ziemlich bald davongejagt hat. Oder so ähnlich. Ist es nicht so?
Er blickte fragend zu seiner Frau. Sie nickte wieder heftig.
Dann ist sie wohl sehr krank zurückgekommen und bald verstorben. Unter nicht besonders schönen Umständen.

Wie das?
Es heißt, sie sei an ihren eigenen Nieren verbrannt. Keine sehr angenehme Vorstellung.
Berger schüttelte sich demonstrativ. Seine Gattin blieb starr und blickte geradeaus.
Michel barg sein Gesicht in den Händen. Tanner nickte nur leicht mit dem Kopf. Er glaubte zwar kein Wort, begriff aber, dass jetzt nichts Brauchbares mehr aus dem Ehepaar Berger herauszuholen war.
Er schloss das Gespräch ziemlich abrupt ab und bedankte sich. Die Bergers waren sichtlich froh, dass das Gespräch so überraschend schnell für beendet erklärt wurde. Als sie bereits auf der Schwelle standen, hatte Tanner dann doch noch eine Frage.
Haben Sie eigentlich Kinder?
Frau Berger antwortete mit leicht schleppendem Tonfall.
Wir haben eine Tochter, sie hat studiert und macht eine Karriere an der Universität. Sonst noch etwas?
Sie wartete keine weiteren Fragen ab, sondern zog ihren Mann mit auf den Hausflur. Beim Hinausgehen wirkte das Paar älter als vorhin beim Eintreten.
Michel streckte sich.
Puh, die waren nicht besonders sympathisch.
Nein, das kann man nicht behaupten. Weißt du, was wir tun sollten?
Michel schüttelte den Kopf.
Wir brauchen dringend eine Liste mit den Personen, die früher in der Zementi gearbeitet haben. Und wir müssen den ehemaligen Dorfpfarrer ausfindig machen. Dann sollten wir eine Liste der Einwohner vom Asyl haben. Am besten der letzten dreißig Jahre. Wir müssen jetzt anfangen, all die Informationen, die hier zusammenlaufen, so festzuhalten, dass wir die Beziehungen der Leute untereinander nachvollziehen können. Sonst verlieren wir den Überblick und die ganze Arbeit ist für die Katz.
Tanner rief Solange und Solène in den Salon.
Würdet ihr uns netterweise große Papierbogen besorgen, die wir hier an die Wände hängen können?
Er erklärte ihnen, was er vorhatte.

Und könnt ihr mal bei der Gruber in der Gemeindekanzlei vorsprechen und sie um eine komplette Einwohnerliste vom kleinen Quartier bitten, das man früher Asyl nannte? Und zwar mindestens der letzten dreißig Jahre, bitte! Und dasselbe von der Zementi. Fragt die Gruber doch einfach mal, wie man an eine Liste der Arbeiterinnen und Arbeiter rankommt.
Die beiden nickten und machten sich an die Arbeit.
Und du, Michel. Darf ich dich auch um etwas bitten?
Ja, sicher. Ich könnte doch mit Solène die Papierbogen an die Wand pinnen, oder?
Er lachte.
Nein, du Witzbold. Du solltest deine Mitarbeiter auf diesen Pfarrer ansetzen. Und dann solltet ihr dringend nachschauen, ob es etwas Aktenkundiges über diese Frau Fuchs gibt. Und weiß man schon etwas über das Blut in der Disco?
Nein, weiß man noch nicht, aber die rufen mich sofort an.
Habt ihr euch denn schon mal prophylaktisch nach den Blutgruppen der vermissten Zwillinge erkundigt?
Nein, haben wir nicht. Meinst du wirklich …?
Ja. Allein schon, um die Zwillinge eventuell schnell ausschließen zu können, sobald dann endlich das Resultat über das Blut vorliegt.
Ja, da hast du natürlich Recht.
Du telefonierst also mit deinem Büro und ich hole schon mal unseren nächsten Gast, beziehungsweise Gäste. Es sind nämlich drei.
Mit wem haben wir denn das Vergnügen?
Mit Frau von Saalen, ihrem Sohn und ihrer Tochter.
Sind das die vom großen Gestüt? Mit der gigantischen Reithalle?
Ja.
Aha. Dann viel Vergnügen. Mit denen ist nicht gut Kirschen essen.

Bevor Tanner fragen konnte, woher Michel denn diese Information hatte, war er verschwunden. Tanner zuckte mit den Schultern und ging ins improvisierte Wartezimmer, die Familie von Saalen holen.

Die junge Frau von Saalen sprang sofort von ihrem Sessel auf und begrüßte Tanner mit herzlichem Händedruck.
Freut mich sehr, Sie kennen zu lernen, Herr Tanner. Ich habe schon viel Gutes über Sie gehört. Und ich bin froh, dass Sie sich jetzt um diesen schrecklichen Fall kümmern.
Noch ehe Tanner sich für das Kompliment bedanken konnte, meldete sich ihr Bruder zu Wort, seines Zeichens Besitzer und Redakteur der einzigen Regionalzeitung.
Ach, meine kleine Schwester wirft sich wieder einmal einem wildfremden Menschen vertrauensselig in die Arme. Dabei wissen wir ja nicht einmal –
Der junge Herr von Saalen, wahrscheinlich gerade einmal fünfunddreißig und von einer erschreckenden, aufgedunsenen Hässlichkeit, lehnte betont lässig an der Wand, und seine Stimme hatte einen süffisant-gehässigen Tonfall, wie man ihn bei frustrierten Journalisten und ebensolchen Redakteuren nicht selten antrifft.
Die alte Frau von Saalen mit ihrem beeindruckend vollen weißen Haarschopf, der sich offenbar kaum bändigen ließ, musterte Tanner mit kühl-kritischem Blick aus ihren stahlblauen Augen. Ihren Sohn unterbrach sie mit einer einzigen Geste. Es war wie im Zirkus: Der Dompteur – in diesem Falle die Dompteuse – hatte die Kreatur souverän im Griff. Ihr Ton war nicht unfreundlich, aber sehr bestimmt und keinen Widerspruch duldend.
Wir sind es eigentlich nicht gewohnt, vorgeladen zu werden, aber eingedenk der Schwere des Falls haben wir uns entschieden, Ihrer Einladung Folge zu leisten. Auch mein Sohn war übrigens einverstanden.
Der lächelte jetzt jovial und nickte brav.
Tanner begrüßte beide und ging voran in den Weißen Salon. Über ihre eigenwillige Umdeutung der sogenannten polizeilichen Vorladung musste er lächeln, verkniff sich aber eine entsprechende Bemerkung. Immerhin war die Familie ja praktisch vollzählig da. Nur der Schwiegersohn fehlte leider.
Ihr Herr Schwiegersohn ist abwesend oder hat keine Zeit gefunden, gnädige Frau?
Den Schmus mit der gnädigen Frau und so können Sie sich sparen, junger Mann. Und was ihre Frage angeht …

Jetzt wurde ihr Tonfall fast mädchenhaft unschuldig.
... Sie haben doch explizit nur die Familie von Saalen eingeladen, oder irre ich mich?
Der Hieb saß. Ihre Tochter kniff die Lippen zusammen, sagte aber nichts. Eine kleine Geste, mit der Frau von Saalen ihre beiden erwachsenen Kinder demonstrativ und erfolgreich in ihre Schranken wies. Denn keiner der beiden rebellierte. Was die Alte damit unter Beweis stellen wollte, war Tanner unklar. Vielleicht war es pure Gewohnheit. Sie hatte auf jeden Fall viel Übung darin, das war nicht zu übersehen.
Tanner fing nun zum dritten Mal an diesem Morgen an, über den Sinn und Zweck dieser Gespräche zu sprechen. Die Alte unterbrach ihn nach wenigen Sätzen.
Das können Sie sich sparen. Ich weiß Bescheid. Oder trauen Sie mir nicht zu, dass ich die Situation durchschaue?
Sie lachte.
Wenn ich mir allerdings die Liste derer anschaue, die Sie zu diesen Gesprächen eingeladen haben, muss ich Ihnen sagen, dass wir mit all denen nichts zu tun haben. Weder gehabt haben noch haben werden. Verstehen Sie?
Tanner blieb gelassen. Er wunderte sich auch nicht weiter darüber, dass sie offenbar Einblick in die Einladungsliste erhalten hatte.
Darf ich Sie darauf hinweisen, dass es nicht darum geht, ob *Sie* nun mit all den anderen Geladenen Gemeinsamkeiten haben oder nicht?
So! Um was geht es denn?
Wir versuchen herauszufinden, was der Mörder mit *Ihnen* allen zu tun haben könnte.
Die Alte entrüstete sich sichtlich ob dieser Belehrung, sagte aber nichts. Die junge Frau von Saalen allerdings konnte sich ein Lächeln nicht verkneifen. Tanner bemerkte es und beschloss, später einmal eine Gelegenheit zu suchen, mit der jungen Frau allein zu sprechen. Von ihr konnte er möglicherweise Dinge erfahren, die in der jetzigen Gesprächskonstellation sicher nicht zur Sprache kommen würden.
In diesem Moment betrat Michel den Salon und stellte sich vor.

Er nickte Tanner zu, was wohl heißen sollte, dass die besprochenen Dinge ins Rollen gekommen waren.
Tanner schaute Frau von Saalen bewusst in die Augen.
Dürfte ich Ihnen nun ein paar Fragen stellen?
Nur zu. Wer die Antwort nicht fürchtet, darf alles fragen.
Tanner lächelte und konterte.
Und wer ein reines Herz hat, fürchtet keine Fragen. Amen.
Sie ging nicht auf diese Anspielung ein, sondern schaute auf ihre Herrenarmbanduhr.
Fragen Sie.
Tanner ordnete seine Notizblätter und stellte seine erste Frage betont nebenbei.
Erinnern Sie sich eigentlich an Frau Fuchs?
Die Alte starrte ihn an. Auch ihr Sohn und ihre Tochter schienen den Atem anzuhalten.
Ich erinnere mich natürlich an sie. Halten Sie mich für verkalkt?
Hat Frau Fuchs für Sie gearbeitet?
Erst jetzt dämmerte es ihr, dass Tanner mit seiner Frage möglicherweise nur einen Versuchsballon hatte steigen lassen. Sie biss sich auf die Lippen.
Ja, hat sie.
Wie lange?
Ziemlich genau drei Jahre lang.
Wann war das?
Sie zog die Luft scharf durch die Nase.
Vor etwa fünfzehn oder sechzehn Jahren, würde ich sagen.
Sofort meldete sich die Tochter zu Wort.
An Weihnachten werden es genau dreizehn Jahre sein.
Verärgert blickte die Alte ihre Tochter an.
Woher willst denn du das so genau wissen? Du mit deinem Spatzengedächtnis!
Diesmal ließ sich die Tochter aber nicht kleinkriegen.
Maman, hör auf! Ich weiß es, weil kurz darauf unser Bruder starb. Und das wird im Januar dreizehn Jahre her sein. Das hast selbst du nicht vergessen.
Jetzt stampfte die Alte energisch mit ihrem Fuß auf das altfranzösische, mit verschlungenen Ornamenten verzierte Parkett.

Das gehört nun wirklich nicht hierher. Du redest nur, wenn du gefragt wirst.
Dann richtete sie sich wieder an Tanner.
Na gut. Dann waren es halt dreizehn Jahre. Was machen zwei drei Jahre für einen Unterschied? Und weiter?
Haben Sie ihr gekündigt oder ist sie von selbst gegangen?
Ihre Antwort kam nun so schnell, als wollte sie ihrer Tochter zuvorkommen.
Sie ist freiwillig gegangen. Sie hatte sich in einen Ausländer verliebt und wollte zu diesem Mann. Irgendwo in den Osten.
Tanner blickte zur Tochter. Sie wich seinem Blick aus. Der Sohn nickte, heftig erregt.
Ja, ganz genau. So war es. Es war für uns auch kein tragischer Verlust, sie hatte sowieso schlampig geputzt, nicht wahr, Maman? Und wenn sie mal kochen musste, war ihr Essen ungenießbar!
Für Tanner klang die Heftigkeit seiner Reaktion eher danach, als sei der Sohn – er muss ja damals noch ein halber Jüngling gewesen sein – bei ihr abgeblitzt. Frau Fuchs war ja nach Aussagen von Monnier der erotische Männertraum schlechthin gewesen.
Wo lebt denn Frau Fuchs heute? Lebt Sie überhaupt noch?
Tanner stellte sich betont unwissend. Doch erneut war die Antwort der Alten kategorisch.
Das entzieht sich definitiv unserer Kenntnis. Das interessiert uns auch nicht. Ich verstehe auch gar nicht, warum Sie auf dieser Frau so herumreiten. Und was hat das alles mit der heutigen Situation zu tun?
Tanner beschloss, auf die Bemerkungen gar nicht einzugehen und wechselte das Thema.
Kannten Sie die Familie Monnier?
Die Alte reckte ihr Kinn in die Höhe.
Selbstverständlich.
Auch diese Antwort kam wie aus der Pistole geschossen. Gleichzeitig hob sie die Hände, als wollte sie verhindern, dass eines ihrer Kinder etwas sagt. Die Tochter senkte sofort den Kopf. Der Sohn lächelte weiterhin sein sardonisches Lächeln.
Den Apotheker kennen wir nicht.

Apotheker klang bei ihr wie ein Schimpfwort, das man nur in äußersten Notfällen in den Mund nehmen durfte.
Waren Sie bei der Beerdigung der Mutter des Apothekers?
Nein. Hätten wir dabei sein sollen?
Na ja, ich dachte, wenn jemand aus dem Dorf stirbt, den man kennt, dann ist es doch üblich –
Wir sind eben nicht üblich, verstehen Sie doch!
Tanner nickte.
Ja, das sehe ich.
Jetzt schoss er einen Pfeil ins Ungefähre.
Darum wundert es mich umso mehr, dass Sie sich bei so etwas *Üblichem* wie dem Bau eines Yachthafens finanziell beteiligen.
Ohne Übergang zog sie los wie eine Furie.
Hat Ihnen das der Berger gesteckt, der Hornochse? Ohne mein Geld wäre der ja gar nichts. Wenn ich *den* das nächste Mal sehe …
Sie schüttelte zornig ihre Faust.
Schon sein Vater war ja auf unsere Kredite angewiesen. Von der Bank würden solche Würstchen keinen roten Rappen bekommen.
Sie hatte sich ganz schön in Rage geredet. Der Sohn fühlte sich sichtlich unbehaglich, und die Tochter starrte immer noch auf den Boden.
Tanner fuhr unbeirrt weiter.
Warum haben Sie denn damals die Arbeiterinnen und Arbeiter nicht unterstützt, als sie die Produktion der Zementi selbstständig weiterführen wollten? Da das Kapital von Ihrer Familie stammte, wären Sie doch dazu in der Lage gewesen?
Sie lachte böse.
Bockmist. Kommunistischer Bockmist. Ich habe dem alten Berger gedroht, alles Kapital aus seiner Firma zu nehmen, sollte er sich auf diesen sozialistischen Furz einlassen. Ihm passte das ja auch nicht in den Kram, aber er war ein Waschlappen, dem man erst mal eine gehörige Portion Funken in den Hintern blasen musste.
Michel musste lachen. Die Alte blickte ihn böse an, und Michel zuckte regelrecht zusammen.
Nicht nur ihres bösen Blickes wegen, sondern weil ihn jetzt zum

ersten Mal die auffallend blauen Augen der Alten von Saalen trafen. Wo nur hatte er letztens ein ebenso blaues Augenpaar gesehen? Er konnte sich nicht erinnern, was ihn so sehr verunsicherte, dass er zu stottern anfing.
Na ja, das ist doch ein schönes Bild. Ich meine, äh ... so bildlich ... mit den Funken im ... na ja, Sie wissen schon ... und der Atem aus Ihrem ...
Tanner unterbrach ihn.
Frau von Saalen, fühlen Sie sich bedroht? Oder haben Sie Angst um eines Ihrer Kinder? Ist in den letzten Tagen irgendetwas Ungewöhnliches vorgefallen? War vielleicht jemand in Ihrer Nähe, den Sie schon sehr lange nicht mehr gesehen haben?
Frau von Saalen schaute abwartend auf Tanner und Michel. Die Fragen selbst ignorierte sie einfach.
Heißt das, unser Gespräch ist schon beendet? Es klingt so nach Schlussfrage.
Im Prinzip ja. Ich habe aber noch eine Bitte. Wir brauchen dringend ein Verzeichnis sämtlicher Personen, die für Sie gearbeitet haben. Und zwar rückwirkend für die letzten dreißig Jahre. Sowohl im Haushalt wie auf dem Gestüt. Wäre das machbar?
Sie lehnte sich entspannt zurück.
Ach, wenn es nur das ist. Das wird mein Sohn gerne für Sie erledigen. Hab ich nicht Recht? Er faxt oder mailt Ihnen die Angaben so schnell wie möglich. Geben Sie ihm einfach Ihre Koordinaten.
Der Sohn nickte und lächelte säuerlich, was sein unschönes Gesicht noch mehr entstellte. Tanner reichte ihm seine Karte und dachte bei sich, dass er diese Liste ganz sicher von der Tochter auf ihre Vollständigkeit überprüfen lassen würde. So leicht war er nicht auszutricksen.
Die Verabschiedung fiel recht formell und kühl aus. Einzig die Tochter sah Tanner und Michel mit einem flehentlichen Blick an, den man ohne weiteres als Entschuldigung durchgehen lassen konnte. Die Hand gab sie ihnen allerdings nicht.

Tanner und Michel schwiegen eine ganze Weile, als sie allein im Salon saßen.
Dann äußerte sich Michel überraschenderweise als Erster.

Das Asyl. Die Zementi. Frau Fuchs. Die Alte mit dem stechenden Blick und den kleinen Händen.
Er gähnte.
Das ist doch gar nicht so schlecht nach nur drei Gesprächen. Oder Tanner, was meinst du?
Ich würde noch den ältesten Sohn von der Saalen dazurechnen. Das sagt mir mein Gefühl. Und wir sollten dringend versuchen, etwas über den Alten von Saalen herauszukriegen.
Aber Tanner, das sind doch alles ganz uralte Geschichten.
Ja, sicher. Ich bin mittlerweile überzeugt, dass es sich auch um eine alte Geschichte handelt. Es gibt welche, die nie verjähren. Ich kann es dir nicht erklären. Um Geld geht es ja nicht. Soviel ist doch klar. Entweder es ist ein Kranker oder ein Rächer. Vielleicht auch beides zusammen. Letztlich läuft es ja auf dasselbe hinaus.
Michels Telefon summte. Er nahm ab, meldete sich und lauschte einen Moment.
Es war das Labor. Die Blutgruppe vom Discoblut stimmt mit der Blutgruppe der Zwillinge überein.
Michel schien richtig niedergeschlagen.
Es ist zwar statistisch nicht die häufigste Blutgruppe, aber auch nicht die seltenste. Das heißt, wir wissen eigentlich nichts.
Du hast Recht, Michel, es bleibt uns im Moment nichts anderes übrig, als auf die Resultate von Walter Sager zu warten.
Michel hob die Faust.
Ich hätte die Zwillinge so gerne ausgeschlossen!
In dem Moment betraten Solange und Solène den Salon, mit einer großen Rolle Papier.
So, so. Ihr würdet uns gerne ausschließen! Und von was, wenn ich fragen darf?
Es war natürlich Solène, die fragte und Tanner mit funkelnden Augen anblitzte.
Wir reden von Sophie und Elias, Solène, nicht von euch.
Oh, entschuldige. Sind sie wieder aufgetaucht?
Nein.
Alle schwiegen bedrückt. Solène fing sich als erste.
Wo sollen wir die Papierbogen aufhängen?

Wir haben vor der Mittagspause noch ein Gespräch, das mit dem Papier machen wir hinterher. Was hat denn Frau Gruber gesagt?
Sie wird die Liste bis heute Nachmittag fertigstellen. Wir holen sie dann. Sie war übrigens sehr kooperativ, die Gute.
Tanner umarmte Solange.
Das habt ihr gut gemacht. Vielen Dank. Überhaupt ist eure Mitarbeit für uns sehr wertvoll, das wollte ich euch noch einmal ausdrücklich sagen. Solange, bringst du uns den Philosophen, bitte? Mal sehen, was wir von ihm erfahren.
Solange verließ den Salon. Michel auch. Er musste pinkeln. Solène drängte sich zu Tanner.
Und ich?
Ich habe doch gesagt, dass *ihr* es gut gemacht habt.
Ja, aber umarmt hast du nur meine Schwester.
Hast du nicht einmal gesagt, was ich *ihr* tue, tue ich auch *dir?*
Sie lachte und drohte mit dem Finger.
So habe ich das nicht gemeint, du Schuft, du!
Sie lächelte. Dann wechselte sie unvermittelt das Thema.
Mein Schwesterlein hat übrigens einen ganz tiefen Schlaf, wie alle Unschuldigen. Sie weiß also von nichts, die Gute.
Bevor er weiter fragen konnte, brachte Solange den Philosophen in den Salon.

Arthur Grünstein war von großer und schwerer Gestalt, sein Gang der eines Bauern. Sein Gesicht war gerötet, als hätte er drei Stunden Schnee geschaufelt. Hellwache, graugrüne Augen blitzten unter einem wirren Haarschopf hervor, vor dem sicher jeder Kamm kapitulieren musste.
Aha, das ist also der berühmte Tanner. Ich habe Ihre Fälle in der Zeitung verfolgt. Zeitweise war ja viel zu lesen.
Seine mächtige Baritonstimme füllte den Salon ohne große Anstrengung. Er sprach fließend Deutsch, aber mit einem unüberhörbaren östlichen Akzent. Sie schüttelten sich die Hände. Sogar Michel verzog leicht das Gesicht, so kräftig war der philosophische Händedruck.
Nehmen Sie bitte Platz, Herr Grünstein.

Pah, nennen Sie mich Arthur oder Grünstein. Das *Herr* kann ich beim besten Willen nicht leiden.
Da Sie einen so schönen Familiennamen haben, werde ich Sie Grünstein nennen. Das ist ein jüdischer Name, wenn ich mich nicht irre. Man hört ihn heute eher selten.
Ja, man hat ja auch mit allem Fleiß daran gearbeitet, dass diese Namen verschwinden. Mein Vater war Jude. Das Kind einer Familie, die zum Teil nur mit knapper Not dem Untergang entronnen ist. Er lebte in Prag und ist vor drei Jahren an Herzversagen gestorben. Ich bin dort aufgewachsen, studiert habe ich in München und Wien.
Und Sie sind Philosoph?
Ja, so nennt man das doch wohl, wenn man über Dinge nachdenkt, dabei immer weniger weiß und noch weniger verdient.
Er lachte ein ansteckendes Lachen.
Und von was leben Sie dann, wenn ich fragen darf?
Sie dürfen, Tanner, Sie dürfen. Ich habe eine kleine Rente. Das ist natürlich ein großes Glück. Ab und an publiziere ich etwas. Ich habe auch manchmal einen befristeten Lehrauftrag. Es reicht auf jeden Fall fürs Nötigste.
Tanner sah ihn einen Moment schweigend an.
Und wie kommt es, dass Sie in dieses Dorf gezogen sind?
Das ist ganz einfach. Ich wollte mich einerseits für eine Weile zurückziehen, um ein größeres Werk zu schreiben, andererseits wollte ich schon lange mal den Ort kennen lernen, an dem meine Mutter gelebt hat.
Aha. Ich verstehe. Die kleine Kapelle ist dafür wahrscheinlich wie geschaffen. Zum Nachdenken und Schreiben, meine ich.
Das kann man wohl sagen. Meine unglückliche Mutter hätte große Freude daran gehabt, sie wollte nämlich, dass ich Priester oder Mönch werde. Ich habe mich mit Händen und Füßen gewehrt, aber immerhin lebe ich jetzt in einer kleinen Kartause. Vermietet wird sie allerdings von der Gemeinde und nicht von der Kirche. Ein kleiner, wenn auch feiner Unterschied.
Er lachte wieder. Dann wurde er ernst.
Mit ihrer Obsession, aus mir einen Geistlichen zu machen, wollte sie wohl irgendetwas wiedergutmachen. In den Augen meines

armen Mütterchens gab es wohl auch Einiges wieder gut zu machen. Vielleicht aber auch nur in den Augen der anderen. Ich habe gehört, dass man sie hier früher im Dorf die scharfe Margot genannt hat. Schön war sie auf jeden Fall. Der Rest war zu einem guten Teil Projektion.

Tanner stutzte.

Wie hieß Ihre Mutter denn mit ledigem Namen?

Sie war nie verheiratet. Ich bin ein uneheliches Kind der Füchsin. Vielleicht nicht einmal das einzige. Aber das entzieht sich meiner Kenntnis.

Michel und Tanner waren elektrisiert und sprachen gleichzeitig.

Ihre Mutter hieß Fuchs?

Ja. Margot Fuchs. Sie wohnte hier vorne im Asyl. In einer dieser Bruchbuden. Habt Ihr meine Mutter gekannt?

Nein. Aber ihr Name ist im Zusammenhang mit unseren Recherchen plötzlich aufgetaucht. Wir haben gerade heute Morgen erfahren, dass sie sich vor etwa dreizehn Jahren in einen Mann im Osten verliebte und zu ihm zog.

Was? So erzählt man das jetzt?

Wie war es denn wirklich?

Lassen Sie mich mal nachdenken. Verliebt hatte sie sich in meinen Vater natürlich viel früher. Ich bin ja nun deutlich älter als dreizehn Jahre, wie Sie sehen. Irgendeine Landwirtschaftsstudie brachte ihn in diese Gegend. Er war Professor für Agronomie, müssen Sie wissen. Aber trotzdem. Es stimmt schon. Vor ungefähr dreizehn Jahren hat sie ihn zum letzten Mal besucht. Ich kann mich noch an seinen aufgeregten Telefonanruf erinnern. Ich war damals schon in Deutschland, mitten in meinen Prüfungen. Aber leider dauerte ihre kurzfristig wiederaufgeflammte Liebe nicht sehr lange. Wäre es anders gewesen, würde sie ja mit ziemlicher Sicherheit noch leben.

Wie meinen Sie das? Wir haben gehört, dass sie an einer schlimmen Nierenkrankheit gestorben ist.

Entsetzt starrte Grünstein Tanner an.

Wawa … waas sagen Sie da? Mein Gott! Soweit geht die Verleugnung! Ich kann es nicht glauben.

Er atmete tief durch und fasste sich wieder.

Sie wissen also nicht, was mit meiner Mutter passiert ist? An Neujahr vor dreizehn Jahren?
Nein. Wir wissen es wirklich nicht.
Gibt es denn keine Akten darüber? Das kann doch gar nicht sein!
Verstehen Sie, Grünstein, wir wissen das alles auch erst seit ein paar Stunden.
Tanner deutete auf Michel.
Kommissar Michel hat unmittelbar bevor Sie kamen den Auftrag rausgegeben zu recherchieren, ob Ihre Mutter aktenkundig ist. Aber jetzt können Sie uns ja alles erzählen.
Grünstein starrte die beiden an. Dann sprach er leise.
Sie ist erstochen worden. Von einem jungen Mann, der im Nachbarhaus wohnte. Totschlag im Affekt. So hieß das Urteil. Es sei ein Beziehungsdelikt gewesen. Eifersucht.
Michel entfuhr eine sehr unschöne Bemerkung. Grünstein ließ sich davon aber nicht beirren.
Er hat, glaube ich, zwölf Jahre dafür bekommen. Wir haben alles erst sehr viel später erfahren, denn die Beziehung zu meinem Vater war hier nicht bekannt, aktenkundig schon gar nicht. Dasselbe gilt für meine Existenz. Man wusste hier nicht, dass Margot einen Sohn hatte. Sie fürchtete sich vor dem Gerede. Ich selber habe meine Mutter ja auch kaum gekannt, verstehen Sie. Ich bin bei meinem Vater, seiner Mutter und noch einer Handvoll Tanten aufgewachsen. In einem Dorf in der Nähe von Prag. Die Familie hat meine Mutter nie akzeptiert. Wissen Sie, gegen den vereinten Widerstand einer Schwiegermutter und sieben Tanten hat niemand eine Chance. Auch mein armes starkes Mütterchen nicht.
Michel hob die Hände.
Ja, das kann ich verstehen. Aber Ihr Vater? Hatte er sich nicht zur Wehr gesetzt?
Grünstein hob seinerseits die Hände.
Ja und nein. Mein Vater war Jude, vollkommen in der Hand seines Frauenhaushalts. Dann schleppte er eine Schickse aus der Schweiz an, die obendrein auch schon schwanger war. Sie sehen das Problem?
Ja. Du lieber Himmel. In aller Deutlichkeit.

Michel seufzte schwer. Tanner blickte von seinen Notizen auf.
Haben Sie vielleicht noch Briefe von Ihrer Mutter aus der Zeit vor ihrem Tod? Ich meine, unmittelbar bevor sie getötet wurde?
Ja, es gibt ein paar Briefe. Aber ich weiß nicht mehr genau von wann sie sind. Das werde ich nachschauen.
Tun Sie das bitte, Grünstein. Ihre Mutter hat bis zu Weihnachten vor dreizehn Jahren bei der ziemlich reichen und vor allem einflussreichen Familie von Saalen geputzt und gekocht. Wissen Sie davon?
Er fuhr sich durchs Haar.
Es kann sein, dass sie das in einem Brief erwähnt hat. Ich werde auf jeden Fall nachschauen. Besser, ich bringe Ihnen das ganze Bündel, denn vielleicht würde ich ein Detail übersehen, da ich nicht mit allen Punkten des Falles vertraut bin. Sie sehen ja offensichtlich eine Verbindung, oder?
Wir müssen allem nachgehen. Wir haben bis jetzt praktisch keine Spur. Deswegen suchen wir nach einer möglichen Verbindung zwischen dem Blutzeichenmann und den Personen, die wir als gefährdet einstufen. In den bisherigen Gesprächen ist Ihre Mutter mehrfach aufgetaucht, und niemand hat bislang die Wahrheit gesagt. Aus Unwissenheit? Oder weil sie etwas zu verbergen haben? Wir wissen es nicht, aber wir werden es herausfinden.
Sie stufen mich also als einen Gefährdeten ein?
Das ist lediglich eine Hypothese. Vielleicht hat der Blutzeichenmann die Kapelle auch einfach vergessen, weil sie ja Jahrzehnte lang leer stand. Wir sind natürlich froh für Sie, wenn es so wäre, trotzdem sind wir glücklich, dass wir Sie gesprochen haben, denn jetzt wissen wir, wer Margot Fuchs war. Und was für ein schreckliches Ende sie genommen hat.
Bevor Tanner das Notizheft zuklappte, notierte er noch, was ihm impulsartig durch den Kopf schoss.
Die Füchsin hat ihre Schönheit mit dem Leben bezahlt oder Der Tod war der einzige Liebhaber, der sie wirklich bekam.

VIERZEHN

Ein Fischer, der trotz der grauen Kälte am späten Morgen auf den See gefahren war, hatte sie kurz vor Mittag in einer stillen Bucht entdeckt. Dort, wo früher die Pfahlbauer ihre Siedlungen auf Pfählen errichteten, die in den Seegrund gerammt waren. Bei niedrigem Seespiegel ragte bis heute der eine oder andere versteinerte Pfahlstumpf aus dem Wasser.

An so einen Pfahl waren die beiden eng umschlungenen Zwillinge von der Strömung getrieben worden. Da war ihre Reise zu Ende. Der Mörder hatte sie mit einem starken Seil verschnürt. Sie waren beide nackt. Aus den vielen Wunden floss längst kein Blut mehr. Die aufgeschwemmte Haut schimmerte wie Perlmutt.

Michel und Tanner standen stumm in ihre Mäntel gehüllt und verfolgten mit versteinerten Gesichtern die Bergung der beiden Toten. Die Leichen wurden sofort an das Gerichtsmedizinische Institut überführt.

Als man dort wenig später die Verschnürung löste und die Verschlungenen gewaltsam trennte, sah man, dass die Bauchhöhlen jeweils offen lagen und sämtliche Organe entfernt worden waren.

Beide Bauchhöhlen waren mit geschälten Äpfeln gefüllt.

So etwas hatte auch der dienstälteste Gerichtsmediziner in seiner ganzen Amtszeit noch nie gesehen. Dafür kannte er sich mit Äpfeln aus, denn in seiner Freizeit war er ein leidenschaftlicher Hobbybotaniker und interessierte sich im Speziellen für alte, zum Teil verschwundene Obst-, Gemüse- und Getreidesorten. Er konnte anhand der Form, der Schale, des Fruchtfleisches und des Kerngehäuses mit großer Sicherheit die Apfelsorte bestimmen. In diesem Falle fehlte natürlich die Schale, aber er war sich trotzdem sicher, dass es sich erstaunlicherweise um eine dieser alten Apfelsorten handelte, die man heute in keinem Geschäft mehr

kaufen konnte. Die Äpfel gehörten zur Sorte der Taubenäpfel. Die Schale wurde bei dieser Sorte auffällig rot, das Fleisch war schneeweiß und süß. Ihr Geschmack erinnerte an eine Birne. Früher sagten die Alten, dass Eva ihrem Adam genau so einen Apfel angeboten hatte. Keinen grünen oder gelben, sondern einen mit leuchtend roten Wangen. Er hieß roter Wintertaubenapfel.
Die Eltern brachen zusammen, als Michel und Tanner ihnen die schreckliche Nachricht vom Tod ihrer Kinder überbringen mussten. Sie hatten in weiser Voraussicht schon vorher einen Arzt und eine Mitarbeiterin des psychologischen Dienstes avisiert, die jetzt schnell zur Stelle waren. Die Hilfe des Arztes akzeptierten die beiden, ein Gespräch mit der Psychologin lehnten sie jedoch strikt ab. Sie hätten ihre eigenen geistigen Betreuer, und man solle sie jetzt alleine ihrem Schmerz überlassen. Morgen früh würde einer von ihnen allerdings wohl oder übel zur offiziellen Identifizierung der Leichen ins Gerichtsmedizinische Institut fahren müssen. Das würde ihnen niemand abnehmen können.
Tanner und Michel zogen schweigend von dannen.
Sie gingen ins improvisierte Dorfcafé zu Solange und Solène, wohin sich die Nachricht bereits herumgesprochen hatte.
Solange weinte schluchzend. Solène schaute starr und versteinert auf ihre Hände. Man sprach nicht viel, trank Kaffee. Hunger hatte niemand.
Über dem Dorf lagen die Wolken schwer bis auf die Dächer, wie die zum Bild gewordene, bleierne Angst, die die Herzen der Dorfbewohner umklammert hielt. Die Straße war einmal mehr wie leergefegt. Kein Mensch traute sich vor die Tür. Einige, die es im Dorf nicht mehr aushielten, hatten sich längst bei Verwandten eingenistet. Nur ab und zu brummte einer der obligatorischen Lastwagen, deren Fahrer nichts von dem Unheil ahnten, über die mit Teerflicken übersäte Dorfstraße.

Der Polizeipräsident hatte auf fünf Uhr nachmittags eine Pressekonferenz angesetzt, bei der Michel selbstverständlich mit dabei sein musste. So wurde die Fortsetzung der Gespräche im Weißen Salon auf den nächsten Morgen verlegt. Viel sagen konnte die Polizei kaum, aber man hatte sich entschlossen, rückhaltlos zu informieren und möglichst viele Details bekannt zu geben, in der Hoffnung, irgendeines dieser Details könnte bei jemandem in der Öffentlichkeit eine Reaktion auslösen. Tanner war zwar mit diesem Vorgehen nicht einverstanden, aber er konnte es natürlich nicht ändern, denn in seiner Rolle als Berater durfte er nicht eingreifen.

Dafür hatte er Zeit, auf den großen Papierbogen die bisherigen Resultate der Gespräche einzutragen. Frau Gruber hatte ihr Versprechen gehalten und eine vollständige Liste mit den Bewohnern des Asyls der letzten dreißig Jahre ausgearbeitet. Eine Liste der Zementi würde sie auch noch besorgen, und zwar über eine Sozialkasse, bei der damals alle versichert gewesen waren. Auch hatte der junge Herr von Saalen schneller als erwartet seine Liste mit den Angestellten der Familie Saalen geschickt. In diesem Fall war Tanner zwar skeptisch, was die Vollständigkeit der Aufstellung betraf, aber im Moment musste er sich damit zufrieden geben. Er bat Solange, mit einer Kopie dieser Liste zur jungen Frau von Saalen zu gehen, um diese mit ihr durchzugehen.

Tanner wählte eine bestimmte Methode der grafischen Gestaltung, die sich schon in früheren Fällen bewährt hatte. Die Darstellung verdeutlichte auch bei zahlreichen Beteiligten auf eine sehr übersichtliche Weise personelle und örtliche Zusammenhänge in Bezug auf einen zeitlichen Ablauf. Sehr leicht ließen sich dadurch örtliche und zeitliche Schnittmengen von Personen eruieren. Und darauf kam es in diesem Falle explizit an. Wichtig war natürlich auch, möglichst viele Personen als potentielle Mitwirkende auszuschließen und so den Kreis um die gesuchte Person immer enger zu ziehen.

Michel hatte versprochen, nach der Pressekonferenz sofort wieder ins Maison Blanche zu kommen, das jetzt regelrecht zum Hauptquartier erklärt wurde. Er würde dann auch die Akte Margot Fuchs mitbringen. Michels Mitarbeiter im Büro sollten weiterhin schnell und zuverlässig Daten recherchieren, doch die Auswertung und Analyse geschah im Weißen Salon. So rief Sommer Tanner direkt an, um ihm mitzuteilen, dass man den ehemaligen und frühzeitig pensionierten Pfarrer der Dorfkirche gefunden hatte. Allerdings am anderen Ende der Welt. Sommer entschuldigte sich für diese Tatsache, als sei es seine Schuld. Der Herr Pfarrer war nämlich für längere Zeit in einem Jesuitenzentrum in Kyoto untergekommen, wo er irgendwelche Studien betrieb. Tanner musste zweimal nachfragen, ob er sich nicht verhört hatte. Jesuitenzentrum in Kyoto? Die Stadt kannte Tanner zwar, doch dass es dort Jesuiten geben sollte, entbehrte nicht einer gewissen Absurdität. Aber Sommer bestand darauf, dass er vom zuständigen bischöflichen Amt exakt diese Auskunft erhalten hatte. Tanner war es natürlich egal, wo sich der Pfarrer aufhielt, für ihn war einzig und allein wichtig, mit ihm in Kontakt zu treten. Er beauftragte Sommer, die Telefonnummer ausfindig zu machen, denn Kyoto sei zwar nicht gerade um die Ecke, aber telefonieren könne ja kein Problem sein, außer man beachtete die Zeitverschiebung nicht. Am besten wäre, wenn Sommer den Pfarrer Vuillemaz, so sein Name, schon mal vorwarnen und abklären könnte, zu welchem Zeitpunkt er am besten zu erreichen sei. Es müsste allerdings so rasch als möglich sein.

Nach japanischer Zeit würde dies sowieso am nächsten Morgen sein, denn wenn er sich richtig entsann, dämmerte in Japan der Morgen, wenn in Europa die letzten Nachtschwärmer ins Bett gingen.

Er schaute auf die Uhr. Kurz vor halb fünf. In der Hauptstadt begann bald die Pressekonferenz. Michel würde also erst gegen sieben Uhr, oder noch später, zurück im Maison Blanche sein. Draußen war es bereits dunkel.

Er ging zu einem Fenster, das zur Seeseite lag, und öffnete es.

Feuchtkalte Luft drang ins Zimmer, die intensiv nach verfaulten Blättern roch. Der See, obwohl fast zum Greifen nahe, war im ersten Moment kaum auszumachen. Schweres Gewölk dichtete ihn hermetisch gegen jedes Sternen- oder Mondlicht ab. Erst als sich die Augen langsam an die Dunkelheit gewöhnt hatten, erkannte er den Schimmer der bleiernen Wasseroberfläche. Zwar konnte er Wellenumrisse ausmachen, doch in der Windstille bewegte sich rein gar nichts. Als sei die gerade noch bewegte See von einem Moment auf den anderen erstarrt. Wie Lava, die sich auch noch erkaltet ihre Fließform auf ewig bewahrte.

Tanner musste an die Zwillinge denken, die man heute Nachmittag aus ihrem nassen Grab befreit hatte. Was für ein sinnloser und schrecklicher Tod. Die beiden unschuldigen Wesen hätten noch ihr ganzes Leben vor sich gehabt. Warum sie? Wo war der Berührungspunkt? Hatten sie für eine Schuld bezahlen müssen, die ihre Eltern oder Großeltern verursacht hatten? Oder war es der pure Zufall, der sie ausgewählt hatte? Die Eltern waren im Augenblick natürlich nicht vernehmungsfähig, aber man würde sehr bald mit ihnen reden müssen. Hoffentlich waren sie auch nach dem tragischen Tod ihrer Kinder noch bereit dazu. Eigentlich wären die beiden Eltern ja für heute Nachmittag zum Gespräch vorgesehen gewesen.

Auf den großen Papierbogen standen ihre Namen wie eine einsame Inselgruppe, denn es gab noch keine Bezüge zu anderen Personengruppen.

Auf einem anderen Bogen stand alles, was man bis jetzt über den Mörder wusste. Viel war es noch nicht. Die Namen seiner Opfer (Andrés Name stand auch dort). Die Daten. Die Blutzeichen und ihre Übersetzung. Die Art der Verwundungen. Die Fundorte. Die genaue Beschreibung, wie die Zwillinge verschnürt worden waren. Dann vor allem: die Äpfel im Bauch. Nebst den Blutzeichen und dem rätselhaften Text waren die Äpfel bis jetzt das persönlichste und unverwechselbarste Charakteristikum des Täters. Warum fehlten die Äpfel bei André? Oder hatte man sie nach dem überrollenden Zug nicht mehr nachweisen können? Wahrscheinlich war, dass man im Labor gar nicht danach gesucht hatte. Tanner beschloss, Michel auf dieses Versäumnis aufmerksam zu machen.

Aber was bedeuteten Äpfel im Bauch? Geschälte Äpfel. Was war das für eine Botschaft?

Spontan dachte Tanner an ein Fruchtbarkeitsritual. Und natürlich an all die Bedeutungen, die Äpfel in der abendländischen Menschheitsgeschichte einnahmen. Symbol der Liebe, der Sexualität, der Fruchtbarkeit und des Lebens im Allgemeinen, der Entscheidung und des Reichtums. Und natürlich, dass der Apfel eine gängige Umschreibung für die weibliche Brust war. Schon bei Goethe hieß es doch so unverwechselbar schön *... einst hatt' ich einen schönen Traum ...* dann kam irgendwie der Apfelbaum ins Spiel – und dann: *zwei schöne Äpfel glänzten dran ...* und die Angesprochene freute sich wie eine Schneekönigin, dass auch *ihr* Garten solche trug.

In diesem Moment rief ihn die Kioskfrau an, das hieß, es rief eine Frau an, die er schlecht verstand, und er begriff erst mit der Zeit, dass es sich um die Frau vom Kiosk handelte. Sie hieß offenbar Wagner. Susanne Wagner. Wieso hatte er sie das eigentlich nicht gefragt, als er sie besuchte?
Also, Frau Wagner, was wollen Sie mir erzählen, und sprechen Sie bitte deutlicher, ich verstehe Sie schlecht.
Zuerst erklärte sie ihm umständlich, dass er sie ruhig Susanne nennen könne, niemand würde Frau Wagner sagen. Sie wisse dann gar nicht, wer gemeint sei. So fremd erschiene ihr das.
Gut. Susanne, was wollten Sie mir mitteilen?
Nach und nach rückte sie mit dem Wesentlichen heraus. Dass sie beharrlich ihre Kundschaft aus dem Altersheim (er wisse schon, ihre intime Kundschaft) wegen des jungen Mannes weiter befragt und rausgefunden habe, dass der junge Mann offenbar im Heizungskeller des Heims übernachtet hatte. Und zwar auf einer Matratze, die dort lag, aber man wisse nicht, wer ihn dort hineingelassen hatte und was dort überhaupt eine Matratze sollte.
Sie machte eine bewusste Pause. Dann sprach sie weiter.
Das heißt, eine Vermutung habe ich schon.
Nämlich welche?
Nun, zu mir kommen die Männer mit den normalen Bedürfnissen. Es gibt aber auch Männer im Altersheim, die keine normalen Bedürfnisse haben.
Dann schwieg sie wieder eine Weile. Er wartete.
Verstehen Sie, von welchen Bedürfnissen ich rede?
Ja, ich glaube schon. Sie meinen, diese Matratze im Heizungskeller ist eine Art Liebesnest für Männer, die sich mit Männern treffen wollen?
Ganz genau.
Warum machen die das denn nicht auf ihren Zimmern?
Weil sie es mit jungen Männern treiben. Verstehen Sie? Es würde zu sehr auffallen, wenn sie die mit aufs Zimmer nehmen würden.

Und das hat Ihnen alles Ihre Kundschaft anvertraut?
Ja, ja, ich kriege so einiges aus denen heraus, da können Sie Gift darauf nehmen.
Ob sie denn auch wisse, wer das alles organisiert, wollte Tanner wissen.
Sie schwieg eine Weile.
Susanne, sind Sie noch dran?
Ja. Aber darüber weiß ich nichts.
Könnten Sie sich denn für mich ein wenig weiter umhören? Ich wäre Ihnen sehr dankbar.
Gut. Ich versuche es. Ich melde mich wieder. Aber ich brauche etwas Zeit. Ihre Nummer habe ich ja. Es kommt Kundschaft.
Sie beendete abrupt das Gespräch.
... und ich habe deine auch, Susanne vom Kiosk.

Diese neuen Informationen würde er natürlich sofort an Michel weitergeben, wenn er heute Abend ins Maison Blanche kam. Denn sie eröffneten – wenn sie denn stimmten – eine ganz neue Dimension. Immerhin wusste man nun wenigstens, wo sich André in jener Nacht aufgehalten hatte. Vielleicht gab es ja noch Spuren auf dieser Matratze.
Interessant. Höchst interessant.
Er beschloss, noch einmal aus dem Haus zu gehen. Trotz Dunkelheit und Kälte. Michel würde sowieso nicht vor zehn Uhr zu ihm kommen, das hatte er ihm per SMS mitgeteilt. Tanners Ziel war die kleine Kapelle, die seit kurzem Arthur Grünstein beherbergte, den Sohn der Füchsin.
Die Kapelle gehörte zum Territorium der Kirche, des Friedhofs und des Pfarrhauses und schmiegte sich an die Mauer, die das Grundstück gegen den See abschloss.
Tanner gelangte schnell zur Dorfkreuzung und schlug den Weg über den Friedhof ein, den er ja kürzlich erst unter Solènes Führung etwas genauer kennen gelernt hatte. Zum Glück hatte er eine Taschenlampe eingesteckt, denn bei der Friedhofstür endete der enge Lichtradius der Straßenlampen, die es ohnehin kaum schafften, die Straße und das Trottoir so zu beleuchten, dass man sehen konnte, wohin man seinen Fuß setzte.

Nachts einen Friedhof zu betreten erschien Tanner nach wie vor als etwas Ungewöhnliches, ja Unheimliches, da nützte auch der erwachsene Verstand nur wenig. Ein nächtlicher Friedhof erschien ihm als eine Art Sperrzone. Jetzt blieb ihm nichts anderes übrig, wenn er den Philosophen in seiner Kartause besuchen wollte.
Als er die Friedhofstür hinter sich geschlossen hatte, blieb er einen Augenblick stehen und lauschte in die düstere Nacht hinein.
Hier ruhen die Toten, dachte er. Ruhen sie denn wirklich?
Dabei fiel ihm auf, wie merkwürdig der Begriff *ruhen* im Grunde doch war. *Ruhen* meinte ja im engen Wortsinn einen weniger intensiven Zustand als schlafen. Ruhen, dösen, schlummern, schlafen. Vielleicht träumen. So lautete die natürliche Reihenfolge. Auf dem *Ruhe*bett ruhte man sich aus, was nicht zwingend Schlaf bedeutete.
Es waren tote Körper, Leichname, die hier lagen. Leichen. Totes Fleisch. Wachen oder Schlafen hatte somit alle Bedeutung verloren. Träumen auch?
Seine alte Köchin und Haushälterin in Marokko pflegte zu sagen, dass es die Bäume sind, die die Träume der Toten weiterträumen. Sie war ja die Großmutter des einen bestialisch ermordeten Kindes gewesen. Sie hatte dann auch dafür gesorgt, dass in der Nähe des Kindergrabes ein Baum mit einer möglichst großen Krone gepflanzt wurde. Denn wenn ein Kind starb, hatte es noch viele Träume. Mehr als jeder Erwachsene, aber auch die hatten noch viele.
Also gut, die Bäume träumten. Tanner schaute in die Höhe und sah in der kalten Nacht nur die dunklen Schatten der Kastanienbäume.
Aber die Toten? Er schaute die lange, leicht gekrümmte Linie der Grabsteine entlang. Nichts regte sich. Totenstille.
Tanner schritt langsam die Reihe der Gräber ab. Der Schein seiner Taschenlampe streifte Marmor mit Goldlettern, einfach behauene Steine und metallene Kreuze. Den Engel ohne Kopf.
Die meisten, die hier lagen, waren sicher schon längst chemisch zerfallen und biologisch abgebaut. Vermodert und zerfressen. Das Gerippe der Knochen bloß und blank gelegt. Auch der Schä-

del nackt. Befreit von individuellen Gesichtszügen. Verschwunden all die unzähligen Muskeln, die es brauchte, um lachen zu können. Endlich weg auch all das angefressene Fett. Rank und schlank lagen sie in der Erde, reduziert auf ihre knöcherne Grundstruktur. Der Tod als großer demokratischer Gleichmacher. Nicht vor Gott sind wir alle gleich, sondern vor dem Tod.
Was blieb waren zweihundertdreiunddreißig einzelne Knochen. Und im besten Fall zweiunddreißig Zähne. Die Knochen wogen in frischem Zustand neun bis vierzehn Kilo – gänzlich ausgetrocknet im Schnitt noch ganze fünf Kilo.
Das Wort *Ruhen* sprach also vielmehr von der Ruhe oder der Beruhigung der Lebenden, die sich die Toten lieber unveränderlich schlafend in ihren mehr oder weniger luxuriösen Särgen vorstellten und nicht gerne an den Zersetzungsprozess und die gierig fressenden Maden dachten. Ganz zu schweigen vom Geruch, der jeden Verwesungsverlauf begleitete – auch dies gehörte zur vielgepriesenen Natur.
Tanner blieb stehen, und seine Taschenlampe suchte die Umgebung ab.
Das steinerne Relief mit der Pferdeherde, über die Solène mit ihrer Hand so zärtlich gestreift hatte, fand der Lichtkegel seiner Taschenlampe leider nicht. Er ging weiter, direkt auf die kleine Kapelle zu.
Er klopfte an die Tür, denn eine Glocke gab es nicht.
Ein schwaches Lichtlein über der Tür glimmte auf, und Grünstein öffnete die Tür.
Ach, schau an. Sie sind es, Tanner. Ich dachte, als ich Ihr Licht über den Friedhof geistern sah, der Sensenmann persönlich würde heute Abend an meine Tür klopfen. Ich habe mir aber bereits eine kluge Ausrede ausgedacht.
Tanner lachte.
Und wie wäre die ausgefallen, Meister Grünstein?
Gevatter Tod, hätte ich gesagt, ich muss noch mein Buch fertig schreiben. Ich kann jetzt unmöglich schon kommen. Danach, wenn es fertig geschrieben ist, darfst du mich holen.
Tanner spielte den Ball zurück.
Aha! Hätte der Tod dann gesagt, und seine Skelettstirn in Falten

gelegt. Hochinteressant. Von was handelt denn dieses so überaus wichtige Buch, dass sogar der Tod warten muss?
Warum die Leute den Tod *negieren*, davon handelt mein Buch, großer Meister.
Spannend. Ich wusste gar nicht, dass mich die Leute negieren. Tun sie das wirklich?
Und wie. Ihr komplettes Leben ist allein davon bestimmt.
Wie denn das? Wo ich doch die einzige Wahrheit bin, die existiert.
Grünstein lachte übers ganze Gesicht und applaudierte heftig.
Gute Antwort. Es wundert mich nicht, dass Sie philosophisch interessiert sind. Aber kommen Sie erst mal rein. Es ist weiß Gott nicht sehr angenehm draußen. Möchten Sie auch einen Tee?
Tanner mochte. Und während Grünstein hinter einer kleinen Trennwand verschwand, sah er sich neugierig in der kleinen Kapelle um.
Im Grunde war es ein einziger großer, hoher Raum. Weiß getünchte Wände. Eine dunkle Holzdecke mit leicht verblassten farbigen Ornamenten. Ein Boden aus handgefertigten Tonplatten. Die Einrichtung bestand aus einem schweren Holztisch mit einem einzigen Stuhl, zwei bequemen Gobelinsesseln vor einem Fenster in Richtung See und einer gedrungenen Holzstatue, die einen alten Mann mit einem fein herausgearbeiteten Gesicht darstellte. An der Wand, die dem Fenster gegenüber lag, glühten in einem mannshohen Kamin einige Scheite Holz. Ein angenehmer, harziger Geruch lag in der Luft.
Tanner hörte Grünstein hinter der Trennwand hantieren.
Nehmen Sie Zucker? Es ist ein Darjeeling.
Gerne viel Zucker und viel Milch, wenn Sie haben.
Ach, da haben wir ja die gleiche Vorliebe. Schauen Sie sich ruhig um.
Tanner ging hinter die Trennwand.
Schauen Sie. Hier ist eine kleine Teeküche. Und hinter diesem schmalen Durchbruch, wo ich im Moment gerade so nackt hindurchpasse, sind eine Dusche und eine Toilette.
Er deutete hinter sich.
Diese steile Himmelsleiter führt zu meinem Bett unterm Dach.

Darüber gibt es ein kleines Fenster, durch das ich in den Sternenhimmel schauen kann. Einfach fantastisch.
Er reichte ihm eine große Tasse.
Durch das Dachfenster hat mich der liebe Gott natürlich auch perfekt im Blick.
Er lachte und bedeutete Tanner, in einem der Sessel Platz zu nehmen.
Haben Sie sich auf dem Friedhof noch ein bisschen umgesehen?
Nicht wirklich. Ich habe nur über die Redensart *die Toten ruhen* nachgedacht.
Und zu welchem Schluss sind Sie gekommen?
Von Ruhe ist da unten wahrscheinlich nicht viel zu spüren. Das, was wir als tot bezeichnen, markiert einen ganz bestimmten Moment. Einen Übergang. Der Körper kommt ja in dem Sinne nicht zur Ruhe, sondern wird zu einem großen Teil abgebaut, kompostiert, wenn Sie so wollen. Es geht immer weiter, Stillstand ist eine Fiktion. Darüber musste ich gerade eben nachdenken.
Kein sehr heiteres Thema. Aber Sie haben vollkommen Recht. Das ist explizit die größte Schwierigkeit, die wir seit jeher mit dem Tode haben. Zum einen müsste man mal akzeptieren können, dass man ein Teil dieser Gesamtschöpfung ist, die wir gemeinhin Natur nennen, und zwar durchaus konkret. Wir sind alle ohne Ausnahme denselben Verwandlungsprozessen unterworfen. Jedes Blatt, jede Zelle, jeder Stern hat seine Geburtsstunde, seinen Höhepunkt und seinen Tod. Alles verändert sich, selbst Berge sind permanent in Veränderung. Damit können wir uns schlecht abfinden. Wir wollen unveränderlich sein, am Status quo festhalten. Ewig sein. Wir sind aber *endlich*. Basta!
Tanner nickte und trank einen Schluck warmen Tee.
Und was wäre die andere Schwierigkeit?
Den unerträglichen Gedanken auch nur zu denken, dass es möglicherweise gar nicht um uns geht.
Sondern?
Tja, das ist die große Frage, Tanner. Darauf haben wir noch keine Antwort gefunden. Es gibt individuelle Ansichten darüber, jede Menge sogar. Aber es bleibt die ewig ungelöste Frage. Verstehen Sie, auch wenn Ihnen keine der Religionen mehr etwas bedeutet,

stellt sich dieses urreligiöse Dilemma trotzdem mit gnadenloser Unerbittlichkeit. Und mit der Todesfrage könnte sich die Menschheit erst versöhnen, wenn der Sinn des Ganzen endlich klar wäre. Unsere hiesigen Religionen haben zwar zu jeder Zeit immer wieder darüber gepredigt, aber die allgemeine Angst vor dem Tod haben sie nicht überwinden können.
Grünstein zündete sich eine Zigarette an.
Entwickeln Sie denn in Ihrem Buch eine These oder beschreiben Sie vor allem den real existierenden Zustand?
Beides. Fünfhundert Seiten Zustand, eine Seite These.
Er lachte unbändig.
Nein, nein. Ich mache nur einen Witz. So schlimm wird's nicht werden.
Er griff hinter sich nach einer Schale aus Wurzelholz.
Nehmen Sie zum Beispiel diesen Apfel. Ein ganz gewöhnlicher Apfel, den Sie hier im Laden bei den charmanten Schwestern kaufen können, Sorte Maigold.
Er hielt ihn am Stiel gegen das Licht.
Ist diese Frucht nun gewachsen, um von irgendeinem Wesen mit Begeisterung gegessen zu werden? Oder ist sie gewachsen, um vom Baum zu fallen und zu verfaulen, um somit das Kerngehäuse in die Erde zu bringen, damit ein neuer Baum wachsen kann, der weitere Äpfel trägt und so weiter und so weiter.
Schwere Frage, ich weiß es nicht.
Aber Tanner, die Antwort ist ganz einfach: Es ist nämlich vollkommen egal.
Grünstein spaltete den Apfel mit einem gekonnten Griff und zeigte die beiden weißen Hälften. Jetzt waren auch die geteilten Kerngehäuse deutlich sichtbar.
Das Raffinierte der Schöpfung liegt genau hier verborgen: Egal was passiert, der Kern gelangt immer wieder in die Erde und produziert einen Baum. Wenn jemand den Apfel isst, verdaut er ihn, und der Kern kommt hinten wieder raus. Wenn das Lebewesen stirbt, verwest es, und der Kern gelangt auch wieder in die Erde. Sie verstehen die Logik? Dem Kern ist jeder Weg recht, Hauptsache er kann am Ende keimen.
Aber warum ist der Apfel dann so schön und so köstlich?

Eine höchst spannende Frage. Im Falle des Apfels dient die Schönheit vielleicht einzig und allein dazu, dass überhaupt jemand nach ihm greift und die Kerne fünfzig oder fünfhundert Meter weiter weg ausspuckt oder ausscheißt, in Folge dessen sich der Baum über einen möglichst weiten Raum fortpflanzen kann. Ja. Mehr weiß ich auch nicht. Warum gibt es in der Natur diese wahnwitzige Vielfalt an Schönheit? Wo man hinschaut: Schönheit. Zum Wahnsinnigwerden. Schönheit! Schönheit! Im Großen wie im Allerkleinsten.
Tanner hob die Tasse.
Auf die Schönheit.
Grünstein gab das Echo.
Auf die Schönheit.
Tanner lachte.
Außer bei den Toten unter der Erde. Ich denke da an Maden etc. …
Grünstein verschluckte sich und hustete.
Ja, ja. Obwohl ich Zoologen kenne, die auch noch in der fettesten Made die Schönheit der Natur erkennen.
Er lachte und schüttelte sich wie ein großer Pudel.
Puh. Da schließt sich auf jeden Fall der Kreis zu unserem Ausgangspunkt. Und ich bin der Frage nach meiner These einmal mehr elegant ausgewichen. Sie ist zwar da …
Er tippte mit dem Zeigefinger an seine Stirn.
… aber ich bin mitten in der Ausarbeitung, da ist es immer –
Tanner hob beschwichtigend seine Hand und unterbrach ihn.
Lieber Grünstein, was fällt Ihnen denn sonst noch zu Äpfeln ein? Ich meine literarisch oder philosophisch?
Grünstein faltete genüsslich die Hände hinter dem Kopf und begann aus dem Stand zu zitieren.
Soll der Marmor deiner Brust, welchen du mit Fleiß verhüllest,
nicht zum Lieben tragen Lust, wenn er auf und nieder quillet …
Grünstein atmete geräuschvoll aus und streckte die Arme gen Zimmerdecke.
Ach, ist das nicht wunderbar?
… auf und nieder quillet. Ach die Äpfel sind zu schöne, Lisimene.
Er lachte schallend.

Das hat ein anonymer Barockdichter geschrieben.
Tanner nickte.
Schön auf den Punkt.
Oder diese Zeilen, aus derselben Sammlung: *wollen weiches Schwesternpaar, Lilien weißer Honigbrüste …*
Achtung, jetzt kommt's! Er machte mit der Hand eine Bewegung als wolle er etwas wiegen.
… wieg' in welcher Brust Venus war. Und so weiter und so weiter.
Er lachte sein jungenhaftes Lachen.
Ja, und natürlich die Griechen! Die waren große Verehrer der weiblichen Brust und haben sie stets gerne mit Äpfeln verglichen. Nonnos nannte die Äpfelchen der weiblichen Brust übrigens *Wurfspeere der Liebe.* Und dann gibt es noch die schöne Anekdote von der Gerichtsverhandlung gegen die Phryge. Sie soll, um der Verurteilung zu entgehen, ihre beiden *Äpfel* entblößt haben, so heißt es in der Überlieferung. Die Richter waren von der strahlenden Herrlichkeit ihrer Brust so angetan, dass sie von einer Verurteilung absahen. Ist das nicht köstlich?
Tanner nickte.
Oder bei Ariost heißt es: *Könnt er nicht ganz genau die helle Träne, die zwischen Rosen und Lingusten quillt, der herben Apfel holdes Paar betauen, das goldne Haar vom Wind gefächelt schauen.*
Er lachte wieder.
Da haben wir früher im Lateinunterricht den Lehrer geärgert, indem wir statt Lingusten *Linguisten* übersetzt haben.
Er blickte zu Tanner.
Entschuldigung, bei dem Thema könnte ich stundenlang abschweifen.
Tanner lächelte.
Bei den Brüsten oder bei den Äpfeln?
Bei den *Äpfelchen* natürlich!
Sie lachten beide.
Danach schwiegen sie. Tanner dachte an Solveig. Sie fehlte ihm immer noch – immer wieder – empfindlich. Hatte er die Chance darauf, sie wie in jener Nacht in seinen Armen halten zu dürfen, vertan? Er gab sich einen Ruck und fuhr mit beiden Händen durch seine dichten Haare.

Eigentlich bin ich ja hergekommen, um zu fragen, ob Sie die Briefe Ihrer Mutter schon gefunden haben.
Ja, sicher.
Er griff noch einmal hinter sich.
Hier. Es sind insgesamt drei Briefe. Sie können sie gerne mitnehmen und lesen.
Er reichte sie Tanner.
Was gut ist, es sind die originalen Datumsstempel der Post dabei. Falls das für Sie wichtig sein sollte.
Haben Sie denn etwas gefunden, was Ihnen vielleicht erst jetzt aufgefallen ist? Oder sich in einem anderen Licht zeigt?
Ja, da gibt es schon etwas. Ich kann nur die Tragweite nicht ganz beurteilen.
Er zündete sich nochmals eine Zigarette an.
Meine Mutter hat bis kurz vor ihrem Tod bei der Familie von Saalen gearbeitet, das wissen Sie ja. Da muss es einen behinderten Sohn gegeben haben, der sie offenbar sehr gern gehabt hat. Ich könnte auch interpretieren, dass er in meine Mutter verliebt war. Sie deutet auf jeden Fall so etwas an. Sie könne seine Gefühle nicht so erwidern, wie er es erwarte. Verstehen Sie?
Tanner nickte.
Sie hatte sich auf jeden Fall Sorgen um seine Gesundheit gemacht. Sie meinte, dass er eine Medizin einnehmen musste, die ihm mehr schadete als nützte. Wörtlich schreibt sie in ihrem letzten Brief, dass sie einen befreundeten Apotheker um Rat fragen wollte.
Tanner musste unwillkürlich an Monnier denken. Von ihm hatte er ja das erste Mal überhaupt von der Existenz der Füchsin gehört.
Das wäre ja ein Zufall sondergleichen …
Er presste die Hände zusammen.
Grünstein blickte ihn erwartungsvoll an.
Fällt Ihnen dazu was ein, Tanner?
Eine ganze Menge fällt mir dazu ein. Es sind natürlich nur Spekulationen.
Tanner erzählte nun ausführlich von der Familie von Saalen und vom tragischen Schicksal des ältesten Sohnes.

Grünstein griff bereits zur nächsten Zigarette, obwohl die letzte immer noch im Aschenbecher glimmte.
Das ist ja ein Ding! Meine arme Mama. Und ich hatte dieser Textstelle bis heute keine besondere Bedeutung beigemessen.
Er nahm einen tiefen Zug von der Zigarette.
Sie hat sich also Sorgen um die Gesundheit ihres, ähm, Schützlings gemacht.
Offenbar wehrte Grünstein sich gegen die Vorstellung, dass der älteste Von-Saalen-Sohn ihr Liebhaber gewesen sein könnte. Tanner wartete gespannt, wie er den Faden weiterspinnen würde.
Sie misstraute entweder der Kunst der Ärzte, denn sie sah, dass das Medikament, das sie ihm vielleicht höchstpersönlich jeden Tag hinstellen ….
Tanner ergänzte.
… oder ihm sogar einträufeln musste.
Ja, selbst das ist möglich, auf jeden Fall misstraute sie dem Medikament. Aha. Und was heißt das jetzt?
Tanner wartete.
Es könnte also sein, dass jemand aus der Familie von Saalen (oder gleich die ganze Familie) ihm mittels eines falschen Medikaments das Leben verkürzen wollte. Wenn nicht der Arzt ein Stümper war.
Tanner nickte.
Meine Mutter ist denen offensichtlich auf die Schliche gekommen. Die Familie hat das irgendwie gemerkt und hat sie unter Androhung von weiß der Teufel was –
Jetzt meldete sich Tanner.
Verzeihen Sie, Grünstein, wenn ich Ihren Gedankengang unterbreche. Aber ich muss natürlich an *alle* Möglichkeiten denken.
Ja, natürlich. Was meinen Sie denn, Tanner?
Es gibt noch mindestens zwei weitere Möglichkeiten.
Welche?
Die Familie hat Ihrer Mutter einen größeren Geldbetrag angeboten, mit der Bedingung, für eine Weile zu verschwinden. Und natürlich zu schweigen, versteht sich. Oder –
Ja?

Oder – verzeihen Sie die Ausdrucksweise – Ihre Mutter war so dumm und hat die von Saalens erpresst.
Grünstein erschrak.
Erpresst?
Ja, erpresst. Und zwar aufgrund der Informationen, die sie vom Apotheker hatte.
Grünstein stand vor Erregung auf und begann auf und ab zu wandern. Tanner ließ ihm Zeit. Er sollte von alleine auf den nächsten Gedanken kommen. Es dauerte nicht lange.
Plötzlich blieb Grünstein stehen und starrte Tanner an.
Sie verfluchter Hund. Sie wussten es gleich, oder?
Was wusste ich gleich?
Dass die von Saalens, diese Dreckschweine, die lassen sich nicht erpressen, auf jeden Fall nicht lange.
Er presste seine Hände an die Schläfen, als hätte er Angst, sein Kopf könnte die Wahrheit nicht aushalten.
Also haben sie jemanden engagiert, der geeignet war, meine arme Mutter –
Er schwieg betroffen.
Ja? Sprechen Sie weiter, Grünstein.
Jemand, der meine Mutter im Auftrag der Familie ermordet hat. Jemand, bei dem man danach behaupten konnte, es sei ein Beziehungsdelikt gewesen. Totschlag im Affekt.
Grünstein starrte Tanner immer noch an.
Jemand, dem es nichts ausmachte, für zwölf Jahre ins Gefängnis zu gehen, weil er …
Grünstein griff sich erneut an den Kopf.
… weil er entweder sowieso nichts zu verlieren hatte oder weil ihm eine so große Belohnung geboten wurde, dass es sich sogar regelrecht lohnte, ins Gefängnis zu gehen.
Grünstein setzte sich erschöpft.
Das ist doch Wahnsinn! Ist das nicht Wahnsinn?
So hat es doch Methode.
Grünstein stutzte.
Das sagt Hamlet, oder?
Nein. Polonius.
Ach ja, natürlich. Wie konnte ich das nur verwechseln!

Er griff sich zum dritten Mal mit einer dramatischen Geste an den Kopf.
Wollen Sie noch einen Tee, Tanner?

Tanner gelang es, den aufgewühlten Grünstein insofern zu beruhigen, als er betonte, dass ihre Spekulationen erst einmal bewiesen werden wollten. Nach zwei weiteren Stunden, die sie mit angeregten philosophischen Gesprächen über Gott und die Welt (und Brüste und Äpfel) verbrachten, machte sich Tanner schließlich auf den Weg ins Maison Blanche.
Michel war dann sogar erst kurz vor Mitternacht erschienen.
Er habe sich ja schließlich wieder einmal um Anita und Fritzi kümmern müssen. So seine Begründung für die Verspätung. Tanner fragte bloß, wer denn überhaupt Fritzi sei und verzichtete ausnahmsweise auf einen Kommentar – es war angesichts der fortgeschrittenen Uhrzeit eh ziemlich offenkundig, dass sich Michel einzig und allein um Anita gekümmert und nicht mit ihrer Tochter Verstecken gespielt hatte.
Tanner erzählte ihm von den neuesten Informationen über Andrés Nacht im Heizungskeller des Altersheims und vom Liebesleben der homosexuellen Altersheimbewohner. Michel horchte natürlich auf, lieferte dies doch erstens neue Hinweise für seinen anderen Fall und zweitens eine neue Informationsquelle in Form von Susanne, der Großzügigen. Er würde sich morgen direkt nach den verabredeten Gesprächen hier im Maison Blanche auf den Weg machen und die Sache selbst inspizieren. Tanner erzählte Michel bewusst nichts über die Besonderheiten dieses blonden Kiosk- und Altersheimengels. Er würde es ja morgen alles selbst erleben.
Mitgebracht hatte Michel wie versprochen die Akte Margot Fuchs, die allerdings erstaunlich dünn war. Tanner studierte sie aufmerksam, während Michel auf die Papierbogen starrte, die Tanner am Nachmittag zu beschriften angefangen hatte.
In der Akte stand, dass Franz Müller, ein siebenundzwanzigjähriger Mann, gestanden hatte, Margot Fuchs in ihrem Wohnhaus mit unzähligen Messerstichen erstochen zu haben. Aus Eifersucht. Er habe eine Beziehung zu ihr gehabt und sie habe ihn be-

trogen. Und zwar mit mehreren Männern. Im Obduktionsbericht stand vermerkt, welche Messerstiche den Tod herbeigeführt hatten. Die Brüste waren teilweise verstümmelt und der Bauch geöffnet gewesen. Der Täter habe im Affekt gehandelt und sei in eine Art Blutrausch geraten.

Ansonsten keine Kommentare. Eine nachlässige, geradezu schlampige Tatortbeschreibung, die überhaupt nichts aussagte, keine psychologische Analyse, keine Gutachten, keine Laboruntersuchungen.

Tanner war entsetzt über die Akte, die man kaum mehr als fragmentarisch und stümperhaft bezeichnen konnte. Michel reagierte gelassener.

Ich kann dir ohne Problem noch ein Dutzend solcher Meisterwerke zeigen. Hier unten in der Pampa hat man noch bis vor Kurzem so gearbeitet. Heute ist das natürlich anders geworden. Sieh es doch so: Wenn man schon mal ein pfannenfertiges Geständnis vorliegen hat, macht man sich doch nicht noch die Mühe, weiter zu forschen. Hauptsache, man hat den Täter und kann ein Etikett drauf kleben: im Affekt gehandelt – aus Eifersucht – also ist es – tatatataaa – Totschlag. Macht zwölf Jahre Zuchthaus. Der Nächste, bitte.

Tanner konnte sich damit nicht zufrieden geben.

Michel, tu mir bitte einen Gefallen.

Ja, werter Herr. Welchen denn?

Der Polizist, der damals die Leiche gefunden hat, kannst du mir den auftreiben? Wenn ich es richtig entziffern kann, so heißt er Manz. Und er war hier im Dorf als Polizist stationiert. Damals gab es offenbar noch einen Polizeiposten. Wo mag der gewesen sein?

Michel zuckte mit den Achseln.

Keine Ahnung. Da musst du die Schwestern fragen. Aber ich treibe dir den Manz auf, wenn er noch lebt. Nichts einfacher als das.

Aber schnell bitte. Gibt es schon einen Untersuchungsbericht über die Disco?

Bekommen wir morgen. Hat man mir ganz sicher versprochen.

Gut. Sonst noch etwas Neues?

Nein. Ich glaube nicht.

Eine Neuigkeit hatte Michel, kurz bevor er sich verabschiedete, dann doch noch zu verkünden.
Solveig Sanders sei Hals über Kopf abgereist. Stocker habe ihn völlig konsterniert angerufen und gefragt, was er denn mit der Solveig angestellt hätte. Sie sei den ganzen Tag völlig verstört gewesen, habe nichts erzählen oder erklären wollen, sondern lediglich ihre Papiere verlangt und ein Taxi bestellt.
Tanner nahm es ebenso unbeteiligt zur Kenntnis, wie Michel es erzählte, und enthielt sich eines Kommentars. Lediglich nach ihrem Reiseziel fragte er noch so harmlos wie möglich – das konnte er sich dann doch nicht verkneifen, es war schon schwierig genug, den Aufruhr in seiner Brust zu verbergen. Michel zuckte bloß mit den Achseln, was wahrscheinlich soviel hieß, wie: Ich weiß es nicht, oder es kümmert mich nicht. Tanner hatte es danach plötzlich eilig, Michel loszuwerden, was ihm auch gelang. Er programmierte anschließend den automatischen Telefonweckdienst auf vier Uhr, denn er wollte ja frühmorgens Pfarrer Vuillemaz in Japan erreichen.
Dann versuchte er einige Male verzweifelt, Solveig zu erreichen, aber sie blieb und blieb stumm. Er schickte eine SMS und bat um dringenden Rückruf, wobei er sich um einen nüchternen Ton bemühte, um nicht allzu deutlich zu machen, wie sehnlich er auf eine Nachricht wartete.
Er stieg unter die Dusche und dann – ja dann wartete die letzte Überraschung dieses an Ereignissen so reichen Tages auf ihn.

FÜNFZEHN

Kurz nach vier Uhr erreichte Tanner Pfarrer Vuillemaz in Kyoto. Das Gespräch dauerte nicht lange, obwohl der geistliche Herr sehr offen und hilfsbereit war. An die Beerdigung von Frau Monnier erinnerte er sich sehr gut, auch kam ihm die Frau mit den auffallend kleinen Händen bekannt vor. Aber aus dem Stand konnte er sich einfach nicht an ihren Namen erinnern. Früher sei er immer sehr stolz auf seine Fähigkeit gewesen, alle Gemeindemitglieder mit Namen zu kennen, aber das lag jetzt doch schon eine ganze Weile zurück. Wenn er das Verzeichnis der Kirchgemeinde bekommen könne, würde ihm das bestimmt helfen. Tanner versprach, ihm eine solche Liste zu besorgen. Vuillemaz diktierte ihm eine Faxnummer. Bevor sie sich verabschiedeten, fiel ihm noch ein, dass diese Frau nicht regelmäßig in seine Kirche gekommen war und meist in Begleitung eines jungen Mannes. Wahrscheinlich ihr Sohn.
Tanner schrieb sich dies als Aufgabe für Sommer auf.
Dann schaute er leise in seinem Zimmer vorbei, in dem er heute Nacht ausnahmsweise nicht geschlafen hatte, und betrachtete eine Weile Solanges Katzengesicht.

Nachdem er nämlich spät in der Nacht noch geduscht hatte – jetzt kommt die Überraschung –, war er in sein Zimmer gegangen und hatte in seinem Bett eine tief und selig schlafende Solange vorgefunden. Und diesmal war er hundertprozentig sicher, dass es sich um Solange handelte. Sie hatte sich offensichtlich in seine Wohnung und in sein Bett geschlichen, während er bei Grünstein saß. Was sie aber nicht wissen konnte, war, dass ja Michel noch gegen Mitternacht vorbeikommen würde, somit hatte sie irgendwann die Müdigkeit übermannt.
Nachdem Tanner sich vom Schreck erholt hatte, betrachtete er sie eine Weile stumm.

Wird das jetzt zur Gewohnheit? Jeden Abend eine andere Frau in meinem Bett?
Sollte er lachen oder wütend werden? Er wusste es nicht.
Vielleicht sollte er doch langsam anfangen, die Tür abzuschließen.
Er drehte sich um, schaute dann aber doch noch einmal zu Solange, die sich – nur sehr spärlich zugedeckt – just in diesem Augenblick auf den Rücken gedreht hatte, als könnte sie selbst im tiefen Schlaf ihren absoluten Verführungswillen nicht abstellen.
Wie hatte er nur Solène mit ihr verwechseln können? Absolut unbegreiflich. Er musste nicht ganz bei Trost gewesen sein. So war heute sein hartes Urteil über sein eigenes Verhalten.
Sie hatte einen katzenartig schlanken Körper mit runden, kleinen und ganz und gar vorwitzigen Brüstchen (Äpfelchen bei den Griechen), ausgestattet auch noch mit frech aufragenden Stielchen. Alles in allem eine einzige Sprache der Aufforderung.
Im nächtlichen Dämmerlicht war sie von ihren Gesichtszügen her allerdings nahezu mit ihrer Schwester identisch – soviel darf zur Entschuldigung von Tanner immerhin gesagt werden. Das war wirklich erstaunlich, denn im Tageslicht waren es gerade die Gesichter, die seiner Meinung nicht zu verwechseln waren. Zumindest ging es ihm so, auch wenn andere Leute behaupteten – und die Schwestern selbst gerne damit spielten – dass man sie leicht verwechseln würde. Aber es ist ja bekannt, dass die meisten Menschen gar nicht richtig hinschauen können.
Ja, und dann kam natürlich die andere Frage.
Warum liegt jetzt nicht Solveig hier in meinem Bett?
Da war leider nur eine einzige Antwort möglich: Weil er es selbst vermasselt hatte. Wer wollte es ihr verargen? Und wer weiß, wohin sie gegangen war? Zurück nach Wien vielleicht?
Er schlich sich langsam aus dem Zimmer. Eigentlich wollte er Solange ja noch fürsorglich zudecken, aber das Risiko, dass sie aufwachte, war ihm doch zu groß.
Dann legte er sich in sein Gästebett und kam sich dabei sehr reif und vernünftig vor. Er zitierte sogar leise das alte Sprichwort von der Grube, die man gräbt und dann selbst hineinfällt.
Er drehte sich zur Seite und stellte fest, dass zuletzt Solveig hier

gelegen hatte. Kaum hatte er dies gedacht – noch immer umspielte die Zufriedenheit seine Lippen, weil sich Solange gewissermaßen selbst ausgetrickst hatte – war es um seine Seelenruhe auch schon wieder geschehen.
In seinem Körper wurden ohne Vorwarnung sämtliche Vorräte an Adrenalin und wer weiß was für körpereigenen Drogen ausgeschüttet, die ihn von innen her gewaltig aufmischten. Machtlos wälzte er sich im Bett, vergrub sein Gesicht im Kopfkissen, aber die Bilder von Solveig konnte er nicht abschütteln. Er sah sie wie in einem Kaleidoskop, manchmal ganz, manchmal facettenhaft, aufgeteilt in Schenkel, Hände, Füße – ach, der schlanke Fuß. Er sah in rascher Abfolge ihren Hals, ihr goldenes Haar, ihre Brüste (so wie er sie sich eben in Unkenntnis der Wirklichkeit vorstellte, in wechselnden Größen und Formen, mit kleinen, zarten Rosaspitzen oder langen dunklen, hart wie winterliche Aprikosen). Er bildete sich ein, vollständig umhüllt zu sein von ihrem Duft (war es Solveigs Duft oder Elsies? Er beschloss, dass es Solveigs Duft war!). Sie rief ihn, mal mit lauter, mal mit ganz leiser Stimme wie aus weiter Ferne. Er versuchte sie zu umarmen, sie zu küssen, aber immer wieder entzog sie sich ihm elegant.
Als er nach elend langer Zeit zwischen unruhigem Schlaf und Bildersturm endlich auf die Uhr sah, war es höchste Zeit, in Japan anzurufen. Vor allem war es höchste Eisenbahn, den Wecker auszuschalten, denn eine wache Solange käme einer mittleren Katastrophe gleich.
Nach dem Gespräch mit Kyoto legte er sich zurück in sein Gästebett und stellte sich vor, Solveig läge in seinem Arm. Jetzt beruhigte ihn die Vorstellung (wieder diese Wärme im Bauch, aber diesmal minus Aufregung), und seufzend spürte er, wie er gemeinsam mit ihr in einen wohligen Schlaf glitt – wie eine gemeinsame Schlittenfahrt einen sanften Hügel hinab im Tiefschnee.

Als er wieder aufwachte – was hatte ihn denn geweckt? –, schlief auch Solveig immer noch tief und fest in seinen Armen.
Oh Gott, nein! Es war natürlich Solange, die offenbar am frühen Morgen aufgewacht und zu ihm ins schmale Gästebett geschlüpft war. In ihrer Hand hielt sie etwas, das definitiv nicht ihr Eigen-

tum war. Fatalerweise hielt sie es aber so, als wollte sie es nie mehr loslassen. Im Augenblick, da er dies realisierte, bekam er prompt eine Erektion – ein rein chemischer Vorgang, versteht sich. Er löste ganz langsam und mit zäher Vorsicht die Umklammerung ihrer Hand und stand leise auf. Er brauchte eine Weile, um sich zu sammeln. Er trank ein Glas Milch, eiskalt natürlich, ging dann schon wieder unter die Dusche und zog sich in aller Ruhe an.

Als er zurück ans Bett kam, räkelte sich Solange wie die Königstochter im Katzenreich.

Wo warst du?

Äh … in Kyoto.

Er wusste wirklich nicht, was sagen. Er war sich auch gar nicht sicher, ob sie schon richtig wach oder noch im Halbschlaf war.

Musst du heute Nacht noch einmal nach Kyoto?

Nein, nein. Abgesehen davon ist es bereits Morgen. Und wir müssen jetzt schleunigst aufstehen, es ist schon spät.

Solange guckte jetzt ganz verwirrt um sich, stieg sofort aus dem Bett – wie Gott sie geschaffen hatte, und Gott hatte sich wirklich Mühe gegeben – und schaute ihn mit großen Augen an.

Warum haben wir nicht in deinem Bett geschlafen?

Ja, also, weil … du hast in meinem Bett so viel Platz eingenommen, da bin hierher gewechselt. Und dann bist du wohl am frühen Morgen zu mir gekommen.

Sie lächelte.

Ja, das stimmt.

Sie dehnte und streckte sich ungeniert vor seinen Augen.

Ach, war das eine schöne Nacht. Ich weiß gar nicht mehr, was ich geträumt und was ich tatsächlich erlebt habe. Haben wir denn zusammen –

Er nickte vage, zeigte dabei in Richtung Schlafzimmer.

Jetzt musst du dich anziehen und gehen, liebe Solange, denn ich muss einiges tun.

Sie verschränkte ihre Arme.

Küss mich noch mal.

Er küsste sie. Nicht zu schnell und nicht zu lang, gerade so, dass sie nicht wieder protestieren konnte. Sie roch nach frisch ge-

schälten Mandarinen. Einen Moment lang war er – oder besser *es* – versucht, sie weiter und weiter zu küssen, dann aber gab *er* sich einen Ruck und löste sich von ihr.
Sie schmollte trotzdem.
Du bist gar nicht bei mir. Wahrscheinlich würdest du sowieso lieber mit meiner Schwester vögeln, die verdreht viel schöner ihre Augen, wenn sie kommt, wie eine Heilige am Marterpfahl (hatte das nicht Solène mit genau denselben Worten von ihrer Schwester behauptet?).
Aber, aber, nein, nein, Solange. Das ist doch alles nicht wahr. Wieso fängst du denn immer wieder mit deiner Schwester an? Ich muss jetzt wirklich mit meiner Arbeit weitermachen. Das begreifst du doch, oder?
Sie nickte, ging langsam, fast schlurfend, ins Schlafzimmer und zog sich an. Dann kam sie zurück.
Er wollte noch etwas sagen, aber sie verschloss seinen Mund mit einem letzten Abschiedskuss. Ihre Hand strich über sein Haar. Dann ging sie lautlos weg.
Er seufzte.
Wie soll das nur weitergehen? Und was mach ich bloß mit Solveig? Und wohin ist sie geflohen?
Da niemand eine Antwort gab, auch keine Stimme aus seinem Innersten, beschloss er in Gottes Namen den Tag ganz praktisch in Angriff zu nehmen. Zum Beispiel mit einem Frühstück. Er hatte plötzlich unglaublich Lust auf ein Ei, das er nach altenglischer Art – wie er es nannte – in einem Porzellantöpfchen im sprudelnden Wasserbad kochte. Das Ei dazu in das Töpfchen hineinschlagen, nach Belieben würzen, dazu fein geschnittenen Schinken, Butterflocken, ein wenig Sahne und dann die kleine Sensation: einen Spritzer Sherry, möglichst Cream Sherry. Ergebnis: Ei in seiner kulturellen Höchstform. Cream Sherry und Ei! Eine alchimistische Heirat auf höchster geschmacklicher Ebene.
Noch bevor er sich diesen Genuss erlaubte, erledigte er aber zwei Telefonanrufe. Zuerst rief er Sommer an und bat ihn, sich um die Liste der Kirchgemeinde zu kümmern. Er könne sie dann gleich einmal nach Kyoto und einmal ins Maison Blanche faxen.
Sommer bestätigte gut gelaunt:

Okay, Chef. Einmal Kyoto. Einmal Maison Blanche.
Tanner musste lächeln. Es war beinahe wie früher.
Und dann, lieber Sommer, habe ich noch einen Auftrag für Sie: Solveig Sanders, die bei Marnier und zuletzt bei Stocker drüben am See gearbeitet hat, ist verschwunden. Könnten Sie sie diskret ausfindig machen, bitte? Ursprünglich stammt sie aus Wien, studiert Meeresbiologie. Davon braucht aber Michel vorerst nichts zu wissen. Verstehen Sie mich? Also ganz diskret.
Der gute Sommer verstand, und Tanner kam sich sehr schlau vor. Danach wählte er die Nummer von Monnier. Der nahm sofort ab, als hätte er, bereits seit Stunden schlaflos, auf einen Anruf gewartet. Als er hörte, dass es Tanner war, reagierte er ziemlich grantig.
Ach, Sie sind's, Tanner. Was wollen Sie? Habe ich Ihnen nicht deutlich gesagt, dass ich mich melde, wenn mir noch etwas einfällt. Das habe ich doch deutlich gesagt.
Ja, Herr Apotheker Monnier, das haben Sie deutlich gesagt. Aber gleich wird Ihnen etwas einfallen. Da mache ich jede Wette.
Was soll denn das sein? Und warum betonen Sie so ausdrücklich meinen Beruf?
Weil Sie vor ziemlich genau zwölf Jahren jemand explizit wegen Ihres Berufes angerufen hat.
Ach, nein! Das war damals natürlich was ganz Außergewöhnliches! Weil es ja auch so ausgesprochen viele Experten hier in der Gegend gab.
Sehr witzig. Außergewöhnlich war vielleicht nicht der Anruf, sondern die ganz spezielle Anruferin, nicht wahr? Was haben Sie uns erzählt? Alle Jungs hätten Fantasien über sie gehabt. Etwas vage formuliert, finden Sie nicht auch? Sie meinten ja wohl im Klartext, dass der Gedanke an diese Frau alle Jungs und auch alle Männer im Dorf beim Wichsen stimuliert hat, stimmt's?
Und wenn schon! Ist das ein Verbrechen?
Nein, natürlich nicht. Aber ich habe Sie etwas anderes gefragt.
War es nicht ein bisschen vage, was Sie mich gefragt haben?
Tanner beherrschte sich zugunsten der Sache.
Entschuldigen Sie. Dann will ich die Frage klar formulieren. Erinnern Sie sich daran, dass Margot Fuchs Sie vor zwölf Jahren um ein diskretes Treffen gebeten hat? Sie sollten für sie ein Medika-

ment überprüfen, weil es ihrem Gefühl nach dem Patienten mehr schadete als nützte. Erinnern Sie sich? Ja oder nein?

Monnier schwieg. Tanner spürte regelrecht, wie er sich nervös auf die Lippe biss.

Herr Monnier, in meiner Hand ist ein Brief an den Sohn von Margot Fuchs …

Jetzt bluffte Tanner ungeniert.

… und da steht schwarz auf weiß, dass Sie, Herr Apotheker Monnier, ihr mitgeteilt hätten, dass das Medikament unter Umständen ein Gift darstellen könne für …

Das ist nicht wahr. Ich habe nie gesagt, dass es ein Gift –

Er stöhnte auf.

Merde … merde … merde!

Herr Monnier, regen Sie sich nicht künstlich auf. Es geht ja gar nicht um Sie. Wovor haben Sie denn Angst? Geben Sie es doch einfach zu: Als Margot Sie angerufen hat, und etwas von Ihnen wollte, haben Sie sich doch gleich Hoffnungen gemacht, dass die Frau, die für Sie unerreichbar war, plötzlich erreichbar würde. Na und? Ich will ja gar keine Details. Ich will nur wissen, zu welchem Untersuchungsergebnis Sie damals gekommen sind.

Monnier schien halbwegs beruhigt. Er antwortete zögernd.

Ja, also, in Gottes Namen, Sie haben Recht. Sie hatte da ein Medikament, das ich überprüfen sollte. Laut Beipackzettel wäre es Lithium gewesen, das hätte helfen sollen, seinen Gemütszustand zu stabilisieren. Das Medikament, das sie mir zur Prüfung gab, enthielt aber Digoxin, was in der vorliegenden Dosis eingenommen für den Organismus ziemlich schädlich ist.

Mit tödlichen Folgen?

Monnier atmete schwer.

Ja, wenn Sie so wollen. Wenn man es über einen langen Zeitraum einnimmt, vor allem bei schwacher Konstitution. Heute wird Digoxin aus gutem Grund praktisch nicht mehr verwendet. Oder eben nur unter sorgfältiger ärztlicher Beobachtung.

Wussten Sie damals, für wen das Medikament bestimmt war?

Nein, nein. Ich wollte das auch gar nicht wissen.

Tanner glaubte ihm kein Wort. Vielleicht hatte sie es ihm nicht verraten, vielleicht hatte er diese Information aber auch zur Be-

dingung für seine Auskunft gemacht. Das war jetzt natürlich schwer zu überprüfen, da es wahrscheinlich außer ihm keinen Zeugen mehr gab.
Glauben Sie mir nicht, Tanner?
Doch, doch. Würden Sie denn das, was Sie mir jetzt erzählt haben, auch vor Gericht wiederholen?
Da müsste ich zuerst wissen, wem meine Aussage schadet.
Gut. Ich werde es Ihnen zur gegebenen Zeit mitteilen.
Der Abschiedsgruß fiel eher frostig aus. Wenn es so weiterging mit ihnen beiden, würde Tanner wohl bald die Kündigung ins Haus flattern.
Immerhin, vor dem Frühstück einen Mord oder wenigstens einen Mordversuch aufgeklärt zu haben – damit hatte er sich das magische Ei mehr als verdient.
Mal sehen, was Michel von der These hielt.

Kurz darauf rief Walter Sager an. Er hatte die vier Zeilen entschlüsselt und diktierte sie Wort für Wort. Tanner notierte.
Er bedankte sich und äußerte die Hoffnung, ihm keine neuen Buchstaben mehr zuschicken zu müssen. Walter Sager meinte, er stünde auf jeden Fall zu Diensten. Immerhin könne er seine lange Erfahrung einmal in einem praktischen Fall anwenden.
Tanner starrte lange auf die Worte.
Im Gegensatz zur ersten Zeile war bei dieser neuen Fortsetzung eigentlich alles ziemlich gut verständlich.
Kinderlein – das sind die Zwillinge. *Wintertauben* – laut Gerichtsmediziner die Apfelsorte. *Messer tauch im Blut* – leider allzu klar, so wie sie zugerichtet waren.
Aber *Schweigerin*?
Jetzt tauchte plötzlich ein Subjekt auf. War sie die eigentliche Hauptperson? Die Frau mit den kleinen Händen, die Monnier mit Rache bis ins nächste und übernächste Glied gedroht hatte? Laut Monnier hatte sie ihn lange und stumm angeschaut und erst nach einer Weile leise und stammelnd gesprochen. War das die Schweigerin? Eine Frau, die sonst nie sprach?
Entschieden griff Tanner noch einmal zum Telefon und drückte auf Wahlwiederholung.

Diesmal klingelte es eine ganze Weile, bis Monnier sich meldete.
Nein, nicht schon wieder Sie, Tanner. Sie sind ja eine unglaubliche Nervensäge.
Ich weiß, Herr Monnier. Ich entschuldige mich in aller Form, aber ich habe noch eine dringende Frage an Sie.
Wenn es unbedingt sein muss. Bitte schön, fragen Sie.
Hat Ihre Mutter jemals von einer Frau geredet, die sie die Schweigerin nannte?
Tanner lauschte angestrengt in das Schweigen Monniers. Nach einer Weile räusperte er sich.
Tatsächlich, Tanner. Ich staune selbst, dass ich mich an so ein Detail erinnere. Dabei ist es doch schon ewig her.
Großartig, Monnier. An was erinnern Sie sich genau?
Nun, ich habe Ihnen doch erzählt, dass die junge Füchsin und meine Mutter ein besonderes Verhältnis hatten. Die beiden haben einmal von einer Schweigerin gesprochen. Da war ich im Internat, verbrachte das Wochenende zuhause und las im Nebenzimmer den *Grafen von Monte Christo*, daran kann ich mich noch genau erinnern. Die haben die ganze Zeit heimlich geflüstert, und das Wort Schweigerin fiel ein paar Mal. Ich habe sogar nachgefragt, wer denn das sei, bekam aber zur Antwort, dass ich das sowieso nicht verstehen würde.
Ich glaube sogar, dass Sie die Schweigerin schon einmal getroffen haben, Monnier.
Woher …?
Jetzt verfiel Monnier vor lauter Aufregung selbst in ein unterdrücktes Flüstern.
Sie meinen die Frau mit den kleinen Händen? Die mir Rache angekündigt hat?
Ja, genau die.
Er schwieg. Tanner hörte nichts als seinen schweren Atem.
Monnier? Sind Sie noch da? Nur noch eine letzte Frage. Wenn der Rächer Sie als Nächsten treffen wollte, an wen würde er sich da halten? Ich meine, außer an Ihre Person?
Mein Gott! Entschuldigen Sie, Tanner. Ich muss sofort auflegen.
Monnier legte auf, ohne eine Antwort zu geben. Offenbar hatte er jetzt doch plötzlich Angst bekommen. Aber um wen? Hatte der

alte Zyniker wirklich jemanden, um den er fürchtete? Offensichtlich schon. Mit der Erwähnung der Schweigerin schien es für ihn schlagartig konkret und ernst geworden zu sein.
Die Menschen sind eben doch nie nur das, was sie zu sein scheinen.
Sogleich ärgerte er sich über sich selber.
Schluss mit den Binsenwahrheiten! Hoffentlich kommt Michel pünktlich. Und die Zwillinge.

Tanner schaute auf die Uhr. Bereits in fünf Minuten würde der zweite Durchgang der Gespräche beginnen.
In diesem Augenblick hörte er die Schritte und Stimmen der beiden Schwestern im Treppenhaus. Und auf dem Kiesvorplatz parkte soeben Michel sein Auto ein. Tanner war zufrieden.
Als erstes legte er Michel einen Zettel mit den neuen Texten vor.
KINDERLEIN VEREINT / IM WINTERTAUBEN TOD
MESSER TAUCH IM BLUT / TUT SCHWEIGERIN GUT
Michel schaute ihn fragend an.
Wir wissen jetzt, wer die Auftraggeberin ist, sozusagen.
Ich verstehe dich nicht.
Wart nur, ich habe das Gefühl, dass wir es bald verstehen werden.
Da klingelte auch schon der erste Gast des heutigen Tages an der Haustür.
Es war der Gemeindepräsident des Dorfes. Ein großer, knochiger Bauer mit einem freundlichen Gesicht und vielen Lachfältchen um die Augen. Die Begrüßung war zwar herzlich, aber den Umständen entsprechend war die Stimmung des Gemeindepräsidenten eher gedrückt.
Ich finde seit Tagen keinen Schlaf mehr. Und meine Frau natürlich auch nicht. Sie lässt sich übrigens entschuldigen, aber sie ist heute unpässlich.
Sie müssen sich selbstverständlich nicht entschuldigen. Wir sind sehr froh, dass Sie sich die Zeit nehmen.
Tanner wusste, dass seine Frau seit langem an MS litt und immer wieder schwere Schübe hatte, die sie ans Bett fesselten. Sicher schwer auszuhalten für eine Bäuerin, die mit ihrem Mann zusammen den größten Hof weit und breit bewirtschaftete.

Für mich ist acht Uhr der günstigste Zeitpunkt. Den Stall habe ich mit meinen Leuten bereits besorgt, und nach dem Gespräch kann ich immer noch aufs Feld gehen.
Tanner nickte und begann, den groben Verlauf der Dinge zu umreißen, wie er sich bis zu dem Zeitpunkt darstellte. Er verlor sich nicht in Details, erwähnte aber alles, was notwendig war. Der große Mann saß ruhig da, ernst und gesammelt, und nickte mitunter.
Herr Gemeindepräsident, als erstes wollte ich Sie fragen, ob es Manz, den ehemaligen Dorfpolizisten, noch gibt und wo man ihn finden könnte.
Sie können mich ruhig Matter nennen. Also, der Polizeiposten wurde ja vor etwa zwölf Jahren geschlossen. Und der Manz gleich darauf pensioniert. Er blieb noch ziemlich lange in seiner kleinen Dienstwohnung im oberen Teil des Dorfes wohnen, was möglich war, weil es ja keinen Nachfolger mehr gab. Ich glaube, es war vor drei, vier Jahren, da ist er dann in ein Altersheim im Bezirksstädtchen gezogen. Es heißt, er sei nicht mehr so ganz richtig im Kopf. Was wollen Sie denn von ihm?
Wir haben die Akte über den Mord, äh, über den Totschlag an Margot Fuchs gelesen, und da gibt es einige Ungereimtheiten. Ich habe eigentlich die Hoffnung, von Manz noch einige Dinge zu erfahren. Er hatte ja damals die Tote als Erster gesehen.
Matter blickte bekümmert drein.
Oh je, da werden Sie sicher kein Glück haben. Der Mann ist alt und, wie gesagt, nicht mehr ganz richtig im Kopf.
Gut, Matter. Wir werden sehen. Haben Sie Margot Fuchs gekannt?
Ja, sicher. Wir haben sie alle gekannt.
Wie war sie denn?
Matter lächelte gequält.
Ja, wie soll ich Ihnen das begreiflich machen?
Er legte seinen Kopf zur Seite.
Mal schauen, vielleicht so.
Er wechselte umständlich seine Sitzhaltung.
Margot war eine wirklich schöne Frau, die aber nichts daraus machen konnte. Verstehen Sie? Ich weiß nicht, ob man das so sagen

darf. Aber alles, was sie anpackte, ging schief. Sie verliebte sich in die falschen Männer. Denjenigen, die ihr wahrscheinlich gut getan hätten, gab sie einen Korb. Dann hatte sie, glaube ich, im Ausland irgendwo eine unglückliche Affäre. Man munkelte sogar von einem Kind. Dann war sie plötzlich wieder zurück im Dorf. Als wäre nichts gewesen. Erzählte niemandem, was sie gemacht hatte. Auf jeden Fall hatten nichts als lauter dumme Gerüchte die Runde gemacht. Sie putzte dann in reichen Haushalten, verkrachte sich schließlich mit den von Saalens, verschwand plötzlich erneut von der Bildfläche, tauchte wieder auf. Kurz: Man wusste überhaupt nicht, was mit ihr los war. Hilfe nahm sie von niemandem an. Was ich auch verstehen kann.
Warum?
Na ja, es wollte doch jeder etwas von ihr. Es muss für sie sehr schwer gewesen sein, zu unterscheiden ... ja, wie soll ich sagen ... alles in allem, ein vertracktes Leben.
Ich glaube, Matter, wir verstehen sehr gut. Was für ein Verhältnis hatte Frau Fuchs denn zu Franz Müller, der sie laut Akte im Affekt erstochen hat?
Also, das, was er, der Franzli – so nannten ihn damals alle – behauptet hat, nämlich dass er ein Verhältnis mit ihr gehabt hätte, das habe ich nie geglaubt.
Warum nicht? Das Gericht hat es nicht in Zweifel gezogen.
Matter verzog sein Gesicht zu einem gequälten Lächeln.
Ja, so was hängt stark von der Auswahl der Zeugen ab, die vor Gericht aussagen dürfen, oder nicht?
Michel und Tanner wechselten einen Blick. Michel zückte den Bleistift.
Oh ja, die Auswahl der Zeugen ist in der Tat oft das Entscheidende. Franzli hatte also Ihrer Meinung nach kein Verhältnis mit ihr. Aus Eifersucht kann es aber trotzdem passiert sein. Vielleicht begehrte er sie ja genauso, wie viele Männer im Dorf?
Das kann sein. Aber ich glaube es nicht. Sie müssen wissen, dass Margot für den Franzli immer so etwas wie eine Mutter oder vom Altersunterschied her vielleicht eher wie eine große Schwester gewesen war. Sie hat sich viel um ihn gekümmert, hat viel mit ihm geredet, ihm manchmal auch etwas Geld zugesteckt. Obwohl

sie selber oft nicht genug hatte. Und das wusste jeder. Franzli war als Junge etwas zurückgeblieben, wissen Sie. Aber was ihn dann zu dieser Tat angestachelt oder getrieben hat, ist mir immer ein Rätsel geblieben. Im Gefängnis soll er sich aber sehr gut entwickelt haben. Man hat ihn meines Wissens wegen guter Führung auch etwa zwei Jahre früher entlassen. Ich habe ihn seither nicht mehr gesehen, denn er hat sich hier im Dorf nie wieder blicken lassen. Keine Ahnung, wo er gelandet ist.

Tanner blickte wieder zu Michel, der aber bereits am Notieren war.

Sagen Sie, Matter, damals, mit dem Ende der Zementi: Ist da alles mit rechten Dingen zugegangen?

Nein, natürlich nicht.

Jetzt wirkte Matter zutiefst unglücklich.

Ich sage immer: Mit dem Ende der Zementi begann der Niedergang dieses Dorfes. Das Traurige ist, dass es dieses Ende gar nicht gebraucht hätte, das behaupte ich zumindest. Aber gewisse Kreise beharrten um jeden Preis auf ihrer Lösung. Es war ihnen egal, dass die Zementi die Seele des Dorfes war. Ja, Sie werden mich jetzt vielleicht für sentimental halten, aber die Zementi war der Zement, der dieses Dorf zusammengehalten hat, auch finanziell übrigens. Heute werden auf dem ehemaligen Gelände der Zementi Geschäfte gemacht, die die Gemeinde weder beeinflussen noch besteuern kann, wenn Sie verstehen, was ich meine.

Er beugte sich vor.

Da wurde damals viel Hass geboren, und es ging ein Riss durch das Dorf. Sozial war es natürlich eine Katastrophe, von der sich einige nie mehr erholen konnten. Die Gemeinde hat versucht zu unterstützen, wo es ging. Aber es ging halt nicht viel.

Matter, gibt es jemand, der Sie hasst? Weil Sie ihn vielleicht ungerecht behandelt haben?

Ja, selbstverständlich!

Er warf theatralisch die Hände in die Luft, was von der Explosion der Gestik her für Tanner und Michel vollkommen unvermittelt kam. Beide zuckten gleichzeitig zurück.

Was ich sagen will: Als Gemeindepräsident habe ich sicher auch unpopuläre Maßnahmen treffen müssen.

Gut. Matter, wir danken Ihnen für dieses Gespräch. Jetzt haben Sie noch genug Zeit, um aufs Feld zu gehen.
Michel blickte Tanner ganz irritiert an. Für ihn war das Gesprächsende offensichtlich sehr überraschend gekommen. Aber ganz fertig war Tanner ja auch noch nicht.
Eine letzte Frage hätte ich noch.
Matter drehte sich schwerfällig um.
Ja, bitte?
Wer ist die Schweigerin?
Matter blinzelte mit den Augen, als hätte er nicht richtig gehört.
Die Schweigerin? Den Ausdruck habe ich schon lange nicht mehr gehört. Sicher einige Jahre nicht mehr.
Kennen Sie sie, Matter? Wir müssen dringend erfahren, um wen es sich bei dieser Frau handelt.
Da muss ich mich noch einmal hinsetzen, Tanner. Wenn Sie die Schweigerin ansprechen – da kommt einiges hoch. Und nichts Gutes.
Er vergrub den Kopf in seinen Händen.
Oh je. Der Mensch irrt, wenn er denkt, er könne gewisse Dinge einfach vergessen und dadurch die Sachen ungeschehen machen.
Matter, würden Sie uns jetzt bitte verraten, wer die Schweigerin ist?
Matter starrte Tanner an.
Die Schweigerin ist die unselige Mutter vom Franzli, der die Margot auf dem Gewissen hat.
Diese Nachricht löste im Weißen Salon des Maison Blanche ein denkwürdiges Schweigen aus, das erst unterbrochen wurde, als Solange leise die Tür öffnete und fragte, mit wie viel Verspätung der nächste Gast zu rechnen habe.
Tanner fasste sich als Erster.
Solange, wir brechen ab. Schick den Nächsten bitte nach Hause, beziehungsweise sag alle folgenden Termine ab. Informier alle, dass wir uns bei Bedarf melden.
Tanner wandte sich an Michel.
Michel, bitte. Du fährst jetzt am besten sofort ins Kommissariat und löst eine Großfahndung nach diesem Franzli Müller aus. Wir müssen ihn kriegen, bevor er sich das nächste Opfer geholt hat.

Michel nickte und erhob sich.
Hast du eigentlich den Bericht über die Disco schon?
Ja, den habe ich dabei, aber wir sind ja noch nicht dazu gekommen.
Tanner winkte ab.
Ist ja gut. Ich kann ihn nachher lesen. Wenn mir was auffällt, rufe ich dich sofort an. Ich rufe dich sowieso an, denn ich muss dir einiges erzählen. Du wirst staunen.
Michel legte den Bericht auf den Tisch und marschierte ohne weiteren Kommentar los.
Tanner drehte sich zu Matter, der immer noch konsterniert auf der Chaiselongue saß.
Matter, wo finden wir denn die Schweigerin. Und wie heißt sie mit richtigem Namen? Ach, richtig. Sie ist ja die Mutter vom Franz Müller. Also, wo finden wir Frau Müller?
Matter zog eine gequälte Miene.
Das ist es ja. Hermine Müller ist vor sieben Jahren amtlich versorgt worden. Sie sitzt in der psychiatrischen Anstalt, äh ... Klinik. In der geschlossenen Abteilung.
Jetzt brach es aus dem großen Mann heraus.
Das ist es ja Tanner, was ich mit dem Vergessen meinte. Ich bin mitschuldig, dass sie eingewiesen wurde. Auch ich habe die Unterschrift gegeben. Obwohl es gegen mein Gefühl und gegen meine Überzeugung geschehen ist. So richtig krank ist sie erst dort geworden, fürchte ich.
Gut, Matter. Es tut mir leid, jetzt ist nicht der Zeitpunkt zum Klagen. Wir müssen handeln. Ich rufe Sie heute noch an, wir müssen noch ein paar Dinge klären. Aber nun verlangt eine andere, äußerst dringende Angelegenheit meine Aufmerksamkeit.
Er rief Solène, die auch sofort erschien.
Würdest du bitte den Herrn Gemeindepräsidenten hinausbegleiten? Wir sehen uns später in eurem Café.
Tanner spurtete die Treppe hoch in seine Wohnung, auf der Suche nach seinem Mantel.
Kaum hatte er die Wohnungstür aufgestoßen, stand Solange vor ihm. Sie lächelte ihn an, fiel in seine Arme und küsste ihn in ihrer zarten, innigen Art auf die Lippen. Dann flüsterte sie:

Jetzt geht es los, nicht wahr? Jetzt geht die Jagd los. Und wir werden gewinnen, stimmt's?
Immerhin haben wir jetzt endlich eine konkrete Spur. Zum ersten Mal. Und die werde ich jetzt mit aller Macht verfolgen. Ich bin überzeugt, dass ... aber wir werden ja sehen!
Sie fasste ihn am Arm.
Du, ich habe die Namensliste mit der Tochter der alten von Saalen angeschaut. Sie meinte, sie sei korrekt.
Aha. Das erstaunt mich ein wenig. Aber ich glaube ihr. Und du?
Ich auch. Sie ist sehr nett.
Sie reichte ihm den Mantel.
Wir sehen uns dann in eurem Café, Solange.

Er rannte die Treppe hinunter, überquerte den Vorplatz, stieg ins Auto und ließ den Motor an. Die Strecke war zwar kurz, aber mit dem Auto würde er vielleicht ein bisschen mehr Eindruck machen.
Eigentlich hätte er Solange gerne noch gesagt, dass sie und ihre Schwester ab sofort nur noch in Begleitung auf die Straße gehen sollten. Aber jetzt wollte er nicht mehr umkehren, denn er hatte keine Zeit zu verlieren.
Er fuhr langsam durch das Dorf und parkte auf dem Trottoir vor dem Friedhofseingang.
Diesmal lief er mit schnellen Schritten über den Friedhof, ohne nach links und rechts zu schauen.
Er klopfte an die Tür der Kapelle, die heute im Tageslicht kleiner aussah als in der Dunkelheit. Es dauerte eine Weile, bis sich die Tür öffnete. Grünstein blickte erschrocken in Tanners Gesicht.
Ist etwas passiert oder hat Ihnen der Tee so gut geschmeckt, dass Sie mich zu früher Morgenstunde besuchen kommen?
Grünstein, wir machen jetzt zusammen einen Besuch. Ich möchte Sie gerne jemandem vorstellen. Ziehen Sie sich an. Ich warte in meinem Auto vor dem Friedhof.
Er ließ Grünstein gar keine Zeit zu antworten, sondern machte auf dem Absatz kehrt, ging den Weg zurück und setzte sich ins Auto.
Nach einer Weile sah er, wie Matter aus dem Gemeindeamt kam

und mit ausgreifenden Schritten in Richtung Unterdorf lief. Tanner rutschte etwas tiefer hinter das Steuerrad, aber Matter blickte ohnehin nur starr geradeaus. Selbst aus der Entfernung konnte Tanner den gehetzten Gesichtsausdruck erkennen.

Schau, schau. Der geht aber nicht aufs Feld!

In diesem Moment öffnete sich die Tür auf der Beifahrerseite, und Grünstein schwang ächzend seinen schweren Körper auf den Ledersessel.

Mein Gott, Tanner. Sie haben mich ganz schön erschreckt. Und das vor dem Frühstück. Wen besuchen wir denn? Ich kenne hier ja niemanden. Außer die charmanten Schwestern vom Dorfladen und den Gemeindepräsidenten, der mir die Kapelle angeboten hat.

Grünstein reckte seinen Kopf.

Ist er das nicht da vorne? Was für ein Zufall. Man könnte meinen, er sei auf der Flucht, so wie der rennt.

Gut beobachtet, Grünstein. Der Herr Gemeindepräsident *ist* auch auf der Flucht.

Grünstein drehte sich um und linste durch das Heckfenster.

Vor wem denn?

Nein, nein, keine Person. Matter flieht vor der Vergangenheit. Vielleicht versucht er sie aber auch gerade einzuholen. Mal sehen, wohin es ihn führt.

Tanner startete den Jaguar und fuhr langsam die Straße hinunter, am Bahnhof vorbei. Dort hielt er den Wagen an. Matter bog nicht auf seinen Hof ein, sondern eilte weiter. Am Bahnhofsrestaurant vorbei. Und plötzlich wusste Tanner, wo Matter hinwollte. Er wartete noch ein bisschen.

Dann gab er Gas und ließ leise surrend das Fenster herunter. Als sie auf der Höhe von Matter waren, bremste Tanner. Matter fuhr zusammen und sprang intuitiv etwas zur Seite.

Ich wollte Sie nicht erschrecken, Matter. Also, nicht vergessen: Bald reden wir weiter. Sie sind ja auf dem Weg zu Berger, wie ich sehe. Sagen Sie ihm einen schönen Gruß und dass ich ihn auch bald aufsuchen werde, um ein paar letzte Fragen zu klären. In Begleitung von Kommissar Michel selbstverständlich. Damit alles seine Ordnung hat.

Dann hob Tanner grüßend die Hand und gab Gas, ohne Matters Reaktion abzuwarten. Was er hatte hinterlegen wollen, saß und war gut platziert.
Der Wagen nahm jetzt die Seitenstraße, die wieder zurück ins Oberdorf führte. Grünstein blickte Matter nach.
Wer ist Berger?
Der Besitzer der Bootsbauerei und des Yachthafens.
Tanner spürte, wie Grünstein ihn von der Seite musterte.
Jetzt sind Sie auf dem Vormarsch, Tanner. Sehe ich das richtig?
Ja, Grünstein, Sie sehen das richtig ... Jetzt bin ich auf dem Vormarsch.
Grünstein lehnte sich zurück und rieb sich die Hände.
Dann komme ich gerne mit. Egal, wohin Sie mich bringen.
Eigentlich sind wir schon da. Ich habe nur das Auto genommen, um ein bisschen anzugeben.
Tanner bog in die kurze, aber prächtige Alleestraße, die ihre Aufgabe aufs Schönste erfüllte, nämlich einen standesgemäßen Übergang von der gewöhnlichen Welt in die Welt der von Saalens zu bilden.
Vor der geschwungenen Treppe, die zum Eingang des Herrenhauses führte, hielt Tanner an.
Grünstein räkelte sich im Sitz.
Wunderbar. Was für ein schönes Anwesen. Sind wir denn angemeldet?
Nein, sind wir nicht. Aber hier kommt Polonius ja auch schon höchstpersönlich.
Ein älterer, gesetzter Herr mit grauem Haarkranz und ziemlich kurzen Beinen kam die Treppe hinunter.
Grünstein grinste.
Ich glaube, es ist doch nur der Butler.
Tanner öffnete die Tür. Kaum hatte er ein Bein auf dem Boden, hob der kleine Mann die Hand.
Halt, Sie können hier nicht parken. Und angemeldet sind Sie auch nicht.
Tanner stieg trotzdem aus und überragte das Männchen um mindestens zwei Kopflängen.
Stimmt. Das dürfen Sie jetzt aber gerne nachholen. Tanner ist

mein Name. Frau von Saalen kennt mich. Und richten Sie ihr bitte aus, dass ich jemanden mitbringe, den sie sicher kennen lernen möchte. Wir warten hier.
Der alte Herr war im ersten Moment unschlüssig, folgte dann aber der Aufforderung.
Ja, gut. Warten Sie bitte hier.
Tanner nickte. Kaum hatte sich der Alte abgewendet, machte Grünstein das Victoryzeichen.
Grünstein, von wem kriegen Sie eigentlich Ihre Rente?
Die kommt aus einem Fond einer gemeinnützigen Stiftung, die Autoren, Künstler und auch Philosophen unterstützt.
Auf Lebenszeit?
Das wird sich herausstellen. Bis jetzt ist die Quelle nicht versiegt. Sie fließt immerhin seit über zwölf Jahren.
Bevor Tanner weiterfragen konnte, kehrte der kleine Herr zurück.
Bitte folgen Sie mir. Frau von Saalen lässt in den kleinen Salon bitten. Wünschen Sie Kaffee oder Tee?
Tanner machte Grünstein ein Zeichen, er solle das entscheiden. Der arme Kerl hatte ja noch kein Frühstück gehabt, dachte Tanner.
Tee, wenn's recht ist.
Gut. Ich werde es der Küche melden. Wenn Sie mir bitte folgen mögen.
Sie betraten ein großes Vestibül, das der ältere Herr nutzte, um seine glänzend sauberen Schuhe demonstrativ auf einem grobborstigen Schuhteppich einer intensiven Reinigung zu unterziehen. Die schnellen Bewegungen seiner kleinen Füße erinnerten an kleine Hunde, die energisch mit den Beinchen scharren, wenn sie ihr Geschäft erledigt haben. Grünstein musste sich ein Grinsen verkneifen. Tanner hob warnend seinen Finger und folgte dem Beispiel des Haushofmeisters. Grünstein erlaubte sich, die Schuhputzaktion ein wenig zu übertreiben, was eine leicht vorwurfsvolle Wölbung der Augenbraue auf das Gesicht des Alten zauberte. Nachdem die Schuhe sauber waren, durften sie die alten Steinfliesen der Empfangshalle betreten.
Darf ich um Ihre Mäntel bitten?

Die Mäntel sorgsam über seinen Arm gelegt, wies er ihnen schließlich den Weg durch eine offene Tür in den kleinen Salon, dessen Wände in einem wunderschönen Türkis schimmerten.
Die Alte von Saalen saß bereits in einem zerbrechlich wirkenden Sesselchen und las Zeitung. Stumm und ohne aufzublicken wies sie ihnen den Weg zu einem ebenso grazilen Sofa, das ihr gegenüber an der Wand stand.
Sie las ungerührt weiter, ihre rechte Hand rührte in einer zarten Porzellantasse, die so durchsichtig war, dass man die Umlaufbahn des Löffels verfolgen konnte. Tanner blickte fasziniert auf dieses kleine Tassenwunder.
Offenbar hatte sie sein Interesse an ihrem Teegeschirr bemerkt.
Sie interessieren sich für Porzellan, Tanner?
Er schüttelte den Kopf. Sie ignorierte es.
Diese Tasse ist mehrere hundert Jahre alt und kommt aus China, wie Sie sich denken können. Das Interessante an dieser Tasse ist aber, dass sie ein paar hundert Jahre lang auf dem tiefsten Meeresgrund gelegen hat, bis amerikanische Schatzsucher das Wrack des Schiffes fanden und die Ladung heben konnten. Zum größten Teil unbeschädigt, dabei handelt es sich um das zarteste Material aller Zeiten. Bei Sotheby's wurde die ganze Ladung dann in Einzelstücken versteigert.
Tanner wollte gerade eine Bemerkung einwerfen, da betrat das ihnen schon bekannte Faktotum den Salon und brachte den Tee für die Herren. Selbstverständlich in etwas gewöhnlicheren Teetassen.
Wünschen die Herren Milch?
Ja, sehr gerne. Viel Milch.
Tanner und Grünstein antworteten wie aus einem Mund, was die von Saalen dazu veranlasste, das erste Mal von ihrer Zeitung aufzuschauen.
Danach machte sie ungerührt mit ihrem Vortrag über die chinesische Porzellankunst weiter.
Die Chinesen waren große Meister im Flicken von feinstem Porzellan, selbst wenn es in kleinste Stückchen zerbrochen war. Sie konnten die Teilchen wieder exakt zusammenfügen und mit einem Klebstoff verbinden, dessen Herstellung geheim war und über Generationen vererbt wurde.

Sie räusperte sich und nippte an ihrer Tasse.
Es gab eine Zeit, da fand die gute Gesellschaft dieses perfekt geflickte Porzellan sogar so schick, dass man extra feines Porzellan zerbrach und es zu den Meistern zum Flicken brachte. Die Aufnahmeprüfung zu diesem Beruf bestand übrigens darin, dass der Meister ein Hühnerei aussog und es zwischen seinen Fingern zerbrach. Der Schüler musste es zusammensetzen und ihm das perfekte Ei am Abend desselben Tages wieder übergeben.
Sie faltete ganz überraschend die Zeitung, legte sie neben sich auf einen kleinen Tisch und betrachtete ihre Gäste.
Ich wusste, dass Sie kommen würden, Tanner. Der Zeitpunkt überrascht mich ein wenig. Ich hatte Sie nicht so früh erwartet. Auch nicht in Begleitung eines mir unbekannten Mannes.
Sie wehrte mit beiden Händen ab, denn Tanner wollte sofort entgegnen.
Sie können nachher sprechen.
Sie nahm die Tasse in ihre Hand.
Sie haben natürlich keine Ahnung, warum ich Ihnen einen Vortrag über Porzellan gehalten habe, nicht wahr? Wissen Sie, eine Familie wie die unsrige zusammenzuhalten und durch all die Stürme und Untiefen der Zeit unbeschadet zu leiten, ist etwa so anspruchsvoll wie das Zusammenfügen von feinstem Porzellan. Eine unbedachte Bewegung und alles ist futsch. Und zwar für immer.
Diesmal trank sie die Tasse mit einem Schluck leer. Dann kam sie ohne Übergang und ohne Einleitung zur Sache.
Dass mein armer Sohn damals eine Frau wie Margot Fuchs begehrte, war nicht schwer zu verstehen. Ich gebe gerne zu, dass dieser Hintergedanke auch zu ihrer Anstellung geführt hat. Er hatte ja in seinem Zustand keinen Kontakt mehr zu jungen Frauen. Wie auch? Und die Fuchs hatte eine Ausstrahlung, die jeden Mann unruhig machte. Das war mir sofort klar, als ich sie das erste Mal sah. Sie war eine vollbrünstige Stute, die ihresgleichen suchte. Und glauben Sie mir, mit Stuten kenne ich mich aus. Wäre es nur das gewesen, ich hätte die Sache laufen lassen und sie gut für ihre Dienste entlohnt. Er war schließlich immer noch ein Mann und hatte seine Bedürfnisse. Aber sie wollte mehr, und das kam natürlich überhaupt nicht in Frage. Als sie dann eines schö-

nen Tages behauptete, wir würden unseren eigenen Sohn vergiften, oder, genauso schlimm, der jüngere Bruder würde den älteren vorsätzlich langsam töten, in dem er das verschriebene Medikament gegen ein falsches austausche, da musste ich einschreiten. Sie nannte die schriftliche Aussage irgendeines stümperhaften Apothekers einen *Beweis* und behauptete, alles bei einem Anwalt hinterlegt zu haben.
Sie lachte böse auf.
Ach, es war so durchschaubar, aber wir konnten es uns nicht leisten, dass solche Gerüchte in Umlauf kamen. Es gab zu viele Neider, die nur allzu begierig auf falsche Anschuldigungen warteten. Also haben wir gezahlt. Und nicht zu knapp. Das war sicher ein Fehler. Heute würde ich damit sofort zur Polizei gehen. Damals war mein Mann aber noch nicht lange tot. Und ich wollte kein Aufsehen in der Öffentlichkeit.
Sie starrte Tanner an.
Habe ich mich klar ausgedrückt, Tanner?
Sie haben sich klar ausgedrückt, aber Sie haben nicht die Wahrheit gesagt. Das ist ein feiner Unterschied. Sie haben uns von Porzellan erzählt. Auch die Wahrheit braucht wie Porzellan die richtige Behandlung, sonst zerbricht sie. Sie haben sie soeben zerbrochen.
Auf Frau von Saalens Stirn schwoll eine Zornader, die nicht zu übersehen war. Tanner störte sich nicht daran und fuhr in sachlichem Ton fort.
Was Sie einen stümperhaften Apotheker nennen, ist in Wahrheit ein allseits anerkannter Fachmann, der jederzeit bereit ist, seine Aussage vor Gericht zu bezeugen. Die Proben existieren auch noch. Wen genau also wollen Sie mit Ihrer sentimentalen Geschichte beeindrucken?
Frau von Saalens Gesicht lief beängstigend rot und blau an. Tanner machte unbeirrt weiter.
Übrigens, was glauben Sie denn, wen ich da mitgebracht habe?
Sie krächzte vor Wut.
Ist das der Apotheker?
Jetzt füllte die kräftige Baritonstimme Grünsteins den Salon, und seine Stirn war mindestens so voller Zorn wie die der Alten.

Nein, Frau von Saalen. *Das* ist nicht der Apotheker. Ich bin der Sohn der vollbrünstigen Stute, wie es Ihnen in Ihrer unglaublichen Arroganz beliebte, meine Mutter zu nennen. Mein Name ist Arthur Grünstein und ich bin Philosoph.

Und er war wütend.

Dass man Ihren Sohn mit einem schädlichen Medikament langsam töten wollte, steht schwarz auf weiß in einem Brief, den meine Mutter mir geschrieben hat. Es war ihr letzter Brief. Ich habe ihn der Polizei übergeben.

Jetzt schrie die alte Dame auf.

Das sind ja alles nur Behauptungen und keine Beweise.

Tanner hatte bereits so viel geblufft, dass er nicht mehr zurück konnte.

Sie haben Recht, aber wir werden Ihren Sohn exhumieren lassen und den Wirkstoff des falschen Medikaments nachweisen. Dann können Sie immer noch entscheiden, *wer* ihn langsam umbringen wollte: Sie oder Ihr jüngerer Sohn. Damit erhob sich Tanner vom Sofa und schritt in Richtung Tür, allerdings nicht, ohne sich noch einmal umzudrehen.

Ach, ja. Wie groß war denn die Summe, die Sie an Frau Fuchs gezahlt haben?

Ihre Antwort kam nun schon etwas kleinlauter.

Sie wollte Zweihunderttausend. Wir haben uns dann auf Hundertfünfzigtausend geeinigt.

Ist das nicht ein bisschen viel Geld, nur um den guten Ruf zu wahren?

Die Alte reckte sich.

Ein guter Ruf ist das einzige, was man nicht mit Geld kaufen kann. Aber schützen kann man ihn.

Tanner blickte Grünstein an und machte das Zeichen zum Aufbruch.

Jetzt schnellte die Alte von ihrem Stuhl hoch.

Tanner, so bleiben Sie doch noch einen Moment.

Er blickte zurück. Sie versuchte krampfhaft, ihre Fassung zu bewahren.

Was verlangen Sie denn von mir, Tanner?

Die Wahrheit. Nur die Wahrheit.

SECHZEHN

Nach diesem denkwürdigen Besuch wollte sich Tanner von dem ziemlich aufgeregten, aber kämpferischen Grünstein trennen. Er ließ ihn beim Friedhof aussteigen.
Schreiben Sie doch jetzt – genau aus dieser Stimmung heraus – Ihre These. Dann wird es sicher eine Bombe.
Grünstein lachte.
Nein, nein, das geht jetzt überhaupt nicht. Kann ich Ihnen nicht irgendwie zur Hand gehen? Ich könnte jetzt Bäume mit bloßer Hand ausreißen oder ein Haus abbrechen oder –
Tanner hielt inne.
Wissen Sie was? Sie können mir tatsächlich helfen. Steigen Sie wieder ein, wir fahren zum Maison Blanche.
Als sie das Haus erreichten, verschloss Tanner entgegen seiner sonstigen Gewohnheit die schwere Haustür mit dem großen Eisenschlüssel und ließ letzteren von innen stecken.
So. Ich möchte nicht überrascht werden.
Grünstein lachte.
Aha. Wer sollte uns denn überraschen?
Zum Beispiel der Besitzer dieses Hauses.
Und wer ist das?
Der Apotheker. Kommen Sie. Wir durchsuchen das Haus.
Tanner ging voran. Er nahm zwei Stufen aufs Mal.
Und wir fangen ganz oben unterm Dach an.
Grünstein folgte ihm mit unverkennbarem Eifer.
Und was suchen wir?
Dokumente, Schriften. Es müssen hier irgendwo ein paar Schachteln sein. Wahrscheinlich völlig verstaubt. In einem vergessenen Winkel oder einem Schrank oder einer großen Kiste. Ich weiß es nicht. Ich erkläre es Ihnen gleich genauer.
Tanner öffnete die Tür zu seiner Wohnung.

So. Hier wohne ich. Ich hole zwei Taschenlampen. Werkzeug habe ich auch, sollten wir welches brauchen.
Er streckte ihm eine große Stablampe hin. Eine behielt er selber. In der anderen Hand hatte Tanner ein kleines, gekrümmtes Brecheisen, einen Geißfuß.
Die ist für Sie. Wir gehen jetzt auf den Dachboden. Passen Sie auf Ihren Kopf auf.
Als sie oben ankamen, stieß Grünstein einen Pfiff aus. Dann flüsterte er vor Ehrfurcht.
Das ist ja riesig. So was habe ich schon lange nicht mehr gesehen. Hat fast etwas Mystisches, wie ein Holztempel.
Genau. Wie Sie sehen, ist der Dachstock im Prinzip leer, weil er geräumt wurde, als man vor nicht langer Zeit das Haus sanierte. Aber wir gucken trotzdem Mal in alle Ecken, vielleicht gibt es zugenagelte Nischen oder Schränke. Ich fange hier an, Sie bitte dort drüben.
Grünstein nickte.
Erschrecken Sie nicht. Es gibt zwei Bewohner.
Wen denn?
Ein Marderpärchen. Aber ich denke, dass wir nichts außer ihren getrockneten Knöllchen zu sehen bekommen werden.
Okay, Tanner. Ich werde mich in Acht nehmen.
Während sie suchten, erklärte ihm Tanner in groben Zügen den Wissensstand der Untersuchungen. Nicht alles, aber zumindest soviel, dass Grünstein verstehen konnte, auf welche Art von Hintergrundmaterial sie eigentlich aus waren.
Der Mädchenname der Mutter unseres Apothekers Guillaume Monnier war Louise Henriette Chinze. Sie war nach den Worten ihres eigenen Sohnes eine streitsüchtige und äußerst egoistische Hexe. Monnier hat offenbar extrem unter ihr leiden müssen, deswegen interessiert er sich auch nicht besonders für die Vergangenheit – und vielleicht ist das auch der tiefere Grund, warum er immer noch nicht hier eingezogen ist. Auf jeden Fall hat er bei unseren Gesprächen bekannt, dass es irgendwo in diesem Haus noch ein paar Schachteln mit Dokumenten gibt. Die suchen wir und hoffen, dass wir etwas über die Vergangenheit der Dame erfahren. Üble Geschäfte etwa, Vormundschaftsangelegenheiten

oder was weiß ich. Irgendjemand muss in der Vergangenheit grob verletzt worden sein – das ist im Moment die These. Verstehen Sie, Grünstein?
Er nickte und klopfte in diesem Moment auf ein Brett, das offensichtlich nachträglich angebracht worden war.
Schauen Sie mal, Tanner. Es klingt hohl, wenn man drauf klopft.
Sie beugten sich beide über die Stelle.
Ich glaube, da ist sogar ein kleines Holztürchen. Schauen Sie, das sind doch verrostete Scharniere. Reißen Sie es bitte auf. Es ist zwar zu klein für Schachteln, aber –
Er reichte ihm den Geißfuß.
Der Philosoph hantierte geschickt mit dem Eisen, und in Nullkommanichts war das Brett weg. Tanner leuchtete in das staubige Loch.
Aha. Lauter Apothekersachen, wie es scheint.
Grünstein nickte, griff sich eine kleine braune Flasche heraus und wischte den Dreck von dem Etikett.
Hustentinktur.
Gut, Grünstein. Das ist auf jeden Fall nicht das, was wir suchen. Monnier hat mir mal erzählt, dass seine Mutter keine Medikamente von ihm angenommen hat. Vielleicht hat sie hier alles versteckt, was er ihr brachte.
Grünstein lachte.
Dass dieser Ort beim Umbau nicht entdeckt worden ist. Ist das nicht seltsam, Tanner?
Tanner stutzte.
Wissen Sie was, lieber Grünstein? Ihr Lachen bringt mich auf etwas vollkommen anderes.
Er griff sich an den Kopf.
Mensch, warum habe ich nicht früher daran gedacht, ich Vollidiot! Wie kann man nur so ein Brett vor dem Kopf haben! Kommen Sie, ich weiß jetzt, wo wir suchen müssen!
Tanner eilte voraus. Er rannte die Treppen hinunter, bis in den gewaltigen Gewölbekeller. Ein Ort, über den Grünstein gleich noch einmal in Begeisterung ausbrach. Tanner kümmerte sich nicht darum, sondern zog ihn am Ärmel tiefer in das Kellergewölbe hinein.

Schauen Sie sich diese Mauer an, Grünstein.
Er zeigte auf eine graue Steinmauer, etwa drei Meter breit, vier Meter hoch, links und rechts durch zwei säulenartige Mauervorsprünge begrenzt.
Ich sehe eine ziemlich massive Mauer. Sonst nix.
Lieber Grünstein, wollten Sie nicht Bäume aus- oder Häuser einreißen? Wie wär's denn mit einer Mauer? Ich biete Ihnen eine Mauer. Diese hier.
Grünstein hatte es zur Abwechslung mal ordentlich die Sprache verschlagen.
Tanner holte einen mächtigen Bauhammer, der mit anderen Maurerwerkzeugen zusammen in einer Nische an der Wand lehnte.
Darf ich bitten?
Grünstein zögerte einen Augenblick, dann leuchtete etwas in seinen Augen auf. Er entledigte sich mit Schwung seines Mantels, krempelte die Ärmel hoch, griff nach dem schweren, langstieligen Bauhammer und stellte ihn startbereit zwischen seine Beine.
Auf Ihre Verantwortung, Tanner?
Aber klar. Los, schlagen Sie zu.
Grünstein spuckte in seine kräftigen Hände und packte den Hammer.
Tanner zog sich etwas zurück. Sein Herz schlug bis zum Hals. Eigentlich wollte er Grünstein noch warnen, nicht gar zu fest zu schlagen, denn er vermutete, dass es nur eine normale Backsteinwand war, eben keine massive Grundsteinmauer. Aber es war bereits zu spät.
Grünstein hatte ausgeholt wie weiland der Baumfäller von Hodler, und donnerte mit dem Hammer sowie seiner ganzen körperlichen Kraft und Wut dergestalt an die Wand, dass –
Ja, was geschah eigentlich?
Tanner kauerte sich auf jeden Fall vor Schreck auf den Boden und getraute sich erst wieder zu gucken, als der immense Lärm abgeebbt war. Es hatte geklungen, als sei eine riesige Geröllhalde schlagartig ins Rutschen gekommen.
Als sich die gewaltige Staubwolke etwas verzogen hatte, war der ganze Grünstein samt Hammer wie vom Erdboden verschwun-

den, dafür klaffte ein mannshohes Loch in der Mauer, die, wie Tanner es vermutet hatte, aus ziemlich bröckeligen und lausig vermörtelten Backsteinen bestand.
Grünstein! Hallo! Haben Sie sich verletzt? Mein Gott, Grünstein, so antworten Sie doch!
Im Moment, als Tanner mit seiner Stablampe in die Öffnung leuchtete, hörte er Grünstein lachen und sah den Schein seiner Lampe durch das klaffende Loch.
Tanner ... schauen Sie ... das glaubt uns keiner ... nie im Leben ... hihi ... das ist doch alles nicht wahr ... hihihihi ...
Grünstein hörte gar nicht mehr auf zu lachen, und das Gewölbe hallte wieder – jetzt von einem gemeinsamen Gelächter, denn Tanner musste auch mit einstimmen, obwohl er noch gar nicht wusste, weswegen Grünstein so lachte. Er war lediglich froh, dass ihm offenbar bei dem brachialen Gewaltschlag nichts passiert war.
Schauen Sie, Tanner, ein Schatz! Ich glaube, wir haben doch tatsächlich einen Schatz entdeckt! Kommen Sie schnell!
Grünstein erschien im Spalt, über und über mit Staub bedeckt. Das Weiße seiner Augen blitzte lachend aus seinem schwarzen Bergwerkergesicht.
Er reichte ihm die Hand, als Tanner durch den Mauerdurchbruch stieg und mit seiner Lampe auf die andere Seite leuchtete.
Trotz des Staubs und des Drecks im Raum warf die schmale, gleichförmig rippenmäßig strukturierte Rückwand des kleinen Raumes einen warmen, geradezu leuchtenden Schein zurück.
Tanner erstarrte.
Das ist Gold. Das sind Goldbarren. Ich glaub, ich träume.
Tanner legte stolpernd die drei, vier Schritte bis zur Rückwand hinter sich und griff an die schimmernde Wand. Er rieb eine Stelle blank, dann noch eine – und tatsächlich: An der Rückwand war etwa hüfthoch ein kleines Vermögen in Form von Goldbarren aufgestapelt, so wie andere Leute Holzscheite schichteten.
Da sieh mal einer an, die Hexe Luise Henriette Chinze. Hier hat sie also ihr Vermögen versteckt.
Nur vor wem? Vor dem Fiskus? Oder auch vor ihrem Sohn? Oder hatte sie bloß eine Obsession von wegen Sparen für die Not, ge-

paart mit einem in ihrer Generation nicht unüblichen, unüberwindbaren Misstrauen gegen die Banken? Wie musste die alte sadistische Hexe ihren Sohn gehasst haben, um dieses Geheimnis lieber mit ins Grab zu nehmen, als es ihm mitzuteilen!
Tanner bekam eine Gänsehaut.
Na, da wird unser Apotheker aber Augen machen.
Grünstein ergänzte.
Und ziemlich sicher auf eine Rechnung für die kaputte Wand verzichten, oder?
Ganz sicher.
Beide standen da und konnten es nicht fassen.
Tanner, jetzt sagen Sie mal, woher wussten Sie, dass es hier hinter der Mauer einen toten Raum geben könnte?
Nun, als ich hier einzog, zeigte mir Monnier ganz stolz das sanierte Haus, und wir zogen mit den Grundrissplänen durch alle Räume. Ich interessierte mich sehr dafür, auch für die ganze Haustechnik, die der Gesamtumbau notwendig gemacht hatte. Mir ist damals schon aufgefallen, dass Grundriss und Wirklichkeit auf dem Plan nicht ganz übereinstimmen, vor allem hier im Keller. Ich hab Monnier darauf aufmerksam gemacht, er aber nahm die Sache nicht ernst und meinte bloß, der Keller sei eh schon zu groß, trocken sei er auch, also bestünde keine Notwendigkeit, den Raum aufzubrechen. Wir haben dann tatsächlich noch über einen versteckten Schatz gescherzt, meinten aber eher die napoleonische Zeit, aus der das Haus ja stammt. Tja, so kann man sich irren.
Tanner leuchtete mit dem Strahl der Taschenlampe durch den ganzen Raum. In der einen Ecke blieb der Strahl stehen.
Schauen Sie, unter diesen Wachstüchern? Könnten das nicht unsere gesuchten Kisten sein?
Grünstein, der eh schon über und über schmutzig war, zog die Wachstücher weg – und tatsächlich: sie fanden drei Schachteln, bis oben gefüllt mit Aktenordnern, Mäppchen, jede Menge Korrespondenz.
Gut. Das schaffen wir jetzt in meine Wohnung. Dann verdecken wir die Öffnung der Mauer mit …
Tanner schaute sich um.

… kommen Sie, wir schieben diese leere Hurte vor die Mauer und schließen den Keller ab.
Grünstein nickte.
Eine Viertelstunde später standen die drei Schachteln auf dem großen Tisch in Tanners Wohnzimmer.
Grünstein, haben Sie noch länger Zeit und Lust, mir zu helfen?
Ay, ay, Sir! Ganz der Ihre.
Gut. Sie gehen jetzt erst mal duschen. Aus meinem Kleiderschrank dürfen Sie sich nehmen, was Sie wollen. Ich bin etwas kleiner, aber ich habe einige Sachen, die Ihnen passen müssten. Dann untersuchen Sie doch bitte die Dokumente. Sie sind Philosoph und Historiker, also haben Sie Erfahrung im Sichten von fremden Zusammenhängen.
Er nickte eifrig.
Ich schicke Ihnen zur Hilfe Solange und Solène. Die beiden kennen sich im Dorf aus, was sehr wichtig sein könnte für eventuelle dörfliche und familiäre Zusammenhänge, die Ihnen fremd sind. Ich werde Sie anrufen, und Sie berichten mir, was Sie gefunden haben. Oder Sie rufen mich an. Hier ist meine Karte.
Tanner legte sie auf den Tisch, denn Grünstein wollte sie nicht in seine schmutzigen Hände nehmen.
Tanner zog seinen Mantel wieder an.
Ich fahre jetzt zu Michel ins Kommissariat. Ich melde mich, wie gesagt.
Bevor Tanner zur Tür raus war, drehte er sich noch einmal um.
Ich danke Ihnen, Grünstein.
Der winkte ab.
Ich hab zu danken, ich. Endlich Spannung in mein Leben, endlich Wirklichkeit.
Tanner lachte und ging.
Grünstein konnte natürlich nicht ahnen, dass bald noch etwas anderes in sein Leben drängen würde … und zwar mit Macht.

Unterwegs rief Tanner die Zwillinge im Laden an. Es war Solène, die sich meldete. Sie schien sehr reserviert.
Tanner kümmerte sich nicht darum, sondern erklärte ihr ohne Umschweife, dass er dringend ihre Hilfe brauchte.

Solène versprach ihm, sofort zum Maison Blanche zu gehen. Als Tanner zu Michel ins Büro kam – das erste Mal übrigens seit sie sich kannten – starrte dieser gerade ungläubig auf ein Foto und konnte sich offenbar kaum von dem Eindruck erholen, den das Bild auf ihn machte. Tanner kam zunächst gar nicht dazu, von seiner eben gemachten Entdeckung zu berichten.
Ich werd verrückt, das ist der Hagebuttenmann! Tanner, schau, das ist der Hagebuttenmann! Und ich habe ihn gesehen. Er hat sogar mit mir gesprochen. Er hat sich voller Mitgefühl nach meinem Befinden erkundigt. Ich glaub es nicht!
Was? Was redest du da? Ich verstehe kein Wort, Michel. Entschuldige, wenn ich dich in deinem Büro heimsuche, aber ich dachte, so ist es am einfachsten.
Michel streckte ihm das Foto entgegen.
Das ist er. Das ist unser Mann. Der Hagebuttenmann.
Hagebuttenmann? Warum nennst du ihn so?
Also, ich meine, das ist natürlich der Franzli. Ich nenne ihn so, weil ich ihm auf der Toilette der Disco begegnet bin und er mir einen Hagebuttentee angeboten hat.
Tanner runzelte die Stirn.
Auf der Toilette? Einen Hagebuttentee? Ist das ein Codewort für eine neue Designerdroge?
Nein, versteh doch. Er ist der Toilettenmann der Diskothek und haust dort in einem winzigen Kabäuschen. Ich bin in der Nacht, als es Blut regnete, auf die Toilette, denn mir war gerade ein bisschen schwindlig. Da saß er auf einmal, hat sich freundlich nach meinem Befinden erkundigt und mir einen Tee angeboten. Er habe aber leider nur Hagebuttentee, hat er dann entschuldigend gesagt.
Aha. Jetzt verstehe ich. Wenn er wirklich unser gesuchter Mann ist, dann ist ja wohl auch klar, wie das Blut in den Überraschungsregen der Disco kam, oder?
Ja klar. Wenn –
Michel wühlte in seinen Notizen.
Der Witz ist aber, dass die Beamten, die in der Nacht noch das ganze Personal unter die Lupe genommen haben, von keinem Franz Müller berichten. Also entweder hat er sich verkrümelt –

was anzunehmen ist. Oder er ist dort sowieso unter einem anderen Namen gemeldet. Mit falschen Papieren. Was ich stark annehme, denn bei der Vollzugsbehörde hat er sich seit längerem nicht mehr gemeldet, was er, als vorzeitig Entlassener ja hätte tun müssen. Es heißt, er habe sich ins Ausland abgesetzt.
Tanner nickte, setzte sich und betrachtete das Foto.
Etwas, das regelrecht herausstach, waren seine ungewöhnlich blauen Augen. Und das so ganz unregelmäßige, irgendwie planlos schüttere Haar. Das Gesicht hatte etwas leicht Aufgedunsenes. Tanner glaubte, in diesen Zügen das Zurückgebliebene zu sehen, von dem der Gemeindepräsident gesprochen hatte. Das Gesicht eines alten Kindes, die Augen etwas zu weit aufgerissen. Eigentlich ein harmloses Gesicht, dachte Tanner. Aber wie immer machte ein solcher Eindruck keinen großen Sinn. Verbrecher sehen nun mal nicht aus wie Verbrecher.
Genau ... er sieht eher aus wie ... wie der Hagebuttenmann.
Was murmelst du da, Tanner?
Erinnern dich die blauen Augen nicht auch an jemanden, den wir gerade kürzlich gesehen haben?
Michel stutzte. Dann griff er sich an die Stirn.
Natürlich. Die Alte von Saalen. Genau. Als sie bei uns zum Gespräch war, habe ich nämlich umgekehrt gedacht, dass ich doch gerade kürzlich erst jemanden mit denselben blauen Augen gesehen habe.
Er kicherte.
Als ob die beiden verwandt wären, nicht?
Tanner lächelte ebenfalls.
Und sonst? Wie läuft die Fahndung?
Na ja, sie läuft halt. Wir haben noch keine einzige konkrete Rückmeldung. Hingegen ist aufgrund der Pressemitteilung eine ganze Flut reingekommen. Meine Mitarbeiter haben alle Hände voll zu tun, die Hinweise zu überprüfen. Übrigens erstaunlich: Viele Menschen wollen jemanden kennen, der angeblich einen Baum dieser alten Apfelsorte im Garten hat. Wintertaubenapfel. Hast du schon mal so einen gesehen? Oder gar gegessen?
Tanner verneinte.
Ich auch nicht. Schau mal hier.

Michel griff unter seinen Schreibtisch und stellte ein Holzkistchen mit Äpfeln auf den Schreibtisch.
Das sollen rote Wintertaubenäpfel sein. Jemand hat die Kiste anonym bei unserer Anmeldung abgegeben. Willst du einen probieren?
Tanner griff nach einem ganz besonders schönen Exemplar und steckte ihn in seine Manteltasche.
Ich esse ihn später. Sonst hast du nichts?
Nein. Bis jetzt war alles Fehlanzeige. Die Frage ist, wo dieser Kerl seinen Unterschlupf hat. Irgendwohin muss er seine Opfer ja bringen. Morgen wird sein Bild in den Zeitungen erscheinen.
Frag doch gleich mal den Besitzer der Disco, unter welchem Namen und mit welcher Adresse er seinen Toilettenmann registriert hat.
Ja, das hatte ich eh vor. Ich habe das Foto ja eben erst gesehen.
Michel hob den Hörer ab und gab den Auftrag an einen seiner Mitarbeiter weiter.
Was gibt's denn bei dir so Neues, Tanner?
Tanner berichtete von den Erkenntnissen über Margot Fuchs, von seinem Telefongespräch mit Monnier und seinem Besuch bei der Alten von Saalen. Und natürlich vom Schatz, den er eben mit Grünstein zusammen gefunden hatte, und den Dokumenten, die Grünstein in diesem Augenblick gerade überprüfte.
Michel hörte schweigend zu.
Dann meinte er nur, der Mensch müsse auch mal Glück haben, denn ohne das gefundene Gold würde Monnier ihn sicher liebend gerne wegen Hausfriedensbruch und Zerstörung von Eigentum anzeigen.
Ja, Michel, du hast natürlich Recht. Apropos Vermögen. Kannst du mal kraft deines Amtes die Herkunft der monatlichen Zahlungen an Grünstein überprüfen? Laut der Alten von Saalen hat sie die erpresste Summe an einen Anwalt überweisen müssen. Wenn wir Glück haben, kann der uns einige Auskünfte geben. Vielleicht existieren sogar noch die Proben des ausgetauschten Medikaments. Falls sie noch vorhanden sind, Michel, musst du die Exhumierung der Leiche des Von-Saalen-Sohnes beantragen. Vielleicht können wir den Tötungsversuch sogar noch beweisen.

Wie er schließlich wirklich umgekommen ist, wäre damit natürlich immer noch nicht geklärt, aber wer weiß.
Michel runzelte seine mächtige Stirn.
Weißt du, wie schwierig es ist, eine Exhumierung zu bekommen? Wie lange ist er denn bereits tot?
Zwölf Jahre.
Michel machte eine bedenkliche Miene.
Da mache ich mir keine große Hoffnung. Warten wir mal, bis wir den Anwalt haben. Das müsste schnell gehen. Haben wir denn die Bank und die Kontonummer, von wo aus die Rente für Grünstein überwiesen wird?
Tanner reichte ihm einen Zettel.
Hier sind alle Informationen, die ich von Grünstein erhalten habe. Der ist jetzt übrigens ganz schön durch den Wind. Was der in den letzten Stunden erfahren hat, macht ihm schwer zu schaffen. Das kann ich auch gut verstehen. Zum Glück habe ich eine ganze Reihe von Beschäftigungen für ihn gefunden.
Tanner stand auf. Michel hob die Hand.
Wart mal, ich habe auch noch etwas. Ich habe heute mit Anita telefoniert.
Anita? Kenne ich die?
Nein, aber ich habe von ihr erzählt. Anita Schön.
Ach ja, die Soldatin für unseren Herrn Jesu, nicht wahr?
Mach dich nur ruhig lustig. Ich kann die Details auch gerne für mich behalten!
Michel griff zum Telefonhörer.
Ach Michel, jetzt sei nicht gleich eingeschnappt. Was hat sie denn gewollt, die schöne Anita? Vermisst sie dich?
Stell dir vor: das auch. Aber angerufen hatte sie aus einem anderen Grund. Sie hat natürlich vom Mord an den Zwillingen gelesen und von den Äpfeln.
Aha. Und weiter?
Kennst du dich aus mit der Symbolik des Apfels?
Ja, eigentlich schon. Was hat sie denn erzählt?
Es gebe eine Deutung der Äpfel, die nicht so bekannt und deshalb hier vielleicht interessant sei.
Mensch, du machst es aber spannend.

Ja, wart mal. Ich habe es mir aufgeschrieben.
Er suchte in dem heillosen Durcheinander, das auf seinem Schreibtisch herrschte. Tanner verkniff sich eine Bemerkung.
Aha. Hier haben wir den Zettel ja auch schon. Gut, wenn man weiß, wo die Sachen liegen.
Er feixte selbstzufrieden.
Also, Anita sagt, dass nach altgermanischer Vorstellung der Apfel Symbol der Mutterbrust und der nährenden Liebe sei.
Tanner schaute ihn erwartungsvoll an. Michel warf die Hände in die Luft.
Ja, das war's auch schon. Wusstest du das denn?
Nein, das wusste ich nicht, ähm, zumindest nicht so … explizit.
Er wollte Michel nicht die Freude verderben.
Ich wundere mich nur, dass du dafür einen Zettel brauchst. Aber die Information ist wirklich interessant.
Er holte sich den Apfel aus der Manteltasche und wog ihn in der Hand.
Der Apfel hat wirklich eine etwas ungewohnte Form und ähnelt damit tatsächlich der Mutterbrust auf vielen alten Darstellungen von Maria mit dem Kind.
Tanner biss in den Apfel.
Schau mal. Ganz weiß. Der geschälte Apfel gleicht dann sogar in der Farbe der schneeweißen Brust. Hm … der schmeckt sehr süß und lecker. Ich nehme mir gleich noch einmal zwei, wenn du gestattest.
Michel machte eine einladende Geste.
Nein, nein, deine Anita ist Klasse. Jetzt verstehe ich auch endlich den Anfang der ersten Zeile des Textes. Aus rot weiß: Du schälst einen roten Apfel und er wird weiß. Den Apfel schälen ist für den Franzli vielleicht gleichbedeutend mit dem Vorgang, die Brust seiner Mutter bloßzulegen. Also etwas, was ihm zutiefst verboten ist. Die Brüste von Margot hat er ja laut Akte verstümmelt, du erinnerst dich, denn – nachdem es verboten ist, weckt es eben auch Aggressionen.
Michel nickte, richtete sich auf und ergänzte begeistert.
Genau. Und der zweite Teil der Zeile: Aus weiß rot. Du tauchst den weißen Apfel ins Blut und er wird wieder rot.

Genau. Michel. Du hast es erfasst.
Michel winkte bescheiden ab.
Aber was bedeutet die Verbindung von Apfel und Blut für ihn?
Na ja, wie gesagt, wenn die Sehnsucht nach Liebe – und die weiße entblößte Brust würde damit für diese Sehnsucht stehen – nicht erfüllt wird, dann kommt der Hass. Dafür steht dann das Blut, also das Töten und Verstümmeln. Möglicherweise hat die Füchsin Franzli ihre Brüste genauso verweigert wie seine Mutter. Wobei da wohl eher ein unübertretbares Tabu wirksam gewesen ist, die Brüste seiner eigenen Mutter nicht anzufassen. An den Brüsten der Füchsin hat er sich dann gerächt. Er hat sie aber nicht etwa aus Rache zerstört, sondern eine Art Markierung hinterlassen, mit der Botschaft: Ich habe sie nicht nur angefasst, ich habe sie mit einer Kennzeichnung auf ewig in meinen Besitz genommen.
Beide schwiegen und brüteten über diesen Bildern.
Michel holte tief Atem und räusperte sich. Ein sicheres Anzeichen dafür, dass er mit etwas nicht zurecht kam.
Also, äh, wieso sollte er, der Franzli – immerhin ein erwachsener Mann – die Brüste seiner Mutter begehren? Ist das nicht ein bisschen sehr weit hergeholt?
Tanner wiegte den Kopf.
Na ja, es ist ja im Moment nur eine Spekulation, aber immerhin … wie soll ich sagen? Nach Freud durchläuft ja jedes männliche Kind in seiner Entwicklung eine »ödipale Phase«, davon wirst auch du schon gehört haben.
Michel verdrehte die Augen.
Hältst du mir jetzt einen Vortrag?
Nein, aber du hast ja gefragt, oder? Also, das nennt man dann bekanntlich den Ödipus*konflikt*. Von einem *Komplex* spricht man erst dann, wenn der Erwachsene immer noch darin verharrt, also den kindlichen Konflikt nicht erfolgreich hat lösen können. Nehmen wir mal an, dass dies beim Franzli der Fall wäre. Er begehrt halb unbewusst immer noch seine Mutter, weiß aber auch um das Inzestverbot. Er überträgt möglicherweise also sein Begehren beziehungsweise seine Aggression auf die Füchsin, die sich ja laut Matter mütterlich um ihn gekümmert und sich ihm

aber trotzdem – das sage ich aus reiner Intuition – sexuell versagt hat.
Michel wiegte seinen Kopf. Tanner zuckte mit den Schultern.
Wie auch immer, solange wir nichts Handfesteres haben, sollten wir diese Spur verfolgen. Dies ist meine feste Überzeugung.
Nach einer Weile stand er auf und blickte fragend zu Michel.
Gut. Wahrscheinlich hast du Recht.
Also, komm mit. Wir besuchen jetzt Manz, den alten Dorfpolizisten. Die Gruber hat mir die Adresse des Alters- und Pflegeheimes gegeben, wo er seit ein paar Jahren lebt.
Michel erhob sich sofort.
Ich komme mit. Ich gebe noch schnell ein paar Aufträge weiter. Wegen Grünsteins Geld zum Beispiel. Fahren wir mit deinem Auto?
Tanner nickte.
Also, geh schon mal vor. Ich komme gleich nach.

Tanner wartete zehn Minuten im Auto. Dann hatte er keine Geduld mehr und ging zurück ins Kommissariat.
Dort herrschte das Chaos. Michel war umringt von seinen Mitarbeitern, jeder sprach.
Als Michel ihn erblickte, hob er den Arm. Alles schwieg und blickte zu Tanner.
Was ist los?
Wir sind zu spät. Er hat sich bereits das nächste Opfer geholt.
Wer ist es?
Ein Kind.
In Tanner stieg eine kalte Angst auf, die er nach den schrecklichen Geschehnissen in Marokko gehofft hatte, nie mehr spüren zu müssen. Warum ausgerechnet ein Kind? Er unterdrückte die aufsteigende Übelkeit und versuchte sich zu konzentrieren.
Von wem ist das Kind?
Von Monnier.
Tanner glaubte, sich verhört zu haben.
Monnier hat ein Kind? Wie alt ist es?
Michel ließ die Schultern hängen.
Sie ist sieben. Die Tochter seiner polnischen Haushälterin. Und er ist der Vater.

Also hatte Tanner beim letzten Telefonat mit Monnier doch das richtige Gefühl gehabt, als dieser am Ende grußlos auflegte, als sei ihm grad siedend heiß etwas eingefallen. Aber dass es sich ausgerechnet um ein kleines Kind handelte, darauf wäre Tanner bei dem alten Zyniker nie gekommen.
Tanner, ich fahre sofort mit meiner Mannschaft los, um vor Ort alles abzuklären und die Spuren zu sichern. Kommst du mit?
Michel schaute zu seinen Leuten.
Das ist übrigens Tanner.
Dann zeigte er vage auf seine Mitarbeiter.
Und dies sind meine ... du weißt schon.
Man nickte sich gegenseitig zu. Jedem war klar, dass jetzt kein Moment für ausgiebiges Händeschütteln war.
Michel, ihr geht alleine. Was soll ich dort? Ich gehe zu Manz. Wir brauchen dringend Informationen, sonst ist ... äh ... sind wir verloren.
Er wollte ausdrücklich nicht das Kind als verloren bezeichnen.
Michel nickte und hob zum Abschied die Hand.
Ich rufe dich an, wenn wir etwas entdecken, was du sofort wissen musst.
Ok. Und findet vor allem die neuen Zeichen, denn es wird welche geben!

Tanner machte kehrt und stürmte zu seinem Auto. Es war kurz nach Mittag. Er hatte keine Ahnung, ob das ein günstiger Termin war, um einen alten Mann im Pflegeheim zu besuchen, der nicht mehr ganz richtig im Kopf war.
Aus seinem Handschuhfach nestelte er vorsichtshalber seinen Polizeiausweis hervor. Er hatte ihm schon oft gute Dienste geleistet, auch wenn er längst abgelaufen war. Kurz streifte ihn der Gedanke an seine Pistole, die er früher im Handschuhfach mitzuführen pflegte. Seit sie ihm allerdings fatalerweise aus seinem Auto geklaut worden war, führte er nie mehr eine Waffe bei sich. Und überhaupt, wozu eine Waffe?
Im dem Augenblick, als er auf dem Kommissariat vom neuen Opfer des Hagebuttenmannes erfahren hatte, wusste er auch mit Bestimmtheit, wen er *nach* dem Besuch bei Manz aufsuchen würde.

Das Problem war, dass man dort, wo er hinwollte, sicher nur mit einer Anmeldung und höchstwahrscheinlich sogar nur mit einer besonderen Erlaubnis eintreten durfte. Dort würde sein alter Ausweis sicher nichts nützen.
Tanner zermarterte sich das Gehirn, wie er dieses Problem lösen könnte.
Unterdessen war er bereits auf die Autobahn gelangt, die in Richtung Welschland führte. Zum Glück herrschte praktisch kein Verkehr, und er konnte ungehindert drauflosfahren. Er schaute auf die Uhr.
Der bisherige Rekord bis zur Abzweigung ins Bezirksstädtchen war dreizehn Minuten. Er gab Gas und konzentrierte sich auf die Straße. Der Wagen schoss davon, als hätte der vierzylindrige Motor nur darauf gewartet, einmal von der üblichen Beschränkung befreit zu werden und endlich seine wahre Natur zur Geltung zu bringen, die sich offensichtlich erst im oberen Bereich der Drehzahl so richtig entfaltete.
Tanner musste an das siebenjährige Kind denken, das er nicht kannte, und seine Erinnerung überschwemmte ihn mit Bildern der Kinder in Marokko, die grausam und sinnlos sterben mussten. Er sah das allerliebste Gesichtchen von Fawzia, der Enkelin seiner Haushälterin, die oft in seinem Arbeitszimmer zu seinen Füßen gespielt hatte. Und er musste auch an Elsies totes Kind denken, an Anna Lisa, die er nie kennen gelernt hatte, da sie längst nicht mehr lebte, als er Elsie begegnet war.
Lauter Bilder von Toten. Es schüttelte ihn vor Angst.
Dann aber sah er Elsie, und er konnte das erste Mal seit langem an sie denken, ohne dass es ihm wehtat. Im Gegenteil, der Gedanke an sie beruhigte ihn sogar. Es gelang ihm, sich ein bisschen zu entspannen. Er musste lächeln und blinzelte in Richtung des Himmels über seinem geliebten See.
Wer weiß, vielleicht wachte sie da oben ja doch über ihn, Asche hin, Asche her.
Nur über ihn? Sicher auch über ihre Kinder, die jetzt auf dem Hof lebten, wo Tanners erste Station nach Marokko gewesen war – bei Ruth und Karl. Der kleine Tommy, Lena und Glöckchen – ach Glöckchen! Ob er sie jemals wieder sehen dürfte? Würden sie

ihm jemals verzeihen können? Und Solveig? Würde sie jemals all das verstehen können? Mit ihm teilen wollen?
Ah, warum nur hatte er sie gehen lassen? Warum nur hatte er nicht gleich, in jener Nacht –
Plötzlich schrak er auf.
Unvermittelt erschien der Pfeil mit dem Ortsnamen, und wenige Augenblicke später nahm er bereits mit kreischenden Rädern die von der Autobahn hinunterführende Rechtskurve. Eine Stimme hämmerte auf ihn ein.
Tanner, bremsen. Bremsen. Jetzt.
Endlich drang die Stimme bis zu seinem Bewusstsein durch, und die Bremsen arbeiteten zum Glück ebenso überzeugend, wie es vorhin der Motor getan hatte.
Tanner schüttelte sich. Er wusste nicht, wie er die Strecke zurückgelegt hatte. War er wirklich bereits über die ewig lange Brücke gefahren, die dasselbe grüne Tal überspannte wie das altehrwürdige Eisenbahnviadukt, auf dem Andrés Leib vom Zug überfahren wurde? Und das Auftauchen seines geliebten Hügels, der den See auf seiner ganzen Länge säumte? Er hatte doch noch nie den köstlichen Augenblick verpasst, da die Ostseite des Hügels unvermittelt in der Ferne auftauchte.
Er schaute erneut auf die Uhr und erschrak. Es waren neun Minuten vergangen. Eine Radarfalle, und er wäre auf lange Zeit seinen Ausweis los gewesen.
Er nahm sich zusammen und bog in die Umgehungsstraße ein, denn das Heim lag auf der anderen Seite des Städtchens.
Direkt gegenüber vom langgestreckten Plattenbau fand er einen Parkplatz. Er ließ das Fenster hinunter und betrachtete das Altersheim. Von einem Heim im Sinne von *daheim* oder *aufgehoben sein* konnten in diesem Falle eigentlich nur Zyniker sprechen.
Das heruntergekommene Haus aus den Sechzigern verriet durch seine äußere, plumpe Struktur seine strikte innere Ordnung und die damit verbundene mehr als dürftige Philosophie zur letzten Aufbewahrung von alten Menschen, beziehungsweise vorletzten, denn der letzte Ort war ja immer noch das Grab. Den Begriff Architektur für so ein Bauwerk zu verwenden, käme einem Verrat an der Sache selbst gleich.

Tanner war einmal mehr versucht, die ganze Architektenbande zu hassen, verfluchte dann aber zur Abwechslung die Bauherren, denn die ließen der Architektur in so einem Fall wohl keine Chance.
Von mehreren der winzigen Terrassen stiegen dann und wann kleine Rauchsäulen auf. Die Raucher waren nicht zu sehen, dazu waren die Balustraden zu hoch. Drinnen herrschte sicher striktes Rauchverbot. Als Tanner sein Auto verließ und auf das Gebäude zuging, hörte er eine fugenartig aufgebaute Komposition von fürchterlichem Husten, als würden sich die Rauchenden gegenseitig zu immer lauteren Anfällen stimulieren.
Im Empfangsbereich starrte eine junge Frau auf den Bildschirm ihres Computers. In der Luft lag der Geruch von gekochtem Kohl und einem scharfen Reinigungsmittel.
Tanner stellte sich als Polizist vor, der einen alten Kollegen von früher besuchen wollte. Die junge Frau musterte ihn kritisch. Tanner fiel ein, dass seine kleine Lüge mit einem Blumenstrauß oder einer Weinflasche in der Hand überzeugender ausgefallen wäre. Dafür war es jetzt aber zu spät.
Also, wie ein Polizist sehen Sie ja nicht gerade aus. Aber Herr Manz wird sich sicher freuen, denn er kriegt nie Besuch. Ich frage mal nach, ob er schon wieder in seinem Zimmer ist. Wir hatten gerade Mittagessen.
Sie griff nach dem Telefonhörer, ließ ihn aber nicht aus den Augen. Tanner setzte seine unschuldigste Miene auf. Nach kurzer Nachfrage sagte sie, dass ihn jemand abholen würde. Er möge bitte Platz nehmen.
Trotz des Wörtchens *bitte* klang es wie ein Befehl.
Tanner lächelte freundlich und setzte sich gehorsam. In diesem Moment fiel ihm ein, wie er den nächsten dringenden Besuch, den er vorhatte, organisieren könnte. Unter den strengen Augen und den sicher hellhörigen Ohren der jungen Frau wagte er jedoch nicht zu telefonieren. Kurzerhand tippte er eine SMS und meldete seinen dringlichen Wunsch in Stichworten einem befreundeten Psychiater, der in einer der wichtigsten Kliniken des Landes eine hohe Stellung innehatte.
Nach zehn Minuten kam eine rundliche Frau auf ihn zu, offen-

sichtlich mit Migrationshintergrund, wie es heutzutage politisch korrekt hieß.
Sie war tiefschwarz, hatte krauses Haar, sprach französisch und forderte ihn auf, ihr zu folgen. Unterwegs sang sie einen bekannten Jazzklassiker, nämlich *Autumn Leaves,* also *Les feuilles mortes,* denn sie sang das Lied auf Französisch mit dem Originaltext von Jacques Prévert, was Tanner für einen kurzen Moment mit der schrecklichen Atmosphäre dieses Hauses versöhnte.
Im dritten Stock zeigte sie auf eine der unzähligen Türen und bedeutete ihm hineinzugehen, anklopfen bringe rein gar nichts, denn der Manz höre ja kaum noch etwas.
Also öffnete Tanner entschlossen die Tür.
Im Gegenlicht des vorhanglosen Terrassenfensters, das die ganze Schmalseite des Zimmers einnahm, saß in sich zusammengesunken der ehemalige Dorfpolizist Manz. Das schmutzige Fenster war mit der beliebten Gitterstruktur der sechziger Jahren versehen, die den absurden Nachteil hatte, dass man sitzenderweise den Horizontalbalken immer direkt auf Augenhöhe hatte. Manz störte dies im Augenblick sicher nicht, denn er war in seinem Rollstuhl eingeschlafen. Tanner schloss die Tür, ging an dem Schlafenden vorbei und öffnete mit einem Ruck das Fenster, denn im Zimmer lag ein schwerer Geruch. Es roch nach Alter, nach körperlichem Zerfall, nach den Ausdünstungen irgendwelcher Salben oder Tinkturen. Über der Duftkomposition ruhte wie ein *cantus firmus* ein Reinigungsmittel, dessen Geruch auch den Rest des Hauses durchzog wie der rote Faden eine Geschichte.
Tanner fasste Manz an seinen schmalen Schultern und rüttelte ihn kräftig.
Hallo, Manz. Sie haben Besuch. Aufwachen. Herr Manz!
Dann drehte er Manz schwungvoll vom Fenster weg und trat zwei Schritte zurück. Der alte Mann schreckte hoch und blinzelte mit den Augen. Tanner nahm den roten Apfel aus seiner Manteltasche und streckte ihn Manz entgegen. Der nahm den Apfel gierig in seine Hand, betrachtete ihn, hielt ihn unter die Nase und roch ausgiebig daran. Dann sprach er leise.
Ja, der riecht noch wie ein Apfel.
Herr Manz, wissen Sie, was das für ein Apfel ist?

Ja, das ist ein roter Pigeon. Ja, so haben wir den früher genannt. Er hieß zwar eigentlich anders ...
... roter Wintertaubenapfel?
Tanner musste nahezu schreien, um sich verständlich zu machen.
Ja, genau. Roter Wintertaubenapfel. Woher haben Sie den? Die sind doch selten geworden. Hier im Heim kriegen wir nie solche Äpfel.
Den hat mir der Franzli Müller für Sie mitgegeben. Erinnern Sie sich an den Franzli?
Der Alte besann sich, als hörte er auf einen fernen Klang.
Ja, der Franzli. Das war eine schreckliche Geschichte. Der Schnee war rot ...
Tanner schrie.
Herr Manz, haben Sie kein Hörgerät?
Manz blickte verständnislos. Tanner war klar, dass man so kein Gespräch führen konnte.
Er ging kurz entschlossen aus dem Zimmer. Draußen begegnete ihm eine alte Frau, die an einem Stock ging, aber sonst ziemlich rüstig schien.
Guten Tag, ich besuche den Manz. Wissen Sie, ob er ein Hörgerät hat?
Ja, sicher hat der ein Hörgerät. Wir haben alle ein Hörgerät. Aber die Schwestern nehmen es ihm immer wieder ab und verstecken es.
Sie lächelte verschmitzt.
Ich weiß aber wo sie es verstecken.
Sie ging resolut in das Zimmer von Manz, riss die unterste Schublade einer Kommode auf und wühlte in der Wäsche. Nach kurzer Zeit kam ihre Hand mit einem kompletten Hörgerät zum Vorschein. Sie hielt es triumphierend in die Höhe.
So, dann werden wir ihn mal mit der Außenwelt verbinden. Halten Sie mal meinen Stock.
Nach wenigen Handgriffen saß das Hörgerät, dann schaltete sie es ein, drehte an einem winzigen Regler und sprach mit normal lauter Stimme, bis Manz reagierte.
So, Manz, hörst du mich?

Er nickte.
Ja, sicher höre ich dich. Schau mal, ich habe einen schönen Apfel geschenkt bekommen. Es ist ein roter Pigeon. Der schönste Apfel, den es je gegeben hat. Und süß. Ganz süßes Fruchtfleisch. Und schneeweiß ... wie deine Brüste ... ha, ha, ha ...
Die Alte verdrehte die Augen und machte ein Handzeichen in Tanners Richtung, dass Manz wohl nicht ganz richtig im Kopf sei, nahm wieder ihren Stock und ging murmelnd aus dem Zimmer. Bis ins hohe Alter denken sie immer nur an das eine. Man glaubt es kaum.
Tanner bedankte sich und setzte sich auf einen Stuhl.
Herr Manz, mein Name ist Tanner. Ich bin Polizist wie Sie.
Manz schaute ihn zunächst verständnislos an. Dann wurde er wütend. Seine zerfurchte Stirn schwoll an.
Sie lügen. Es gibt ja gar keine Polizei mehr. Wer sind Sie? Kommen Sie vom Beerdigungsinstitut?
Er streckte sich, reckte seine Faust in die Höhe und versuchte aufzustehen.
Sie können gar kein Polizist sein. Ich war nämlich der letzte Polizist in dem Land. Und wissen Sie was: Das Land um den See war deshalb so schön, weil wir aufgepasst haben, dass ihm nichts passiert ist. Seit die Herrschaften aus der Stadt die Polizei abgeschafft haben, ist das Land nicht mehr schön. Man kann doch nicht einfach die Polizei abschaffen. Die gehört doch in die Landschaft. Wer beschützt sie denn sonst? Aber nein, sie haben sie einfach abgeschafft. Seither ist es hier viel nebliger. Sie sehen es ja. Und die Sonne ist entweder so heiß, dass das Vieh verreckt, oder es regnet, bis es Überschwemmungen gibt, und die armen Tiere auch wieder verrecken. Und alles, weil man die Polizei abgeschafft hat. Ich habe viele Gesuche eingereicht, aber man wollte nicht auf mich hören.
Der Alte fuchtelte mit dem Apfel in der Hand durch die Luft.
Tanner hatte alle Mühe, ihn zu beruhigen.
Herr Manz, Sie haben natürlich Recht. Und jetzt hat man das auch endlich eingesehen und will die Polizei wieder einführen.
Manz starrte ihn mit blutunterlaufenen Augen an. Er keuchte und rang nach Atem.

Was sagen Sie? Sie haben … Sie wollen … die Polizei wieder eingeführt? Dann darf ich hier raus, oder? Dann muss ich ja ganz schnell wieder auf meinen Posten!
Herr Manz, so schnell geht es leider nicht. Das braucht alles seine Zeit. Man kann nicht die Polizei abschaffen und dann alles wieder an einem Tag einrichten. Das verstehen Sie doch, oder? Aber wir brauchen Ihre Hilfe. Sie waren ja der letzte Polizist, also können wir nur Sie fragen. Helfen Sie uns?
Manz stellte seinen Kopf schräg und legte sein Gesicht in Falten.
Ja, natürlich, das verstehe ich. Was wollen Sie denn fragen?
Manz, wir müssen da anknüpfen, wo Sie aufgehört haben. Sie waren der letzte Polizist, und der Franzli Müller war Ihr letzter Fall. Erinnern Sie sich an den Franzli und an sein Opfer, die Margot Fuchs?
Aber ja! Er kam direkt zu mir, damals in dem Winter, als der große Schnee kam. Er vertraute mir. Ich war ja der Polizist. Der letzte des Landes.
Manz legte seinen Stolz und seine ganze Zufriedenheit in diesen Satz. Seine Wangen glühten vor Aufregung, und seine Augen leuchteten. Tanner fürchtete zwar um den gesundheitlichen Zustand von Manz, aber er sah keine andere Möglichkeit, als den eingeschlagenen Weg zu Ende zu gehen.
Also gut, Polizist Manz, dann erzählen Sie mir ganz genau, wie Sie den Tatort vorgefunden haben. Ich brauche auch das geringste Detail. Alles ist wichtig, wenn wir die Polizei wieder zum Leben erwecken wollen. Und dabei wollen Sie doch mithelfen, oder?
Manz nickte eifrig.
Ja, also, die Margot lag im Hausflur. Halb vom Schnee zugedeckt. Ihre Beine waren gespreizt. Ihr Leib war von oben bis unten aufgeschlitzt. Überall lagen Sachen, die der Wind herumgeblasen hatte. Oder die aus dem Wandschrank gefallen waren.
Was für Sachen, Manz?
Ja, zum Beispiel, äh … Kerzenstummel, farbiges Papier. Ja, genau, wissen Sie, so in Fetzen gerissenes Geschenkpapier. Und auch goldfarbene Streifchen. Oder Bänder. Das weiß ich nicht mehr genau. Aber es glitzerte auf dem Körper, und ihre Haare da unten waren voll davon, aber es war nicht der Schnee.
Was war es dann, Manz?

Er stützte seinen Kopf in seine Hände. Er zermarterte sich offensichtlich das Gehirn.
Na ja, so Glitzerzeugs eben. Ungefähr wie das, was man an den Weihnachtsbaum hängt, so goldene Streifchen, wie Haare.
Sie meinen Goldlamé.
Ja, ja, so was. Die Haare da unten waren voll davon. Die sind sicher aus dem Wandschrank gefallen, dachte ich. Der stand ja offen. Ich habe alles fein säuberlich rausgenommen.
Wie? Aus dem Wandschrank?
Nein, aus den Haaren. Sie hatte ja mächtig viele Haare da unten, wissen Sie. Die waren schon gefroren, die Haare, meine ich. Da habe ich die Sachen rausgekämmt.
Und was war mit ihren Brüsten?
Ja, Margot hatte doch diese großen weißen Brüste … mit den Spitzen … und die äh –
Was war mit ihnen? Manz, ich muss es genau wissen.
Ja, die waren auch irgendwie … Ich weiß nicht mehr … viele kleine Einstiche, Einschnitte. Aber ohne Blut. Es sah aus wie ein Muster.
Was für ein Muster?
So eine Art Zickzackmuster.
Und wie verlief das Muster? Rund um die Brust herum, oder eher quer über die Brust?
Ich glaube, rundherum, als ob sie angenäht gewesen wären.
War das Gesicht unverletzt?
Ja, das Gesicht war unverletzt.
Jetzt kam die heikelste Frage. Intuitiv begann Tanner ihn zu duzen.
Hast du sie angefasst, Manz?
Nein, nein. Sicher nicht.
Aber du hast mir doch gerade erzählt, dass du Goldlamé aus ihren Schamhaaren herausgenommen hast. Da musstest du sie doch anfassen.
Ja, stimmt. Da habe ich sie angefasst. Aber sonst nicht.
Ganz sicher nicht, Manz? Hast du sie sonst nicht berührt?
Manz fing an zu schluchzen.
Doch, ich habe ihr kurz über das eiskalte Gesicht gestrichen, weil

sie mir so leid tat. Und im Gesicht sah sie doch gar nicht tot aus. Sondern eher, als ob sie schlafen würde.
Hatte sie denn geschlossene Augen?
Ja, ihre Augen waren geschlossen.
Hast du sie geschlossen?
Nein, nein, sie waren schon geschlossen.
Und sonst hast du sie nicht angefasst?
Der alte Mann wand sich in seinem Rollstuhl.
Manz, sag die Wahrheit. Du bist Polizist.
Doch, ich habe kurz einmal ihre Brust angefasst.
Und was war mit den Äpfeln? Gab es da nicht auch Äpfel?
Tanner fragte auf gut Glück und zeigte auf den roten Apfel, den der Alte immer noch krampfhaft in der Hand hielt.
Oh ja, da waren viele Äpfel, über den ganzen Boden verstreut. Die sind sicher aus dem Vorratsschrank herausgefallen. Ich habe alle weggeworfen.
Gab es auch geschälte Äpfel?
Ja, ja, genau, die meisten waren geschält.
Lagen auch welche in der offenen Bauchhöhle?
Ja, ja, der eine oder andere ist auch in die Bauchhöhle hineingefallen. Die waren ganz blutig. Ich habe alles aufgeräumt.
Ja, Manz, offensichtlich hast du gut aufgeräumt.
Das konnte ich schon immer gut. Aufräumen. Ordnung halten.
Waren das solche Äpfel, Manz?
Ja, ja, das waren die roten Wintertaubenäpfel. Das sind ja die einzigen, die auch im Winter noch diese glatte Haut haben. Wir haben sie immer am Weihnachtsbaum aufgehängt. Zuhause, meine ich. Deswegen nennt man die auch Weihnachtsäpfel.
Hatten der Franzli und seine Mutter irgendwo Land mit Apfelbäumen?
Ja, ja. Die hatten viele Apfelbäume. Auch mit solchen Äpfeln.
Und wo standen diese Bäume?
Tanner war sich sicher, dass es im Asyl zwar den einen oder anderen Baum gab, aber nirgends gab es Platz für viele Apfelbäume.
Ach, die hatten doch dieses kleine Stückchen Land unten am See, kurz bevor das Ufer die Spitze in den See hinein macht. Kurz vor dem Wald und zum Teil auch im Wald gelegen.

Jetzt fühlte auch Tanner die Hitze in sein Gesicht steigen.
Gibt es denn dort auch ein Haus?
Also, Haus ist zu viel gesagt, aber die hatten dort immer ein paar Schuppen für Geräte und so. Auch zum Fischen. Franzli hat nämlich im Winter immer gefischt.
Tanner sprang auf.
Manz, du hast uns sehr geholfen. Ich werde das weitermelden. Und ich komme wieder vorbei. Wenn du den Apfel isst: Guten Appetit.
Tanner eilte auf schnellstem Wege aus dem Altersheim und zückte sofort das Telefon.
Vielleicht haben wir Glück und der Franzli ist mit dem Kind in einem Schuppen bei den Apfelbäumen. Wenn es die Schuppen überhaupt noch gibt.
Michel nahm zum Glück sofort ab.
Sie vereinbarten, dass Michel mit großem Aufgebot zum See gehen würde. Tanner gedachte nämlich trotz allem, an seinem ursprünglichen Plan festzuhalten.
Informier zur Sicherheit auch die Seepolizei. Aber die soll sich nur in Bereitschaft halten, du verstehst. Fordere auch einen Helikopter an. Wir müssen auf alle nur erdenklichen Situationen gefasst sein. Und du unternimmst keine Schritte, ohne dich mit mir abzusprechen. Versprichst du mir das?
Michel versprach es.
Denn, wenn das Kind noch lebt …
Tanner atmete tief durch und startete den Wagen.

SIEBZEHN

Sie tat ihrem Namen alle Ehre. Sie schwieg.

Seit einer Stunde starrte sie ihn an und sagte kein Wort. Ob es wirklich eine Stunde war, wusste er nicht. Er wagte nicht, auf die Uhr zu sehen.

Tanner hatte alles versucht. Er war mit seinem Latein am Ende.

Als er in den Besuchsraum der Klinik geführt wurde, hatte sie bereits an dem kleinen Tisch gesessen. Bei seinem Eintritt hatte sie ihn sogar angesehen, aber in keiner Weise reagiert. Er hatte sie begrüßt. Keine Reaktion. Nur das Bildchen nahm sie an sich, das er vor sie auf den Tisch legte. Dann kam er sofort zum Thema. Vielleicht zu schnell, wer weiß? Er legte ihr mit lückenloser Offenheit dar, warum er sie besuchte. Dass ihr Franzli ganz fürchterlich am Morden war. Dass man ihn davon erlösen musste. Dass es galt, ein kleines Kind zu retten. Dass sie praktisch keine Zeit mehr hatten. Dass nur sie, die Mutter des Mörders, helfen konnte.

Sie zeigte keinerlei Regung.

Daraufhin erzählte er von Margot. Von Manz. Und von Matter, der ein schlechtes Gewissen hatte. Der zugegeben hatte, dass man ihr, der Schweigerin, ein Unrecht angetan habe. Dass man sicher ihren Fall neu aufnehmen werde. Und vieles mehr.

Tanner versprach ihr das Blaue vom Himmel.

Dann schrie er sie an. Sie schwieg.

Er bettelte. Sie schwieg.

Dann verstummte auch er.

Als Tanner vom Manz weggefahren war, hatte er ganz auf sein Glück vertraut, vielmehr auf seinen Freund, den Psychiater, dass der ihm den Weg zur Schweigerin ebnen würde. Genauso war es dann auch geschehen.

Er war eine Stunde lang durch dichten Nebel gefahren, der sich

mittlerweile über die gesamte Welt gesenkt hatte, wie es schien. Den Weg in die mittelalterliche Stadt kannte er zum Glück. Die Straße war schmal und führte teilweise durch enge Täler, dann wieder öffnete sich die Landschaft und man fuhr durch breite Talsenken. Der Weg führte mitten durch romantische Dörfer mit altehrwürdigen Kirchen und Pfarrhäusern, die noch den Reichtum der heiligen katholischen Kirche und ebenso die Ehrfurcht vor derselbigen ausstrahlten. Auch konnte man intakte Käsereien sehen, wo noch die ausgebleichten Bretter, die man zur Käseherstellung brauchte, draußen an den Mauern zum Trocknen lehnten, als hätte Beuys sie persönlich hingestellt.
Heute hatte Tanner von alledem nichts gesehen. Der Nebel hatte kurzerhand die Landschaft ausradiert, ebenso die Dörfer mit ihren Kirchen. Die Straße hinauf oder hinunter, meist kurvenreich, selten geradeaus. Mehr war nicht. Es gab keine sichtbaren topographischen Zusammenhänge, denn es gab kein Land mehr. Einzig die Gerüche, durch die Feuchtigkeit intensiviert, verrieten, wo der Weg an Miststöcken oder an gedüngten Feldern vorbeiführte. Oder quer durch moosigen Winterwald mit seinem Geruch nach Tod.
Immer wieder wanderte Tanners Blick zum Telefon, aber es blieb stumm.
Wenn die nur keinen Fehler machen ... Michel, Michel! Ruf mich an!
Er selbst wagte nicht anzurufen, denn wer wusste schon, in welche Situation sein Klingeln platzen würde. In jenem Moment bereute Tanner es doch, Michel nicht begleitet zu haben. Aber jetzt war es zu spät.
In einem öden Vorort der Stadt mit den vielen Türmen und Kirchen fragte Tanner eine Nonne, die an einer einsamen Bushaltestelle wartete und in ihr Brevier vertieft war, nach dem Weg. Sie hatte denselben Weg, da sie zufällig genau in jener Klinik arbeitete, und so lud er sie ein mitzufahren. Nach anfänglichem Zögern entschloss sie sich, seiner Einladung Folge zu leisten, denn der Bus würde noch eine ganze Weile nicht kommen, und die feuchte Nebelluft war wahrscheinlich auch schon durch ihr geistliches Kostüm gekrochen.

Sie hieß Schwester Laetitia.
Sie hatte ein junges und sehr ernstes Gesicht. Als müsste sie alle Sorgen der Welt tragen.
Sie fragte ihn nicht, warum er zur Klinik wollte. Und so fuhren sie den ganzen Weg schweigend. Lediglich mit Handzeichen wies sie ihm den richtigen Weg. Der Nebel hatte auch die Menschen verstummen lassen.
Kurz vor dem Ziel rief glücklicherweise der befreundete Psychiater an und nannte den Namen eines Kollegen, der in der Klinik arbeitete. Er habe ihn über Tanner und dessen Anliegen informiert. Er solle einfach nach diesem Arzt fragen. Alles Weitere würde dann vor Ort organisiert. Und er wünschte ihm viel Glück.
Entschuldigen Sie, Schwester Laetitia, kennen Sie Professor Wiegand?
Natürlich, das ist der Chefarzt der geschlossenen Abteilung. Wollen Sie zu ihm?
Ja. Ich kenne ihn zwar nicht, aber man hat mich bei ihm angemeldet.
Sie lächelte.
Er ist ein sehr guter Arzt. Wenn wir in der Klinik sind, kann ich Sie gerne zu ihm führen.
Als kurz darauf unzählige verspielte Giebeldächer, Türmchen und reich verzierte Kamine aus dem Nebel auftauchten, hatte Tanner den Eindruck, als sei die Klinik in einem weitläufigen Schloss untergebracht. Da die Gebäude in einer schluchtartigen Senke lagen, die der Fluss vor Urzeiten fast mitten durch die Stadt gefressen hatte, sah man die Klinik mit ihrer beeindruckenden Dächerlandschaft tatsächlich zuerst aus der Vogelperspektive. Schwester Laetitia hatte ihn belehrt, dass diese Gebäude vor etwa zweihundert Jahren als Pensionat für angehende Priester gebaut worden und erst später in eine Nerven- und Heilanstalt umgewandelt worden waren.
Tanner verkniff sich eine Bemerkung, denn priesterlich sah das Anwesen nun gar nicht aus.
Sie hielten auf der Rückseite der Klinik. Tanner half Schwester Laetitia galant aus dem Wagen, was sie ein wenig verlegen machte. Sie kannte sich offensichtlich mit Türen edler Automarken

nicht aus. Hastig führte sie ihn zu einer kleinen Pforte, und so betrat er die Klinik, die der Gnadenjungfrau Maria persönlich gewidmet war, durch einen Hintereingang. Sie eilten durch lange und verwinkelte Gänge und bewältigten im Laufschritt unzählige Treppen. Schwester Laetitia bewegte sich mit schlafwandlerischer Sicherheit. Sie machte den Eindruck, als würde sie den Weg auch in absoluter Dunkelheit finden. In dem Gebäude herrschte vollkommene Stille. Das war Tanner aber erst bewusst geworden, als sie endlich vor einer großen, dunkel getäfelten Holztür anhielten und einen Augenblick still dastanden.
Warten Sie bitte hier. Ich werde sehen, ob der Professor da ist.
Dann war alles sehr schnell gegangen. Professor Wiegand, ein groß gewachsener, schwerer Mann, in weiches, hellbraunes Manchester gekleidet, etwa in Tanners Alter, mit spiegelglatter Glatze und feiner Goldbrille, drückte ihm nur kurz die Hand. Er wirkte betont freundlich, aber ebenso betont beschäftigt.
Was mir unser gemeinsamer Freund über Sie erzählt hat, lieber Tanner, reicht mir vollkommen, um Ihnen zu vertrauen. Würden wir das offiziell machen, dürfte es Monate oder Jahre dauern, bis ... Sie wissen schon. Da wären Sie und ich bereits im Ruhestand.
Sie lachten beide. Schwester Laetitia blickte schnell weg.
Also, seien Sie unser Gast und versuchen Sie Ihr Glück bei Frau Müller. Ich nehme es auf meine Kappe. Sie ist in letzter Zeit ruhiger geworden, aber sprechen ...?
Er zuckte mit den Achseln.
Sie müssen wissen, dass sie noch nie gesprochen hat, solange sie hier ist. Und das sind immerhin doch schon an die sieben Jahre.
Er wandte sich an Schwester Laetitia.
Das stimmt doch, oder?
Sie nickte eifrig.
Ziemlich genau sieben Jahre.
Lieber Tanner, jetzt müssen Sie mich leider schon wieder entschuldigen. Die liebe Pflicht ruft. Schwester Laetitia wird alles Notwendige in die Wege leiten. Waren Sie schon einmal in einer geschlossenen Abteilung?
Tanner bejahte die Frage.
Also, zu Besuch schon, ja.

Wiegand lachte herzlich.
So war die Frage natürlich auch gemeint. Na ja, dann wissen Sie ja Bescheid. Alles Gute.
Mit ausgreifenden Schritten und einer prall gefüllten Aktentasche machte sich der Chefarzt sofort auf den Weg.
Er hat heute Nachmittag Vorlesungen, daher die Eile. Warten Sie einen Moment, ich werde uns in der Abteilung anmelden. Wir haben genaue Vorschriften, wie Sie sich denken können.
Sie verschwand in einem weiteren Büro, und Tanner nutzte die Zeit, um auf sein Telefon zu schauen. Noch immer keine Nachricht von Michel.
So, jetzt kann's losgehen.
Wieder waren sie durch lange Gänge geeilt. Dann fuhren Sie mit einem altertümlichen Lift, der entweder unendlich langsam war oder aber sehr tief in den Keller hinunterging.
Schließlich standen sie vor einer ziemlich stabilen Eisentür. Schwester Laetitia lächelte.
Hier beginnt das Reich.
Tanner schaute verwundert.
Ach, entschuldigen Sie, Herr Tanner, so nennen wir die geschlossene Abteilung.
Aha. *Das Reich.* Interessant …

Bevor Tanner den Gedanken zu Ende denken konnte, öffnete sich die Tür und ein ziemlich grimmig dreinblickender Mann bedeutete ihnen stumm einzutreten. Schwester Laetitia flüsterte Tanner zu, dass der Cerberus an der Tür nicht so unfreundlich sei, wie er ausschaue. Denn hier sei grundsätzlich nichts so, wie es auf den ersten Blick zu sein scheine.
Nach dieser philosophischen Einführung in das *Reich* öffnete Schwester Laetitia die letzte Tür, und da war dann Schluss mit der Stille, die bis dahin geradezu unheimlich gewesen war. Somit blieb Tanner keine Zeit für eine ebenso philosophische Entgegnung, obwohl ihm eine besonders schöne auf den Lippen lag. Sie hätte natürlich von Schwester Laetitia gehandelt …
Unvermittelt standen sie in einem ziemlich großen Tagesraum, in dem sich eine unübersichtliche Anzahl Menschen aufhielt.

Es handelte sich um eine Art großräumigen Salon, der durch Mauervorsprünge, Trennwände oder Vorhänge andeutungsweise unterteilt war. Es gab Tische, an denen Karten oder Brettspiele gespielt wurden, Polstergruppen, auf denen einzelne Patienten saßen oder lagen. Viele hockten oder kauerten aber einfach auf dem Boden und sprachen oder sangen. Einzelne gingen herum, wie auf unsichtbaren Pfaden, zum Teil auf allen Vieren, zum Teil hüpfend, sprachen laut vor sich hin, rezitierten unverständliche Verse oder sangen oder schrieen unsichtbare Wesen an. Und alles war in Bewegung. Entweder großräumig oder auf kleinster Fläche. Hektisch oder betont langsam. Erst auf den zweiten Blick entdeckte Tanner ein paar einzelne Menschen, die einfach nur stumm und bewegungslos dastanden oder saßen. Dabei hatte er eine eigentümliche Assoziation, oder vielmehr eine fürchterliche Erinnerung. Alptraumhaft.
Er hatte vor Jahren Schweine gesehen, die im Schlachthaus in einem großen »Aufenthaltsraum« auf ihren Tod warteten. Zur Beruhigung wurden die Tiere mit warmem Wasser beregnet. Trotz aller gut gemeinter Beruhigung hatten die Tiere, die ganz ohne Zweifel spürten, was auf sie zukam, ein Verhalten an den Tag gelegt, wie es hier im Reich der geschlossenen Abteilung zu beobachten war. Die meisten der todgeweihten Tiere bewegten sich ganz und gar hektisch und ziellos im Raum, sie waren außer sich, schrieen und grunzten, was die Lungen hergaben und fielen in ihrer Angst zum Teil aggressiv über ihre Artgenossen her. Viele Tiere wurden in diesen Wartezonen offensichtlich verletzt. Bisswunden, abgerissene Ohren und Schwänze waren keine Einzelfälle, und manchmal wurde ein Tier sogar zu Tode gebissen. Einige wenige Tiere standen still und konnten sich nicht mehr rühren. In ihre angstgeweiteten Augen durfte man nicht lange schauen.
Plötzlich hängte sich ein junger Mann an Tanners Arm und starrte ihn unverhohlen an. Schwester Laetitia wollte sofort eingreifen, aber der junge Mann war schneller und wechselte auf die andere Seite.
Keine Angst, süße Schwester Laetitia, ich tue ihm ja nichts, dem Herrn. Ich wollte doch nur fragen, wann er mich hier rausholt aus

dem Reich der Toten. Lassen Sie sich nicht täuschen, Herr, denn trotz des Heidenlärms, der hier produziert wird, sind die nämlich längst alle tot. Ich aber lebe. Verstehen Sie, ich lebe.
Schwester Laetitia drängte den jungen Mann zur Seite.
Jürgen, lass gut sein. Oder soll ich rufen?
Ja, ja, keine Angst. Ich will nur noch etwas sagen.
Blitzschnell hatte er sich noch einmal an Tanners Seite gedrängt und zeigte auf die Schwester.
Lassen Sie sich nicht durch die keusche Uniform täuschen. Unsere Laetitia hat darunter dieselbe Figur wie ... na ja, Sie wissen schon: die mit dem gleichen Vornamen. Und lange Haare. Das ist alles nur versteckt, weil sie vor sich selbst Angst hat. Sie hat Brüste, das ist der Wahnsinn, wie geschlagene Sahne. Glauben Sie mir. Ich habe sie heimlich beim Duschen beobachtet. Auch Heilige müssen von Zeit zu Zeit duschen, wussten Sie das? Unsere Laetitia hat zwar eine Heidenangst davor, aber sie will unbedingt berührt werden ... nichts als endlich berührt werden.
Jetzt ließ er Tanner los und begann lauthals zu johlen.
Sie will berührt werden ... berührt werden ... zieht sie aus ... auszieh ...
Sofort waren zwei kräftige Pfleger zur Stelle und stellten ihn sanft, aber mit geübtem Nachdruck ruhig.
Schwester Laetitia zog Tanner schnell weiter und brachte ihn vor die Tür zum Besuchsraum, der am anderen Ende des Salons in einem kleinen Flur lag. Sie gab ihm noch letzte Instruktionen mit auf den Weg.
Drinnen neben der Tür gibt es eine Gegensprechanlage. Wenn Sie sich unwohl fühlen, drücken Sie auf den Knopf. Wir sind sofort zur Stelle. Versuchen Sie ganz ruhig mit ihr zu sprechen. Hier. Ich gebe Ihnen noch ein Bildchen von der Mutter Gottes mit. Sie sammelt diese Bilder.
Tanner bedankte sich und betrachtete das Bild, das sie ihm in die Hand gedrückt hatte. Es zeigte eine blasse und sehr junge Frau, die ihrem Kind die Brust gab. Die Brust leuchtete weiß aus dem entblößten, blauen Gewand und war sehr rund.
Tanner betrat den Besuchsraum.
Hermine Müller saß aufrecht und absolut regungslos am Tisch.

Sie war von kleiner Gestalt, etwa sechzig Jahre alt, und ihr Gesicht war für ihr Alter ungewöhnlich faltenlos. Sie blickte weder düster noch aggressiv auf den Besucher. Sie schaute einfach. Man konnte keine Gefühle, keine Reaktion wahrnehmen. Ihre Augen waren, wie bei ihrem Sohn, von einem auffälligen, hellen Blau.
Tanner begrüßte sie mit ihrem vollen Namen und legte das Bildchen auf den Tisch. Sofort kam Bewegung in sie. Ihre kleine Hand zuckte nach dem kleinen Bild und steckte es in eine kleine Tasche ihres grau gemusterten Kleides. Sie schaute weder das Bild an noch bedankte sie sich dafür. Auffällig war nur die Geschwindigkeit und die Gier, mit der sie das Bild an sich nahm.
Nach einer Weile begann Tanner zu sprechen. Er sprach lange, musste dann aber einsehen, dass man ebensogut zu einer Pflanze hätte sprechen können.
Und so kam es, dass Tanner am Ende seines Lateins angelangt war.

Nach einer Weile stand Tanner auf und drückte auf den roten Knopf der altertümlichen Gegensprechanlage. Schwester Laetitia meldete sich sofort.
Liebe Schwester, ich muss die Sitzung unterbrechen. Ich muss dringend telefonieren.
Die Tür öffnete sich und Tanner trat auf den Gang. Er schaute verdutzt in den Tagesraum. Er war leer. Als hätte es vorhin gespukt.
Die sind jetzt alle in den Werkstätten oder auf ihren Zimmern. Sie können also gerne hier telefonieren. Danach können Sie wieder zu Frau Müller reingehen, die Tür ist ja von außen zu öffnen.
Liebe Schwester, schenken Sie mir noch ein paar dieser Bildchen? Und ich brauche auch noch etwa gleich kleine, leere Zettel, bitte.
Kein Problem, Herr Tanner.
Er setzte sich.
Bei Michel war besetzt.
Oh, merde! Auch das noch!
Er wählte seine eigene Telefonnummer zu Hause. Er ließ lange klingeln.
Dann nahm Grünstein ab.
Ich bin's, Tanner. Habt ihr was gefunden?

Gut, dass Sie anrufen, wir wollten es auch gleich versuchen. Ja, wir haben etwas gefunden, nein, wir haben sehr viel gefunden – und es ist alles schrecklich.
Lieber Grünstein, ich habe keine Zeit. Bitte so knapp und konkret wie möglich.
Ja, natürlich. Also. Haben Sie schon einmal von Georges Chinze gehört?
Nein. Wer ist das? Ah, der Vater von der alten Monnier, nehme ich an.
Tanner halten Sie sich fest: Georges Chinze kam aus Frankreich, war sehr reich, hatte große Zuckerfabriken und so weiter –
Grünstein, mach's nicht so spannend, bitte.
Er hatte vier Töchter. Die alte Monnier, die alte von Saalen, die Mutter von der Berger und Hermine Müller, die Schweigerin. Sie war mit Abstand die Jüngste, sozusagen das Nesthäkchen.
Tanner holte tief Atem.
Na, das ist ja ein Ding! Das sind also alles Schwestern. Und dann tun sie so, als hätten sie alle nichts miteinander zu tun. Und schaffen es auch noch, es vor dem gesamten Dorf geheim zu halten. Obwohl, diesem Dorf traue ich alles zu, vielleicht wissen es ja auch alle und hüllen sich in Schweigen. Aber egal, wie geht es weiter?
Ja, ja, genau. Warten Sie mal.
Man hörte im Hintergrund aufgeregtes Geflüster.
Also, Solange hat soeben viele Briefe gelesen, und aus denen geht eindeutig hervor, dass die Hermine, also die jüngste, die Lieblingstochter vom Georges Chinze gewesen sein muss. Diese Zuneigung bekam allerdings einen Dämpfer, als Hermine ihren Joseph Müller heiratete, einen Tunichtgut und Säufer, der am liebsten auf die Jagd ging und viele andere Weibergeschichten hatte.
Weiter bitte. Details später.
Als der alte Chinze starb, haben nun offenbar die drei älteren Schwestern ihre kleine Schwester um ihr Erbe betrogen. Und es muss um ziemlich viel Geld, vor allem um viel, viel Land gegangen sein. Die drei Damen haben offenbar ihr Leben lang nicht ertragen, dass Hermine die Lieblingstochter ihres Vaters war. Und als Hermine dann noch diesen schwachköpfigen Alkoholiker Jo-

seph Müller heiratete, da muss es endgültig aus gewesen sein. Federführend ist ganz eindeutig die Mutter von Monnier gewesen. Seither sind die drei total zerstritten und haben seit Jahren nicht mehr miteinander geredet, meinen Solange und Solène. Nach dem ganzen Erbschaftsbetrug haben sie die Jüngste einfach verleugnet. Aus den Briefen lässt sich schließen, dass niemand im Dorf mehr etwas mit ihr zu tun haben wollte. Sie wurde zur Paria, zur Unberührbaren erklärt. Als die Schweigerin dann vor Jahren immer noch keine Ruhe gab, wurde sie laut den Dokumenten kurzerhand in die Klapsmühle gesteckt. Da hatten dann wohl auch der Matter und der Berger als Mitglieder des Gemeinderates ihre Hände mit im Spiel. Und alle haben sie wahrscheinlich einen großen Reibach gemacht.
Grünstein machte eine Pause.
War's das? Das ist erst mal großartig. Ich danke euch allen, das ist ganz tolle Arbeit! Macht genauso weiter, und ich melde mich wieder.
Er wählte erneut Michels Nummer. Diesmal meldete er sich sofort.
Michel, was ist? Habt ihr ihn geschnappt?
Wir haben ihn nicht. Und das Kind auch nicht. Wir haben die Schuppen durchsucht. Die Zwillinge sind auf jeden Fall dort umgebracht worden. Wir haben jede Menge Spuren und ihre Kleider gefunden.
Michel keuchte vor Aufregung.
Und du? Kriegst du was aus ihr raus?
Nein, bis jetzt nicht. Es ist zum Verzweifeln. Sie ist einfach stumm.
Aber ich habe Neuigkeiten von Grünstein.
Tanner klärte Michel in kurzen Zügen über Grünsteins Erkenntnisse auf.
Das ist ja ein Ding. Mensch, Mensch, das sind ja wieder Sachen, die man sich so einfach kaum ausdenken kann.
Dann schwiegen beide eine Weile.
Halt, ganz wichtig. Wir haben die neuen Buchstaben. Die haben wir ja im Schuppen gefunden, deswegen denken wir, dass er mit dem Kind zuerst dort war. Ich weiß nicht, was ihn da weggetrie-

ben hat. Auf jeden Fall hat Solange sie bereits an deinen Freund weiterleiten wollen, aber –
Was heißt wollen?
Er ist nicht zuhause.
Was? Das gibt es doch nicht. Das ist eine Katastrophe. Wart mal, gib Solange noch die Telefonnummer einer gemeinsamen Freundin. Vielleicht weiß sie, wo er sich rumtreibt. Ihr müsst ihn finden. Er ist unsere einzige Chance!
Er diktierte die Nummer.
Gut. Ich kümmere mich drum.
Michel! Wart mal. Wie viele sind es?
Was meinst du?
Mensch, wie viele Buchstaben sind es?
Siebzehn.
Nur siebzehn diesmal. Kannst du sie mir diktieren?
Tanner ging zu einem der Tische, nahm sich eine Ölkreide und schrieb sie auf ein großes Zeichenpapier. Zur Sicherheit wiederholte er die Buchstaben.
Michel, melden wir uns einfach, sobald einer was Neues weiß.
Tanner riss ein Papier in siebzehn kleine Zettel und schrieb auf jeden einen Buchstaben.
Mensch, siebzehn Buchstaben. Das muss doch nun wirklich machbar sein! Denk nach, Tanner!
In diesem Moment kam Schwester Laetitia mit den Bildchen.
Schwester Laetitia, ich kann es Ihnen jetzt nicht erklären, aber es geht um das Leben eines kleinen Kindes.
Sie erschrak und bekreuzigte sich.
Um Gottes Willen.
Ja, schauen Sie, Schwester. Hier sind siebzehn Buchstaben. Eine Botschaft, die uns zu dem vermissten Kind führen wird. Helfen Sie mir, den Inhalt, ich meine, den richtigen Satz zu finden.
Sie schaute ihn verständnislos an.
Wir müssen mit diesen siebzehn Buchstaben einen Satz bilden.
Meinen Sie, wie beim Scrabble?
Ja. Es ist aber kein Spiel, verdammt!
Sie zuckte zusammen.
Entschuldigen Sie, Schwester. Machen Sie sich noch einmal sieb-

zehn Zettel und schreiben Sie bitte diese Buchstaben drauf. Wir müssen unabhängig voneinander arbeiten. Dann kommen wir schneller zum Ziel.
Jetzt hatte sie begriffen, und sie fingen beide an, fieberhaft zu arbeiten. In der vollkommenen Stille hörte man lange Zeit nur noch das Rascheln der Zettel und den aufgeregten Atem der beiden.
Tanner brach als Erster ab.
Ich kann es nicht. Es ist zum Verzweifeln. Lauter unsinnige Wörter und übriggebliebene Buchstaben. Verdammter Mist! Warum ist das nur so schwer?
Tanner vergrub sein Gesicht in den Händen. Dann blickte er hoffnungsvoll zu Schwester Laetitia, die eifrig ihre Zettel hin und her schob.
Haben Sie was?
Sie schüttelte den Kopf.
Aber lassen Sie mir noch Zeit. Mit Gottes Hilfe schaffen wir das.
Er seufzte und widmete sich wieder konzentriert seinen Zetteln. Auf Anhieb gelang es ihm sogar, zwei neue sinnvolle Wörter zu bilden, aber der kleine Rest von Buchstaben wollte sich in keinen Sinnzusammenhang zwingen lassen. Mechanisch hob er einen Zettel auf, ließ ihn wieder fallen. Es machte alles keinen Sinn. Er stützte sein Gesicht auf die Hände und starrte verzweifelt auf den Tisch. Da entdeckte er plötzlich, dass jemand auf das große Papier, mit dem der Tisch beklebt war, geschrieben hatte.
Es waren Kolonnen von Wörtern. Buchstabenreihen, dann endlose Wörterreihen, dann wieder Kolonnen. Er realisierte erst jetzt, dass die gesamte Fläche des Tisches mit Wörtern und Buchstaben übersät war. Geschrieben mit einem ganz feinen Bleistift ohne großen Druck. Ganz unten rechts fand er drei kurze Sätze, mit Bleistift hingekritzelt. Er stand auf, um sie besser entziffern zu können. Dann konnte er sie lesen.
wir lieben den Tod / rot winde den Leib / Brot wende in Leid
Tanner griff sich an die Stirn und begann vor Aufregung zu flüstern.
Genau so was habe ich doch bei Walter Sager gesehen.
Dann blickte er hoch.

Laetitia! Laetitia! Schauen Sie!
Sie blickte hoch.
Was ist? Haben Sie die Lösung?
Nein, aber hier, sehen Sie. Das sind Anagramme. Und zwar von der äußerst komplizierten Sorte. So was können nur ganz speziell begabte Menschen. Sehen Sie. Der erste Satz: *wir lieben den Tod,* das ist der Ausgangssatz, das Material. Die beiden folgenden sind dann Anagramme vom ersten. Begreifen Sie?
Schwester Laetitia sprang auf und las die Sätze.
Ja. Ich verstehe. Und jetzt?
Verstehen Sie nicht? Das bedeutet, dass Sie hier im Reich einen Spezialisten haben. Wissen Sie, wer das geschrieben hat?
Sie fing an zu verstehen.
Warten sie, ich hole Jürgen. Sie haben ihn ja kennen gelernt. Er weiß über alles genauestens Bescheid, was hier läuft.
Plötzlich lief Schwester Laetitia hochrot an, denn sie erkannte zu spät, was ihre Aussage rückwirkend auf Jürgens Behauptung über ihre Körpertopographie und ihre angeblichen weltlichen Bedürfnisse bedeutete. Sie korrigierte sich stotternd.
Also, verstehen Sie, äh, ich meine, was die Patienten, äh, betrifft. Kurz und gut. Ich hole ihn am besten gleich mal.
Tanner nickte und setzte sich erschöpft.
Würde es überhaupt etwas bringen, den Satz zu kennen? Vielleicht war es nur ein weiteres Rätsel. Und sie würden kein Stück klüger sein und den Wettlauf mit dem Tod verlieren. Den sie vielleicht ohnehin schon verloren hatten.
Tanner hörte eilige Schritte und aufgeregte Stimmen.
Oh Gott, brachte sie jetzt gleich die ganze Bande mit?
Laetitia kam aber nur mit zwei Männern. Jürgen hatte einen alten Mann am Arm, der ziemlich wacklig auf den Beinen war, und er trieb ihn zu höchster Marschgeschwindigkeit an.
Herr Tanner, Jürgen wusste sofort, wer die Sätze geschrieben hat. Es ist Dr. Faustus, so nennen ihn alle hier und er sich selber auch. Er beschäftigt sich seit Jahren ausschließlich mit solchen Sachen. Ich wusste das allerdings nicht, muss ich zu meiner Schande sagen, aber dafür haben wir ja Jürgen.
Ja, ja, der Jürgen weiß alles, großer Herr Tanner. Sie brauchen also

unsere Hilfe, höre ich? Ich habe Schwester Laetitia ja noch nie so aufgeregt gesehen. Was bieten Sie uns denn an? Werden Sie uns dafür aus diesem Höllenreich erretten? Oder gibt es wieder nur ein paar lausige Zigaretten?
Er schleppte das klapprige Männchen, dessen Haarschopf eine beinahe lächerliche Karikatur einer Einsteinfrisur darstellte und dessen Augen hinter Brillen mit dicken Gläsern wie Lupen versteckt waren, an einen kleinen Tisch nahe beim Fenster.
Jürgen flüsterte dem Mann etwas zu, der eifrig nickte, und kam dann zu Tanner.
Ich habe ja nur Spaß gemacht. Wegen der Belohnung, meine ich.
Dann seufzte er theatralisch und rollte mit den Augen.
Das, was wir wirklich wollen, könnte uns ja sowieso nur Schwester Laetitia geben.
Er lachte und setzte sich an den Tisch, wo Tanners Zettel lagen.
Also – welche Aufgabe gilt es zu lösen? Erklären Sie es mir, ich gebe es an Faustus weiter. Er würde Sie sowieso nicht verstehen.
Tanner zeigte ihm die siebzehn Buchstaben und erklärte ihm kurz den Zusammenhang mit dem entführten Kind. Und dass es dabei um Leben und Tod ging.
Jürgen war jetzt sehr konzentriert.
Gut. Ich werde ihm die Aufgabe bringen. Keine Sorge. Das ist für den Alten ein Kinderspiel. Glauben Sie mir.
Tanner und Schwester Laetitia wussten vor Aufregung gar nicht, ob sie sitzen oder stehen sollten. Tanner entschied sich fürs Gehen. Schwester Laetitia setzte sich, nahm ihren Rosenkranz und begann stumm zu beten.
Jürgen ging zum Alten, zeigte ihm die Zettel und redete auf ihn ein.
Der Alte lachte schallend. Und begann sofort, die Zettel neu zu mischen. Dann legte er sie in einen Kreis vor sich auf den Tisch. Dabei kicherte er ständig.
Tanner blickte irritiert zu Schwester Laetitia.
Was tun die? Und warum lacht der Alte?
Sie legte den Finger auf den Mund.
Nach einer Weile ließ Jürgen den Alten allein und schlenderte zu Tanner.

Was gibt es denn da zu lachen?
Ja, wissen Sie, Tanner, ich konnte ihm doch nicht die wahre Situation erklären. Das hätte ihn nur blockiert. Dann wäre gar nichts mehr gegangen. Ich habe ihm von einem Wettbewerb unter den klügsten Professoren aller Kliniken erzählt. Und dass es doch lustig wäre, wenn ausgerechnet *er* die Lösung am schnellsten finden würde. So was reizt ihn. Keine Angst, er wird die Lösung sofort haben. Sie müssen sich nur noch einen Preis überlegen. Ich gebe Ihnen einen Tipp: Er liebt Schokolade über alles. Vor allem in Form von Osterhasen. Und zwar die ganz großen.
Er schlenderte weiter zu Schwester Laetitia, setzte sich neben sie und lehnte seinen Kopf an ihre Schulter. Tanner wollte schon aufstehen und eingreifen, aber Jürgen verhielt sich ruhig. Offenbar respektierte er Betende.
Tanner schüttelte den Kopf.
Was für eine absurde Situation! An einem unbekannten Ort hält sich ein schrecklicher Mörder auf, der ein Kind in seiner Gewalt hat. Irgendwo gibt es verzweifelte Eltern, die nicht wissen, wohin mit ihrer Angst. Michel steht am See mit seiner gut ausgebildeten Eingreiftruppe. Zum Nichtstun verurteilt. Solange versucht verzweifelt, Walter Sager aufzutreiben. Professor Wiegand weiß von nichts und hält vor seinen Studenten einen Vortrag, wahrscheinlich gespickt mit Anekdoten aus dem Reich der psychisch Kranken. Er, Tanner, sitzt verzweifelt und ohnmächtig im Tagesraum einer Klinik. Ein alter Savant namens Faustus kichert fröhlich vor sich hin, bringt Ordnung in das Leben von siebzehn Buchstaben und rettet damit vielleicht die Welt. Jürgen, der Spinner, der über alles Bescheid weiß, hat seinen Kopf an die Schultern von Schwester Laetitia gelehnt. Ein Bild des Friedens. Und Schwester Laetitia – sie betet. Zu einem Gott, dem das alles egal ist? Und im Raum nebenan sitzt die Schweigerin. Stumm. Als würde sie von alldem nichts wissen.
Wusste sie wirklich nichts?
Faustus hörte plötzlich auf zu kichern und lehnte sich zurück. Alle sprangen auf. Jürgen hob die Hand. Und stoppte damit Tanner und die Schwester.
Herr Professor Faustus, haben Sie alle Buchstaben verwenden können?

Schüchtern und mit einer Würde, als stünde er in Stockholm vor dem Nobelpreisgremium, erhob sich das Männchen und antwortete mit heiserer Stimme.

Ja, alle. Es ist nichts übrig.

Und wie heißt der Satz?

In diesem Moment erschrak das Männchen und zeigte zum Fenster hinaus. Gleich darauf senkte sich vor dem Bildausschnitt des Fensters ein großer Fischreiher in absoluter Lautlosigkeit und wie in Zeitlupe mit weit ausgebreiteten Flügeln auf die Erde. Wahrscheinlich gab es im Park der Klinik einen Fischteich.

Jürgen räusperte sich.

Herr Professor, dürfen wir nach diesem kleinen Intermezzo, das uns wieder einmal gezeigt hat, dass die Welt draußen schöner und reicher ist als hier drinnen, Ihr geniales Resultat hören?

Bei »draußen« blickte Jürgen bedeutungsvoll zu Tanner und der Schwester.

Dann sprach der Alte den Satz aus. Langsam und feierlich.

Es war ein ganz einfacher, ein banaler Satz. Aber Tanner wusste sofort, dass er stimmte. Er passte wie ein Schlüssel ins Schloss. Tanner war sich so sicher, wie er sich sicher war, dass er eben einen ausgewachsenen Fischreiher gesehen und nicht geträumt hatte.

Er nickte. Jürgen begann heftig zu klatschen und forderte Tanner und Schwester Laetitia auf, ebenfalls zu klatschen. Schwester Laetitia bedeutete Jürgen, den Alten wieder in sein Zimmer zu bringen. Laut sagte sie, dass der Preis ihm dann später in einem feierlichen Rahmen übergeben werden würde.

Tanner griff nach drei kleinen Zettelchen, die ihm Schwester Laetitia mit den Marienbildchen mitgebracht hatte, und begann in Druckbuchstaben die drei Textteile vom Franzli in ihrer richtigen Reihenfolge niederzuschreiben. Jeder Textteil auf einen Zettel. Auf den letzten Zettel kam der kurze Satz, den sie soeben gehört hatten. Dann erhob er sich und ging mit wild klopfendem Herzen erneut zur Schweigerin ins Besuchszimmer. Diesmal nahm er auch den roten Wintertaubenapfel mit.

ACHTZEHN

Schuld an der ganzen Sache war, dass Alines Turnstunde ausnahmsweise ausfallen musste, weil die Lehrerin sich in der Stunde vorher den Fuß verstaucht hatte. Verabredet war, dass Magda, die polnische Hausangestellte von Monnier und Mutter von Aline, ihre Tochter pünktlich um Mittag von der Schule abholen sollte. Da Aline nun aber bereits eine Stunde früher frei bekam …

Von der Wirkung der starken Beruhigungsmittel, die ihr Monnier gespritzt hatte, war Magda mittlerweile ganz apathisch und wiederholte wie in Trance die Ereignisse des Vormittags mit exakt denselben Worten.

Ein Medikament hatte sich nicht vermeiden lassen, denn Magda schrie wie am Spieß und zerfleischte sich mit Selbstvorwürfen. Als sie anfing, ihr Gesicht aufzukratzen, hatte Monnier ihr kurzerhand selbst eine Spritze gegeben.

Er selbst starrte anfänglich ununterbrochen auf das Telefon, denn er war davon überzeugt, dass jeden Augenblick ein Anruf kommen und der Entführer die Geldsumme nennen würde, die Aline unversehrt zurückbringen würde. So kannte er es immerhin aus den Filmen im Fernsehen. Sein Starren wurde von einem konstanten Murmeln begleitet.

Ich zahle jede Summe … ein ganzes Vermögen … und wenn es nicht reicht, gehe ich zur Bank … die kennen mich … die müssen mir helfen.

Michel hatte es aufgegeben, der Frau die Schuld auszureden. Sie war für kein Argument und auch für keinen Trost zugänglich.

Hingegen hielt er Monnier später vor, dass er bei den Gesprächen im Maison Blanche engste Verwandtschaftsverhältnisse verschwiegen habe, was einer Lüge gleichkam. Michel eröffnete ihm unumwunden, dass sie mittlerweile über die Machenschaften seiner Mutter und der anderen beiden Schwestern gegen die

Schweigerin Bescheid wussten. Er fasste die wichtigsten Eckdaten der Schwesternrivalitäten zusammen, wie er sie von Tanner berichtet bekommen hatte.
Monnier stand das Entsetzen und der Unglaube ins Gesicht geschrieben, als er hörte, die Schweigerin sei eine Schwester seiner Mutter gewesen. Dies habe ihm seine Mutter verheimlicht. Und überhaupt habe er von all dem nichts gewusst.
Dann wollte er wissen, woher Michel sein absurd klingendes Wissen hatte. Michel hüllte sich jedoch in Schweigen und verwies auf Tanner, der zu gegebener Stunde eh noch eine Überraschung für Monnier parat haben würde.

Als Michel von Tanner die Information über das Grundstück und die Schuppen am See bekommen hatte, hatte er das größte Polizeiaufgebot seiner Karriere mobilisiert.
Sammelplatz für die Einsatzkräfte war der Parkplatz beim großen Kriegerdenkmal. Michels Team hatte genaues Kartenmaterial mitgebracht, so dass man eine sorgfältige Lageanalyse durchführen und eine klare Strategie besprechen konnte. Die Entscheidungsträger kannten sich bereits, und somit fielen keine unnötigen Worte. Das Gebiet wurde umgehend weiträumig abgesperrt – kein Mensch sollte mehr hinein oder hinaus. Die mobile Einsatzgruppe konnte somit koordiniert und mit angemessener Ruhe das Ziel umstellen.
Dann ging alles sehr schnell.
Auf das verabredete Zeichen hin fand der Zugriff statt. Sämtliche Türen zu den vier Schuppen wurden gleichzeitig aufgesprengt, in die Schuppen Blendlichter geworfen, und dann wurde gestürmt. Nach kaum einer Minute war der Spuk vorbei. Leider war sofort klar, dass weder Franzli noch das Kind sich hier aufhielten.
Sofort rückten die Spezialisten an und untersuchten akribisch, was ihnen unter die Finger kam. Man fand die neuen Buchstaben und auch jede Menge sorgfältig eingelagerter Äpfel. Darunter den roten Wintertaubenapfel.
Die Einsatzkräfte zogen sich aufs Erste zum Platz des Denkmals zurück, und das quälende Warten begann von neuem. Außerdem war Walter Sager einfach nicht aufzutreiben.

Mehr und mehr fühlte Michel, wie ihn ein lähmendes Gefühl der Machtlosigkeit und der Einsamkeit überkam, das sich als schnell wirkendes Gift unaufhaltsam in seinem Körper verteilte. In seiner Not versuchte er Anita Schön zu erreichen, aber auch sie blieb in diesem Moment unerreichbar.
Dann hielt er es nicht mehr aus. Er wies seine Leute an, die Stellung beim Kriegerdenkmal so lange zu halten, bis sie neue Anweisungen von ihm bekamen. Wenn sie Hunger hätten, sollten sie sich telefonisch auf seine Rechnung etwas bestellen. Die restlichen Einsatzkräfte musste er wohl oder übel wieder zurückschicken.
Er selbst brauchte jetzt dringend Bewegung.
Wenn was ist, ruft mich an. Besser noch, ich nehme eines der kleinen Funkgeräte mit.
Michel lief mit weit ausgreifenden Schritten los. Sobald er außer Hörweite seiner Leute war, fing er an, laut mit sich zu reden. Das tat er immer, wenn er aufgeregt oder hilflos war. Und beides war er gerade in hohem Maße.
Wo ist Franzli mit dem Kind hin? Warum hat er überhaupt die Schuppen verlassen?
Er stolperte über eine Wurzel.
Hunde! Mein Gott. Die Hunde. Wieso haben wir die Hunde vergessen, wir Trottel?
Er rief Sommer in der Zentrale an.
Du musst sofort einen Hund anfordern. Dann brauchen wir etwas vom Kind. Wegen des Dufts. Ein Kleidungsstück. Verstehst du? Ja, verdammt noch mal, schick umgehend einen Streifenwagen los. Die Adresse hast du ja. Wenn wir Glück haben, zeigt uns der Hund den Weg, den der Mörder genommen hat. So wüssten wir vielleicht mindestens, in welche Richtung er geflohen ist. Es wurden ja beim Schuppen keine Autospuren gefunden, oder? Irgendwo muss er aber doch seinen Wagen geparkt haben. Also, Sommer, dalli, dalli.
Michel atmete tief durch, marschierte und redete weiter.
Wir müssen handeln, Leute. Wir müssen das Ruder wieder an uns reißen, dürfen es nicht diesem kranken Mörder überlassen. Der lacht doch über uns. Hört ihr ihn nicht, wie er geifernd lacht?
Als Michel das Ufer des Sees erreichte, musste er eine Pause ma-

chen. Er war außer Atem gekommen. Er setzte sich auf einen Stein und starrte über die graue, eintönige Fläche des winterlichen Sees. Und jetzt muss ich mir für einen Moment genau das Gegenteil vorstellen. So habe ich es doch gelernt. Sich immer wieder mal schön das Gegenteil vorstellen. Aber was heißt das?
Michel kratzte sich am Kopf. Und stierte lange auf das unbewegte Wasser. Versuchte sich mit allen Mitteln auf das Gesicht des Hagebuttenmanns einzustellen. Er hatte ihn in der Toilette der Disco doch gesehen und erlebt. Er konzentrierte sich so intensiv, bis er das schwammige Gesicht mit den hellblauen Augen auf der Oberfläche des schmutzigen Seewassers zu sehen glaubte und die dazugehörige Stimme in seinem Kopf zu klingen begann. Doch sein Kopf blieb leer. Auch wenn er sich noch so anstrengte, es kam keine neue Idee, von einer Eingebung ganz zu schweigen.
Ach, wenn doch nur Anita erreichbar wäre! Vor lauter Verzweiflung rief er in seiner Fantasie nach Fritzi, dem aufgeweckten Mädchen von Anita. Schon einmal hatte sie die Lösung gewusst, als sie spontan die Blutzeichen entzifferte.
Fritzi, was denkst du?
Seine Stimme hallte über den See. Dann war wieder unerträgliche Stille, in deren Mitte ein Häufchen Elend am Ufer saß.
Dann wusste er es. Wusste, wie Franzli sich fühlte. Das Gefühl war aus dem Nichts gekommen, aber jetzt war es da.
Michel sprang auf, so aufgeregt war er plötzlich.
Ha! Der Mörder lacht nicht. Er hat Angst. Das Kind macht ihm Angst. Das Kind macht aus ihm ein Kind. Genau. Das Kind weint. Er erträgt es nicht, wenn ein Kind weint. Also bringt er es um.
Michel schlug die Hände vors Gesicht und stampfte schwer mit seinen Füßen auf die Erde.
Nein, sonst hätten wir das Kind tot im Schuppen gefunden. Nein, nein. Es ist ganz anders. Er hat Angst und hält es in dem Schuppen nicht aus. Sein Vater, der Alkoholiker Joseph Müller, hat ihn als kleines Kind in diesem schrecklichen Schuppen eingesperrt, manchmal sogar über Nacht. Und da hat er geweint. Jetzt erinnert ihn das unentwegte Weinen von Aline an sich selbst. Deswegen ist er aus dem Schuppen geflohen.
Michel stand mit den Fäusten gen Himmel gereckt.

Aber wohin geht Franzli, wenn er Angst hat?
Michel hält inne.
Zu seiner Mutter! Natürlich, zu seiner Mutter. Aber die sitzt ja in der geschlossenen Abteilung. Er kann gar nicht zu ihr, der arme Kerl. Also, was macht er? Was macht er?
Michel setzte sich wieder resigniert auf den Stein, sprang wieder auf, zu einer Salzsäule erstarrt. Dann flüsterte er. Voller Ehrfurcht vor seiner eigenen Eingebung.
Er geht nach Hause. Mein Gott, der Mistkerl ist nach Hause gegangen!
Michel zitterte wie Espenlaub. Er griff sich an die Stirn. Sie war heiß. Er hatte sich selbst ins Fieber geredet. Er langte nach seinem Telefon.
Sommer, ruf sofort das Einsatzkommando zurück. Ich brauche die Leute woanders. Ich weiß jetzt, wo der Kerl Zuflucht genommen hat. Die sollen am Dorfeingang beim ersten Haus auf meine Anweisungen warten. Hast du mich verstanden? Beim Zollhaus, das ist das erste Haus mit den farbigen Fensterläden.

Michel setzte sich in Bewegung.
Zum Glück hat mich Tanner immer wieder mal auf einen seiner blöden Spaziergänge mitgeschleppt, so kenne ich mich hier wenigstens aus.
Dann schwieg er und marschierte stumm.
Nach sieben Minuten Gewaltmarsch – der Schweiß floss ihm in die Augen – überquerte er die Eisenbahnschienen und näherte sich dem Quartier, das man das Asyl nannte.
Auf Höhe der steilen Haarnadelkurve zog er sich in den Schatten eines Schuppens zurück, von wo aus er in aller Ruhe einen Teil des Asyls beobachten konnte. Es war mucksmäuschenstill an diesem späten Nachmittag, nicht einmal ein gewöhnlicher Hausspatz flatterte umher, auf der Suche nach etwas Essbarem. Wahrscheinlich hatte es sich bis in die einheimische Vogelwelt herumgesprochen, dass es in diesem verwahrlosten Teil des Dorfes nichts zu holen gab.
In wenigen Augenblicken würde bereits die Abenddämmerung hereinbrechen. Spätestens ab fünf Uhr war es hier bei dieser Wet-

terlage dunkel wie in einem Kuhmagen, außerdem hatte der Gemeinderat im Asyl mit der Straßenbeleuchtung ganz besonders intensiv gespart.
Michel beobachtete systematisch jedes Haus, das er von seinem Standpunkt aus sehen konnte. Die Häuser rechts von der Straße, also zur Seeseite hin, konnte er ausklammern, denn immerhin wusste er, dass das Haus der Schweigerin zur Dorfseite stand. Leider wusste er nicht, welches es war. Die ersten beiden windschiefen Häuser, eher Hütten, aus deren Kamin sich der Rauch kringelte und in deren verwilderten Vorgärten allerhand Wäsche hing, konnte er ohne weiteres ausklammern. Das Haus der Schweigerin war ja seit sieben Jahren unbewohnt. Die Schwierigkeit war, dass die restlichen in Frage kommenden fünf Häuser alle gleich unbewohnt wirkten und durch die Vernachlässigung eines wie das andere ähnlich heruntergekommen aussahen.
Michel schaute auf die Uhr. Es war Zeit, sich zum Zollhaus zurückzuziehen und konkret den Angriff zu planen.
Seine Leute waren schon eingetroffen und bereits dabei, mit der Besitzerin und einzigen Bewohnerin des alten Zollhauses zu verhandeln. Sie stellte sich kokett als junge Witwe – sie sagte wirklich jung, obwohl sie sicher über sechzig war – des leider zu früh verstorbenen Herrn Direktor Couronne vor, und zeigte sich Gott sei Dank sehr kooperativ, indem sie ohne Umschweife ihren Salon als kurzfristiges Hauptquartier zur Verfügung stellte. Von ihr erfuhr Michel auch, welches Haus der Schweigerin gehörte. Es war das dritte Haus, vom Dorf aus gesehen.
Madame Couronne, die von den meisten Männern durchaus als gut gebaut, von Frauen sicherlich durchs Band weg als eher ziemlich füllig bezeichnet werden würde, berichtete ungefragt, dass es sich bei dem Haus der Schweigerin um das Haus handelte, in dem der Franzli in einem Anfall von Eifersucht die Füchsin abgeschlachtet hatte (so ihre Wortwahl). Danach habe es in dem Haus keiner mehr lange ausgehalten, erzählte sie anspielungsreich.
Madame Couronne lebte durch den unverhofften Besuch sichtlich auf und betrachtete das Ganze offenbar als eine lang ersehnte Abwechslung an ihrem einsamen Lebensabend. Ihre Augen leuchteten, und sie machte sich mit einem fröhlichen Hüftschwung ans

Werk. Wie durch Zauberhand standen kurzerhand große Schalen mit verschiedenen Biskuits auf den Tischchen ihres Salons, alle frisch für die Advents- und Weihnachtszeit gebacken. Sie schenkte Madeira in hohe Gläser ein und schien untröstlich, als niemand trinken wollte. Ihr verstorbener Mann sei Direktor einer Krankenkasse und übrigens ihm, Michel, von der Statur her nicht unähnlich gewesen. Michel unterbrach ihren offensichtlich beginnenden Redefluss und dankte ihr für ihre Kooperation. Er meinte, man könne gerne zu einem späteren Zeitpunkt ein Gläschen Madeira trinken, wenn das Leben wieder ruhiger geworden war. Sie nahm das offensichtlich als das ernstgemeinte Versprechen eines Ehrenmannes und gab sich zufrieden.

Michel blickte nervös durchs Fenster und sah, wie die abgedunkelten Mannschaftsbusse der Einsatzkräfte auf dem Kiesvorplatz des Zollhauses vorfuhren. Er beschloss mit dem Einsatzleiter, dass sie sich in drei Gruppen aufteilen und das Haus auf einen Schlag umstellen würden. Die Mannschaften der beiden Streifenwagen, die jetzt auch noch zu ihnen stießen, erhielten den Auftrag, während des Einsatzes die Zufahrtsstraße zum Dorf abzusperren und niemanden durchzulassen.

Als Michel mit seinen Leuten das Zollhaus verließ, stellten sie fest, dass die Dämmerung weit fortgeschritten war und dass vom See her dichte Nebelschwaden aufstiegen – zu dieser Jahreszeit und bei dieser Wetterlage für alle Kenner des Seelandes ein bekanntes Phänomen. Kaum setzte die Dämmerung ein, kam vom See her der Nebel mit Riesenschritten und umschloss das gesamte Dorf. Das Eigenartige daran war, dass es dann für einen Augenblick lang nicht dunkler, sondern heller wurde.

In dem Augenblick, als man losgehen wollte, rief Tanner an. Michel hob die Hand, um alle zu stoppen.

Moment, das ist mein Kollege Tanner. Vielleicht hat er wichtige Informationen.

Hallo, Tanner. Hast du was Neues?

Michel lauschte angespannt in den Hörer.

Was? Das ist nicht wahr! Unglaublich! Donnerwetter! Wann seid ihr denn hier?

Michel schaute auf die Uhr.

Und du weißt, wo er sich versteckt hält?
Michel hustete vor Aufregung.
Nein!?! Das ist ja großartig, dann sind wir auf die gleiche Idee gekommen. Ach, *sie* hat dir das gesagt? Das ist ja merkwürdig. Woher kann denn sie das wissen? Aha, mütterlicher Instinkt, so, so.
Michel trat ungeduldig von einem Fuß auf den anderen.
Ja, sicher. In fünf Minuten haben wir das Haus umstellt. Ich habe die ganze Mannschaft hier. Wir sind bereit.
Er nickte nervös mit dem Kopf.
Ja, ja, das kannst du mir alles später erzählen. Wir warten also auf euch. Ich kann leider keinen Helikopter schicken, die Sicht ist zu schlecht. Wir werden hier geradezu vom Nebel eingekesselt. Also, bis gleich.
Michel blickte zu seinen Leuten.
Tanner bringt die Schweigerin mit. Der Franzli hat in seiner letzten Botschaft nach seiner Mutter gerufen. Anscheinend hat Tanner die Botschaft entschlüsseln können, auch ohne Sager. Weiß der Teufel, wie er das geschafft hat! Wie dem auch sei, wir umstellen jetzt das Haus, und wenn er wirklich dort ist, und das Kind auch, reden wir solange mit ihm, bis die Alte da ist. Haben wir ein Megaphon? Also noch einmal: Wir stürmen nicht. Wir umstellen das Haus und *ich* rede mit ihm. Ist das klar?
Alle nickten.
Michel vermied es zu sagen, *wenn* das Kind noch lebt.
Er holte tief Luft und gab das Zeichen.
Die Männer der Einsatzgruppe huschten los, Michel und sein Team hatten Mühe, ihnen auf den Fersen zu folgen. Heikel war, dass die Sicht von Minute zu Minute schlechter wurde. Andererseits war dies auch ein Vorteil, denn es konnte sie niemand kommen sehen. Innerhalb von knapp drei Minuten war das gesamte Haus umstellt und die Straße abgesperrt. Nichts rührte sich auf dem Gelände. Alle drei Gruppenleiter meldeten, dass sie nichts Auffälliges bemerkt hätten.
Michel hatte im Innersten gehofft, das Kind weinen zu hören. Aber man hörte keinen Laut. Wie so oft schien es, als hielten das Dorf und der See den Atem an.
Es kostete Michel einiges an innerer Überwindung, das Mega-

phon an seine Lippen zu nehmen und die Stille zu durchbrechen. Es kam ihm eigenartigerweise vor, als würde er ein Tabu brechen. Es dröhnte in seinem Kopf, und er hatte schreckliches Herzklopfen. Er fürchtete panisch, dass man es ihm beim Sprechen anmerken könnte und somit für alle Zeiten klar wäre, welch schwacher Mensch, er, Serge Michel, in Wahrheit war.
Aber dann öffnete er den Mund, und seine Stimme kam zwar heiser, aber kräftig. Die Worte hatte er sich gar nicht überlegt. Irgendwas oder irgendwer sprach. Michel kam sich vor wie ein Schauspieler auf der Bühne, so absurd und surreal fühlte er sich.
Achtung, Achtung! Hier spricht die Polizei. Das Haus ist umstellt. Franz Müller, wir wissen, dass Sie da drinnen sind. Kommen Sie heraus. Die Hände sichtbar über Ihrem Kopf.
Danach kehrte die fürchterliche Stille zurück. Aber Michel konnte jetzt zumindest ruhig atmen, und eine große Klarheit verbreitete sich in seinem Innern. Er hatte den Bann gebrochen.
Trotzdem geschah nichts.
Dann wiederholte er die Ansprache.
Es geschah noch immer nichts. Auch von der Rückseite des Hauses kam per Funk die Meldung: negativ.
Der Leiter der Einsatzgruppe machte Michel per Handzeichen klar, dass er der Meinung war, man solle das Haus jetzt stürmen. Michel winkte ab und rief die Zentrale an.
Sommer, es ist vielleicht absurd, aber schau mal nach der alten Telefonnummer von der Müller. Vielleicht hat sie ihr Telefon niemals abgemeldet.
Michel musste nicht lange auf Sommers Rückruf warten und notierte die Nummer. Kommentarlos tippte er sie in sein Telefon. Keiner wagte sich zu rühren, alle lauschten.
Und da, nach einer kleinen Ewigkeit, hörten alle das Klingeln im Haus. Das Telefon funktionierte also noch. Der Einsatzleiter lächelte Michel etwas gequält zu und meinte, er bezweifle stark, dass der Mörder an den Apparat gehen würde.
Gleich darauf wurde das Telefon abgenommen. Michel hob den Arm. Und legte den Finger auf den Mund.
Am anderen Ende war Schweigen. Dann plötzlich:
Wenn ihr reinkommt, steche ich das Kind tot.

Seine Stimme klang heiser und weinerlich. War er am Ende seiner Nerven?
Nein, nein, Franzli, du brauchst niemanden mehr zu töten. Das ist jetzt vorbei. Wir kommen auch nicht rein, keine Angst.
Schweigen.
So! Was wollt ihr denn?
Wir wollen, dass du das Kind gehen lässt. Es hat lange genug Angst gehabt.
Ha, ha ... es kann gar nicht rausgehen.
Seine Stimme überschlug sich. Michel wurde bleich vor Schreck. Waren sie zu spät und war Franzlis Drohung nur ein Bluff gewesen? Hatte er das Kind doch schon umgebracht? Michel versuchte ruhig zu bleiben, aber die richtigen Worte wollten ihm trotzdem nicht einfallen.
Es schläft, ha, ha, ha ... Jetzt seid ihr überrascht!
Franzli, wir haben auch eine Überraschung für dich.
Aha. Was denn?
Deine Mutter wird bald hier sein.
Am andern Ende des Telefons ging ein schreckliches Geheul und Gekreische los. Erst mit der Zeit konnte man ahnen, was Franzli mit sich überschlagender Stimme ins Telefon schrie.
... in der Anstalt. Ihr habt sie in die Anstalt gesperrt. Sie kann ja gar nicht kommen. Ihr lügt. Ihr lügt. Ihr habt meine Mutter fertiggemacht. Um das Erbe hat man sie betrogen und anschließend auch noch in die Klapsmühle gesteckt ...
Michel unterbrach ihn. Er war jetzt die Ruhe selbst. Er winkte den Einsatzleiter zu sich heran.
Hör mal, Franzli, ich sage dir trotzdem, deine Mutter ist auf dem Weg hierher. Und ich weiß, dass ungerechte Dinge mit deiner Mutter geschehen sind. Und ich verspreche dir, dass wir die ganze Angelegenheit noch einmal aufrollen werden.
Franzli schrie wieder.
Das hat man mir schon einmal versprochen. Und es war alles gelogen. Ihr lügt ... ihr lügt, wenn ihr den Mund aufmacht ...
Während er schrie, sprach Michel leise mit dem Einsatzleiter.
... und da Gott euch nicht bestraft, tue ich es. Ich bestrafe alle. Einen nach dem anderen. Niemanden werde ich verschonen.

Aber was ist mit den Kindern, Franzli? Jesus liebte die Kinder. Hat er nicht gesagt: Lasset die Kinder zu mir kommen?
Gott hat gesagt: Und die Strafe wird über euch kommen, bis ins letzte Glied.
Michel wusste sofort, dass er auf biblischem Terrain nicht weiterkommen würde. Also wechselte er abrupt das Thema.
Franzli, du hast mir letztens einen Hagebuttentee angeboten, den ich abgelehnt habe. Jetzt hätte ich große Lust auf einen Tee.
Franzli schwieg.
Erinnerst du dich? Auf der Toilette der Disco?
Die Stimme am anderen Ende schwieg. Dann legte Franzli auf.
Michel erschrak. Er hatte ihn verloren. Er gab dem Einsatzleiter das Zeichen, seine Leute sofort zu stoppen. Die hatten nämlich versucht, während Michel den Franzli in ein Gespräch verwickelte, in den Keller des Hauses einzudringen.
Mittlerweile war es ziemlich dunkel, und der Nebel verdichtete sich.
Der Einsatzleiter meinte erneut, man solle das Haus doch endlich stürmen, aber Michel verbot es strikt.
Michel rief Tanner an.
Wo seid ihr, Mensch! Wir brauchen dringend seine Mutter. Hier gibt es gleich eine Katastrophe, das spüre ich!
Michel berichtete Tanner vom kurzen Gespräch mit Franzli.
Tanner meinte, es sei schon sehr gut, dass Franzli überhaupt mit Michel geredet hatte. Sie würden wie die Teufel fahren und gleich bei ihnen sein.
Michel wählte erneut die Nummer vom Franzli. Es klingelte lange, aber dann nahm er doch wieder ab.
Franzli, ich wollte dir nur sagen, dass deine Mutter gleich hier ist.
Das glaube ich erst, wenn ich sie sehe.
Er hängte sofort wieder ein.
Mittlerweile waren die Männer der Einsatzgruppe so verteilt, dass sie jederzeit durch sämtliche Zugänge und Fenster des Hauses zugreifen konnten. Die Scharfschützen waren postiert, die Blendgranaten bereit, die Scheinwerfer verteilt, die Leitungen gelegt.
Alles blickte auf Michel, der dastand wie Petrus der Fels persön-

lich und auf irgendetwas zu lauschen schien. Die Zeit schien jetzt endgültig stehengeblieben zu sein. Nur der Nebel wallte in langsamer Bewegung zu noch undurchsichtigeren Schwaden.
Plötzlich huschte ein breites Grinsen über sein Gesicht.
Meine Herrschaften, da kommt Tanners Raubkatze.
Und tatsächlich tasteten sich wie aus dem Nichts helle Scheinwerfer durch den Nebel. Dann erkannte man im Licht des ihm folgenden Autos einen Jaguar. Tanner sprang aus dem Wagen, eilte sofort zum zweiten Auto und half einer kleinen, schmalen Frau mit Kopftuch beim Aussteigen. Ihr zur Seite waren zwei sehr kräftige Männer, ganz offensichtlich Pfleger aus der Klinik. Aus Tanners Jaguar stiegen noch zwei weitere Personen aus. Die ganze Gruppe kam auf Michel und das Haus zu.
Tanner wandte sich zuerst an seine Begleiterinnen.
Das sind mein Kollege Michel und sein Team.
Die Schweigerin blickte starr auf ihr Haus, das sie seit vielen Jahren nicht mehr gesehen hatte. Die anderen nickten sich kurz zu.
Michel, das ist die Mutter von Franzli, das sind Herr Professor Wiegand und Schwester Laetitia. Und zwei Pfleger aus der Klinik. Ich denke, wir verlieren keine Zeit. Ich führe jetzt Frau Müller bis an die Haustür.
Michel, sie hat mir zu verstehen gegeben, dass sie zu ihrem Sohn will.
Hat sie denn gesprochen?
Nein, das nicht, aber trotzdem haben wir sie verstanden.
Die Gruppe blieb jetzt auf Sicherheitsabstand zum Haus, nur Tanner ging langsam mit der kleinen Alten in Richtung Haustür.
An der Haustür wandte sie sich kurz zu Tanner. Er verstand und ging zwei Schritte zurück.
Sie stand nun klein und schmal vor ihrer Haustür und wartete. Keiner wagte sich zu rühren – alles sah gespannt auf die kleine Frau. Plötzlich hob sie die Hand und legte sie auf die Klinke. Sie drückte sie hinunter, die Tür ging auf, und sie trat ins Haus. Es ging ein Raunen durch die Anwesenden und alle fragten sich, was jetzt wohl geschehen würde.
Michel schüttelte den Kopf. Er hatte ein extrem ungutes Gefühl.

Ich weiß nicht …

Professor Wiegand war kreidebleich im Gesicht, und Laetitia hing gar nicht nonnenhaft am Arm ihres Chefs und verbarg ihr Gesicht an seiner Schulter.

Der Einsatzchef blickte auf die Uhr und machte Michel ein Zeichen, dass er in drei Minuten den Einsatzbefehl geben würde. Michel setzte seine Stoppuhr in Bewegung. Er beobachtete den Sekundenzeiger, wie er unentwegt und ungerührt die Zeit wegfraß.

Nach zwei Minuten und siebenundvierzig Sekunden öffnete sich die Tür einen Spalt weit. Tanner duckte sich etwas, denn es war dunkel, und er konnte nicht sehen, wer die Tür geöffnet hatte. Dann kam ganz langsam und zögernd das kleine Mädchen heraus. Offensichtlich hatte Aline geschlafen und wusste gar nicht, was ihr geschah oder wo sie war. Tanner nahm sie in den Arm, gab sie sofort an den nächsten Beamten weiter und hechtete dann zur Tür. Aber er kam zu spät. Die Tür war bereits verschlossen.

Michel! Sofort stürmen. Licht! Macht um Gottes Willen Licht!

Der Einsatzleiter gab das Zeichen. Sofort flammten die Lichter auf, und es wurde taghell. Zwei Männer der Einsatzgruppe kamen mit einer Art Rammholz, und in Nullkommanichts flog die Haustür auf. Bevor die Männer losstürmen konnten, fiel im Haus ein gewaltiger Schuss, und eine Stichflamme zuckte hinter dem Küchenfenster auf.

Sie hat ihn erschossen!

Das war Tanners erster Gedanke. Er rannte ohne weiter zu überlegen als Erster ins Haus.

In der Küche bot sich ihm ein grausiger Anblick.

Die Schweigerin hatte aus nächster Nähe auf den Kopf ihres Sohnes geschossen. Sie hatte ihn regelrecht hingerichtet. Die Küchenwand hinter ihm war voller Blut; Teile seines Gehirns und seiner Schädeldecke klebten an der Wand. Die Schweigerin stand am Herd und hatte den Lauf des doppelläufigen Jagdgewehres im Mund.

Aber – ihre kleinen Arme waren zu kurz zum Abdrücken. Viel zu kurz.

Zu so einer derart absurden und aberwitzigen Situation war nur die Wirklichkeit imstande.
Doch Tanner hing diesem Gedanken, der ihm blitzartig durch den Kopf schoss, nicht lange nach, sondern handelte.
Mit drei schnellen Schritten war er bei ihr und riss ihr das Gewehr aus Mund und Hand.
Sie heulte auf wie ein Tier. Nach Jahren des Schweigens hatte ihre Stimme nichts Menschliches mehr an sich. Sie griff nach einem großen Küchenmesser, das vor ihr auf dem Tisch lag. Zwei Männer der Einsatztruppe fingen sie ab, bevor sie sich auf Tanner stürzen konnte.
Tanner schrie, so laut er konnte.
Tut ihr nicht weh! Sie hat das Kind gerettet!
Erst einen Moment später fühlte Tanner die absurde Wahrheit dieses Satzes. Sie hatte Aline gerettet. Hatte sie auch ihr eigenes Kind errettet? Vor der Strafe oder vor sich selbst? Auf jeden Fall hat sie ihrem Sohn, dem sie das Leben geschenkt und der soviel Unheil angerichtet hatte, auf eine archaisch anmutende Weise kurzerhand die Daseinsberechtigung zum weiteren Leben entzogen.
Tanner war erschüttert, stolperte aus der verwüsteten Küche, ging durch einen kleinen Korridor ins nächste Zimmer. Schon an der Tür erschrak er gleich noch einmal.
Hunderte von kleinen, schwarzen Augen starrten ihn an. Auf so etwas war er nicht gefasst gewesen.
An den Wänden des Zimmers standen dicht an dicht Regale aus rohen Brettern, und auf denen saßen, eng aneinandergepresst, Hunderte von Stofftieren, die allesamt Tanner anglotzten. Alle nur möglichen Arten von Bären, Kaninchen, Elefanten, Eseln, Schweinen, Affen, Eichhörnchen (und so weiter) waren versammelt. Gemeinsam war ihnen allen der ärmlich-traurige, abgewetzte Zustand. Nicht wenige, so schien es, waren so zerrissen und von Motten zerfressen, dass sie nur durch den Druck von ihren nächsten Nachbarn zusammengehalten wurden. Eine elende Armee der Ärmlichkeit und des Zerfalls saß da auf Regalböden versammelt, und Tanner verspürte unvermittelt ein starkes Mitleid. Mit wem oder mit was? Er hätte es in dem Augenblick selber

nicht bestimmen können. Aber dieses Zimmer voller starrender Knopfaugen erzählte derart unmissverständlich von verödeter Einsamkeit und der unentrinnbaren Schicksalhaftigkeit einer griechischen Tragödie, dass sich Tanner selbst schlagartig entsetzlich elend fühlte und regelrecht aus dem Zimmer floh.

NEUNZEHN

Professor Wiegand hatte der Schweigerin, die um Jahre gealtert schien, eine Spritze verabreicht. Sie war schon wieder auf dem Weg zurück in die Klinik, in Begleitung der beiden Pfleger.

Der Professor saß völlig erschlagen auf einer Gartenmauer unweit des Hauses. Neben ihm Schwester Laetitia mit versteinerter Miene. Tanner setzte sich zu den beiden, während Michel mit seinen Leuten das Haus auf Spuren untersuchte. Soeben waren noch weitere Polizeitechniker eingetroffen, die sofort alle im Haus verschwanden. Einer der Streifenwagen hatte das Kind, das unter einem schweren Schock stand, in eine Klinik mit kinderpsychiatrischer Abteilung gefahren. Der andere Streifenwagen hatte den Auftrag, die Eltern abzuholen und ebenfalls in diese Klinik zu bringen.

Franzlis Leichnam lag in der Küche. Man wartete auf den Gerichtsmediziner.

Tanner räusperte sich.

Herr Professor, wir sind alle natürlich unbeschreiblich dankbar, dass dieses Kind gerettet werden konnte. Insofern hat sich meine Hoffung auf Hermine Müller erfüllt.

Er schwieg einen Moment und holte tief Atem.

Dass alles andere, was dann passiert ist, eine genauso unbeschreibliche Tragödie darstellt, steht auch außer Frage und ich –

Der Professor unterbrach ihn wütend.

Tragödie? Sie drücken sich sehr poetisch aus, Herr Tanner. Es ist eine unglaublich große Scheiße, die da schreiend zum Himmel dampft.

Schwester Laetitia zuckte unter dem heftigen Ausbruch ihres Chefs zusammen. Den Professor kümmerte das nicht, er richtete sich auf und fluchte weiter.

Verdammt noch mal! Ich muss von Sinnen gewesen sein, als ich mein Einverständnis gab. Abgesehen davon, dass es mich wahrscheinlich den Job kosten wird, ist die arme Frau jetzt in einen Abgrund gefallen, aus dem wir sie bestimmt nie mehr zurückholen können. Mensch, ist das eine verfluchte Geschichte! Ich bin natürlich auch froh, dass wir das Kind retten konnten, aber – ach, ich weiß doch auch nicht!

Er stand wütend auf und stapfte in den Nebel.

Tanner wollte ihm folgen, aber Schwester Laetitia hielt ihn zurück.

Er wird sich schon beruhigen. Er ist ein bisschen cholerisch, wissen Sie. Ich mich auch, entschuldigen Sie ... ich meine ... ich werde mich auch wieder be ...

Schwester Laetitia, Sie müssen jetzt gar nichts sagen. Ohne Sie hätten wir das alles gar nicht geschafft, und –

Nein, nein. Ich muss Ihnen etwas sagen. Ich kenne Sie erst seit heute Nachmittag, aber ich muss Ihnen gestehen, dass ich Sie bewundere. Und ... ich bin ja so dankbar, dass wir dieses kleine Mädchen retten konnten ... ja, und –

Jetzt zitterte sie am ganzen Körper.

Und wie Sie nie die Nerven verloren haben. Zum Beispiel mit den Buchstaben, und wie Sie dann mit den Bildchen und mit den Sätzen zu ihr hineingegangen sind. Und vor allem, mit welcher Bestimmtheit Sie einfach mitten in die Vorlesung vom Professor geplatzt sind und ihn aufgefordert haben, so zu handeln, wie wir dann eben gehandelt haben.

Danke, Schwester Laetitia, das ist sehr liebenswürdig. Aber ich habe einfach gemacht, was ich machen musste. Ich wollte alles daran setzen, dieses Kind zu retten.

Sie putzte sich die Nase und hatte sich wieder in der Gewalt.

Ja, und das haben wir geschafft. Ich bin so froh. Es hätte mich sicher mein Leben lang verfolgt, hätten wir es nicht geschafft.

In diesem Moment kehrte der Professor aus dem Nebel zurück und räusperte sich vernehmlich.

Entschuldigen Sie bitte meinen Ausbruch, Tanner. Das Wichtigste war das Kind. Es ist gerettet und das ist gut so. Mit dem Rest müssen wir leben. Ich werde die Sache vor den Behörden so gut verteidigen wie ich kann und –

Dann lachte er sogar.
Und sollte es meinen Kopf kosten, so war es immerhin für eine gute Sache. Dann schreibe ich halt endlich all die Bücher, die noch darauf warten, geschrieben zu werden.
Jetzt lächelte sogar Schwester Laetitia ein bisschen.
In diesem Moment trat Michel zu ihnen.
Ich zeige Ihnen jetzt gerne das Haus, Herr Professor. Die Spurensicherung ist zwar noch nicht fertig, aber der Gerichtsmediziner ist gerade angekommen und ich werde Sie ihm anvertrauen. Vielleicht kennen sich die Herren.
Wer ist es denn?
Der Camenzind. Der Leiter der ...
Ach, der. Ja, ja, *den* kenne ich. Der wird Augen machen, wenn er mich sieht ...
Der Professor wandte sich an Tanner.
Ich habe vorhin Ihren Kollegen gefragt, ob ich das Haus anschauen darf. Es könnte mir ja vielleicht interessante Hinweise liefern.
Gehen Sie nur. Ich glaube auch, dass es für die weitere Behandlung der Schweigerin aufschlussreich sein könnte.
Die beiden verschwanden im Nebel.
Tanner erklärte Schwester Laetitia die Sache mit den Stofftieren. Sie wollte aber lieber draußen bleiben und nicht in das Haus hinein.
Erzählen Sie mir lieber, wie das alles begonnen hat.
Und so begann Tanner am Anfang. Von den verschwundenen Katzen, vom Blut an den Türen, von André Tillieux ...
Während er erzählte, durch keine Frage von der konzentriert zuhörenden Schwester Laetitia unterbrochen, formte sich in seinem Magen ein immer stärkeres Gefühl, gegen das zu wehren er sich zunehmend außerstande sah. Etwas in der Geschichte, die er da schön der Reihe nach erzählte, stimmte nicht. Wollte nicht zusammenpassen. Ihm schwindelte. Und in seinem Bauch sammelte sich ein intensives, gleichsam physisches Unbehagen, einer bitteren Flüssigkeit ähnlich, die keinerlei Anstalten machte, sich freiwillig aufzulösen und auch gar nicht vorhatte, wieder abzufließen. Nein, im Gegenteil, sie erwärmte sich, wurde richtigge-

hend heiß und verwandelte sich in einen zähen Klumpen, wurde schwer und schwerer. Auf der Klimax seines Unwohlseins sprang Tanner auf und wusste: Noch ein My mehr und er müsste sich übergeben.

Was ihn davor rettete, war die plötzliche, glasklare Einsicht, dass André Tillieux's Tod überhaupt nicht in die Geschichte passte. Schon allein der zeitliche Ablauf passte nicht, denn André war ja schon längst verschwunden, als die Blutzeichen an den Türen auftauchten. Zudem fehlten sämtliche inszenatorischen Merkmale, die bei den anderen Toten so auffällig waren. Diese Erkenntnis überfiel Tanner mit heißer Wucht. Vollkommen unfassbar, dass ihm dies nicht früher aufgefallen war.

Er griff sich an den Kopf und stöhnte laut auf.

Schwester Laetitia schaute ihn besorgt an.

Geht es Ihnen nicht gut? Soll ich einen Arzt holen?

Er schüttelte den Kopf.

Nein, nein. Mich hat nur gerade eben eine unglaubliche Erkenntnis überfallen. Aber das kann ich Ihnen jetzt nicht erklären.

Er blickte sich um. Im langsam wieder aufreißenden Nebel entdeckte er einen Beamten, der den Zugang zum Haus bewachte. Er winkte ihn zu sich.

Könnten Sie bitte Schwester Laetitia Gesellschaft leisten, bis die Herren aus dem Haus herauskommen? Ich muss dringend etwas erledigen.

Bevor der Beamte oder die sichtlich erstaunte Schwester Laetitia etwas sagen konnten, war Tanner im Nebel verschwunden.

Tanner rannte die Straße in Richtung See hinunter, stolperte die Bahngleise entlang, denn er hatte beschlossen, sich dem Haus von seiner abschüssigen Rückseite, also vom See her zu nähern. Seine hastigen Stakkatoschritte auf dem Schotter des Gleisbetts klangen schmerzhaft laut in seinen Ohren. Wie Explosionen kleiner Minen. Er verlangsamte seine Schritte, denn er hatte das Gefühl, als könnte man ihn und seine Schritte bis ans Ende der Welt hören.

Auf der Höhe des hoch aufragenden alten Hauses angekommen, verharrte er schwer atmend und beobachtete die schemenhaften Umrisse der schwach erleuchteten Fenster.

Aha. Monsieur ist also zuhause und wiegt sich in zufriedener Sicherheit.
Tanner stieß mehrere Wölkchen Nebel aus seinem Mund. Dann lächelte er bitter.
Irrtum, sprach der Igel, als er …
Er verstummte, denn er glaubte an einem der Fenster die Silhouette, vielmehr den Schatten einer solchen zu sehen, der für einen kurzen Augenblick das schwache Glimmen des Lichts streifte.
Nach einer Weile verließ er seine Position, kletterte da, wo die Steigung des Hangs einsetzte, über einen nachlässig gespannten Zaun und arbeitete sich langsam durch die dornigen Büsche den steilen Abhang hinauf. Die Erde war feucht und glitschig, nur stellenweise durch die Kälte gefestigt. Kurz darauf stand er vor der hohen Gartenmauer, die den schmalen Garten des Hauses gegen den steilen Hang abschloss. Er tastete sich die Mauer entlang bis zu einer steilen Treppe, die zum Garten hinaufführte. Das niedrige Tor aus rostigem Eisen öffnete er lieber nicht, denn er wollte sich nicht durch ein quietschendes Scharnier verraten. Er schwang seine Beine über das kalte Metall und stand schwer atmend im Garten, vor sich die trutzige Rückfassade des alten Hauses.
Noch in dieser angespannten Situation konnte Tanner den banalen Gedanken nicht unterdrücken, den er beim Anblick dieser Häuser schon oft gehabt hatte, nämlich das Erstaunen darüber, dass man offensichtlich früher diese Häuser vom See abgewandt gebaut hatte. Die architektonische Gestaltung zeigte überdeutlich, dass sich damals kein Mensch für die schöne Aussicht auf den See und das dahinter liegende Panorama der Hügel und der mit Schnee verzuckerten Juraausläufer interessierte.
Da hörte er plötzlich das Geräusch. Es klang wie ein regelmäßiges Schaben oder Kratzen. Zuerst konnte er nicht orten, woher das Geräusch kam.
Er ging näher an die Dunkelheit des Hauses heran, bis er mit ausgestreckter Hand an die Hauswand stieß. Das Kratzen kam eindeutig aus dem Haus. Tanner ging in die Knie, denn er entdeckte zu seinen Füßen ein Kellerfenster, das direkt auf Bodenhöhe die Mauer durchbrach. Die Fundamentmauer war an dieser Stelle

fast einen Meter dick. Das Geräusch kam aus dem Keller. Tanner legte sich schließlich in voller Länge ausgestreckt auf die Erde, das Gesicht im nasskalten Laub, um einen Blick in die beinahe schießschartenartige Vertiefung der Mauer werfen zu können, an deren Ende ein durch ein trübes Licht erhelltes, schmieriges Fenster sichtbar wurde. Er konnte aber nichts erkennen, denn eine Spinne hatte mehrere Erzeugnisse ihrer kunstvollen Arbeit über die gesamte Breite des Lichteinlasses gespannt. Dafür ließ sich nun aber der Charakter und damit die Herkunft des Geräusches einordnen.

Was zum Teufel hat er in seinem Gewölbekeller zu schaufeln?

Tanner kannte die gigantischen Ausmaße dieses einzigartigen Kellers, schließlich hatte Marnier ihm voller Stolz die Weinschätze gezeigt, die dort lagerten. Der Boden bestand aus festgestampfter Erde. Einen Teil des Bodens hatte er eigenhändig mit lose verlegten Backsteinen ausgelegt, auf kleinkörnigem Kies, den er einfach über die gestampfte Erde verteilt hatte. So sei der beste Weinkeller entstanden, den man sich vorstellen könne, schwärmte er bei der Führung durch seine Schätze. Abgetrennt vom eigentlichen Weinkeller standen drei große Tiefkühltruhen. In der einen lagerte Fisch, in der zweiten Fleisch und in der dritten Früchte und Gemüse.

Also, noch einmal: Was zum Teufel sollte ihn dazu bewegen, an diesem nasskalten Abend in seinem Keller mit einer Schaufel zu hantieren?

Tanner spürte den kalten Stich der feuchten Erde auf seiner Wange, denn immer noch lag er platt auf dem Boden.

Solveig hatte es ihm ja erzählt! Ach, Solveig! Solveig, wo bist du?

Er versuchte, den Gedanken an sie wegzuwischen. Er brauchte jetzt seine ganze Konzentration.

André hatte ihr gesagt, es gebe eine Person, vor der er wirklich Angst habe. Jemand, der in Wirklichkeit der Teufel sei, obwohl alle dächten, er sei ein lieber Mensch. Dies passte doch viel eher zu Marnier, sagte sich Tanner verzweifelt. Auf Franzli traf die Bemerkung doch überhaupt nicht zu. Wie konnte man nur so dumm sein!

Er erhob sich mühsam, befreite seine Kleider so gut es ging von

Dreck und Laub und trocknete sein Gesicht mit dem Ende seines Schals.
Er tastete sich an der rauen Wand entlang, bis er zur Hausecke kam. Dort spähte er angestrengt in die Dunkelheit des schmalen Gartenstücks, das dieses Haus vom Maison Blanche trennte. Dann ging er Schritt für Schritt weiter. An der nächsten Ecke linste er in Richtung Hauseingang und er sah, dass unter dem windschiefen Glasvordach mit verschnörkelten Jugendstilornamenten eine nackte Glühbirne brannte, die mehr schlecht als recht den Hauseingang beleuchtete.
Er tastete sich weiter vor, duckte sich unter dem Fenster durch und stand vor der massiven Holztür. Er drückte langsam die alte Türklinke. Die Tür war natürlich verschlossen. Dann legte er sein Ohr an die Tür und lauschte auf das Geräusch aus dem Keller, denn er wusste, dass direkt vom Hausflur aus eine steile Steintreppe in den Keller führte. Vom Schaufeln war aber nichts zu hören. Dafür vernahm er plötzlich schnelle Schritte in Richtung Tür. Sofort verzog er sich hinter die nächste Hausecke und wartete.
Nach einem Augenblick der Stille öffnete sich die Haustür, der Schein des Flurlichts schnitt ein schmales Dreieck in den Garten. Jetzt hörte Tanner Schritte auf dem bekiesten Gartenweg, der zur Straße führte.
Erst jetzt warf Tanner einen schnellen Blick um die Hausecke und erkannte die schlaksige Gestalt, nur mit Hemd und Hose bekleidet, die in Richtung Straße stapfte. Die Haustür hatte er halb offen gelassen. Dann begriff Tanner auch warum. Er ging offenbar bloß zu seinem Auto, das neben dem Garteneingang stand. Er hatte dort einen kleinen Kiesplatz, auf dem er sein Auto zu parken pflegte, wenn er es nicht in die Garage neben dem Haus fuhr. Als die Gestalt sich über den Kofferraum beugte und halb durch einen dichten Schmetterlingsbaum verdeckt war, huschte Tanner ohne zu überlegen zum Hauseingang und schlüpfte ins Haus.
Die Tür zum Keller stand tatsächlich offen. Auf den Treppenstufen waren schmutzige Fußspuren. Tanner ging kurzerhand die Treppe hinunter ins Kellergewölbe und sah sofort, woran hier so fleißig gearbeitet wurde.
Mitten im Raum auf einer Fläche von gut zwei Quadratmetern

waren die lose verlegten Backsteine zur Seite geräumt und ordentlich aufgeschichtet worden, wie man es tat, wenn man die Steine nachher wieder fein säuberlich verlegen wollte. Dann hatte er auf der ganzen freigelegten Fläche gegraben. Gut einen Meter tief. Es brauchte nicht viel Fantasie um zu sehen, dass es sich um ein Grab handelte.
Tanner hörte Marnier zurückkommen und zog sich schnellstens in den Schatten zwischen zwei mächtigen Weingestellen zurück. Er presste seinen Körper an die rohe Wand und versuchte, seine Atmung zu kontrollieren.
Marnier hatte aus seinem Auto einen ziemlich großen Packen Plastikfolie geholt und breitete diese zügig auf der ganzen Fläche des Grabs aus. Dann ging er in eines der Nebengewölbe, wo Tanner ihn aus den Augen verlor. Einen Augenblick später hörte er ein schmatzendes *umpf*, das typische Geräusch, das entstand, wenn man den Deckel einer großen Tiefkühltruhe öffnete. Kurz darauf erschien er wieder auf der Bildfläche. Er trug offensichtlich schwer an einem unförmigen, in Plastik eingeschlagenen, tiefgekühlten Objekt und legte es mitten in das Loch. Dieser Vorgang wiederholte sich sechsmal. Noch zweimal machte es *umpf*. Offenbar waren die Pakete auf alle drei Truhen verteilt gewesen. Als die sieben verschieden großen Pakete dalagen, schlug er die Plastikfolie von allen vier Seiten über die Objekte und griff zu einer breiten Klebebandrolle.
Tanner fasste intuitiv nach einer großen Weinflasche, einer Magnum, und trat aus dem Schatten seines Versteckes. Er warf die Flasche mit aller Kraft gegen die gegenüberliegende Mauer. Der unvermittelte Knall ließ den Mann mit dem Klebeband vor Schreck aufschreien, anschließend griff er sich ans Herz und fiel mit einem schrecklichen Ächzen über die gefrorenen Pakete.
Begraben Sie hier Ihre Frau, Marnier?
Marnier versuchte sich mühsam umzudrehen, verfing sich aber in der Folie. Die Anstrengung stand ihm in sein schmerzverzerrtes Gesicht geschrieben. Endlich bekam er Tanner in sein Blickfeld, der sich mittlerweile die Schaufel gegriffen hatte.
Ich dachte, Ihre Frau weilt bei ihrer Schwester in, äh, wo war es doch gleich wieder? Ach, ja: in Kanada, nicht wahr?

Tanner zeigte mit der Schaufel auf die tiefgekühlten Pakete, die durch Marniers Fall zum Teil wieder sichtbar geworden waren. Eigentlich eine lustige Metapher. Denn in Kanada ist es zu dieser Zeit doch bereits sehr kalt und alles zu Stein und Bein gefroren, oder? Wie Ihre arme Gattin hier auch.

Marniers Gesicht verfärbte sich zunehmend blau und rot. Seine Atmung ging nur noch röchelnd.

Soll ich Sie hier sterben lassen, Marnier? Ganz allein, neben den gefrorenen Überresten Ihrer Frau?

Marnier schüttelte den Kopf, und mit seinen Händen machte er ein Zeichen, das wohl so viel wie Gnade heißen sollte.

Haben Sie den armen André hier zwischengelagert, bevor Sie ihn auf die Gleise legten?

Marnier heulte auf, gab aber keine eindeutige Antwort.

Tanner drehte ihm den Rücken zu und ging entschlossen in Richtung Treppe. Er war noch nicht oben, als ein erneutes Heulen erschallte. Diesmal klang es eindeutig nach Todesangst.

Tanner kehrte um und wiederholte seine Frage.

Jetzt nickte Marnier unter größten Anstrengungen und legte seinen Kopf ermattet auf eines der Gefrierpakete.

Gut. Ich rufe jetzt die Ambulanz.

Tanner ging nach oben und griff zum Telefon. Draußen an der kalten Luft musste er sich setzen, so heftige Schwindelgefühle überkamen ihn. Er drückte Michels Nummer. Der meldete sich sofort.

Michel? Wie gut, deine Stimme zu hören. Ich bin bei Marnier. Kannst du bitte kommen und eine Ambulanz mitbringen?

Was machst du denn bei Marnier? Bist du verletzt? Was ist denn passiert? Du warst plötzlich wie vom Erdboden verschwunden.

Nein, ich bin unverletzt, nur unglaublich müde und fertig. Marnier braucht die Ambulanz. Michel, ich war so dumm. So unbeschreiblich blöd.

Warum, zum Teufel? Ach so … also doch Marnier! Verfluchter Mist! Hast du auf ihn geschossen?

Nein, nein. Mit was denn? Ich habe doch gar keine Waffe. Es ging nur eine teure Flasche Wein zu Bruch. Eine Magnum. Marnier hat einen Herzinfarkt, glaube ich. Bestell jetzt die Ambulanz und

komm her. Und bring dein Team mit. Es gibt noch eine weitere Leiche. Die Gattin von Marnier.
Michel antwortete mit einem Stöhnen. Dann räusperte er sich.
Solange und Solène suchen dich. Soll ich ihnen sagen, wo du bist?
Tanner schwieg einen Augenblick.
Warum suchte ihn nicht Solveig? Wo war sie?
Michel räusperte sich.
Hallo, Tanner? Bist du noch da?
Ja, sicher, du kannst ihnen gerne sagen, wo sie mich finden.
Ich glaube aber, die beiden sind wütend.
Sag es ihnen trotzdem. Früher oder später musste es ja passieren. Das werde ich auch noch überstehen. Und sonst bestellst du halt noch eine Ambulanz mehr.
Hast du etwa mit beiden …?
Ist das jetzt ein Verhör?
Nein, nein. Wo denkst du hin. Nie im Leben würde ich es wagen!

EINIGE ZEIT DANACH – TEIL 1

Es verging noch eine lange Zeit – mit jeder Menge nebliger und nicht enden wollender Tage voller Sehnsucht und sinnlos am Telefon durchwachten Nächten und langen Briefen von Tanner an … aber davon später mehr –, bis Michel bei der Staatsanwaltschaft eine Bewilligung zur Exhumierung der sterblichen Überreste des ältesten Sohns der Familie von Saalen erwirken konnte. Noch weitere zehn Tage dauerte es, bis der Befund vorlag (für Michel und Tanner eine schier unerträgliche Wartezeit). Zermürbender war das Warten allerdings offensichtlich für die Alte von Saalen: Sie verlor die Nerven und legte ein Geständnis ab. Man verhaftete sie umgehend, denn Mord und versuchter Mord verjähren nie. Insofern hatten Tanner und Michel Glück, denn das Digoxin ließ sich in den sterblichen Überresten nicht mehr nachweisen. Die Alte von Saalen beharrte allerdings darauf, dass *sie* die Medikamente ausgewechselt hatte und nicht etwa ihr jüngerer Sohn. Sie habe es aus Mitleid mit der hoffnungslosen und menschenunwürdigen Situation ihres Sohnes getan. Tanner war zwar überzeugt, dass sie zugunsten ihres Sohnes log, aber sie hatten nichts in der Hand, um das zu beweisen. Auch die Überprüfung des Einschusskanals im Schädel brachte keine neuen Erkenntnisse, denn der Verlauf des Kanals konnte auf einen Selbstmord hindeuten – oder auch nicht. Schmauchspuren ließen sich leider nicht mehr nachweisen, da praktisch kein Gewebe mehr existierte. Aus welchem Grund ihr Ältester sich erschossen hatte und ob er es überhaupt selbst getan hatte, würde sich also nie mehr eruieren lassen. Außer die Alte bequemte sich eines Tages doch noch, ein lückenloses Geständnis abzulegen. Darauf bestand im Augenblick aber wenig Hoffnung. Immerhin hatte sie unter dem Druck der Indizien zugegeben, Franzli zu dem Mord an der Füchsin angestiftet zu haben, mit dem Versprechen, dass

er einen Teil der Ländereien zurückerhalten würde, die sie zusammen mit ihren Schwestern seiner Mutter vorenthalten hatte. Die Füchsin habe sie nämlich nach der Zahlung der ersten Summe weiterhin erpresst. Deshalb musste sie sterben. Sie habe es ja nicht anders gewollt. Die Ländereien hatte die von Saalen natürlich nicht an Franzli abgetreten. Als dann ihre kleine Schwester deswegen keine Ruhe geben wollte, ließ man sie ohne großes Federlesens in die Psychiatrie einweisen. Der Gemeinderat half dabei zähneknirschend mit, denn bei der großen manipulierten Erbverteilung, bei der die Schweigerin leer ausging, hatten die Herren natürlich auch mitgemischt. Ohne deren Unterstützung wäre der Betrug nicht so leicht zu bewerkstelligen gewesen. Also hingen sie auch nachher bei den Komplikationen (so nannten sie das Verhalten von Hermine Müller) mit in der Verantwortung.
Diese »Ungerechtigkeit« eines nicht eingehaltenen Versprechens hatte der krankhaften Veranlagung Franzlis überhaupt erst neue Ziele verschafft. Ob er auch ohne diese Kränkung weiterhin getötet hätte, konnte nur spekulativ beantwortet werden. Hätte man allerdings schon im Falle von Margot Fuchs die sexuelle Konnotation und den rituellen Charakter seiner Tötungsweise festgestellt, wäre Franzli mit großer Sicherheit schon damals für immer verwahrt worden.
Da in Franzlis Unterschlupf weder Aufzeichnungen noch sonst irgendwelche Hinweise gefunden wurden, konnte nicht geklärt werden, wen er noch auf seiner Opferliste hatte und ob er tatsächlich vorhatte, sich aus sämtlichen Häusern, die kein Schutz-(Blut)zeichen aufwiesen, ein oder mehrere Opfer zu holen.
Franzli war für immer verstummt.

Marnier hingegen war äußerst redselig und schwatzhaft. Er legte zwar, nachdem sein Herzinfarkt durch vier Bypässe behoben war, ein detailreiches Geständnis ab, war sich aber moralisch keiner wirklichen Schuld bewusst. Ganz zu schweigen von Reue oder Mitleid mit den Opfern. Obwohl er die Morde gestanden hatte, ließ er nichts unversucht, sich als Opfer darzustellen. Mit einem einschlägigen Sensationsblatt hatte er bereits einen Vertrag über die Rechte an seiner Geschichte ausgehandelt.

Es stellte sich heraus, dass er heillos verschuldet war, denn einerseits schrieb sein Restaurant und Hotel seit Jahren keine schwarzen Zahlen mehr (was ihm zufolge an der katastrophal veränderten Verkehrslage des Dorfes lag), und andererseits litt er an einer unheilbaren Spielleidenschaft (womit er eigenen Angaben zufolge lediglich seinen Betrieb retten wollte).
Seine Frau hatte er umgebracht, weil sie schließlich ihr Kapital aus dem Betrieb ihres Mannes zurückzuziehen und gleichzeitig die Scheidung einzureichen gedachte. Angedroht hatte sie es wohl schon längere Zeit. Er konnte sie aber immer wieder rumkriegen – sein Grinsen an dieser Stelle und die sexuellen Gesten, die er andeutete, machten ihn für die Beamten, die einiges gewohnt waren, nicht unbedingt sympathischer.
Als seine Frau ihre Pläne dann wirklich in die Tat umsetzen wollte, hätte er schließlich handeln *müssen*.
Dass André einige Tage später die Leichenteile im Tiefkühler entdeckte, sei ein unglücklicher Betriebsfehler gewesen. André hatte sofort mit Polizei gedroht. Anfänglich bildete Marnier sich ein, dass es reichen würde, ihn einzuschüchtern. Dann habe er aber, um den Druck zu verstärken, gedroht, seiner Mutter zu verraten, dass André als Strichjunge in Altersheimen anschaffen ging.
Dies hatte Marnier zufälligerweise von einem ehemaligen Koch erfahren, den er im Altersheim besucht hatte.
Zuerst habe diese Drohung wunderbar gewirkt, aber er habe André natürlich nie wirklich getraut und ihn die ganze Zeit beobachtet. Als André mit seinem Motorrad fliehen wollte, habe er natürlich handeln *müssen*.
Und als dann schließlich dieser Verrückte im Dorf die Blutzeichen malte, wollte er sich auf raffinierte Weise des Leichnams entledigen. Andererseits habe es solche Morde ja schon öfter im homosexuellen Milieu gegeben. Er hatte gehofft, dass die Polizei im Milieu nach dem Täter suchen würde.
Angesichts der wirren Begründungen seines Verhaltens ordnete der Richter eine gründliche psychiatrische Untersuchung an. Das Resultat lag bis zur Stunde noch nicht vor.
Marniers Schwester, Helène von Sachsenstein, erlitt einen Schock,

dafür verbesserten sich auf wundersame Weise ihre Blutwerte. Als sie sich von den Ereignissen erholt hatte, überwies sie Tanner einen hohen Geldbetrag und ließ ihm durch ihren Chauffeur ihre blütenweiße Visitenkarte überbringen.
Auf der Rückseite stand in gestochener, formvollendeter Schrift:
Danke, trotzdem.
(mit meeresgrüner Tinte geschrieben)
Dann überreichte ihm der Chauffeur eine zweite Karte, darauf stand:
Ich warte.
(mit altrosa Tinte geschrieben)
Tanner verzog keine Miene, gab dem Chauffeur ein angemessenes Trinkgeld und schickte ihn wortlos weg.
Zurück im Wohnzimmer starrte er eine Weile auf die Karten. Dann beförderte er sie in das Feuer seines offenen Kamins – der Tag war wieder so nasskalt und neblig, dass Tanner schon am Morgen ein Feuer im Kamin entfachte.
Michel, der wie so oft dieser Tage zu Besuch war und wie ein Maharadscha sein Lager auf Tanners bestem Stück – Sofa Lavinia: märchenhaft bequem – aufgeschlagen hatte, guckte fragend zu Tanner, der bereits wieder auf seinem harten Holzstuhl saß und ins Feuer starrte wie die letzten Tage auch schon. Dann bequemte Tanner sich immerhin zu einer knappen Antwort.
Ach nichts. Ist nicht wichtig.
Michel glaubte ihm zwar kein Wort, spürte aber, dass es weder der richtige Zeitpunkt war, um weiter zu fragen, noch um zuviel von seinem eigenen Hochgefühl zu zeigen. Also zauberte er sich eine tiefe Furche auf seine mächtige Stirn, eine Art Solidaritätssorgenfalte. Er nämlich fühlte in seinem massigen Körper eine Woge der Leichtigkeit und Zufriedenheit nach der anderen. Er machte sich zwar Sorgen wegen Tanner, aber deswegen gelang es ihm nicht, die eigene Freude über seine beruflichen Erfolge – es regnete Lob und es wurde ihm eine neue Gehaltserhöhung in Aussicht gestellt – und die damit verbundenen Annehmlichkeiten zu ersticken.
Er und Tanner (eigentlich Tanner und er) hatten immerhin auf einen Schlag mehrere Fälle gelöst, oder besser gesagt, der Justiz

zugeführt, denn bis alles geklärt war, würde sicher noch viel Zeit vergehen.
Auch Tanner hatte vom Polizeipräsidenten ein großes Lob ausgesprochen bekommen, und es wurde ihm *des Weiteren* ein großzügiges Beraterhonorar in Aussicht gestellt.
Großzügig? Da konnte Michel nur müde lächeln, und er musste es ja wissen.
Am längsten würde sich die juristische Wiederaufbereitung des gesamten Erbschwindels an Hermine Müller hinziehen, meinten die Experten. Der Kantonsgeometer hatte immerhin soviel Ehre im Leib, dass er freiwillig zurücktrat, denn es war relativ schnell offensichtlich geworden, dass er durch seine Manipulationen, zu denen er kraft seines Amtes in der Lage war, viel zum Gelingen des Betrugs beigetragen hatte. Natürlich gegen ein sattes Entgelt und gemeinsam mit einigen Gemeinderäten, die allerdings nachdrücklich um ihren Rücktritt gebeten werden mussten.
Hermine Müller hatte man aus der Erbmasse praktisch nur mit nutzlosem, wirtschaftlich unbrauchbarem Land abgespeist. Daran konnte auch die traumhafte Aussicht bei Sonnenuntergang und ein paar schöne Apfelbäume der Sorte roter Wintertaubenapfel nichts ändern. Die Einbettung in den Naturschutzbereich geschah natürlich – höchst raffiniert – erst *nach* der Erbteilung, dank der fleißigen Vorarbeit des fundamental-christlich orientierten Geometers.
Die Leute im Dorf sagten: Gott hat ihn mit dem Tod seiner beiden Zwillingskinder hart bestraft. Strenger könnte kein Gericht urteilen.
Es würde sowieso noch ein paar weitere Jahre dauern, bis das Gericht alles aufgearbeitet hätte. Ein gefundenes Fressen für ganze Armeen von Anwälten, denn es boten sich auf viele Jahre sprudelnde Honorarquellen.

Auch noch nicht ganz abgeschlossen war die Sache mit dem Altersheim. Dadurch, dass Michel und Tanner ja fast nebenher auf den Strichjungenservice gestoßen waren, ergaben sich noch ganz andere Dimensionen. Dem Kioskengel Susanne Wagner sei Dank. Zwei Tage nachdem Tanner Marnier gestellt hatte, gingen Michel und Tanner mit einem offiziellen Durchsuchungsbefehl, technischem Spezialdienst und jeder Menge Beamter im Gepäck in das Altersheim und sorgten für Stimmung. In stundenlangen Gesprächen mit den Bewohnern des Heims und dem Personal trennte sich nach und nach die Spreu vom Weizen. Wie zu erwarten, war es anfangs nicht ganz einfach, etwas Vernünftiges aus den alten Leutchen herauszukriegen, denn entweder hatten sie die sattsam bekannten Probleme mit der Erinnerung, oder sie nutzten die einmalige Chance, um sich wichtig zu machen. Viele brauchten verständlicherweise eine gewisse Zeit, um Vertrauen zu den Beamtinnen und Beamten zu entwickeln, denn nach einsamen Wochen, Monaten oder Jahren im Altersheim fiel die Kommunikation mitunter schwer.

Trotzdem konnten schon am folgenden Tag die drei Hauptverantwortlichen für den Spezialservice verhaftet werden.

Es war ein seltsames Triumvirat abgetakelter Männerexistenzen: der Hausmeister, sein technischer Mitarbeiter, verantwortlich für Heizung und Energie, und ein Pfleger, der die Männerabteilung unter sich hatte. Sie gestanden alle drei nach kurzen Verhören ihre zuhälterischen Machenschaften.

Die Vorbildlichkeit ihrer Arbeitsteilung stand in einem gewissen Widerspruch zu den Inhalten ihrer Tätigkeit.

Der Hauptabwart kassierte, führte Buch und bezahlte die Strichjungen, von denen es auf Abruf an die zehn gab.

Der Techniker war um die Hygiene besorgt (Instandhaltung der Matratze, Bereitstellung frischer Leintücher und Taschentücher, Abgabe von Präservativen). Er stand Schmiere und musste den Pfleger alarmieren, wenn ein Alter kollabierte, und manchmal gab er auch technische Hilfestellungen, bei ganz gebrechlichen Alten, denn man wollte ja sicherstellen, dass die Kundschaft zufrieden war, die hatten ja sonst nichts mehr!

Der Pfleger war für die Akquise sowohl im Strichjungenbereich (es musste ja immer mal wieder Frischfleisch her) wie auch im Kundenbereich (Propaganda) zuständig, er verhandelte die Preise und machte den Belegungsplan für die Matratze.

Man fand in den Spinden des Trios jede Menge Medikamente. Solche, die man bequem selbst in der Apotheke kaufen konnte,

fand man eher weniger. Dafür gab es eine reiche Auswahl an starken Aufputschmitteln, die nur Ärzte verschreiben dürfen, – und auch Mittelchen fürs Gegenteil.
Dann natürlich noch so ziemlich alles, was man aus dem Internet an blauen, gelben und grünen Tabletten zur Steigerung sexueller Fähigkeiten bestellen konnte.
Und damit wurde es jetzt ernst für das Trio, das unisono behauptete (und zwar mit der Inbrunst religiöser Eiferer), sie hätten mit ihrem Sexservice einen Dienst an der AMH-Menschheit (alt, männlich, homosexuell) getan. Was wäre denn daran falsch, bitte schön? Das solle man ihnen mal erklären!
Doch keiner der Beamten wollte die Mühe auf sich nehmen. Denn jetzt ging es definitiv um fahrlässige Tötung, vielleicht sogar um Mord. Man begann einen Zusammenhang zwischen sexuellen Aktivitäten, hohem Alter, Herzproblemen und gefährlichen Medikamenten festzustellen. Da verstummten alle drei recht schnell und verweigerten die Aussage.
Seither sammelten die Spezialisten eifrig weitere Spuren und Fakten. Der Untersuchungsrichter hatte in einer ersten Runde gleich zehn Exhumierungen angesetzt, und das sollte erst der Anfang sein. Man wollte überprüfen, welche Spuren von Medikamenten sich in den auffällig vielen männlichen Verstorbenen nachweisen ließen. Mittlerweile war die Last der Beweise schon so mächtig angewachsen, dass es bald möglich sein würde, dem Trio nachzuweisen, dass sie mit ihrem sexuellen Wohltätigkeitsservice systematisch Menschen umgebracht hatten. Gegen diese Anklage würde selbst der Vorwurf wegen geschäftsmäßiger Zuhälterei an Bedeutung verblassen.
Und das alles ging auf das polizeiliche Erfolgskonto von Serge Michel. Noch kein Polizeioffizier hatte je auf eine solche Häufung gelöster Fälle zurückblicken können. Kein Wunder, dass es ihm so gut ging, und es ging ihm derart gut, dass er manchmal zu platzen drohte. Aber die gelösten Fälle waren nicht der einzige Grund für seine Zufriedenheit, denn er wusste ganz genau, dass er ohne Tanner …

EINIGE ZEIT DANACH – TEIL 2

Der wahre Grund für Michels plötzliches Glück war Anita. Nein, Anita zwei. Nein, Anita eins. Und auch ein bisschen Anita drei, also die Mutter, die zwar Josephine hieß, aber Anita eins außerordentlich glich (dafür sehr viel besser, also genau gesagt, *Welten* besser kochte), nur einfach älter war, aber in gewissen Sachen auch jünger. Hm?

Also noch mal: Fritzi war die jüngste Ausgabe von Anita und Josephine die älteste. Und Anita? Anita war ihre eigene Ausgabe. Die eine. Die wahre. Die unverwechselbare. Die Anita eben, die so federleicht und beweglich auf ihm liegen konnte, was sie sehr oft und offensichtlich sehr gerne tat. Sie war so leicht, dass sie ohne weiteres auch auf ihm schlafen konnte, was sehr praktisch war, denn erstens war ihr Bett relativ schmal, und zweitens konnte es, wenn er aufwachte, gleich weitergehen, ohne umständliches Zueinanderfinden. Nein, nein, man hatte sich immer gleich zur Hand. Wollten sie nicht mehr liegen, stellten sie sich senkrecht unter die Dusche, und da lagen ihre Wintertaubenäpfel (mit Stiel) so schön in seiner Hand, dass es eine Freude war. Und sie? Sie hatte auch etwas in der Hand.

Und dann duschen. Lange und ausgiebig.

Eine einzige Trübung dieses Glücks gab es vor einer Woche. Sie kam überraschend und verletzte ihn maßlos.

Denn plötzlich wollte Anita eins ihn nicht mehr treffen. Sofort hatte er, der in Selbstschutz geübt war, ein Argument parat: Was sollte so ein Michel wie er denn auch längerfristig mit einer christlichen Familie?

Die Überraschung war nämlich die, dass Anita zwei's Vater aus Afrika zurückgekehrt war. Er hatte wohl seine moralische Strafe abgesessen, und jetzt wollte Anita eins herausfinden, ob es vielleicht doch einen gemeinsamen Weg für sie gäbe. Immerhin han-

delte es sich um den Vater ihres Kindes (lieber, lieber Serge, es war so schön mit dir, aber das verstehst du doch, oder?). Von Anita drei hörte er vorerst nichts.
Ja, dann sucht ihn halt in Gottes Namen, euren verdammten Weg, hatte Michel gebrummt (er stand ja unter Schock). Er sei dann aber im Fall des Falles nicht zuständig für die Heilung wunder Füßchen, sollten sie auf ihrem Weg nur Dornen und keine Rosen finden. Danach hatte er aufgelegt.
Auf das Bild mit den Dornen war er im Nachhinein stolz. Schlagfertigkeit war ja sonst nicht seine Stärke.
Danach wusste er nicht mehr ein. Und auch nicht aus.
Aus Trotz überlegte er sich sogar – kindisch wie er war, und um irgendetwas *Böses* zu tun –, Madame Couronne vom alten Zollhaus bei Plätzchen und Madeira einen Besuch abzustatten.
Die würde ihn nämlich sicher schon im Hausflur küssen, einsam wie die war, und gleich darauf in seinem Schritt wühlen – dort hatte sie ihn schon ausgiebig gemustert, bildete er sich ein. Später würde sie keuchend stammeln: ganz mein Mann, ganz mein Mann – ihr verstorbener, versteht sich. Im Gegenzug würde er, ohne Rücksicht auf die gestärkte Bluse, ihre schweren Brüste ans Tageslicht holen – die Entschiedenheit und Eleganz seiner Geste würde den Kenner an asiatischen Kampfsport erinnern – und würde sie begeistert zwischen seinen Händen wiegen und walken. Und sie saugen. Oh, was würde er sie saugen! Noch im Flur würden die Kleidungsstücke eins nach dem anderen auf den Boden fliegen. Der Weg ins Schlafzimmer wäre ihnen natürlich zu weit, und sie würden sich schwer auf das Sofa im Wohnzimmer fallen lassen. Dann würde sie ihn in einem derart brünstigen Galopp reiten, dass sogar ihm, dem erprobten Michel, Hören und Sehen verginge. Etwas später dann, wenn er sich ausgiebig Madame Couronnes delikatestem Körperteil widmete, würde sie buchstäblich zerfließen und nach Luft japsen, als erlitte sie einen fürchterlichen Erstickungstod. Da sein Besuch für sie ja überraschend kam, wäre die bereits zum Zeitpunkt der ersten Küsse prallgefüllte Blase dem kleinen Tod ihrer Herrin in keiner Weise gewachsen. Das Sofa würde sie dann später diskret entsorgen

müssen, denn die Nässe, bis ins Innerste der Kissen vorgedrungen, wollte und wollte nicht mehr trocknen.
Über diese Vorstellung kehrte sein Humor zurück. Er lachte, bis ihm der Bauch weh tat und die Tränen über seine Wangen liefen. Er hätte sich sicher von diesem Lachen bis an sein Lebensende nicht mehr erholen können, hätte da nicht sein Telefon ganz beharrlich und ganz lange geklingelt. Da er ja praktisch immer im Dienst war, hatte er sich schließlich auch gemeldet.
Es war Anita drei. Sie befahl ihm, sofort herzukommen und Anita eins die Leviten zu lesen, und zwar so, wie es nur ein Mann könne. Sie würde jetzt Anita zwei, die auch nur noch nasse Augen hatte, packen und die Bude für sturmfrei erklären – wenn er verstehe, was sie meinte.
Sapperlot. Er hatte verstanden. Und wie er sie verstanden hatte. Er fuhr sofort los.
Die gute Anita drei hatte die Situation genau richtig eingeschätzt. Auf den Punkt genau.
Er lächelte zufrieden vor sich hin und bemerkte nicht, dass Tanner ihn in diesem Augenblick beobachtete.
Was findest du denn so lustig?
Wie? – Ach, ich dachte nur gerade an Lerch und Thommen, die sind ja in irgendein Kaff im Oberland versetzt worden.
Du kannst ruhig über sie lächeln, aber immerhin haben sie bei Marnier Recht behalten. *Ich* war der Idiot. *Ich* habe mich täuschen lassen.
Tanners Worte klangen bitter, und Michel regte sich sofort auf.
Recht … Recht! Ich höre immer nur Recht! Wer hat ihn denn schließlich und endlich überführt und in flagranti erwischt, he? Du hattest dir eben für eine Weile eine andere These zurechtgelegt –
Tanner unterbrach ihn sarkastisch.
Eben. Eine These. Das ist ja gerade der Punkt. Noch schlimmer: Ich habe mich darauf versteift.
Er lächelte bitter.
Und seit wann ermittelt man mit einer These? Bin ich ein Anfänger?
In Wahrheit war Tanner wegen seiner katastrophalen Fehleinschätzung gar nicht so frustriert wie er sich Michel gegenüber

aufführte, obwohl ihn die Frage natürlich durchaus beschäftigte. Aber eigentlich eher intellektuell. Er wollte wissen, an welchem Punkt und warum er seine Unvoreingenommenheit verloren hatte. Nicht mehr und nicht weniger.

Hilflos fühlte er sich aus einem ganz anderen Grund.
Es hatte selbstverständlich auch in keiner Weise damit zu tun, dass Solange und Solène sich auf einen Schlag von ihm abgewendet hatten. Etwas gekränkt hatten ihn zwar die massiven Vorwürfe, die sie ihm noch auf Marniers Grundstück an dem denkwürdigen Abend an den Kopf geworfen hatten. Denn die beiden hatten die Wahrheit ganz schön zu ihren Gunsten ausgelegt. Sie behaupteten unisono, er habe mit *ihnen* gespielt. Und zwar mit beiden. Und auch beide gegeneinander *ausgespielt*! Und das war nun wirklich fertiger Blödsinn!
Langsam fing Tanner an zu begreifen, warum die beiden attraktiven Schwestern allein in diesem Kaff lebten und nicht längst verheiratet waren und viele Kinder hatten. Sollten die beiden bisher mit allen Männerbekanntschaften so verfahren sein, musste sich niemand wundern.
Sie hatten ihn beschimpft (Solange unter Tränen, Solène mit blitzenden Augen) und waren sofort gegangen, als ihnen die Vorwürfe ausgingen. Das heißt, Solène hatte ihre Schwester am Arm gepackt – und weg waren sie. Der Verdacht lag nahe (schon wieder eine These), dass die beiden ein sich wiederholendes Spielchen trieben – mit dem einzigen Zweck, dass die beiden Schwestern ewig zusammenbleiben könnten. Denn, was wahrscheinlich keine der beiden Schwestern ertrug, war die Vorstellung, allein und getrennt von der anderen auf der Strecke zu bleiben. So stachelten sie sich zwar gegenseitig zu erotischen Eskapaden an, luden aber gleichzeitig heimlich die Torpedos. Er fragte sich, ob man dies als ein mögliches Schicksal von Zwillingen begreifen konnte. Ein tragisches Schicksal letztlich? Tanner wusste es nicht mit Bestimmtheit zu sagen, hatte aber ein immer größeres Vergnügen an dieser Theorie. Außerdem tröstete sie in gewisser Weise sein männliches Ego. Soviel aber war ihm natürlich auch selber bewusst.

An ihrem Laden hing übrigens schon am nächsten Morgen ein Schild mit der Mitteilung, dass sie auf unbestimmte Zeit abwesend sein würden. Niemand im ganzen Dorf wusste, wohin die beiden verschwunden waren. Und das nun seit Wochen.

Auffällig war, dass der Philosoph Grünstein ebenfalls ein paar Tage danach ohne Nachricht verschwand. Man musste nicht besonders prophetisch veranlagt sein, um zu wissen, dass die beiden Zwillinge bereits ein neues Opfer angepeilt hatten. Sie hatten ja auf Tanners Bitte hin einen Nachmittag lang zusammen Dokumente gesichtet.

Apropos Opfer. Leiden musste man nun wirklich nicht in den Fängen der Zwillinge.

Die gute Frau Gruber von der Gemeinde hatte ihm verraten, dass es nicht das erste Mal war, dass die beiden einfach für eine Weile verschwanden. Irgendwann kämen sie immer wieder zum Vorschein. Dann würden sie heiter und fröhlich den Laden weiterführen, als wäre nichts gewesen, und das Dorf war tagelang auf die eigene Fantasie angewiesen, bis die Sache zwar nicht vergessen, aber nicht mehr der Rede wert war.

Er konnte nur hoffen, dass Grünstein den beiden raffinierten Mädchen gewachsen sein würde. Aber er war ja Philosoph, also konnte er die Sache im schlimmsten Falle philosophisch verbraten. Zumal er ja jetzt auch ein bisschen Geld auf der hohen Kante hatte, denn Monnier war im Überschwang seines doppelten Glückes – erstens sein Kind zurück und zweitens einen veritablen Goldschatz im eigenen Keller zu haben – großzügig gewesen und hatte dem glücklichen Mitfinder zwei Goldbarren als Finderlohn geschenkt. Genug, um nicht nur Philosophen glücklich zu stimmen.

Mit Tanner wollte Monnier zu einem späteren Zeitpunkt sprechen. Er habe da einen Vorschlag zu machen, aber Tanner müsse sich noch gedulden.

Geduld?

Geduld war schwierig für Tanner. Er war ganz zerrissen vor Sehnsucht und Geduldhabenmüssen, und vor allem Letzteres wurde von ihm nun schon seit Wochen verlangt. Der Grund: Solveig.

Sommer (der gute Sommer) hatte ihm treu gedient und ihm je-

weils fleißig den Aufenthaltsort von Solveig mitgeteilt. Es war gar nicht einfach gewesen, ihren Zickzackweg durch halb Europa zu verfolgen. Fast jeden Tag eine andere Stadt, ein anderes Hotel. Auf ihrem Mobiltelefon war sie nicht mehr erreichbar.
Es war zum Verzweifeln.
In den wechselnden Hotels kam er mit seinen Anrufen regelmäßig zu spät. Es war wie verhext. Als hätte sie es darauf angelegt, ihm immer im letzten Moment zu entwischen.
Der Gast sei schon weitergereist.
So hieß die sich wiederholende Antwort. Auf Französisch. Auf Deutsch. Auf Englisch. Nein, der Gast habe keine Adresse hinterlegt. Es täte ihnen leid, aber nein, auch keine Nachricht für den Herrn.
Vor zehn Tagen dann die Erlösung. Oder zumindest eine Form der lindernden Zwischenerlösung.
Sie hatte ihn angerufen.
Ganz früh am Morgen. Er war aus dem Bett zum Telefon gespurtet, wie er es seit Tagen immer tat, wenn es klingelte. Im ersten Moment hatte er sie gar nicht verstanden, und als er sie dann verstand, konnte er es nicht fassen und nur noch stottern.
Sie hatte von ihrer Freundin erfahren, dass er sie seit Wochen verzweifelt suchte.
Ob das denn wirklich stimme und wenn ja, warum?
Er stotterte ein paar Weils und Achs und sagte dann ganz plump, dass er sie vermisse und unbedingt wiedersehen müsse. Und so weiter.
Zum Glück hatte sie ihn mit einer unmissverständlichen Frage unterbrochen. Mit der Frage aller Fragen.
Und er hatte sofort, ohne zu zögern, ja gesagt. Ohne zu stottern, ohne Ausschmückungen, einfach ja.
Und sie? Sie atmete einmal tief durch – das hatte er genau gehört. Dann sagte sie, dass es gut sei.
Das ist gut!
Sie hatte tatsächlich gesagt, dass es gut sei.
Sein Herz zersprang fast vor Glück.
Bevor sie unterbrochen wurden (atmosphärische Störungen? Ein neidischer Gott?) hatte sie noch atemlos berichtet, dass sie auf

dem Weg zu ihrer Mutter auf eine einsame Schäre sei. Da gebe es leider kein Telefon. Sie würde ihm schreiben, dann hätte er gleichzeitig ihre Adresse, und dann könnte er ihr auch schreiben und dann – würde sie herkommen, oder –

Dann wurde die Verbindung unterbrochen.

Ihr letztes Wort/Wörtchen war *oder.*

Was meinte sie mit *oder?*

Verdammt!

Darüber durfte er dann zehn Tage lang nachdenken, denn so lange dauerte es, bis der erste Brief eintraf. Und damit ihre Adresse.

Ab da schrieb er ihr jede Nacht einen Brief.

Sie hatte in ihrem Brief geschrieben, dass sie sich darauf freue, ihn eines Tages wieder zu sehen, aber erst müsse sie bei ihrer Mutter etwas Wichtiges erledigen. Er habe ja auch noch einiges zu erledigen, oder? Sie denke jede Nacht an sein schönes Ja.

Das Ja hatte sie ganz groß geschrieben.

Unterschrieben hatte sie mit: *deine Solveig.*

Und so hatte er angefangen, jeden Tag etwas zu erledigen.

Als Erstes hatte er mit Ruth Kontakt aufgenommen und Grüße an die Kinder ausrichten lassen. Dann hatte er ihnen ein paar Zeichnungen geschickt. Und prompt kamen Zeichnungen der Kinder zurück. Ab da kommunizierten sie mit Zeichnungen. Dann schickte Ruth Fotos. Tanner wäre fast vom Stuhl gefallen, als er sah, wie groß Elsies Kinder geworden waren.

Irgendwann würde er sie alle wiedersehen. Aber das würde noch Zeit brauchen. Und irgendwann würden sie gemeinsam mit der Asche auf den See fahren und endlich Elsies Wunsch erfüllen. Und dann? Dann würde doch noch alles gut werden, oder etwa nicht?

Ob Solveig erst dann zurückkommen würde?

Er seufzte und blickte zu Michel, der in seinem Glück ruhte, wie ein indischer –

Wünscht Hoheit ein zweites Frühstück? Vielleicht ein bisschen gebratenen Speck ... ein Bier?

Michel nickte zufrieden und entließ ihn mit einer trägen Geste seiner mit Juwelen übersäten Hand.

Tanner ging in die Küche.
Kochen hatte noch immer geholfen.

Er konnte selbstverständlich nicht ahnen, dass just in diesem Augenblick der Briefträger unterwegs zum Maison Blanche war, und zwar fluchend und schimpfend, weil er bei dem ewig nasskalten Wetter – an diesem Tag war es besonders schlimm – wegen einer einzigen Postkarte ans Ende des Dorfes laufen musste. Sein Auto hatte nämlich auf der Höhe des Bahnhofs schlapp gemacht. Und wie zum Hohn zeigte die Karte eine Meeresbucht in schönster hitziger Sommerlaune mit glitzernden Goldkristallen tanzend auf tiefblauem Wasser. Dahinter grüne Wälder. Wahrscheinlich Schweden im Sommer. Dachte er. Da war er auch mal gewesen. Auf den Schären. Dass es sich auch noch um eine fast unbeschriebene, gähnend leere Karte, ohne Gruß und Unterschrift handelte, ließ ihm das Ganze als eine Art Schikane erscheinen, ausgedacht, ihn persönlich zu quälen. Neben dem ausländischen Poststempel konnte man die Kennung einer Poststelle entziffern, und mitten auf der weißen, leeren Fläche standen vier Buchstaben, die überhaupt keinen Sinn ergaben. Sie waren auch noch untereinander geschrieben.

o
m
k
m

Die letzten Schritte zur Haustür legte er in einer Art galoppierendem Dreisprung zurück, denn der Kiesplatz vor dem Haus hatte sich in einen knöcheltiefen See verwandelt. Zum Glück war der Boden uneben, und es ragten kleine Inselchen aus dem eiskalten Wasser. Erschöpft lehnte er sich einen Moment an die schwere Eichentür und haderte mit seinem Schicksal. Dann las er das Namensschild an der steinernen Türfassung, verglich es mit dem Namen auf der Postkarte und drückte schwer atmend auf den Klingelknopf.